新潮文庫

模倣犯

(一)

宮部みゆき著

新潮社版

7820

模倣犯 ㈠

第一部

「こんなの公平じゃないよ」
「さあやれ、さあやれ、みなの衆」

――シャーリイ・ジャクスン
『くじ』

I

一九九六年九月十二日。

あとあとになってからも、塚田真一《つかだしんいち》は、その日の朝の自分の行動を、隅から隅まできちんと思い出すことができた。そのとき何を考えていたか、寝起きの気分がどんなだったか、いつもの散歩道で何を見かけたか、誰とすれ違ったか、公園の花壇にどんな花が咲いていたかという些細《ささい》なことまでをも。

そういう、すべてを事細かに頭に焼き付けておくという習慣を、ここ一年ほどのあいだに、彼は深く身に付けてしまっていた。日々の一瞬一瞬を、写真に撮るようにして詳細に記憶しておく。会話の端々までも、風景の一切れさえも逃さず、頭と心のなかに保存しておく。なぜなら、それらはいつ、どこで、誰によって破壊され取り上げられてしまうかわからないほど脆《もろ》いものだから、しっかりと捕まえておかなければいけないのだ。

だからその朝、彼が二階の自室から階段をおりてゆくと、途中で新聞受けがカタリと鳴ったことを覚えている。いつもよりちょっと遅めだなと思って、階段の曲がり角の壁にある明かり取りの窓から外をのぞくと、灰色のTシャツの袖《そで》をまくり、スクーターにまたがった小太りの新聞配達員が、ちょうど目の下を通り過ぎてゆくところだった。彼のTシャツの背中には、浦和レッズのチームマークとマスコットがプリントされていた。

玄関のドアチェーンをはずしていると、彼の気配を聞きつけたロッキーが前庭で吠《ほ》え始めた。鎖をジャラジャラ鳴らして喜んでいる。真一がドアを開けると、鎖の長さの許す範囲内で懸命に伸びあがり、喜びを身体《からだ》いっぱいに表して飛びついてこようとした。そのとき真一は、ロッキーの腹の毛の一部が妙に薄くなっていて、皮膚が透けて見えていることに気づき、怪我《けが》でもしたかなと思った。なんとかロッキーを捕まえて押さえつけ、もっとよく見ようとしたのだけれど、散歩に連れていってもらえる嬉《うれ》しさにはね回っている時のロッキーは、とても真一の手に負えるものではなかった。

仕方がない、散歩から帰ってきたらおじさんにも見せて、なんなら獣医へ連れていかなくちゃと思いながら、ロッキーをつないでいる鎖を、庭の一角に立ててある杭《くい》から外した。そのときに、昨夜降った雨の名残《なごり》で、鎖が湿っぽかったことをよく覚えている。手のなかでひんやりと重く感じられたことも。

ロッキーはこの石井《いしい》家に、真一よりも半年ほど前から住み着いていた。今は遊びたい盛り、いたずら盛りで、いつも元気を持て余している。ぬいぐるみみたいに毛並みのきれいなコリー犬なのだが、真一が石井夫妻から聞いた話では、純血種ではないそうだった。そう言われてよく見ると、コリー犬にしては少しばかり鼻が短くて、胴体も寸詰まりの感じがするけれど、それがかえって愛嬌《あいきょう》があって良かった。

真一の方は、石井家に住むようになって、そろそろ十ヵ月になる。朝晩ロッキーを散歩に連れ出すことは、今ではすっかり彼の仕事となっていた。石井夫妻は、もともとそれほど犬好きというわけではないらしく、ロッキーの散歩は、夫妻にとって、ずっと気億劫《きおっくう》な仕事であったようだ。実際、真一は時々、おばさんは本当はロッキーみたいな大きな犬が怖いんじゃないかなと感じることもある。だから、ロッキーが真一になつき、真一もロッキーの世話を楽しむようになると、ふたりとも口々に、大いに助かると言った。

それならばなぜ、ロッキーを飼ったのだろう？　世話をするのが大変だったのならば、どうして？　真一は、その質問を、幾度か喉元《のどもと》までのぼらせては呑《の》み込んできた。尋ねれば答えてくれるだろうけれど、きっと気まずい雰囲気になってしまうだろうことが、容易に想像できるからだ。

ええとね、あの犬にはちょっと可哀想《かわいそう》な事情があってね、だから——と、夫妻は話す。そうなのだ、石井夫妻は、気の毒なものを放っておくことのできない性分なのだから。そして真一は頷《うなず》く。そうか、ロッキーには、ほかに引き取り手がなかったんですね、と。そして心のなかで思う。僕と同じだ、と。石井夫妻はそんな真一の顔を見ていて、今君がロッキーは僕と同じだと思ったことを我々は知っているよという顔をする。夫妻がそれを知っていることを真一も知っている。そして皆で知らんぷりをするのだ。

首輪から鎖をはずし、散歩用の革ひもに付け替えて、真一はロッキーを街路に出した。ロッキーは元気よく真一を引っ張り始めた。散歩のコースは決めてあるのに、この犬ときたら毎朝違う方向へ行きたがる。それも、アスファルトに覆《おお》われていない場所へ入ってゆくのが大好きなのだ。きっと、土の感触が足の裏に心地よいのだろう。真一も時には、ロッキーの気の向くままに任せて引っ張られてゆくのだが、今朝はそうもいかなかった。昨夜の雨のおかげで、あちこちに水たまりができている。舗装してある道を選んで歩いた方が無難に思えた。で、ロッキーを引っ張り返し、いつものコースへと足を向けた。

細い路地を抜け、明治通りへ出る。早朝のことで、さすがに車の交通量も少ないが、その分、どの車もスピードを出して飛ばしている。歩道に出た真一たちの胸元をかすめるように通過していったタクシーに、抗議するようにロッキーが吠えた。

明治通りを西に向かい、白鬚橋《しらひげばし》東の交差点を渡って、大川公園へと進んでゆく。すっかり秋めいて夜明けの遅くなったこのごろでは、ちょうどこのあたりへさしかかったところで背後から朝日が昇り、右手に見える高層団地群の窓ガラスに光が反射してきらめき始める。

先へ行きたがるロッキーを制して立ち止まり、真一は、昇りつつある太陽を振り向いた。

昔の真一を知っている友達ならば、彼が今、毎日朝日を拝んでいるなどと聞いたら、ひっくり返るほど驚くことだろう。以前は、大多数の高校生と同じく、真一も夜型の若者だった。朝、決められた時刻に起きるのが苦手で仕方がなかった。学校の授業が午前十時ぐらいから始まってくれればいいのにと思うクチだった。

それが今では、すっかり変わった。自分でそのことに気づいたのは、石井家に世話になるようになってからのことだ。いつの間にかオレって、めちゃくちゃ早起きして、朝日が昇ってくるのを眺めるようになってた――と。

なぜなのだろうかと、自問自答してみたことがある。明確な答は、まだ出てこない。

つまり、筋道立った理論的な答は。ただ、気分的には、自分で自分の行動の意味を理解しているつもりだった。

確かめたいのだ。また一日が始まることを。毎日、毎朝、自分が生きている——いや、昨日一日を生き延びて、今日という日を迎えることができたということを。まだ自分の人生は終わっていないということを。この先に控えているのは何ともしれない新しい一日ではあるけれど、とりあえず昨日は過ぎ去った、昨日という日を、自分は無事に生き終えた、と。そうしないと、生きている実感がわいてこないのだ。ちょうど、どこまで行っても風景の変わらぬ広大な砂漠を歩く探検家が、時々振り向いて足跡を確かめてみないと、自分が進んでいるのか停まっているのかわからなくなってしまうのと同じように。

それでも時々、こうして朝日を仰いでいてさえも、本当はオレはもう死んでるんじゃないか、死体の上を、ただ太陽が行ったり来たりしてるだけなんじゃないかという、空《むな》しい気分に陥ることもあった。

立ち止まったまま朝日に目を細めていると、傍らでロッキーがわんと吠えた。振り向くと、大川公園の方からジョギング・スーツを着た女性が走って近づいてくるところだった。

「おはよう」と、彼女は真一に声をかけた。真一はほんのちょっと頭を動かして応じた。見ようによっては会釈《えしやく》に見えないこともない――という程度の動作だ。

「おはよう、ロッキー」

ロッキーはしっぽを振って伸びあがった。ジョギング・スーツの女性は笑顔になった。

「雨がやんでよかったわね」

足をとめず、束ねた髪をリズミカルに揺らしながら、彼女は真一たちの傍らを通り過ぎていった。

彼女とは、毎朝、だいたいこのあたりですれ違う。名前も、どこのどういう女性なのかも知らない。年齢は――さあ三十代だろうか。たぶんこの地域に住んでいるのだろうけれど、走りっぷりから見るとかなりのランナーのようだし、隣か、そのまた隣の町からはるばる走って来ているのかもしれない。彼女の方も真一の名前は知らない。ロッキーの名も、教えたことはない。何かの折に、真一がロッキーを呼んでいるのを聞いて、覚えたのだろう。

いくら彼女が挨拶《あいさつ》を投げてきても、真一は、会釈以上の反応を返したことがない。それでも彼女は挨拶してくれる。真一は黙っている。その繰り返しだ。

「そら、ロッキー、行こう」

声をかけると、ロッキーは大喜びで駆け出した。地面を蹴《け》り、耳を寝かせ鼻面《はなづら》をつき出してどんどん走る。ピンと張った革ひもをつかんで、真一もそれを追いかけた。

大川公園の門でいったん足をとめ、ロッキーの足取りを緩やかにさせてから、園内に入った。護岸を整備して造成した細長い緑地に植え込みと花壇を配し、舗装した遊歩道を通しただけのシンプルな公園で、散歩にはちょうどいい場所だ。ここに来ればいつも、犬を連れた人々を幾組か見かける。なかには毎日のように会う人もいるのだけれど、真一の方からは毛頭声をかける気はないし、そういう気配を向こうも感じるのか、あのジョギングの女性のような、気さくな挨拶を投げられたことはない。ホッとすることだった。

遊歩道は大きくS字型を描いており、公園の西側は隅田川に面している。土手の階段をのぼって堤の上に出ると、青黒い川の水面と、対岸の浅草方面の街並みを一望に見渡すことができる。頭上を高速六号線が走っているので、なんとなく圧迫感はあるものの、真一はこの堤の上からの眺めが好きだった。石井家に来るまでは川のそばに住んだことがなかったので、護岸公園からのこの眺望は、真一にとってはまだまだ目新しいもののなかに属しているのだ。

隅田川を右手に、堤の上を、ロッキーと一緒に走った。秋の気配を含んだ朝の風は頬に冷たく、洗い晒《ざら》しのシャツの袖口をはためかせ、ロッキーの背中の長い毛をなびかせた。川上からエンジン音と共に浚渫船《しゅんせつせん》が走ってくると、ロッキーは立ちどまり、しっぽを振りながらわんわんと吠えた。相手が水上バスだったりすると、デッキにいる乗客たちが手を振ってくれることがあり、ロッキーはそれが気に入っているのだ。だが浚渫船はそんな愛想を振りまいてくれることはなく、川の泥の臭《にお》いをかすかに漂わせながら、ロッキーを置いてきぼりに下っていってしまった。

「あれはお客さんが乗ってる船じゃないんだよ、ロッキー」

笑いながら、真一は犬の頭を撫《な》でた。ロッキーがその手を舐《な》め返した。犬の舌は荒れていて、ほの温かかった。

土手の上をしばらく走り、また階段を下りて遊歩道に戻る。コスモスの群がなよなよと咲いている花壇の脇《わき》を抜け、出口の方へ向かって進んで行くと、前方から激しく犬が吠える声が聞こえてきた。植え込みに遮られて姿は見えないが、喧嘩《けんか》でもしているみたいな、気の立った吠え方だ。ロッキーもピンと耳を立て、何なら自分も参加しようかという感じで身構えた。真一はロッキーの首輪をとらえ、彼が飛び出さないように押さえながら先へ進んだ。

植え込みを回って歩いて行くと、吠え声の主が見えてきた。大型のシベリアン・ハスキーで、遊歩道のすぐ入口のところで吠えている。そばで飼い主が懸命に宥《なだ》めているが、犬は興奮し無我夢中で収まる様子もない。

飼い主は若い女の子だった。以前にも見かけたことのある顔だ。真一と同じ歳くらいか、やや年上か。すらりと背が高く、臑《すね》が長く、筋力もありそうで、ひ弱なタイプには見えないけれど、今は全力をふりしぼって、かろうじて猛《たけ》り狂うシベリアン・ハスキーを押さえているという感じだった。

「キング、どうしたの、やめなさい、キング！」

強い声で犬を叱《しか》りつけながら、踵《かかと》に体重をかけ、犬をつないだ太い革ひもを引っ張っている。だがキングは吠え続け、今にも彼女を引きずって前に突進しそうだった。

キングが吠えかかっているのは、公園のゴミ箱だった。大型の、バランス蓋《ぶた》付きのものだ。胴体の部分に「燃えるゴミ専用」と表示してあり、蓋の下から半透明のゴミ袋がはみ出している。

「キングってば、どうしちゃったのよ」

飼い主の女の子は、明らかに困り果てているようだった。額に汗が浮いている。助けを求めるように、素早く周囲に視線を配り、その目が真一の目とぶつかった。そして言った。

「うちの犬がおかしいの」

真一はひゅっと怯《ひる》んだ。女の子と――特に知らない人と話をしたくはない。それこそ、今の人生で、真一がもっとも望んでいないことなのだから。人間関係を広げること――たとえそれが、どんな些細《ささい》なものであっても。

「ね、キング、なんでそんなに吠えるのよ」

飼い主は怯《おび》えたような声を出し始めているのに、犬はますます興奮して、ゴミ箱に前足をかけている。蓋がぐらぐら動いている。

キングにつられるように、ロッキーも吠え始めた。真一は叱りつけ、頭を叩《たた》いてその場に座らせた。ロッキーは唸《うな》ったが、真一がもう一度頭を叩くと耳を垂れ、腰をおろした。真一はロッキーを抱えるようにして遊歩道の端に離れて行くと、植え込みのぐるりを囲んでいる柵《さく》に、手早く革ひもを結びつけた。

キングは完全にゴミ箱にのしかかり、蓋の隙間《すきま》に鼻面を突っ込んでいる。何かを探しているようにも見えた。

「キングってば、駄目よそんなことしちゃ!」

飼い主の女の子は割れた声で叫んだ。けれども、それを目《ま》の当たりにしてもまだ、真一は彼女の手助けをしに行くこともできず、どうしたらいいかも判らなかった。他《ひ》人《と》と関わり合いになりたくない——ならない方がいい——

キングの狂乱に刺激され、一度は黙ったロッキーがまた吠《ほ》え始めた。真一はロッキーを振り返り、叱りつけ、そのとき、とうとうキングがゴミ箱をひっくり返した。キングもゴミ箱と一緒に地面に倒れた。その拍子に、飼い主の手から革ひもが離れた。自由の身になったキングは、横倒しになったゴミ箱の中身に飛びかかった。内側の半透明のゴミ袋を引っぱり出し、爪《つめ》と牙《きば》とで引き裂く。つぶれた紙カップ、ファーストフードの袋——ゴミの臭いがプンと鼻をつく。

「嫌だ……臭い！」

革ひもを手放し、ぺたりと地面に座り込んでいるキングの飼い主が、鼻にしわを寄せた。

「何かしら、この臭い？」彼女は真一に呼びかけてきた。「この臭いのせいでキングがおかしくなっちゃったのかしら？」

だが真一は女の子に応《こた》えず、キングを見ていた。目が離せなくなっていた。たった今、キングが、ずたずたになったゴミ袋から引っぱり出したものから。

茶色の紙袋だった。キングはその端を嚙《か》んでいた。顎《あご》を動かし、また嚙んだ。袋が破れた。中身がのぞいた。異臭が強くなった。思わず顔をしかめた真一は、キングの強い顎に嚙みしめられ、紙袋から引っぱり出されたものの正体を、まともに目にした。人間の手だった。肘《ひじ》から下。指先が真一の方を向いていた。こちらを指さし、差し招くかのように。訴えかけるかのように。

キングの飼い主が、早朝の空気を切り裂くような鋭い悲鳴をあげ始めた。棒立ちになったまま、真一は反射的に手をあげ、耳を覆った。これと同じような出来事が、ほんの一年ほど前にもあった。同じことがまた繰り返される。悲鳴と、血と、そしてただ呆然と佇むだけの俺と。

無意識のうちに、真一はじりじりと後ずさりを始めていた。だが、差し招く手、死んだ腕から視線をはずすことはできなかった。その手の爪は、花壇に咲き乱れるコスモスの花弁に似た、淡い紫色に染められていた。

2

電話が鳴り始めたとき、製造場の壁の時計を見あげると、午前九時をちょっと過ぎたところだった。今日の工程は、まだ全部終わっていない。有馬《ありま》義男《よしお》は、苛性《かせい》ソーダの水槽の前に立ち、両腕を肘まで浸《つ》けて、木綿豆腐用の枠を洗っていた。

「あれ、また桔梗亭《ききようてい》からじゃないですか」

フライヤーのそばで木田孝夫《きだたかお》が振り返り、義男に向かって笑いかけた。

「そろそろ来そうな頃合いですよ」

義男はゴム手袋を脱ぐと、傍らの水道パイプにひっかけ、事務所の方へと向かった。電話の呼び出しベルは、そのあいだも鳴り続けた。六回、七回、八回——義男が事務所と製造場の境目の引き戸のところまで行ったときに、十一回目が鳴った。

「違うな、桔梗亭じゃないよ」と、振り向いて義男は言った。「あそこの旦那《だんな》は、こんなに辛抱強くねえもんな」

それに応じて木田が何か言ってよこしたが、換気扇の音にまぎれてしまって、義男の耳には聞こえなかった。

狭い事務所のスペースの半分を占めている、ふたつの大豆の桶《おけ》の脇《わき》をまわり、事務机のいちばん端に載せてある電話機に手が届くところまで行く。受話器を取りあげ、こんな時間にかけてきてこれだけ根気よく鳴らすところを見ると、この電話はたぶん真智子《まちこ》からだろうと思いながら耳をあてると、思ったとおり、娘の声が聞こえてきた。

「もしもし、お父さん？　テレビ観《み》た？」

おはようの挨拶《あいさつ》も抜きに、いきなりそう言った。義男は反射的に、事務所の隣の座敷に目をやった。そこには十二インチの小さなテレビがあるけれど、むろん、今は消してある。

「観てないよ」と、義男は応じた。「何かあったのか」

「テレビつけてみて。あ、でももう別のニュースになっちゃってるかもしれない」

真智子は、うわずったような、かすれた声を出していた。たぶん泣いているのだろうと、義男は思った。

「ニュースでなんかやってたのか」

こらえきれなくなったのか、真智子が嗚咽《おえつ》するのが聞こえた。

「泣いてちゃわからん。何をやってたんだい」

「し……死体が見つかったんだって」

義男は無言で受話器をつかんで立っていた。製造場で、木田がフライヤーから網を引きあげる音が聞こえた。ついで換気扇が停まった。本当ならまだ回しておかないといけないのだが、電話の邪魔にならないようにしてくれたのだろう。

「死体って、どういう」

真智子は泣いている。しゃくりあげる声だけが聞こえる。義男は受話器を握り直した。苛性ソーダのせいで手がぬるつく。ゴム手袋をはめていても、いつもそうなる。

「警察からは何か言ってきたのか？」

「それは、何も」震える声で、鼻をすすりながら、真智子が答えた。「ただテレビで観ただけ。だけど女の死体だっていうから」

「朝のニュース番組かなんかかい」

「そう」

「どこで？」

「墨田区の、大川公園とかいうところだって」

義男は目をしばたたいた。大川公園なら知っている。隣の区だし、ここからなら車で二十分ぐらいの場所だ。桜の名所で、一昨年だったか、組合の花見の会で出かけていったこともあった。

「朝から大騒ぎだったわよ」と、真智子が小さく言った。「レポーターとか、いっぱいいて」

声がいくぶん落ち着いたようだった。このごろはいつもこのパターンだ。急激に感情を高ぶらせて泣いたり悲しんだりするけれど、すぐに諦《あきら》めたように静かになってしまう。そしてまた高ぶる。よくない傾向だと、義男は思っていた。

「その——それっていうのは」

死体と発音したくなくて、義男はもごもご言った。

「女っていっても、若い女のか？」

鞠子《まりこ》ぐらいの年頃の、と訊《き》くことはできなかった。

「そうらしいわ。ただ、バ——バラ、バラでね」

「バラバラ？」義男は思わず大声で問い返した。製造場が静まり返っているので、声がコンクリートの床に反響した。

「そうなの。今朝見つかったのは、腕だって」

木田が事務所の入口に来て、こちらを見ている。気遣わしそうな顔で、眉間《みけん》にしわが寄っていた。今のやりとりを耳にしたのだろう。声を出さずにくちびるを動かし、（鞠ちゃんですか？）と訊いた。

義男は首を横に振り、声に出して答えた。

「わからん。真智子がちょっと取り乱してんだ」

「あたしは取り乱してなんかいませんよ」と、電話の向こうで真智子が言った。また声が乱れ始めた。「だけど見つかったのは女の腕だっていうから」

「鞠子と決まったわけじゃねえだろう。そうあわてるな、なあ」

「だってお父さん……」

「何かあれば警察が連絡してきてくれるだろうし、それを待った方がいいんじゃないか？　あんまり考えすぎるなよ」

とたんに、真智子が泣き声を張りあげた。

「考えすぎるなとは何よ！」

義男は目をつぶった。父だ娘だと言っても、義男は今年七十二歳、真智子は四十四歳になる。どちらも大人だ――というのさえ照れくさいような、いい歳《とし》の人間だ。それなのに、父は娘をどう慰めていいかわからず、娘は針山みたいになってしまった心を自分でも扱いあぐねて苦しんでいる。

「む、む、娘がいなくなって――もう三月《みつき》にもなるんだもの――悪いこと、考えるなって、そんなの無理だわよ」

「わかってるよ、それはわかってるよ」

「わかってなんかないわよ。お父さんは娘がいなくなった経験なんかないもの」

真智子の言うことはめちゃくちゃで、声はがらがらで、顔を見なくても涙がぼろぼろであろうことはよくわかる。こんなふうに感情をぶつけることができる相手が父親だけしかいないということが、今の真智子の不幸に輪をかけているのだと、義男はよく承知していた。だから余計に、何をどう言って宥《なだ》めてやればいいかわからないのだ。

「こっちから警察へ行ってみるか」と切り出してみた。「大川公園で見つかったんなら、担当の警察もこっちの方なんだろ。俺が一緒に行ってやるから。それとも、まず坂木《さかき》さんに連絡してみるか」

「……うん」か細い声で、真智子は答えた。

「坂木さんには、これから電話してみる。今朝の事件のことかも知ってるだろうし」

「あの人なら、見つかった――その、なんだ、それを確認するにはどうしたらいいか教えてくれるだろう」

「うん、よく訊いてみる。じゃ、あたし、そのあとお父さんところへ行くわ。お店の方は大丈夫なの？」

「孝《たか》さんがいるからよ」

「ああ、そうよね。そうよ」真智子の声が喉《のど》にからんだ。「あたしったら何言ってるんだろう」

「少し落ち着きなさい。それと、茂《しげる》さんには知らせたのか？」

真智子は黙った。義男も黙って待った。

しばらくして、真智子が言った。「あの人は、いいのよ」

「よくはねえよ。父親だ」

「今どこにいるか知らないもの」

「会社に電話してみりゃいいだろう」

真智子は頑《かたく》なだった。「知らせても、出てきやしないわよ。手間なだけよ。いいよ、お父さんが来てくれれば、あたしひとりで」

義男は、電話機の横に立ててある古びたローロデックスに目をやった。体裁はいいが、使いにくい電話帳だ。そのなかに、真智子の夫の古川茂の連絡先電話番号も書いてあるはずだった。こっちからかけてみようか――

と、真智子が鋭く言った。「お父さんも電話しないでね、古川には」

義男はため息をついた。「わかったよ」

それきり電話は沈黙している。じゃ、あとでなと言って切ろうとしたとき、真智子の震え声が聞こえた。

「ねえ、お父さん」

「何だね」

「見つかったのは、鞠子だよね、きっと」

こみあがってきた感情の塊を噛《か》み殺して、義男は静かに言った。「だからそう決めつけなさんなよ。取り越し苦労をしなさんな」

「鞠子なんだよ、きっと。鞠子だったらどうしよう」

「真智子――」

「あたしにはわかるの。母親の勘でね。あれは鞠子よ。だからあたし――」

「とにかく坂木さんに訊いて、警察へ行ってみようよ。支度しなさい、な？」

まるで娘時代に戻ったみたいにしおらしく、「はい」と答えて、真智子は電話を切った。ため息とともに、義男も受話器を置いた。

「親父《おやじ》さん」木田が呼びかけてきた。「鞠子さんのことで何かわかったんですか」

義男はかぶりを振った。ちょっと言葉が出ず、両手を垂らしてぼんやりした。木田は首からかけた手ぬぐいを両手でつかみ、身構えるみたいな格好をして待っている。

「墨田区のさ、大川公園って知ってるか」

木田はすぐうなずいた。「知ってますよ。花見に行ったことがありますよね」

「今朝、あすこで女のバラバラ死体の一部が見つかって、テレビで騒いでるんだそうだ。それが鞠子じゃねえかって」

「ああ」と、木田は意味のない声を出した。手ぬぐいで顔を拭《ぬぐ》うと、もう一度「ああ」と言った。

「だけど、そうと決まったわけじゃねえんだよ。なのに真智子はえらいカリカリして

て」

「無理ないですよ、だって自分の娘がさ——」

言ってから、そんなことなど義男もよくわかってると思ったのか、木田はちょっとうなだれた。

「親父さんも辛《つら》いですね」

義男はテレビに目をやった。つけてニュースを見てみようかと思ったのだ。だが、すぐに気持ちをかえた。どうせすぐに警察へ行くのだ。その前に余計なものを見て、真智子と一緒になって動揺してしまったら、かえってよくない。

「もう、かれこれ三月ぐらい経《た》ちますよね、鞠ちゃんがいなくなって」

事務所の壁に貼《は》ってある豆腐組合のカレンダーを見あげて、木田がぼそりと言った。

「今日でちょうど九十七日だよ」と、義男は答えた。

木田は手ぬぐいではたかれたみたいな顔をした。「親父さん、数えてるんですか」

「うん」

製造場の階上《うえ》の住まいの方に、事務所のと同じカレンダーが、もう一枚ある。たっ

たひとりの孫娘が行方不明になって以来、義男はそのカレンダーの日付を、一日経つごとにひとつひとつ斜線で消していた。

「鞠ちゃん、帰ってくるといいですね」と、木田が言い、急いで言い直した。「帰ってきますよ、きっと」

義男は木田の顔を見たけれど、彼の励ましに返すべき言葉は出てこなかった。もう出尽くした。だから言った。

「仕事を片づけちまおう。ボイラーは停めたかい？」

今から九十七日前、六月七日の夜のことだ。古川鞠子という二十歳の娘が、JR山手線の有楽町駅前の公衆電話から自宅に電話をかけた。時刻は午後十一時半。新宿や六本木に比べたらはるかに早寝の繁華街である銀座でも、この時刻ならまだ人通りは多く、駅も明るい。ましてやこの日は金曜日だったからなおさらだ。電話に出た母親の真智子は、鞠子の周囲が騒がしいので、何度も聞き直さなければならなかった。

鞠子は言った。「こんなに遅くなっちゃうはずじゃなかったんだけど、ごめんなさい。今、有楽町なの。これから帰るからね」

「あんたひとりなの？　会社の人たちと一緒じゃないの？」

「今日はね」と、鞠子は言った。声は明るく屈託がなかったが、わずかに酔っているようだった。

「気をつけなさいよ」

「はあい、わかりました。お風呂《ふろ》たてといてね。あと、お茶漬け食べたいな。お願いね、お母さん」

そう言って、鞠子は電話を切った。カードではなく十円玉でかけていたらしく、彼女が電話を切る直前に、料金切れを示すブーという音がしたのを、真智子は聞いている。

電話のあと、真智子は風呂の支度をし、夕食をいつでも温め直せるように準備して――お茶漬けだけなんて、栄養にならないんだから――それからリビングでテレビを観《み》た。夜のニュースショウで、低金利時代の賢い貯蓄法について特集していた。

古川家は、JR中央総武線の東中野駅から歩いて五分ほどのところにある。駅から家までの道は、線路沿いの、夜はあまりひと気のないところだ。真智子は、ごく普通の母親がごく普通に、深夜になってひとり帰宅する娘を案じる程度の心配を抱えて、ひとりリビングに座っていた。最初のうちは、特に時計を気にすることもなかった。四月に就職したばかりの鞠子だが、そろそろ職場にも慣れ、遊び仲間もできて、週末など、まっすぐ帰ってくることの方が珍しい。真智子も、娘の生活パターンの変化に、ようやく慣れ始めたころだった。華の金曜日、か。

有楽町から東中野まで、乗り換え時間も入れて、普通ならだいたい四十分ぐらいだ。そのうえに、深夜ということを考え、徒歩の部分も入れても一時間あれば鞠子は帰宅できる。そのつもりで、真智子は待った。十一時半から零時半になるまでは。

零時半を過ぎても玄関のチャイムが鳴らないと、真智子は、鞠子のヤツめ乗り継ぎに失敗したかなと考えた。

時計を見た。零時四〇分。それからテレビに視線を戻した。

また時計を見た。零時五二分。立ち上がり、玄関に行って、門灯が点《つ》いているのを確かめる。それからリビングに戻った。今度は、椅子《いす》に腰をおろすと煙草《たばこ》に火をつけた。真智子は一日にキャスター・マイルドを十本ぐらい灰にするという程度の軽い煙草呑《の》みだった。

時計を見上げた。今度は視線を動かさず、じっと見た。零時五五分から、秒針が音もなく二周するまで。

そこで初めて、遅いなと思った。

またテレビに視線を戻す。けれども、もう画面に集中することができなくなった。

どのみち、ニュースショウが終わってしまうと、けたたましいだけで面白くない番組ばかりだ。

そういえば今朝、朝食を食べながら新聞を読んでいた鞠子が、深夜映画で面白いのをやると言っていた。これは観なくっちゃ、と。真智子は午前二時三時まで起きている自信がないので、ビデオに撮ってくれと頼んだ。それなら新しいビデオテープがなくちゃと、鞠子は言った。ウチにあるのは、もう重ね撮りを繰り返してるから画質がよくないもの、あたし買って帰ってくるわ——

そうだあの娘《こ》、ビデオテープを買って帰ってくるつもりなんだわと、真智子は思った。帰り道の途中にコンビニがある。そこへ寄っているのだろう。だからちょっと遅いんだ。きっとそうだわ。

そうしているうちに、時計の針は午前一時を過ぎた。一時一〇分も過ぎた。やがて一時二〇分にさしかかった。コンビニって、そんなに混んでいるものか？　そんなに時間がかかる？

真智子は玄関でサンダルをつっかけて、外に出た。街路は静まり返り、街灯が青白く輝き、誰もいない。振り向くと、窓のレースのカーテンごしに、リビングのテレビ画面がちらちらしているのが見えた。その脇《わき》の時計も見えた。午前一時半が近づいていた。

明るい家。暗い街路。

あたしの娘が帰ってこない、、、、、、、

「鞠子」と、声に出して、真智子は呟《つぶや》いた。そしてそれが、長い長い夜の始まりになった。

真智子の電話から二時間ほど経って、義男が製造場の隣に据えてあるウォーク・イン式の冷蔵庫のなかにいると、すぐ脇の駐車スペースで車の音がした。ドアのあいだから首を出してのぞいてみると、白いカローラがバックで停車するところだった。

真智子と坂木達夫《たつお》だった。坂木が運転席にいる。身体《からだ》をねじって振り向きながら、義男の顔を認めて、しわっぽい顔にさらにしわを刻んで会釈《えしやく》をした。

「おはようございます」

義男も挨拶《あいさつ》を返したが、そのとき、胸のなかにぽつんとひとつ、重りが落ちてきたような気がした。大きな重りではない。鮒《ふな》釣りに使うくらいの、指先でこねて自由に形を付けることのできる、小さな鉛の塊だ。

最大の重りは、鞠子が失踪《しっそう》したあの夜以来、ずっと胸の底に沈んでいる。沈み続けている。動くことも、浮かぶことも、わずかに水面を波立たせることさえしない。ただずっとそこにあって、暗い水面を透かしていつでもその存在を確かめることができる。持ち上げたらさぞ重かろう——と思いながら、あの下には何かひどく惨《むご》いつぶされ方をしたものが眠っていて、重りを持ち上げたらそれも一緒にあがってきて、我々はそれに直面しなくてはならないのだ——と思いながら、何の変化もない水面を見つめ続ける。それが、不可解な失踪をした者の帰りをひたすら待つだけの家族の毎日なのだ。

だが今、坂木の顔を見たときに落ちてきた小さな重りは、その水面にわずかなさざ波を立てた。二時間前の、真智子の取り乱した電話でさえ、立てることのなかったさざ波を。

——坂木さんも、大川公園で見つかったのが鞠子じゃないかと思ってるんだ。

そうでなければ、わざわざ一緒に出向いて来てくれるわけがない。

坂木達夫は、警視庁東中野警察署の生活安全課の刑事である。髪が薄いせいもあって老《ふ》けて見えるが、歳《とし》を聞いてみたら四十五歳だった。義男から見れば息子みたいなものである。おまけに、ふたりともよく似たずんぐり型の体型をしており、一度ならず親子に間違えられたことがある。

九十七日前、六月七日の夜が更《ふ》け八日の朝が来ても鞠子が帰ってこなかったとき、真智子は義男に電話をかけてきた。そのときすでに、鞠子の親しい友達のところにはすべて電話をかけ終えていた。誰も鞠子と一緒ではないことがわかっていた。

義男はすぐに、警察に相談しろと言った。鞠子は一人娘で、競《せ》り合う兄弟姉妹もおらず、小さいときからめいっぱい可愛《かわい》がられて育った。周りは大人ばかりだったから、ペットみたいな面もあった。それだけに、大人になってみると、周囲の人々に（我儘《わがまま》だな）と感じさせる言動も、時として目に付いた。

だがそのかわり、鞠子は、両親にとって、祖父にとって、親戚《しんせき》一同にとって、自分がどれだけ重要な人物であるかということだけは、充分以上に認識していた。彼女の一挙手一投足に、皆がどきどきしたりハラハラしたり、右往左往するのだ。

だから鞠子は、どんな時でも、自分の行動がスケジュール通りに進まないで、どこかに着くのが遅れるとか、あるいは予定を取りやめるとかいう場合には、必ず、例外なく、神経質なくらいにきちんと、しかるべき方法でしかるべき相手に報《しら》せるという習慣を持っていた。待ち合わせに遅れる時には、たとえそれがほんの十分のことであっても、相手に報せた。あたしが時間通りに動かないと、約束を違《たが》えると、心配する人たちがたくさんいる――鞠子にはそういう刷り込みがかかっているのだ。またそうでなければ、華の週末をデートや女友達との食事や遊びなどで楽しんでいる二十歳の娘が、さあ帰ろうという時になって、家にいる母親に、わざわざ電話などかけて寄越すはずがないだろうと、義男は思う。

その鞠子が、黙って帰宅しないのはおかしい。いや、おかしい以上のことだ。たとえば駅で真智子に電話をかけたあと、一度サヨナラと手を振ったはずのボーイフレンドが引き返してきて、やっぱり今夜はもうちょっと一緒にいたいよと言ったとしたなら、そして鞠子もその気になったとしたなら、その旨《むね》を必ず――彼とホテルに行くのとは言わないまでも――今夜は予定が変わって帰りがうんと遅くなるよということを、真智子に報せてきたはずだ。それが鞠子だ。鞠子という娘なのだ。思春期の反抗したい盛りのときだって、黙って家を飛び出してしまうことのできなかった娘だ。母親と大喧嘩《おおげんか》して友達の家に行き、一晩泊めてもらうということになったときも、やっぱり自宅に電話をかけてきた。繁華街をふらついたりしてるわけじゃないんだからねと、喧嘩腰で報告しただけだけれど、それでも報せてはきた。そういう娘なのだ。

しかもその上に、去年の暮に真智子の夫の茂が家を出て、古川家は事実上母娘《おやこ》ふたりだけになってしまった。生活に支障はないものの、これでますます、母・真智子の毎日は娘・鞠子を中心に回ることになったのだ。それをうっとうしいと思うことがあったとはしても、だからといって今までの習慣をぶち破り、母親に余計な心配をかけることができるほど、鞠子はドライではない。

だから義男は真智子に、まっすぐに警察へ行けと言ったのだ。そうして、向こうさんはたぶん、あんまり本気で相手にしてはくれないだろうけれど、それに負けちゃいけない、鞠子がこういうことに関してはどれだけ几帳面《きちようめん》な娘であるか、連絡もないまま外泊するなど考えられないことであると、一生懸命説明しろと言い聞かせた。そうして、木田に店を任せると自分も東中野署へ飛んで行った。

そこで出会ったのが坂木達夫だったのだ。狭い応接室みたいなところで、うつむいて目を真っ赤にしている真智子と向き合い、まるでその責任が全部自分にあるみたいな顔をして一緒にうなだれていた。

坂木から名刺をもらったとき、義男は彼の何から何まで気に入らなかった。貧相な雰囲気も、生活安全課という区役所の苦情処理係みたいにお気楽な所属部署も。二十歳の娘が、夜、東京のど真ん中で、突然消えてしまったのだ。帰るべき家に帰ってこなかったのだ。それを訴えに来た家族に応対するのが生活安全課だと？　猫の子を探してもらおうというんじゃないんだ。

その憤激は、坂木がゆっくりと、私の課では家出人捜索を扱うのですと説明したときに、頂点に達した。

「鞠子は家出したわけじゃない。これから帰るよとわざわざ電話してから家出するバカがどこにいます。あの子は帰って来るつもりだったのに、帰ってこれなくなったんですよ」

何か事件に巻き込まれて——という言葉を、義男はあわてて呑み込んだ。真智子はハンカチのなかに顔を埋めてしまっている。

「お気持ちはよくわかります」と、坂木は言った。鈍重な話しぶりだと、義男は思った。小さい目をちまちまとしばたたくところも気にくわない。もっと有能な刑事はいないのだろうか？

「しかし、若い人には若い人の考え方がありますからね。あまり早いうちに大騒ぎをしては、かえってお嬢さんに恥をかかせることになりかねませんでしょう」

「だから、鞠子に限っては、そういうことはありゃせんのです」

「皆さんそうおっしゃるんですよ、親御さんは」

「そんな……」

義男は口がきけなくなってしまった。もともと多弁な方ではない。商店主というのは、だいたいふたつに分かれる。ひとつは多弁で話の旨《うま》いタイプ。もうひとつはすぐに言葉に詰まるタイプ。前者には、スーパーとか電器店とか、販売や修理を専門にする店に多い。後者は、義男みたいに製造と販売を一緒にしている店に多い。

坂木刑事は、泣いている真智子と顔を強《こわ》ばらせている義男とを見比べて、ちょっと椅子を引いて座り直すと、穏やかに続けた。

「しかし、若い娘さんが突然姿を消すというのは、大変なことです。事件の可能性もあります。それは私どももちろん承知していますよ。少しでもそういう様子が出てきたら、大がかりな捜索に取りかかることになります。けれども、今、この段階では、それを始めるには早すぎると思うのですよ。お母さんにもおじいさん――おじいさんでよろしいんですね？」

「そうです」と言って、義男は額の汗をぬぐった。刑事の言うことはわかる――それは理屈だろう――でも――

「ご心配はわかりますが、あまり悪い方にばかりお考えになりませんようにお願いします。さっき伺ったのですが」と、刑事は義男の方を向いた。「この鞠子さんの父親、お父さんの古川茂さんは、現在別居中だそうですね」

「そうです。杉並の方に住んでおります」

「お嬢さんがそちらにおられるということは考えられませんか」

「ないです」叩《たた》かれたみたいに素早く、真智子が顔を上げた。「それは絶対ありません」

坂木は動じなかった。わずかに薄く笑みを浮かべ、宥《なだ》めるように、「絶対かどうかはわかりませんよ。お母さんに電話をかけたあと、有楽町で偶然、お父さんに会ったということだってあり得る。それで話をしているうちに夜が更けて、お父さんのところに泊めてもらったということだって考えられるでしょう。ただ、そのことをお母さんにお知らせするタイミングが、ちょっと遅れたというだけで」

真智子は目を閉じたまま首を振った。

「そんなことはないです」

「ご主人のお勤め先は？　どちらです」

「丸の内ですよ」

「じゃあ、有楽町で会うことだって――」

「それはありますよ、そういうことなら」真智子は焦《じ》れ始めた。声が高くなった。「父親と食事して帰ってくることだってあります。あの子はあの子なりに、あたしたち夫婦のあいだのことを心配してますから。だけど、あの子が父親と一緒に飲み歩いて遅くなったとしたって、泊めてもらうってことはありません。父親だって泊めません。うちまで送ってきますよ」

「しかし――」

「茂は別の女と住んどるんです」と、義男は言った。「ですから、娘を家にはあげません。私も会いに行ったことがあるが、入れてはもらえませんでしたよ」

坂木の目の焦点が、ちょっとぼけた。彼が（家庭の事情が複雑なようだな）と考えて、そのために、やっぱり家出の可能性が強いなどと思ったりすると困ると、義男は考えた。だから続けて言った。

「それはそれで、夫婦にとっては深刻な問題です。ですが、そのことと、鞠子が帰ってこないこととは関係ありませんよ。両親が離婚しそうだからって家出するような娘じゃない。それも今ごろになって――ばかばかしい」

吐き捨てるように言ってしまってから、義男はひやりとした。ここで坂木に気を悪くされてしまっては困る。この刑事が窓口なのだ。

だが坂木は、内心はともかく、外目には気にしている様子を見せなかった。まだ焦点を見失ったような顔をしているが、それは何か、今の話題とは別のことを考えているせいであるようだった。

「とりあえず」軽く咳払《せきばら》いをして、坂木刑事は目をあげた。「今日一日は、様子を見てみましょう。心当たりの場所に連絡してみてください。私の方からも、まめにご連絡をします。いいですか、お嬢さんが照れくさそうな顔をして帰ってくるという可能性は、充分あるんですからね――」

以来、坂木刑事はずっとその態度を通してきた。一週間、十日、半月、一ヵ月――鞠子の帰らない日々が続き、東中野署でも事件性の強い失踪と見て捜査を始め、都内の交番に鞠子の写真と失踪当時の服装を記したチラシが貼《は》り出されるようになってもまだ、彼の態度は変わらなかった。事件かどうかはわからないんですよ。思いこんでは駄目ですよ。警察は手を尽くします。でも、悪い方にばかり考えてはいけませんよ――と。まるで、彼が一度でも（これは事件だ）と思ってしまったら、その瞬間にそうなってしまうとでも信じているかのように。

言ってみれば、坂木はこの九十七日間、義男と真智子ののぞきこむ心の暗い水面に落ちて来る重りを、ぎりぎりのところで、可能な限りすくいとり、外へ捨てる作業に専念してきたのだ。だがしかし、今朝に限っては、それが違った。

「一緒に来てくださったんですか」

ふたりを店の奥の座敷に招じ入れながら、義男は言った。自分でも、声が緊張していることがわかった。

「ちょうど非番だったもんで」

いつもながらの穏やかな声で、坂木は言った。ぐったりと肩を落とし、疲れ切ってあとからついてくる真智子とは対照的だ。坂木は真智子をちらと振り向くと、

「古川さんがだいぶ取り乱しておられるようなんで、一緒の方がいいと思いましてね。それに、これから墨東《ぼくとう》警察署へ出かけられるとしたら、私がいた方が話の通りが早いでしょう」

努めて穏やかな言い方をしていた。

真智子が座敷にあがるとき、義男は彼女の肩を軽く叩いた。まだ午前中だというのに泣きはらした目に、新しい涙がにじんでいる。

「なあ、坂木さんもおっしゃるとおり、まだ鞠子だと決まったわけじゃないんだからな」

真智子はうなずいた。

「お茶をいれるわね」と言って、奥の台所の方へと消えた。彼女が、座敷と台所を隔てるガラス戸を閉めるのを確かめて、義男は坂木に向き直った。

「本当のところ、どう思われます」

坂木は義男の顔を見た。正面からまっすぐに見た。それなのに、視線がきつい感じがしなかった。これがこの男の特徴だった。いつでもこうだった。精神の肩が弱いのだ。周囲に向けて、キャッチボール程度の球しか放ることがない。義男はふと、この人のかみさんや子供は幸せだろうなあと思うことがある反面、刑事には向いてねえ人だなあとも思う。

「即断はできません」と、坂木は応《こた》えた。目顔で灰皿を探しているので、義男は煙草《たばこ》盆を差し出し、自分もハイライトを一本つけた。今朝起き抜けに封を切ったばかりなのに、気がついたらこれが最後の一本だった。真智子を待っている間、煙突みたいにふかしていたのだ。

「古川さんは、鞠子さんに間違いないと思いこんでおられるようですね」

「あいつはちょっとヒステリーなところがあるんですよ」と、義男は小さく言った。「でも、あいつの勘はよく当たる。鞠子が失踪《しっそう》したときだってそうだった」

「今日で九十七日ですね」

義男は驚いた。「坂木さんも数えてるんですか」

坂木はうなずき、ふと煙を吐き出すと——坂木は紙みたいに軽い煙草を吸っていた——言った。「出がけに墨東警察署に連絡をとってみたんですが、今のところはまだ、最初に発見された右腕以外のものは見つかってないそうです。あっちでも大捜索をやってるんですよ。公園中を引っかき回してね」

「私らはそういうことには詳しくないが……」

義男は言いよどんだ。テレビの推理ドラマの登場人物のように、バラバラ死体だの殺害状況だのと、ぺらぺら言えるわけもない。

「バ――バラバラってのは、そのなんだ、ひと所に捨てられるもんじゃないでしょう？　バラかして――そのためにバラすんでしょうから」

「そうですね。でも、念のためということがありますから。大川公園は広いし、ゴミ箱もたくさんある」

「ゴミ箱？」

「ご存じなかったですか。問題の右腕は、公園の入口近くのゴミ箱のなかに、紙袋に入れて捨てられていたんです。茶色の紙袋ですね。スーパーなんかで使ってるみたいな」

真智子がコーヒーカップを載せた盆を持って台所から出てきた。まだ目は充血したままだが、とりあえず涙は止まったようだった。

「日本茶が見つからなくて」

坂木にコーヒーを勧めながら、言った。「どこに置いてあるの？」

「そうか……俺はここんとこ、ギャバロン茶しか飲まねえからな」

高血圧によく効くというお茶だ。最初に、雑誌で読んだとか言ってそれを買ってきてくれたのは鞠子だった――と、義男は思い出した。

――おじいちゃん、血圧、上が二〇〇を超えちゃうこともあるんだって？　そんなの人間の血圧じゃないよ、キリンだよ。

笑いながら、でも心配そうな目をしていた。

――しょっぱいものを食べちゃ駄目よ。お豆腐食べるときもね、お醤油《しょうゆ》じゃなくて、ポン酢にするといいの。ね？

唐突に、錐《きり》でもみこまれるように胸が痛んできて、義男は手で顔を押さえた。幸い、真智子は自分のことだけで手一杯のようで、何も気づかなかった。思いつめたような目をしてコーヒーを飲んでいる。

だが、坂木は気づいた。目をそらして、コーヒーカップを手に取った。

その右腕が、鞠子のだったらどうしようか。どうなるだろう。真智子と同じ動揺に翻弄《ほんろう》されながら、義男は頭のなかで繰り返した。肉親になら、右腕一本だって、見ればわかる。鞠子かどうか。見てしまえばわかってしまう。確かめに行く勇気を、今、振り絞ることができるだろうか。

「お客さんみたいですよ」と、坂木が言った。

目をあげると、店先に、黄色いポロシャツを着た若い女性が入ってくるところだった。義男を見て、笑顔になった。

「おじさん、お豆腐ください」

「はいよ」立ち上がり、義男は店に出た。

「絹一丁と、木綿一丁ね」

近所のマンションに住む主婦である。午後から夕方まで、ここから自転車で十分ぐらいのところにある歯医者でパートの受付をしている。半月ほど前、歯肉炎の薬をもらいに行ったら、「あら、お豆腐屋さんのおじさん」と声をかけられて、それでわかった。

「今日はがんもどき、揚げた？」

「悪いね、まだなんだよ」

義男の店では、夏場にはがんもどきを揚げないのだ。秋もかなり深くならないと店には出さない。

「そろそろつくってよ。夜は肌寒いくらいになってきたじゃない。おじさんのがんもどき食べちゃうと、スーパーのはまずくって」

「ありがとうよ」

ショウケースごしに豆腐を入れたビニール袋を渡し、小銭を受け取る。毎度、と言って送り出そうとしたとき、女性が足を止めて言った。

「おじさん、なんか元気ないわね。どうしたの?」

潑剌《はつらつ》とした声なので、座敷にいるふたりにも聞こえたろう。義男は笑ってみせた。

「もう歳《とし》なんだよ」

「嫌ねえ、そんなことないってば」

笑いながら、彼女は外へ出ていった。もう一度「毎度あり」と声をかけてから、傍らの小さな洗面台で、義男は手を洗った。ついでに顔にも水をかけた。

座敷に戻ると、真智子がまた泣いていた。

「お父さんもやっぱり、予感がするのね」

義男は黙っていた。座って、コーヒーの残りを飲んだ。

「木田さんはどちらです」と、坂木がきいた。

「配達なんだ。十二時前には戻るから」

「じゃあ、それから出かけましょうか」淡々と言って、坂木は真智子に向き直った。

「道々お話ししたように、なにしろ右腕だけですからね。確認できるかどうか、それ自体がわかりません。あまり思い詰めないでくださいよ」

うなずきながら、真智子はそばに置いてあったハンドバッグを引き寄せ、蓋《ふた》を開けた。

「坂木さんがね、鞠子の指紋がついてるものを持っていった方がいいっておっしゃって」

取り出して、義男に見せた。半透明のビニール袋に入れた、小さな櫛《くし》だった。

東中野の鞠子の部屋は、失踪後もずっとそのままにしてある。誰に言われなくても真智子はそうしたろうが、坂木もそう勧めていた。

「それもあくまで、念のためですよ」と、坂木が急いで言った。「何しろ、状況がまださっぱりわからないんだから。見つかった右腕から、指紋が検出できるかどうかもわからないしね」

真智子が大事そうに櫛をしまいこむのを見て、義男は言った。「真智子、すまんけど、ハイライト買ってきてくれないか。切れちまった。俺は店番してるから」

「いいわよ」と、真智子は立ち上がった。

「煙草屋、どっちだっけ」

「店を出て右だ。ポストのそばだよ」

真智子が出てゆくのを、義男は待った。彼女が見えなくなってから坂木に顔を向けると、彼は茶簞笥《ちゃだんす》の上に載せてあるハイライトのカートンを見ていた。

「真智子がいない方が、はっきり言えるでしょう」と、義男は言った。「あんたが一緒に来てくだすったんで、ああこれはと思ったんですよ」

坂木はまだ、カップに半分ほどコーヒーを飲み残していた。それを見つめながら、ぼそりと言った。「煙草屋は遠いですか」

「近所だよ。でも、今日はそこは休みだ。探しながら買って帰ってくるんだから、十分ぐらいはかかるでしょう」

そのつもりで、真智子を外に出したのだ。

「坂木さんのところには、テレビ局よりも早く情報が入るんでしょう。率直なところ、どうなんですか。大川公園の——その、見つかった腕っていうのは——何か特徴があるとか、その——」

坂木は下を向いたまま、手で顔をこすった。面に浮かぶ余計な感情を義男に見せずにおくために、こすり落としているみたいな手つきだった。

「まだわかりません。ただ、若い女性の右腕であることは間違いないようです。それですと、鞠子さんである可能性もありますね」

「その程度ですか。だけど坂木さんは疑ってるんでしょう？」

「万が一ということを考えてはいます」

会話は続かなかった。坂木の肩が落ちている。何か新しい――そして決め手になる情報を隠しているように、どうしても義男には思えて仕方がない。だが、どう探り出したらいいのかわからなかった。

ちょうど客が来た。二人連れだった。相手をしているうちに木田が帰って来た。坂木の車と並べて、有馬商店のヴァンを停めていると、真智子が戻って来た。煙草だけでなく、スーパーの袋を手に提《さ》げていた。

「ずいぶんかかったな」

「巨峰を見つけたの」と、袋を掲げてみせた。

「鞠子が好きだから、奮発しちゃった」

父は娘の顔を見た。娘も父の顔を見た。真智子は涙目で笑っていた。

もしかすると真智子は、正気の縁から片足を踏み外しかけているのかもしれないと、義男は思った。

墨東警察署までの道のりは長く、乗り合わせた三人に、ほとんど交わす言葉はなかった。真智子は窓の外に目をやったきり、呼吸の音さえひそめて、自分ひとりきりの世界にこもりきっていた。膝《ひざ》の上に載せた両手は静かで、ただ指先が、思い出したように時々震えた。

墨東警察署は五階建てのビルで、建てられてからまだ一年と経《た》っていないように見えた。地下がパトカーや公用車両の駐車場になっているらしく、坂木が署の前の来訪者用駐車場に車を停めている間に、ビルの下から続けて二台のパトカーがするりと走り出てきた。義男の記憶と方向感覚に間違いがなければ、二台とも大川公園の方に向かっていた。

車を降りると、義男は真智子の腕をとった。ひとりでは歩けない様子だった。制服姿で右手に木刀みたいなものを持った警備担当の警官が、入口の階段に近づいてゆく三人をじっと見つめている。

そのとき義男は、警備の警官のすぐ脇《わき》、階段を下りきった反対側に、高校生ぐらいの少年がひとり、背中を丸めるようにして座っているのを見つけた。何かから身を守るように、両手で頭を抱えて。

大川公園から墨東警察署まで、塚田真一は、キングの飼い主の女の子といっしょに、パトカーで運ばれてきた。後部座席に肩をくっつけるようにして乗り込んだのだけれど、移動しているあいだじゅう、女の子はずっと泣いていたし、真一はうなだれていた。パトカーに乗せられるふたりを見ていた野次馬の群のなかからは、

「なんだ、また学生が何かやらかしたのかい」という声が聞こえてきた。

ゴミ箱の紙袋から転がり出てきた人間の腕を見たとたん、真一は動けなくなってしまったし、女の子の方はその場にしゃがみこんで泣いたり叫んだりするだけでこれもまったく役に立たず、結局、最初に一一〇番通報をしてくれたのは、女の子の悲鳴を聞いて駆けつけてきた散歩中の中年の夫婦だった。なかなか冷静できぱきした人たちで、パトカーのサイレン音が近づいてくるに連れ、どこからか湧《わ》いてくるように集まってきた野次馬の群からふたりを守りつつ、警察が到着するまでのあいだ、好奇心旺盛《おうせい》で不用意な連中がゴミ箱に近づかないように見張ってもいた。そのうえ、現場での事情聴取だけでは足らず、真一たちが警察まで出向くことになったとき、キングとロッキーを預かり、それぞれの家まで送り届けようと申し出てくれた。

「住所を聞いたら、どっちの家もうちの近所ですから」

最終的には、彼らにパトロール警官がひとり同行し、真一や女の子の家族に事情を説明する、という運びになった。そうして、まだ身体《からだ》は強《こわ》ばったまま、ありがとうと

いう言葉の代わりに、何とかひとつ頭をさげて挨拶《あいさつ》した真一に、夫の方が、ちょっと声をひそめてこう言った。

「びっくりしたんだろうし、気持ちはわかるけど、男だろ？　もっとしっかり、しゃっきりしろよ。彼女にいいところを見せないとな」

言葉といっしょに、真一の肩をぽんと叩《たた》き、離れて行った。真一には、あの女の子は僕の彼女でもなんでもないとか、どうしてこんなにも僕がショックを受けたかその本当の理由をあんたは知らないじゃないかとか、いろいろと言いたいことはあった。言い返せば、それは相手を納得もさせただろう。だが言葉は出なかった。ひとり、顔が熱くなった。それでもまだ背中は冷たく、膝は震えていた。

パトカーに同乗していた刑事は——かすかにナフタリンの匂《にお》いのする背広を着て、髭《ひげ》の剃《そ》り跡が青々していた——車中では余計なことを訊《き》かなかった。名前を名乗ったようだが、真一には聞き取れなかった。耳に聞こえるのは、ゴミ袋の中身を見たときの女の子の悲鳴——それにかぶって蘇《よみがえ》ってくる自分の悲鳴。そして何度まばたきしても、目に見えるのは、ゴミ袋から出てきた手の指先。まっすぐに真一を指さしていた。おまえだ、と名指しするかのように。おまえだ、真一。おまえのところに戻ってきたぞ。一度は取り逃がしたけれど、こうして戻ってきた。今度こそおまえをつかまえるために。

あの手は死神の手だと、真一は思った。

墨東警察署では、女の子といっしょに、階段をひとつあがったとっつきにある会議室みたいなところに通された。しばらくのあいだは、私服の刑事ばかりが数人出たり入ったりして、真一たちをちらっと横目で見たり、ちょっと声をかけたり——ご苦労だね、少し待っていてくれよ——しながら、忙しげに話し合っていた。そのあいだに、制服の婦人警官が、紙カップに入れたコーヒーを持ってきてくれた。

若い婦人警官の優しそうな雰囲気に安心したのか、女の子が顔をあげた。目が真っ赤になっている。

「あの、すみません、ティッシュもらえませんか」

鼻をかもうにも、ハンカチひとつないのだ。婦警はすぐにうなずいて、どこからか新しいポケットティッシュを持ってきた。

「ほかには何かある？　お手洗いは大丈夫かしら」

「平気です。ありがとう」

女の子は婦警に向かってほほえみかけた。婦警も微笑を返し、つと真一の方に視線を向けると、声をかけてきた。

「君は大丈夫ですか？　気分が悪そうだけど」

真一は黙ったまま顎《あご》だけをうなずかせた。婦警はまだ何か言いかけたが、思い直したように口を閉じ、部屋を出ていった。

会議室のドアは開けられたままで、外の人声も聞こえてはくるけれど、真一は女の子とふたりきりになった。それを待っていたように、女の子が話しかけてきた。

「なんか、お互いにとんでもない目に遭っちゃったね」

真一はうつむいて、彼女の顔を見なかった。彼女は、座っているパイプ椅子《いす》をずらし、近寄ってきて声をひそめた。

「今朝散歩に出るときには、こんなことになるなんて思ってもみなかったじゃない？　何があるかわかんないよね」

「うん」と、真一はうなずいた。女の子の可愛《かわい》らしいトーンの声が、かえって辛《つら》かった。どうしてこんな明るい声が出せるんだろう、と思った。

真一は手で額を拭《ぬぐ》い、大きく息を吐いた。

他人事《ひとごと》だからだ。彼女にとっては、直接自分の身には関わりのないただの事件だからだ。だから、ショックがおさまればまた元の自分に戻れる。俺とは違うんだ。

「まだ自己紹介もしてなかったよね。あたし、水野久美」そう言って、彼女は真一の顔をのぞきこんだ。「あなたも高校生？」

真一はまた無言でうなずいた。久美の顔が、心配そうに曇った。

「ヤダな……。ねえ大丈夫？　ひどい顔色よ」

「大丈夫だよ」

「びっくりしたもんね」久美の声が、芝居がかって裏返った。「あたし、夢に見そう」

それから、ちらっと舌を出した。「でも、ちょっとスリリングだよね」

そこで真一の我慢が切れた。椅子を押しやって立ちあがった。そのまま部屋の出口に向かった。

久美は驚き、中腰になった。「どしたの？　どこ行くの？　勝手に歩き回っちゃダメよ」

その声を置いてきぼりに、真一は廊下に出た。そこで、部屋に入ってこようとする大柄な中年の刑事と鉢合わせしかけた。相手はびっくりして、必要以上に大きく身を引いた。

「何だね、どこへ行く？」

「すみません、吐きそうなんです」真一は短く言った。「外の風に当たってきたいんだけど、いいですか」

いいですかと言いながら、立ち止まることなく階段の方へ向かった。大柄な刑事が急いで真一の腕を取った。

「ちょっと待った」

「すぐ戻りますから。お願いです」

そこへ、廊下の反対側から別の刑事がやってきた。ノーネクタイにサンダルばき、突き出た腹のせいで、余計にだらしなく見える。

「おいおい――」

何事だ、と近寄ってきたその刑事にも、

「遠くへはいきませんから」と短く言って、真一は小走りに階段へ向かった。曲がり角で、大柄な刑事がついてこようとするのを、ノーネクタイの刑事が引き留めているのが、目の隅に見えた。

自動ドアを踏んで外に出た。陽の光がまぶしく目を射た。建物の前のコンクリートの階段をみっつ降り、端に寄ると、いちばん下の段に腰をおろして、真一は手で目を覆《おお》った。出入口で警備をしている警官が近づいてくるかと思ったけれど、真一が腰を据えて動かないので、様子を見ているのか、声もかけてこなかった。その有り難い沈黙のなかで、真一は頭のなかで再生されるすべての映像、すべての音響のなかに身を置き、それらが彼を苛《さいな》むに任せた。一度思い出してしまった以上、ひととおり終わらないと、途中で断ち切ることはできないのだ。そのことはもう、嫌というほどよくわかっていた。

五分か十分か、そうやって自分で自分の身体を抱き、じっと固まっていた。記憶の嵐《あらし》が過ぎ去り、やっと身体を起こすことができたとき、自分が泣いていないことを知った。震えてはいるけれど、涙は流していない。とっくに枯れてしまったのだ。

気がつけば、爽快《そうかい》と表現していい中秋の好天気だった。署の前の四車線の大通りを、様々な車が行き来している。すぐ右手の歩道にバス停があり、背広姿の男性がひとり、立ったまま新聞を大きく広げて紙面を読みふけっている。新聞の端が風ではためき、足元の木の葉がからからと転がってゆく。

世の中には何の変化もなく、陽光は黄金色で、空気は澄み、平和そのものだ。真一は頭を振り、両手で顔をこすった。

そのとき、署の前の車回しに、一台の車がすべりこんできた。白のカローラだ。建物の前で右折すると、来訪者用の駐車場に停まった。ドアが開いて、なかから人が降りてきた。

三人いる。背広を着た中年の男と、灰色のシャツの上に灰色のチェックの上着を着込んだ年輩の男——ふたりともずんぐりしていて、歩き方も似ている。親子だろうか。そうしてもうひとり、女性がいた。やはり中年——石井夫人ぐらいだ。いや、真一の母親と同じぐらいの歳格好だ。

ひどく様子のおかしい女性だった。酔っぱらっているみたいだ。歩きながらふらふらと右へ揺れ左によれ、見かねたのか灰色シャツの年輩の男性が彼女の腕をとらえていっしょに歩き出した。かばうように歩調をあわせる年輩者に、中年の女性が笑みを向けた。その笑みも、どこかあるべき焦点を失っているように見えた。

どういう人たちだろうと、真一は考えた。警察を訪れるのだから、その目的が明るいものであるわけはないが、被害者側の人びとだろうか。それとも加害者側だろうか。

見つめていると、こちらに近づいてくる三人のうちの年輩者の視線が、真一のそれと、つと交差した。真一は年輩者を見た。灰色のシャツの色に似て、暗い顔だった。禿《は》げあがった額に秋の明るい日差しが映っているが、それは不幸のあった部屋いっぱいに陽があたっているみたいなものだった。

年輩者も真一を見た。不審そうな目つきのなかに、わずかに、かすかに、同情か心配のようなものが混じっているように感じられたが、それは真一の思いこみかもしれない。年輩者の視線は真一の顔を見回し、それから墨東警察署の入口の方へと戻った。

先を進んでいた背広姿の男が、警備の警察官と話をしている。その声が、強い風にちぎられ切れ切れになって真一の耳にも届いた。

「――娘さんなんじゃないかと」

真一ははっと身を起こした。首をよじって、自動ドアの前にたたずむ三人と、警備の警察官の横顔を見あげた。

この人たちは、あの腕の持ち主が自分の娘ではないかと思って訪ねてきたのだ――平手打ちのように、その考えが真一に打ちかかってきた。目が覚めた。そうか、この人たちはあの腕の身元を知りたくてやってきたのだ。

これからもきっと、何組となく、そういう家族がこの墨東警察署を訪れるのだ。みんなあんなふうに日差しから顔をそらし、うつむいて、署内で待っている答が最悪のものではないことを願いながら。真一は再び、まっすぐに彼を指さしていたあの腕のことを思った。切断されたあの腕の持ち主は、家に帰りたがっていた誰かの腕であり、その腕をとり指を握るためにここにやってくる人たちにとっては、真一の方こそ死神だ。知らなければ信じずにいることのできた娘の死を見つけ出してしまったのだから。

背広姿の男が、警備の警察官に挨拶をして署のなかに入ってゆく。年輩者と、彼に抱えられるようにしてあの女性があとに続く。三人の姿が消える直前、何を思ったのか、年輩者ひとりだけが、急に振り向いて真一を見た。素早い動作で、すぐにまた前を向いてドアの向こうに入っていってしまったけれど、問いかけるようなその目に、真一は心に残るものを感じた。

このとき、振り向いた灰色シャツの年輩者は、真一を見て、この兄ちゃんは、まるでたった今自転車から転がり落ちて、慰めてくれるおっかさんを探している子供みたいな顔をしている――と思っていた。だが、真一が実際に年輩者の口からそれを聞くのは、もっとずっと先のことになる。

署の入口には、また真一と警備の警官だけが残った。少し寒くなってきた。中に戻ろう――と、立ち上がりかけたとき、うしろで声がした。

「塚田真一君だね？」

振り向くと、さっきのノーネクタイの刑事が立っていた。

「そう……です」

真一が答えると、刑事はコンクリートの階段を降りてきて、真一の隣に腰をおろした。真一も、引っ張られるようにしてまた座った。

ノーネクタイの刑事はポマードの匂いをさせていた。真一の返事にせわしなくうなずきながら、上着のポケットから煙草《たばこ》を取り出した。だが、強い風に、百円ライターの火はすぐに消えてしまう。分厚い手のひらで炎をかこうようにしてやっと火をつけると、うなるような声と共に煙を吐き出しながら、言った。

「塚田君、佐和《さわ》市の教師一家殺害事件の塚田君だろ?」

刑事が煙草と悪戦苦闘しているあいだ、ただぼうっとしていた真一は、この急な言葉に、声を失ってしまった。刑事は煙草をふかしながら真一を斜交《はすか》いに見た。

「私は警視庁の武上《たけがみ》って者だ。佐和市の事件の時には、犯人のひとりが逃走中に都内の知人宅に立ち回ったりしたもんで、ちょっとばかり捜査に関わった。それで、君の名前も覚えてた」

「……そうでしたか」と、真一はやっと言った。そういえば、ひとりは都内で捕まったんだっけなと、思い出した。

武上という刑事はまたせかせかとうなずくと、言った。「お父さんとお母さんと、妹さんと、気の毒なことだったな」

何と応じたらいいのか、真一にはわからなかった。本当にそうですと言えばいいのか、ありがとうございますと言えばいいのか。あの事件は、気の毒なんて言葉でひとくくりにできるものではなかった──少なくとも、彼にとっては。だけど何か答えた方がいいのだろう。相手は同情してくれているのだし、警察官なのだし、犯人逮捕に努力してくれた人たちのひとりでもあるようなのだから。

だが、真一が言葉を探しているうちに、武上刑事は気短な感じで煙草を吸い捨て、吸い殻を靴の踵《かかと》で踏みにじると、腹を立てているみたいな口調で言った。「すまんな、慰めにもならんよな、気の毒だなんて言っても」

「いえ……」

「私には、普段から、被害者や遺族と話をしたりする機会がほとんどないのでね。どうもうまく言えねえんだ」

「私」という自称の丁寧さと、ほかの言葉遣いのあいだのギャップが、武上刑事の困惑ぶりを物語っているようだった。

「君は今、こっちの方に住んでるのか」

「はい」と、真一はうなずく。まるで死神に導かれたみたいに、と思いながら。

「親戚《しんせき》の家かなんかかい」

「父の友達の家です。幼なじみで、やっぱり中学校の教師をしてます」

「そうかぁ」刑事は冷たい風に目を細くした。

「そうすっと、君は養子になったのかな」

「ううん。まだ正式には。だから名字も塚田のままなんです」

ああそうかというように、武上はうなずいた。

本当に話し下手な人であるようで、会話の区切り区切りに不自然な間があいてしまう。でも、立ち上がる気配は見せない。

真一は訊《き》いた。「武上さんは、今朝の大川公園の件でこっちに来てるんですか」

「うん」

「大事件だから」

「まだわからん」と、首を振る。「切断された腕が見つかったというだけじゃ、殺人かどうかははっきりしねえだろう。死体損壊・死体遺棄というだけかもしれん」

言ってから、失笑した。「そんなわけはねえな。プンプン臭《にお》うよな。ありゃ殺人だろう、うん」

「嫌だな」と、真一は言った。「すごく嫌です」

武上が真一を見た。「あれを発見したのが塚田真一君ていう高校生だって聞いて、俺も仰天したよ。一年ぐらいのあいだに、ひどい目に遭うよな、君も」

「なんか、僕には変なものがついてまわってるのかもしれない」

武上は、真一の背中をどんと叩《たた》いた。「バカなことを言い出すもんじゃねえよ」

真一もそう思いたかった。けれど、死神の指のイメージは、そう簡単に心から離れてくれそうになかった。

「今の家は、居心地いいのかい」

「いい人たちです、おじさんもおばさんも」

「ほかに子供は？」

真一は首を振った。「僕ひとりです。あと、犬がいるけど」

「犬か。犬はいいよな」武上は言って、両手を膝《ひざ》にあて、立ち上がる仕草をした。

「どれ、もう気分は大丈夫かい」

「はい。スミマセンでした」

「じゃ、ご苦労だけど、事情聴取を受けてくれよ。終わったらすぐ帰っていいから、今日も学校も、午後の授業には間に合うと思うよ」

日頃から、学校は休みがち——石井夫妻にも黙ってサボることも多いから、今日も行かなくたってかまわないし、行く気もない——と、言いかけてやめた。武上が先になり、真一が後に続いて、署の建物の方へ戻り始めた。自動ドアの前で、また新しい車がやってくる音が聞こえ、真一は振り向いた。

今度はタクシーだった。後部座席から、母娘らしいふたりの女性が降りてきた。ふたりとも、針で突っついたらはじけそうなほど、張りつめ、強《こわ》ばった顔をしていた。

彼女たちの方に目をやったまま、真一は言った。

「腕の身元を確かめに来た人たちかな」

「どうかね……」

「さっきもひと組、そんな感じの家族が来ましたよ」

ちらりと視線を交わした、あの灰色シャツの年輩者の顔を思い出した。

「女の子の巻き込まれる、ひどい事件が多いからな」

武上が言った。低い声だった。

「ひと昔前までは、身元不明の遺体があがったとかいっても、家出人を抱えてる家族の反応は、これほど敏感じゃなかったんだ。だけど、このごろどんどん変わってきてるよ。みんな、知識を持つようになってきたからな。つい最近は、大阪の方で、女性ばかり殺してバラバラにする殺人事件があったばっかりだし」

母娘らしいふたり連れに追いつかれないうちに、真一は建物のなかに入った。階段をあがってさっきの会議室へ向かう途中で、思い出したように足を止め、武上が訊いた。

「君は、ご家族の事件の公判には出るのかい。もう始まってるよな?」

第一回公判は事件の半年後、今年の三月に行われた。真一はそれにには出ていないし、傍聴もしていない。これから先、出廷しなければならないのかどうかということは、真一にとってもひどく気になることだったのだけれど、まだはっきりしていなかった。だから正直にそう言った。

「担当の検事さんは、僕のことは、できるだけ出したくないって言ってます」

「君だって、出たくねえよな」

「証人席でいろいろ訊かれると、当時のことを思い出して辛《つら》いからって意味ですか」

「そうだよ、うん」

「それは——ないな」

「本当かよ」

「誰にも何も訊かれなくても、しょっちゅういろいろ思い出してるから、同じことです」

武上刑事は、視線をさげて、自分の太い腹のあたりを見つめた。今、何かひどくまずいことを言ってしまったらしいが、その原因はこのでかい腹にあると責めているみたいな顔をしていた。

「すいません」と、真一は言った。「余計なこと、言いました」

武上は分厚い手のひらを振った。「俺はどうも、口がまずい」

刑事の辛そうに歪《ゆが》んだ大きな顔を見ていると、場違いに、唐突に泣けてきそうになって、真一はぐっと顎《あご》を引いた。

「どっちにしろ、うちの事件の公判は、一回目以来ずっと開かれてないし、このあともしばらくないと思います」

「なんでだい」

「三人を分離公判にするかどうかでもモメてるし、向こうが精神鑑定を望んで、今やってるところだから」

武上が目を見開いた。「三人ともかい？」

「うん、三人とも」

「驚いたね。主犯のあのおっさん——樋口《ひぐち》だっけな、あいつもか」

主犯の「あのおっさん」の顔を、真一は思い浮かべた。涙の衝動は消えて、代わりに、胸の底がうずくように痛み始めた。

「そうです、樋口です」

「誰が見たって、あいつは正気だよ」

「鑑定でも、モメてるみたいです」

武上はぴしゃりと額を叩くと、怒ったような鼻息を吐いた。

「連中は何を主張してるんだ？　心神喪失か」

「心神耗弱《こうじゃく》って聞いてます」

「計画犯罪に、何がコウジャクだよな？」

真一は黙って、ちょっと笑ってみせた。正確には、笑顔のように見える表情をつくってみせたのだが。

「なあ、真一君」あらたまって顔をあげ、武上刑事は言った。「ご家族の事件は、本当にひどいことだった。残された君も被害者なんだからな。さっきみたいなことは考えるなよ、な？」

形だけ、真一はうなずいた。

「君は悪くないぞ」と、刑事は言った。「君には何の責任もないんだからな。そのことはよく覚えておいてくれよ」

――担当の葛西《かさい》さんたちも、みんなそう言っていた。

真一が頭をこっくりとさせると、刑事は会議室の方へと歩き出した。真一はその後をついていった。まるで引かれ行く罪人のように、足元ばかりを見つめながら。

坂木刑事がてきぱきと話を通してくれたおかげで、さしたる面倒もなく、義男と真智子は墨東警察署の三階にある小さな部屋に通された。談話室のような造りになっていて、テーブルとソファがあり、壁際《かべぎわ》に古ぼけたチャンネル式のテレビが据えてある。その脇《わき》の小引き出しの上に内線電話機があった。

義男たちを座らせると、

「しばらく待っていてください」と言い置き、坂木は部屋を出た。出がけに、真智子のハンドバッグから、鞠子の櫛《くし》と写真を受け取っていった。

義男と真智子はふたりきりになった。肘掛《ひじか》け椅子《いす》に浅く腰掛け、わずかに前屈《まえかが》みになり、真智子はうつろな目を床に向けていた。車に乗っているときと、姿勢も様子も、ほとんど同じだ。ここが墨東警察署であることがちゃんとわかっているだろうかと、義男は危ぶむ気持ちになった。

「真智子、大丈夫か」

返事はなかった。乾いたくちびるを半開きにして、真智子は床の一点を見ている。

連れてくるのではなかったと、義男は後悔し始めていた。　大川公園で発見された腕が鞠子のそれではないかと思いついたときから、真智子の心は現実を離れ、暗い妄想・悪い想像のなかにどっぷりとはまりこんでしまっているのだ。これでは、たとえあの腕が鞠子のものではなかったとわかったとしても、真智子は元通りにならないのじゃないか。人の出入りが多く、騒々しかった一階や二階と違い、三階のフロアは静まり返っていた。ここまで歩いてくる途中で、きちんと閉じられたドアの前をいくつか通過した。ことによると、この階には、普段は部外者を入れないのかもしれない。義男たちが落ち着いていられるように、坂木が頼んで計らってくれたのだろうか。

静かに座っていると、すぐ脇にいる真智子の、不規則で浅く、早い呼吸音が耳についた。まるで、高い熱を出した子供のようだ。赤い顔をして目を閉じ、横になっている小さな子供。

ずいぶん昔――そう、本当に昔のことを、義男は思い出した。この真智子が四歳ぐらいの時か。昭和三十年ごろ――義男が有馬豆腐店を興《おこ》して、まだ半年と経《た》っていない時だ。真智子が夜中に高熱を出して、抱えて医者に連れていったことがあった。肺炎だった。おまえの責任だと、俊子《としこ》をこっぴどく叱《しか》りつけて、泣かれたものだった。

その俊子も、亡《な》くなって八年になる。女房が生きていたならば、こんなとき、俺よりはもう少しうまく真智子を力づけてやれるだろうにと、義男は思った。それとも、俊子のためには、義男を残して先立ったおかげで、たったひとりの孫娘の身に凶事が降りかかったかもしれないという不安に苦しめられずに済んだことを、喜んでやるべきなのだろうか。

と、突然、真智子が泣くような声を出し、長く震えるため息を吐いて、義男を見た。

「時間かかるわね、お父さん」

義男は無言で、何十年かぶりに——嫁に出すときだってそんなことはしたことがなかった——膝に置いた娘の手と手をつないだ。真智子はしっかりとその手を握り返してきた。

ふたりはそうやって待った。一時間ぐらい経ったとき、坂木が急ぎ足で戻ってきた。彼が部屋に入ってくると、真智子が義男の手を離し、すくいあげるようにして身体《からだ》ごと立ち上がった。

「どうですか？」

「放ったらかしで申し訳ない」坂木は額に汗をかいていた。「まだごたごたしてるんです」

「はっきりしたことがわかるまで、相当かかりますか」と、義男は訊いた。場合によっては、真智子を説得して一度家に連れ帰ろう。

「公園の捜索の方はまだ続いてるんですが」坂木は言って、真智子の斜《はす》向かいに腰をおろした。「今のところ、最初に見つかった右腕以外の発見物は出ていないようなんです。私もここでは部外者なんで、いろいろ面倒くさいんですが、しかし、あの腕の身元が早くわかった方がいいには決まってますんでね」

「何かわかったことがあるんですな」

坂木は義男と真智子の顔を見比べると、これは真智子に訊《き》くべきことだと決断したのか、向き直った。

「今朝見つかった遺体の腕は、かなり新しいもののようなんです」

「新しい……」

「ええ。死後ひと晩ぐらいしか経っていないようだという話です。ですから、様子がよくわかる」

「それで？」

乗り出した真智子に、坂木はゆっくりと訊いた。「古川さん、鞠子さんは爪《つめ》にマニキュアをしますか？」

真智子の表情が、ひゅっとあいまいになった。「マニキュア——さあ、会社にはしていったことはないですよ。禁止されてるんです。銀行ですから、そういうところはうるさくて。でも……出かける予定のあるときなんかは、色の薄いのをしてることもあったかも」

「失踪《しっそう》した日はどうでしたか？　覚えておられますか」

　真智子は両手で頭を抱えた。

「どうだったかしら……着てるものは覚えてるんですよ……ピンクのスーツでした。夜、遊びに行くからって、お洒落《しゃれ》して出たんです。買ったばっかりのスーツでした。何もない時なんか、どうせ制服があるんだからってジーパンで出勤したりしてたんですけど、あの時はちゃんと――だけどマニキュアは――」

「あの腕が爪にマニキュアをしとるんですか」

「ええ。何というんですかね、私はこういうことには詳しくないんですが、濃いピンク色……薄い紫色……とにかく、そんな色合いのマニキュアだっていうんですね」

「女の腕だってことには間違いないんですな？」

「それは確実です。男ではないし、皮膚の状態から見て、年齢も若い。二十代か三十代だそうです」

「マニキュア……」真智子はまだ頭を抱えて呟《つぶや》いている。

「いや、そんなに考え込まないでください」

　坂木は真智子を抑えようと、穏やかに言った。

「そういう習慣があったかどうか、念のために訊いてみただけです。鞠子さんは、姿を消してから九十七日経っている。あの腕の主は、死亡してからひと晩しか経っていない。となると、もしもあれが鞠子さんだとしても、マニキュアぐらい、いつでもどこでも塗る機会はあったでしょうから」

真智子はがくりと両手を下げた。「ああ、そうか……そうですよねえ」

「それともうひとつ」と、坂木は指を立てた。

「鞠子さんは、右腕の内側に痣《あざ》みたいなものがありましたか？」

「痣？」

「ええ。切手くらいの大きさの、薄い痣だそうです。ただこれも、元々あったものか、あの腕があんなふうになったときに何らかの原因でできたものか――」

「死」とか「殺人」とかいう言葉を使わないようにするために、坂木は苦労していた。

「――まだわからないんです。でも、痣なんて、鞠子さんにはありませんでしたよね？　私は聞いてませんし」

真智子は、勢いよく何度もうなずいた。

「ええ、ええ、ありません。痣なんてこさえたことはありません」

「あの腕に痣があるわけですか」

「ええ。さっきも言ったように、ああなってからまだ時間が経っていませんからね。

目で見てわかる痣だそうです」

「じゃ、鞠子じゃないわ！」

両手を胸の前で組み、にわかに明るく解放された顔をして、真智子が叫んだ。「お父さん、鞠子じゃないよ！」

義男も心の半分ほどが解放されたような気がしたが、まだ、手放しで喜ぶことはできないとも思った。坂木は、痣がいつできたものかはわからないと言っているのだ。振幅の激しい真智子の精神状態も心配だ。

「よかったな」と、宥《なだ》めるように言った。

「少し落ち着いて、座りなさい。な？」

そのとき、部屋の出入口に人の影がさした。義男が見あげ、坂木が振り向いた。制服を着た婦警がひとり、のぞきこむようにして坂木の視線をとらえると、声をかけてきた。

「坂木さん、ちょっとおいでいただけますか」

なぜ、真一や水野久美に対する事情聴取に長い時間をかけるのか、その理由は、担当の刑事と話をしてゆくうちにわかってきた。それは別に真一たち第一発見者を疑っているからというわけではなく――先に帰された水野久美は、そういう憤懣《ふんまん》を口にしていたらしいけれど――彼らがあの右腕を発見する直前に見聞きしたことと、それに加えて、毎日大川公園へ散歩に行っていて、ここ数日内に何か変わったこと、たとえば妙な場所に停まっている車や、見慣れない人物、不審な行動をしている人物などを見かけはしなかったか――ということまで、念には念を入れて聞き出そうとしているからだった。

警察というのは、同じことを何度でも、しつこく繰り返して尋ねるものだ――と、真一は知っている。だからそれは苦にならなかったし、腹も立たなかった。それに、真一を担当した刑事は、武上刑事から何か聞かされているらしく、実に優しく気を遣いながら接してくれた。だがその一方で、一年ほどのあいだに二度も残虐《ざんぎゃく》な殺人事件と殺人事件を思わせるものに遭遇することとなった彼の身の上に、若干の好奇心を抱いているようにも見えた。おかげで、真一はひどく疲れた。

途中で一度、昼食のための休憩が入った。担当刑事が、「こんなもので悪いんだけど」と言いながら、仕出し弁当を持ってきてくれた。一緒に食べるのじゃ面倒くさいなと思っていると、彼は部屋を出ていったので、ほっとした。

考えてみれば、朝から何も食べていないのに、食欲はまったくなかった。そのくせ、腹が鳴った。冷たい弁当を、味わいもしないで、ただ黙々と半分ほど食べた。その間中、フロアのあちこちで電話が鳴り、人声が騒がしく、足音が行ったり来たりした。

昼食のあと、さらに小一時間かけて、事情聴取はやっと終わった。必要な時はすぐに連絡がとれるようにと、住所と学校名をもう一度確認し、真一はやっと帰宅を許されることになった。

「ご苦労だったね、引き留めて申し訳なかった」と、担当刑事が言った。「そうそう、下の待合室にお母さんがみえてるよ」

「母が？」

一年前の事件のことを聞きたがっているように見えた人物の言葉だったので、真一は反射的にこう言いそうになった。

——母なら死にました。

「お母さん、石井良江《よしえ》さんか。君の家から電話があってね、昼過ぎには終わりますと申しあげたら、迎えに行きますと。もう三十分ぐらい待っておられるかな」

「そうですか」

一階へ降り、担当刑事に教えられた待合室の方へ歩いて行くと、ごったがえしているホールの向こう側で、石井良江の方が先に真一を見つけた。

「真ちゃん」

普段着の上に薄いジャケットだけ羽織って、化粧もしていない顔だ。ちょっと手を振り、小走りに真一の方に近づいてくる。

「よかった。人が多いんで、見つけられないかと思った」

待合室といっても、型押しのプラスチックの椅子が並んでいるだけだ。すぐ前が交通課で、外来者も多く、署内ではいちばん深刻な雰囲気の少ないところだった。

「とんでもない目に遭っちゃったね。くたびれたでしょう」

「ちょっと疲れました」

「お昼は済んだの？」

「弁当をもらいました」

「温かいもの、食べたくない？　お蕎麦《そば》でも食べて帰ろうか」

「おばさんは、学校はいいんですか」

「心配ないのよ。あたしは今、担任も持ってないからね。今日は休みをもらったわ」

石井善之《よしゆき》・良江の夫妻は、それぞれ地元の中学校で働いている。勤務先は別々の学校で、善之の方は、この春、教頭になった。良江は国語の教師だ。殺された真一の父親と善之が幼なじみでごく親しい関係にあり、石井夫妻には子供がなかったこともあって、事件のあと、ぜひにと申し出て真一を引き取ってくれたのだった。

父方にも母方にも兄弟姉妹がおり、父母の生前にはそれほど疎遠《そえん》ではない付き合いをしていたのだが、いざという時、どの家庭も真一を引き取ることに難色を示した。そのことは、真一の心を、かなり深く傷つけた。事件の発生した事情が事情であっただけに、やっぱり自分は許されないのだと考えた。

そのことは、こうして石井夫妻の元へ引き取られてからも、ずっと引っかかっている。血こそつながってはいないけれど、両親とは夫婦ぐるみでずっと仲の良かったこの人たちの心のなかにも、オレに対する非難の気持ちは隠れているんじゃないかと、いつも水面下すれすれのところで考えている。口に出してしまうのは怖い——というより、今ではひどく億劫《おっくう》なことになっていて、知らないふりを続けてはいるけれど、真一は常に、石井夫妻の心の内を量《はか》りかねながら呼吸をしていた。

「ロッキーは？」

「お巡りさんに連れられて帰ってきたわよ。話を聞いてびっくりしたわ」

「ごめんなさい」

良江の顔が同情的にゆるんだ。「真ちゃんが謝ることじゃないじゃないの」

真ちゃん。そういう呼ばれ方に、真一はまだ馴染《なじ》んでいない。母は彼を「真一」

「お兄ちゃん」と呼ぶことはあっても、「真ちゃん」と呼んだことは一度もなかった。中学二年のとき、真一に初めてガールフレンドもどきの女の子ができたことがあって、その子が家に電話をかけてくるとき、いつも「シンちゃんいますか？」と言い、妹がそれを真似《まね》て彼をからかったことがある。恥ずかしくて腹が立ったので、まる一日のあいだ妹を完全に無視してやったら、メソメソ泣いて母に言いつけ、おかげで真一はこっぴどく叱《しか》られた。家族の誰かから真ちゃんと呼ばれたのは、後にも先にもその時だけだ。

良江は「真ちゃん」と呼び、善之は「真一君」と呼ぶ。もう「真一」でも「お兄ちゃん」でもない。この先一生、誰も彼を呼び捨てにはしてくれず、お兄ちゃんとまとわりついてくることもない。一年経《た》っても、まだその事実に慣れることができない。

真一は目をつぶった。

——やっぱり、警察なんかに来たからいけないんだ。

思い出したくない細かなこと、考えたくない大きなことが、あとからあとから頭に浮かび、心にわきあがってくる。早くここを出たかった。

良江は来訪者用の駐車場に車を停めていた。通勤に使っている、彼女の赤い軽乗用車だ。

「真ちゃんには窮屈な車だよね」と、ドアを開けながら良江が言った。「買い換えようかしら。いっそ4WDとかね。あと一年もすれば、真ちゃんだって免許を取りたいだろうし」

良江は、さっさと警察の建物を後にするように、気持ちの面でも、真一を今朝の事件から引き離そうとしているようだった。どういうことを聞かれたのかとか、どんな状況だったのかとか、普通の親なら絶対に尋ねそうなことを、敢《あ》えてひと言も訊かなかった。それはかえって不自然だった。

良江自身、そのことはわかっているのだろう。車に乗り込むとき、なんだか暗い顔をした。

もしかして武上の顔が見えないかと、真一は警察署の玄関の方を振り返った。忙しくしているのだろうから、もう外にいるはずもなかったけれど、もう一度彼に会い、ちょっとでもいいから声をかけてほしかった。さっき彼のとってくれた距離感が、今の真一がいちばん必要としているもののように感じられた。

武上はいなかった。が、諦《あきら》めて車に乗ろうとしたとき、自動ドアが開いた。目をあげると、二時間ほど前にも見かけた、あの母娘らしいふたり連れが出てきた。母親の方が、娘にすがりつくようにして泣き崩れていた。娘も泣いていた。よろけながら、街路の方へ出てくる。

車のドアに手をかけたまま、真一は立ちすくんだ。ああ、あの腕——と思った。あの腕の持ち主は、あの人たちの家族だったのか？　だから泣いてるのか？　あんなふうに手放しに、苦しそうに。

「真ちゃん？」

呼びかける良江の声を置き去りに、真一は走り出した。駐車場を横切り、バス停の方へと向かってゆく母娘を追いかけて、懸命に走った。

「あの！」

声をかけると、娘の方が振り向いた。細面のきれいな顔をしていた。目は赤く、頬を涙が伝っているが、それでもひと目でそれとわかる美人だった。

「あの……あの……」

言い迷う真一に、泣き続ける母親を支えながら、娘が向き直った。

「なんでしょう？」

声は泣き声で、鼻にかかっていた。

「あの……僕……いえ、あの、もしかして、身元がわかったんですか？」

「え？」

首をかしげ、娘は母親と顔を見合わせた。それからそろって真一を見つめた。

「身元って？」

「今朝の、大川公園の――」

娘は驚いたように身を引き、しげしげと真一を観察した。真一はあわてた。

「すみません。野次馬じゃないんです。僕は、いえ、僕があの腕を見つけたんです。見つけちゃったんです。だから、あの――」

「ああ」娘の涙で潤《うる》んだ目が晴れた。「いえ、あの腕の身元は、まだわからないの」

「だけど……」

娘と母親は、手で涙を拭《ぬぐ》いながらちょっと微笑した。

「ただ、うちの兄ではなさそうだってことがわかったんです」

「お兄さんですか……」

「ええ。あたしたちが聞いたニュースでは、男の腕か女の腕かはっきりわからなかったのね。それに、家がこの近所だから、もしかしてと思って。兄はずっと行方不明なんです」

「安心して泣けてきちゃってねえ」と、母親の方が言った。「だけど、よく考えてみたら、息子が帰ってきたというわけじゃないのにね」

「それだって、やっぱりよかったのよ」と、娘が言った。「よかったのよ」

自分に言い聞かせるかのような口調だった。そうして、またお互いに支えあうようにして去っていった。真一は取り残された。

違ったのか。違っていたのか。それじゃあ、あの母娘連れよりも先に来た家族の方だろうか？

いや、そうとは限らない。だいいち、東京中で、日本中で、失踪《しっそう》したまま行方のわからなくなっている人びとは、いったい何人いるのだろう？　千人？　二千人？　もっとか？　そのうち、犯罪がらみの失踪だと推測される人たちだけでも、どのくらいの数になるのだろう。そのうちのいったい誰の右腕を、塚田真一は見つけたのだろう。見つけてしまったのだろう。

「真ちゃん」

良江がすぐ後ろに来ていた。背後から、真一の肩を抱くように腕を回した。女性にしては長身の良江は、伸び盛りの真一と並んで、ほとんど同じくらいの背丈があった。

「うちに帰ろう。ね？」

真一は、黙ってうなずいた。そう、今の時点で彼が「うち」と呼べるたったひとつの屋根の下へ、無性に帰りたくなった。

六千三百人だ——と、有馬義男は考えていた。

坂木が呼び出されて出ていったあと、真智子は妙に浮かれた状態になり、盛んに自分の取り越し苦労を笑い、義男にも明るく話しかけた。真智子の気持ちをしっかりと引き立てておきたい一心で、義男もそれにあわせていたが、まだ喜んでいい段階ではないと、内心では気を引き締め続けていた。

しかし、希望は出てきたのだ。だから考えていた。六千三百人だと。鞠子が失踪してから半月ほど後に、全国で、一年間に、いったいどれぐらいの人間が家出したり行方不明になったりするものなんですかという義男の問いに答えて、坂木が挙げた数字だ。

「昨年度は、総数では約八万二千人でした」

「桁《けた》が万の位なんですか？　千や百じゃなく？」

「ええ。ただ、これには様々なケースが含まれていますからね。鞠子さんの場合のような——」

このときは真智子がそばにいなかったので、坂木の言い方も率直だった。

「——不審な失踪で、何らかの犯罪に巻き込まれた可能性も考えられるというケースに限れば——これを特異家出人というのですが——一万五千人ぐらいですよ。そのうち、女性が約六千三百人」

「そんなにいるんですか」

六千三百分の一だ。義男は心のなかで繰り返していた。六千三百分の一。あの腕が、鞠子のものである可能性は、たったそれだけだ。小さいじゃないか、え？　大丈夫だ、鞠子は死んじゃいない。殺されて右腕を切り落とされたりしちゃあいない。

息苦しいような思いでまた待ち続けた。すると坂木は、今度は三十分ほどで戻ってきた。が、部屋に入ろうとはせず、ドアの陰に立ち、真智子から姿を隠して、目顔で義男を呼んだ。

義男は、心臓がどきんとするのを感じた。五年ほど前、しつこい不整脈に悩まされたことがある。あのときの症状がにわかに蘇《よみがえ》ったみたいだった。

(有馬さん)

坂木は、肘掛《ひじか》け椅子《いす》に座って煙草《たばこ》を吸っている真智子から隠れ、呼びかけてくる。真智子は慣れない煙草に、しかも強いハイライトの煙にむせながら、それでも落ち着いた様子で座っている。

義男はさりげない風に声をかけた。「真智子、俺はちょっとトイレを借りてくるよ」

「場所、わかる？」

「見当つくだろうよ。探すよ」

廊下に出ると、坂木が義男の腕を引き、素早くドアを閉めた。

「どうしたんです？」

声をひそめる義男に、坂木は眉間《みけん》にしわを寄せ、耳を寄せないと聞き取れないくらいの小声で言った。

「古川さんの様子はどうです？」

「今はちょっと持ち直していますが」

「できましたら、とりあえず家に——有馬さんのお宅——いや、やっぱり古川さんの家がいいな」

坂木も動揺しているようだ。義男の心臓がまたどすんと上下した。

「できたら、有馬さんがいっしょにいてくれませんか。あとからここの捜査員たちが伺います。時間をおかずに、すぐ伺うことになると思います」

にわかに干上がった喉《のど》に、声がひっかかった。義男は何度か喉に湿りをくれ、声を絞り出した。「どうしたんですか？　何があったんです」

坂木の目は、真っ暗な闇《やみ》のなかをのぞきこんでいるかのように、ほとんど光を映していなかった。

「大川公園から、あの腕のほかに、あるものが見つかったんです。やはりゴミ箱のなかからで――ルイ・ヴィトンの小さなハンドバッグなんですが」

聞いただけでは、義男には、どんなバッグなのか想像もつかない。だが、坂木が言おうとしていることの先行きは、見当がついた。嫌でも。耳をふさいでも。目を閉じても。

ゆっくりと、致命的な瞬間を少しでも後に延ばそうと、途切れ途切れに、義男は訊《き》いた。

「それが、鞠子の――鞠子の物だっていうんですか？」

うなずくかわりに、坂木は手で額を押さえた。

「バッグのなかから、女性用のハンカチや化粧道具といっしょに、古川鞠子さんの定期入れが出てきたんです」

3

眠い目をこすりながら起き出してみると、寝室の窓にはもう午後の光がさしかけていた。今日は上天気で、近所の家々の窓やベランダには、色とりどりの布団《ふとん》が勢揃《せいぞろ》いしてぶらさがり、太陽を浴びている。

——あ痛《イタ》ぁ。またやっちゃった。

前畑滋子《まえはたしげこ》は、自分で自分の額をぴしゃりと打った。今にも姑《はは》の声が聞こえてくるような気がする。

「朝寝坊っていうのはね、九時とか十時とか、少なくとも午前中のうちには起きる人のことを言うんだよ。昼過ぎになって起きてくる人のことを、誰が朝寝坊なんて言うもんか」

つい最近、義母が昭二《しょうじ》に言っていた台詞《せりふ》である。結婚以来四十年、毎朝五時半に起きて朝食の支度にかかるという暮らしをしてきた義母としては、我慢にも限界があるというので思わず口から出た言葉だったろう。滋子もその気持ちは理解できるし、確かに、いくら仕事を持っていると言っても、主婦である滋子が毎日のように午後まで寝ているというのは、みっともないことでもある。滋子も義母の言うように、なんとか午前中のうちには起きようと思うのだけれど、前夜の仕事の進み具合によっては、明け方になってから布団に潜り込むようなこともあるので、どうも思うにまかせない。

キッチンでやかんを火にかけ、時計を見ると、なんと二時に近い。起き抜けの煙草《たばこ》をくわえて火をつけ、湯がわくのを待っている間ぼんやりと吹かしていたが、今、誰かがこんなところに回覧板でも持ってきたひには、格好のネタにされてしまうと思った。

「滋子さん、また昼過ぎまでパジャマでうろうろしてたわよ」などと、すぐに言いふらされるだろう。で、また昭二が叱《しか》られる。滋子は急いで着替え始めた。

インスタントコーヒーを一杯飲むと、身体《からだ》が起き出して、空腹で胃がぐうぐうと鳴った。何か詰め込みたいのを我慢して、滋子は先に布団を干しにかかった。昭二の敷布団を抱えてベランダに出て行くと、まるでそれを待っていたみたいに、隣のベランダに重田《しげた》のおばさんが現れた。布団叩《たた》きを持っている。

「あら滋子さん、おはよう」

何がおはようだと思ったが、滋子は景気よく笑ってみせた。「こんにちは」

重田のおばさんはニコニコ愛想笑いをしながら、憎い相手にパンチをぶちかますような勢いで布団をバシバシ叩き始めた。

「よくふくらんだねえ。今日はいい天気だもの」

「ホントですね。昨日の雨が嘘《うそ》みたい」

重田のおばさんの目がきらりと光った――ように見えた。

「滋子さんも、もっと早く布団を干せばよかったのに」

滋子も愛想笑いをした。「ちょっと出かけてたもんで。それに、うちのベランダは昨夜《ゆうべ》の雨が吹き込んで、午前中はまだ湿っぽかったんです」

「あらそう」重田のおばさんはもっともらしくうなずいた。「滋子さん、その頭で出かけてたの？ ひどい寝癖だよ。じゃあね」

おばさんはとっとと部屋に引っ込み、一本とられた滋子は取り残された。寝癖か。髪に触れてみると、なるほどボサボサである。

――フンだ、クソばばあ。

隣の住人である重田のおばさんは、滋子の義母の幼友達で、恐ろしいほどにツーカーの間柄である。おまけにこのごろでは、滋子の失態を細大漏らさず義母に伝えることを生き甲斐《がい》にしているらしい節《ふし》が見える。曰《いわ》く、滋子さんは夜中にゴミを出していた、滋子さんは宅配便の配達が来ても寝ていて気づかなかったので、うちが荷物を預かってあげた――油断も隙《すき》もあったもんじゃなく、滋子にしてはいい迷惑だ。

昨年の夏、前畑昭二にプロポーズされたとき、あたしはあたしの仕事を続けたい、それは絶対の条件だと滋子は言った。

「だから、昭二さんの家の仕事は手伝えない。それに同居もしたくない。ご両親といっしょに住んだりしたら、あたし仕事できないもの。それでもいい？」

俺は一向にかまわない、自由にしてくれと、昭二は言った。

「家の仕事は継いだけど、オレはオレ、シゲちゃんはシゲちゃんだ。兄貴夫婦も同居はしてない。だからいいよ、シゲちゃんの好きにしなよ」

ただ、子供ができたら仕事はやめてくれよな――というようなことをボソボソ付け加えた昭二だったが、滋子はこう答えた。

「それはその時の話よ」

という次第で、滋子にとっては楽な結婚生活になるはずだったのだが、「――はず」というのはあてにならないものだ。家業を手伝わなくてもいい、同居もしなくていい、ただ、うちの近くには住んで欲しいと、義母が強硬に主張し始めたのである。

「昭二はうちの大事な働き手だし、忙しいときは夜勤もやるからね。歩いて通える距離に住んでもらいたいんだよ。うちの方からなら、銀座だか新橋だか知らないけど、滋子さんが仕事してる出版社まで、四十分もあれば出ていけるんだしさ。いいじゃないか」

まあそれぐらいは仕方ないかな――と譲歩した滋子だったが、姑はさらに畳みかけてきた。

「近所に住むなら、何も他人様《ひとさま》に家賃を払うことはないだろ。うちのアパートに住みなさい。家賃も安くしといてあげる。ちょうど、三階の南向きの角部屋が空いてるからさ」

前畑家は自宅と工場のほかに地所を持っていて、そこに三階建てのアパートを建てて賃貸しているのである。夫の実家に資産があるというのは、滋子にとっても悪い話ではない。だが、そのアパートに住むとなると話は別だ。何かと不自由になりはしないか。

それだから、滋子としては大いに抵抗したいところだったし、なんだかんだ言い訳して断ってしまうつもりでもいた。が、思いがけず、埼玉に住んでいる滋子の両親、とりわけ母親に意見されてしまった。

「あんた、家で工場《こうば》をやってる人のところにお嫁に行くのに、家業はいっさい手伝いませんなんて贅沢《ぜいたく》言って許してもらってるんだよ。せめてそれぐらいお義母《かあ》さんの言うことをききなさい」

「なんでよ。言っとくけど、あたしは前畑鉄工所へ就職するんじゃないのよ。前畑昭二と結婚するだけなんだから」

「結婚てのはそんなもんじゃないわよ」

「母さん、どっちの味方なの？」

「あんたの味方よ。悪いことは言わないから、母さんの言うことをききなさい。意地を張って肩身の狭い思いをするのは誰でもない、あんたなのよ。それを心配してるのよ」

母も義母も、古い古い女の歴史の糠味噌《ぬかみそ》につかって生まれ育った人なのだ。いい加減、飴色《あめいろ》になってしまっているのである。女の自立だの、結婚は両性の合意のみに基づいたものであるだのと言ってみても、空念仏だ。おまけに、唯一《ゆいいつ》の味方であるはずの昭二さえもが、

「俺も、工場の近くに住めると助かるなあ。家賃も負けてくれるっていうんだし、いいじゃんか、シゲちゃん」

などという情けないことを言い出してくれたおかげで、滋子がはっきりとは承諾しないうちに、話は決まってしまった。それに加えて、それでもまあ、同居でないだけまだましか——などと思っていたのもつかのま、引っ越してきてみたら、隣にはチクリ屋の重田のおばさんがいたという有様だ。

「あれはBCIAね」と、滋子は言ったことがある。

「BCIA？」

「ババア中央情報局よ」

「シゲちゃん、さすがにうまいこと言うなあ」

能天気に笑う昭二を、張り倒してやろうかと思ったものであった。

義母としては、一向に滋子が妊娠する気配がないので、それもカリカリする原因のひとつになっているらしい。だいたい、結婚話が持ち上がったときだって、滋子に聞こえるところで、

「三十一歳？　それじゃ、女としちゃもう使いものにならないかもしれないじゃないか」などと公言してはばからなかった人である。これには珍しく昭二が激怒して、俺の女房は赤ん坊を産む道具じゃないと怒鳴り返してくれたので、滋子は嬉《うれ》しかった。が、こうして結婚生活が落ち着いてみると、その昭二がしきりと子供を欲しがる。いや、彼が欲しいから欲しいというのならば滋子も闇雲《やみくも》に否《いな》とは言わないのだが、よくよく聞き出してみると、「お袋がうるさくてさ」というのだ。それではお話にならない。

現在までのところ、授かるならば産もうという方針で、とりたててバースコントロールなどしていないのにも拘《かか》わらず、赤ん坊の気配は訪れない。義母ほど身も蓋《ふた》もない考え方をしてはいないけれど、滋子としても、体力に余裕があるうちに子供は欲しいし、焦《あせ》りがあるような、寂しいような、それでいて何か執行猶予《ゆうよ》を受けているよう

な、ほっと安心するような、妙な気分だった。

台所のテーブルで、トーストにジャムをつけてもそもそと頬張りながら、滋子は朝刊を読んだ。昭二は晩酌をしながら一日の新聞をまとめて読む人なので、朝刊は手つかずで、広告のはさまった状態のまま、テーブルの上に載せてあった。

妻が夫より先に新聞を読む——家族のなかで女が先に新聞を読む。それも、些《さ》細《さい》ではあるけれど、義母のカンに触ることであるようだった。また昭二もわざわざそんなことを話さなくてもよさそうなものだが、従業員たちといっしょにしゃべっているときに、何気なく話題に出てしまったのだろう。うちじゃ、滋子が先に新聞を読むんだよ、と。なんせマスコミで働いてるからさ。

「何がマスコミだよ」と、例の如《ごと》く義母は言ったそうだ。滋子は滋子で負けずにＣＩＡを持っていて、その局員は、工場の事務所で働いている経理係の若い女の子なのだが、彼女があまりに上手に義母の口調を真似《まね》るので、話をするたびに、思わず笑ってしまう。

「滋子さんが何を偉いことを書いてるもんかね。インタビューだの何だのっていったって、あたしが知ってるような人なんか出てきやしないじゃないか。『レタスのおいしい料理の仕方』なんて記事書いてさ、あんなのを読むのは、お米のとぎ方も知らないバカ女ばっかりじゃないか」

言い方は辛辣《しんらつ》だが、義母の申し状は、確かに滋子の痛いところをついていた。いや、滋子としては、「レタスの調理法」に意味がないと思ってはいない。そういう雑誌を興味深く読み、日常の役に立てている女性たちのみんながみんな、義母の吐き捨てるような「バカ女」だとも思ってはいない。滋子はフリーランスのライターとして、足かけ十年女性誌や家庭雑誌の世界で働いてきた。自分の書く記事を読んでくれる読者をバカにしていたら、とうてい勤まる仕事ではなかった。

けれども今、昭二と家庭を持ってみて、思うのだ。これでいいのだろうかと。取材対象あっての仕事だから、相手の都合にあわせて、どうしても滋子の仕事時間は不規則になり、勢い、それは生活の不規則さにもはねかえる。おまけに滋子は夜型で、記事の原稿は夜中でないと書けない。だから朝寝坊にもなるわけだ。

昭二はそれを、「最初からわかってたことだよ」と、嫌な顔もせずに許してくれる。けれど滋子は、時々無性に申し訳なくなる。旦那《だんな》に朝御飯をつくってあげることもできず、掃除もサボりがち、季節の衣替えも遅れてしまって、去年の冬なんか、昭二は十二月になっても秋物の薄いジャケットを着て震えていた。通勤着が要るわけじゃないからいいんだよと笑い、自分のことなんだから本当は俺が自分でやればいいんだと言う昭二の顔を見ていて、後ろめたさにかえって腹が立ってきた。そんな物わかりのいい顔しないで、怒ったらいいじゃないの。俺はこんな生活をするために結婚したんじゃないぞって。

そして思うのだ。自分の家庭もきちんと切り回すことのできないあたしに、家庭雑誌の記事を書く資格があるのだろうか？

独身時代には、家庭持ちでないあたしが家庭向けの記事なんて——とは、一度だって思わなかった。仕事は仕事、プロとして間違いのない記事を書けばいいと、実に簡単に割り切ることができていた。それなのに——

「結婚とは便利を幸せにすり替える仕掛けだ」という格言があるそうだが、滋子にとっては、結婚とは、独身時代には後ろめたく思わなくて済んだことのひとつひとつに罪悪感を持たざるを得なくなる仕掛けだった。

——旦那を放り出してまでやるだけの価値ある仕事を、あたしはしてるんだろうか？

いつのまにかぼんやり考えこんでしまっていた。滋子はフンと鼻息を吐いて、新聞をたたんだ。立ち上がり、ついでにテレビをつけた。悩む前に洗濯でもするか。その方がずっと現実的というものだ。

　ワイドショウの時間帯だった。テレビには緊張した顔のレポーターが映っていた。緑の多い公園のような場所で、レポーターの背景に、パトカーが数台と、行き来する青い作業服の男たちが見える。洗濯機のある洗面所の方へ行こうとして、滋子は足を止めた。

「——発見された右腕は、現在行方不明で捜索願が出されている女性のものと思われまして——」と、レポーターが報告する。

　滋子は目を見開いた。急いでテレビの前に座ると、ボリュームをあげた。

　中継画面だった。レポーターがスタジオの女性キャスターとやりとりをしている。

「それでですね、斉藤《さいとう》さん、現場の大川公園からは、ほかのものは発見されていないのですか?」

「現在のところでは、ないようです」

「その右腕が、見つかったハンドバッグの持ち主のものだということははっきりしているんでしょうか?」

「いえ、それもまだ正確に特定できたわけではありません」

「わかりました。それではまた何かわかりましたら呼んでください」

　カメラがスタジオに切り替わり、画面の右下に白いテロップが出た。「猟奇殺人か？　公園にバラバラ死体」とある。

「それにしても怖い事件ですね。ぜひ早く解決してほしいものです。では、ここでちょっとコマーシャルです」

滋子はチャンネルをかえ、もっと詳しいことを教えてくれそうな局を探した。キー局はみんなワイドショウかドラマの再放送の時間帯だ。イライラしながらあちこちの番組をのぞいてみたが、どうも要領を得ない。さっきのワイドショウでも、ほかの話題に移ってしまって、バラバラ事件の話などどこかへ行ってしまった。

舌打ちして、ちょっと考え、滋子は洗面所へ走った。風呂場《ふろば》の壁にラジオがぶら下げてある。昭二が風呂に入りながらナイター中継を聴くのが好きで、わざわざ防水ラジオを買ってきたのだ。チューナーを動かしてNHKに合わせると、アナウンサーの声が聞こえてきた。

「そうしますと、現場の状況はだいぶ錯綜《さくそう》しているというか、あわただしいようですね」

今の事件のニュースだ！　滋子はラジオに耳を寄せた。

「そうですね、繰り返しになりますが、現在わかっていることは、発見されたショルダーバッグは、今年の六月に行方不明となり現在捜索願が出されている古川鞠子さんという二十歳の女性の所持品であること、ただし、この右腕が古川さんであるかどうかはまだ確認できていない、調査中であるということです」

三度《みたび》、滋子は手のひらで額を叩《たた》いた。今度は驚きのせいだった。風呂場の壁の鏡に、がくんと口を開いた滋子の顔が映っていた。

ふるかわ、まりこ。

――あたしのリストの女の子だ！

なんてことなの、と滋子は呟《つぶや》いた。書きかけの、ずっと引き出しにしまいこんだままの原稿の書き出しが頭に浮かんできた。

「消える女性たち。彼女たちはなぜ、どこへ、何を求めて姿を消してしまうのか？あるいは、何が彼女たちを〝消す〟のだろうか？」

その回答が、どうやら事件となって、滋子の前に現れてきたようだった。

「なんてこと」と、もう一度声に出して、滋子は言った。眠気は飛んでいた。武者震いのようなものが、背中を駆けあがってきた。

あれはそう、二年と半年前――一九九四年の春のことだった。ちょうど『サブリナ』が廃刊になったころだから、正確に覚えている。

『サブリナ』は、一九八五年に創刊された月刊雑誌である。当初は、二十代前半の独身女性を対象に、映画・演劇や書籍、イベントやスクールなどの情報を提供しようというコンセプトを持っていた雑誌だった。ファッションやグルメの情報も載せてはいたけれど、同時に、国際問題や環境問題についての易しい解説欄や、女性ジャーナリストによる対談コーナーなども設けてあったりして、内容的にはそれほど薄い雑誌ではなかったと、今でも滋子は思っている。

だが、そういう軟派でも硬派でもない中途半端なところが災いして、『サブリナ』は創刊以来常に赤字状態。とりわけ、八〇年代後半の日本経済はバブル時代に突入、世の中全体が贅沢三昧《ぜいたくざんまい》、現金《げんなま》の色に染まり始めたころだったから、カタログ雑誌的側面を排した地味なつくりの『サブリナ』には、世の中の事象のすべてが不利だったのだ。ただ、皮肉なことに、そのバブルの好景気が底のところで『サブリナ』の版元を支えてくれていたことも事実ではある。

担当していたのは「伝統の手仕事」というページで、もともと職人芸的な仕事に興味のあった滋子には、個人的にも楽しいものだった。当時の滋子にとって、『サブリナ』での仕事はメインの収入源のひとつだったが、もうひとつの大きな収入源に、就職情報誌のインタビュー・ページの仕事というものがあった。規模も業種も多種多様の企業の人事担当者と、就職希望の学生たちの両サイドから話をきくという「本音を聞かせて」というコーナーで、こちらはバブル景気のおかげで大盛況だったのだが、内容的には、タイトルどおりの本音などまず聞き出せることはなく、バブルの売り手市場に浮かれた就職希望学生たちの贅沢な言い分と、それに振り回されるふりをしつつ結構したたかな企業側の二枚舌の台詞《せりふ》のあいだで、無駄に消耗することの多い仕事でもあった。

それだけに、『サブリナ』での仕事には、何か心を落ち着かせてくれるような温かみを感じた。滋子は大勢の手職の人びとに会った。今でも手仕事で桶《おけ》をつくっている職人や、和裁の仕事をしつつ後継者を育てている先生や、常に「次の世代の職人さんが仕事をするとき困らないように」ということを頭に置きながら仕事をする表具匠《ひょうぐしょう》——彼らの話を聞き、その目を見ていると、もしかしたら人間のまっとうな生き方というのはこういうところにこそあるのではないかと思ったりしたものだ。正しいとか間違っているとか、有利だとか不利だとかいうことはわからない。それを決めることなどできない。だが、まっとうなのだ。間違いなくまっとうだ——そう思った。前畑昭二とは、ちょうどこの仕事をしているころに知り合い、付き合いが始まったのだけれど、滋子が自分でも思いがけないほど強く彼に惹《ひ》かれていったのも、『サブリナ』

での経験があったからこそかもしれない。自分の手で額に汗して何かを成すという生き方をしている人に対する尊敬と憧《あこが》れの感情を、滋子は、「伝統の手仕事」を通して初めて知ったのだから。

そんな次第で、滋子と『サブリナ』編集部との付き合いは濃く、当時の板垣《いたがき》編集長とも気の合う飲み仲間であった。「伝統の手仕事」の企画そのものは連載十四回で終了し、そのあとの滋子はいわば遊軍扱いで、編集長の立てた企画に沿ってどこへでも出かけて取材し記事にする——という仕事の仕方をしていたのだが、それもまた楽しかった。だから、バブルが夢のように終わり、世の中が不景気の奈落に落ち、落ちたところは金づまりのベタ凪《なぎ》の海みたいで、にっちもさっちも動きが取れない——という時代がやってきて、いよいよ『サブリナ』も危ないという話を聞かされたときには、ずいぶんとショックを受けた。ここでまたもう一度、バブルに媚《こ》びない地味な『サブリナ』を支えていたのは結局のところバブルな好景気だったのだ——という皮肉の構造を思い知らされることになったのだ。

廃刊が決定となってまもなく、滋子は編集長に呼び出され、ふたりでじっくりと飲んだ。明け方まで開いている店を探して、とことん飲んだ。そのときに、廃刊と同時に自身の更迭《こうてつ》も決まっている編集長が、いい加減酔っぱらってもつれた舌で、もそりとこんなことを言った。

「シゲちゃんには、世間に振り回されない仕事をしてほしいな」

「振り回されない仕事って？」

同じように酔っぱらっていた滋子は、からむような言い方をした。

「あたしみたいなしがないライターに、そんな仕事はできませんよ。企画あってこそのライターだもん」

「そうだよね、ライターはね……」編集長は酔ってうるんだ目を居酒屋のカウンターの上に泳がせて、なんだか怒っているみたいに口元をわななかせた。「だから、シゲちゃん自分で書けばいいんだよ。あなたなら書ける」

「何を？」

「本を書いてごらんよ。シゲちゃんの興味のあるものを題材にさ。ルポを書くんだよ」

「ルポぉ？」酔った勢いで、滋子は大声で笑った。「まさか、あたしなんかにゃ無理ですよ。できるわけないよ、編集長ってば」

「いや、できるよ。やってごらんよ」

できるできないの酔っぱらい同士の繰り言で、その後の会話はアルコールの霞《かすみ》の彼方《かなた》に隠れてしまい、滋子も正確には覚えていない。だが、陽が昇ってから帰宅して、泥のように眠り、昼すぎに這《は》うようにして起き出して、壮絶と言っていい二日酔いに悩まされているとき、何かが心のなかにカツンと引っかかっているのを、滋子は感じた。

——自分で書いてごらんよ。

だけど、あたしに何が書けるっていうのよ？

そうして、滋子は『サブリナ』のない日常に戻っていった。心に引っかかっているもののことは、日毎《ひごと》夜毎に、どうしても忘れがちになった。大きな収入源だった『サブリナ』を失った経済的なダメージを回復するために、余計なことを考えてはいられなくなった——というのも正直なところだった。

それから半月ほどして、五月の大型連休のときに、滋子は初めて、昭二と旅行に出かけた。彼の運転する車で、伊豆の下田へ遊びに行ったのだ。ふたりの交際は、滋子の「伝統の手仕事」連載第三回が掲載されている月に始まったもので、だからこのころにはもう充分親しくなっていたのだが、ふたりきりで旅行するのは、掛け値なしにこのときが初めてだった。

「奥手ねえ」と、友達に笑われたものだけれど、それも無理はない。

旅行は楽しいものだった。実際、滋子が予想していた以上に愉快だった。昭二の運転は慎重このうえなく、高速道路では抜かれてばかりいた。滋子が運転を代わったときに、悪戯《いたずら》半分にやたら飛ばしてやったら、彼は真顔で青くなり、

「危ないよ、シゲちゃん、危ない！」と叫んで笑わせてくれた。

あとになって、そう結婚してからだ、昭二が白状したことには、

「あのころのシゲちゃん、元気なかったろ？　『サブリナ』の廃刊がこたえてるんだなあって思ったんだよ。だからさ、気分転換に旅行でもと思ってさ」

「あたしが落ち込んでるときなら、旅行にも誘い易《やす》いと思ったわけ？」

「図星」

ということだったらしいけれど、旅行中の昭二は本当に明るくて、何かと滋子の気を引き立ててくれた。当時のふたりは、もう大人同士の付き合いなのだし、当然のことのように男女の関係になっていたのだけれど――しかし、それについても昭二は慎重で、なかなか誘ってこなかったものだ――このときは、下田のホテルで三泊したのに、その方面ではなかなか巧《うま》くいかなかった。なぜかと言えば、昭二があんまり面白いことを言っては滋子を笑わせるので、かえってムードが出なかったのだ。

「笑ってると、デキねえもんだね」と、あとで真面目《まじめ》に言っていた。確かにそうだと、

滋子も思った。それはそれで素敵なことだとも思った。

そんなふうに、底抜けに明るい気分で過ごした三泊四日の、最後の日のことだった。滋子がもう一度遊覧船に乗りたいとねだり、ふたりで港の遊覧船の発着所に向かった。連休中のことだから、待合室も混んでいた。家族連れが多くて、子供が泣いたり叫んだり、それはもう大騒ぎ。滋子はさすがにちょっと疲れ、次の船にはまだ二十分ほど余裕もあったので、外で煙草《たばこ》を吸ってくると言い置いて、待合室を出た。滋子は煙草呑《の》みだが、昭二はまったく吸わない――学生時代に悪戯に吸ったことがあるだけの人なのである。

好天に恵まれた大型連休で、この日も太陽は高く、海は輝いていた。上着を着ていると汗ばむほどの陽気だった。滋子は煙草を吹かしながら、海沿いの道をぶらぶらと歩いた。低い堤防のすぐ向こう側には海があり、小さな漁船が繋《つな》がれている。ゆったりと上下するその船には、岸からジャンプして飛び乗ることもできそうだった。道のところどころに網が積みあげてあり、磯の香りがぷんと鼻をついた。目をあげれば、イルカやクジラの格好をしたカラフルな遊覧船が、満員の乗客を乗せてのどかに湾を横切ってゆくのが見える。すべてが、あつらえたような海辺の休日の光景だった。

煙草を消し、踵《きびす》を返して待合室の方へ帰ろうと、滋子は歩き出した。そのとき、気まぐれな春の風が吹き付けてきて、滋子はちょっと手をあげて目の上にかざした。海風混じりの強い風が頬にひやりとあたり、スカートの裾《すそ》をひるがえした。そして、つま先のあたりに何かがぴしゃりと当たった。

見ると、風に巻かれて飛んできたのだろう、チラシのようなものが、滋子の靴に引っかかっていた。何気なく身をかがめ、拾いあげてみた。と、そこに女性の顔があった。写真をコピーしたもののようだった。その顔の上に、

「この人を探しています」

と、手書きの文字で書かれていた。

──尋ね人のチラシだわ。

ずっとどこかの掲示板にでも張り出されていたものであるらしく、すっかり黄ばんでごわごわになっている。端のところが切れて、穴が空いていた。

写真の下には、やはり手書きの細かい文字で、びっしりと文章が続く。

「この人は一九九二年一月八日に家を出たきり帰ってきません。家族が心配して探しています。お心当たりの方は、どうぞお知らせください」

女性の名前は田中頼子《たなかよりこ》、三十六歳。下田市内の温泉旅館「湯船荘」で仲居をしていた。身長百六十センチくらい、小太り、盲腸の手術痕《こん》あり。近視なので眼鏡をかけて

いることもある——連絡先は市内の住所で、田中昭義という名前だった。夫だろうか。

——主婦の家出か。

頼子という女性は、このチラシの写真では着物姿である。仲居の制服かもしれない。粒子の粗い白黒写真で、細かいところは判然としないけれど、笑っている顔で、前歯が出っ歯なのが目につく。美人ではないけれど、なんとなく肉感的な感じのする人だ。

男がらみの家出かな、と滋子は思った。出ていったのは二年以上も前のことだ。このチラシもかなり古そうだけれど、それでも二年は経《た》っていまい。残された家族——ご亭主は、チラシを作り続け、貼《は》り出し続け、探し続けているのだろう。

せっかくの旅行に、嫌なものを見たような気がした。滋子はチラシをくしゃくしゃに丸めようとした。だが、なんだかそれがはばかられた。けっして上手だとは言えない筆跡の、でも一生懸命な書き方が、滋子の心にかすかな同情心を生んだ。仕方がないのできちんと折って、待合室の方まで持っていった。そこでゴミ箱に捨てた。

「シゲちゃん、船が出ちゃうぞ。早く早く！」

昭二に呼ばれて、滋子は桟橋を走った。ふたりが乗ったのは、イルカの形をしたピンク色の遊覧船だった。

連休が終わって間もなく、滋子は旅行雑誌の仕事で川越に行くことになった。「小江戸」とも呼ばれるこの町は、水路と水運が発達していた江戸時代には、江戸の中心部と直結するにぎやかな町で、首都圏のベッドタウンと化してしまった現在でも、その当時の風情《ふぜい》を濃く残している。近代的な街並みのなかに混じる古い築地塀《ついじべい》や鐘楼に江戸の面影を見つけるために、多くの観光客が訪れる街だ。滋子の仕事も、日帰りの旅行スポットとしての川越を取り上げて記事にすることだった。

JRの駅の周辺などは、都心と同じようなビルと整備された道路と人混みで、本当に小江戸なのかと疑いたくなるような感じだったけれど、そこは滋子もベテランだし、旅行雑誌の編集者もカメラマンも心得たもので、取材はスイスイと進んだ。陽が落ちる前に行程のすべてを済ませて、駅へと戻ってきた。とりあえずどこかでお茶でも——と、手頃な店を探しながら歩いているとき、バスターミナルのなかの掲示板に張り出されているチラシが、つと目についた。

尋ね人のチラシである。公的なもので、コピーではなくきちんと印刷されている。心当たりの方は最寄りの交番か川越警察署へ——という文章を読んでいると、同行していた編集者が近づいてきた。

「何を読んでる……ああ、家出人捜索願か」

このチラシで探し求められているのは、若い女性だった。年齢・二十歳。学生。名前は岸田《きしだ》明美《あけみ》とある。

このときまではケロリと忘れていたのに、滋子は下田で見たチラシを思い出した。

「あたし、このあいだ遊びに行った下田でもこういうチラシを見たんですよ。そっちは手書きで、家族がつくったものみたいだったけど」

「多いよねえ」

「どういうことなんでしょうかね」

「どういうって、何が？」

「失踪《しっそう》でしょ？　突然いなくなっちゃったわけでしょ、こういう人たちは」

編集者は腕組みをした。「まあねえ。だけど最近は、事件がらみも多いんじゃない？　これなんか、若い女の子だからね。けど、わかったもんじゃないな。バブルからこっち、何が起こっても不思議じゃないから」

滋子はチラシの写真を見つめた。岸田明美は、長い髪をきちんと整えた、なかなかの美人だった。少し化粧が濃いようにも見えるが、これは写真のせいかもしれない。全体として、どこにでもいる若くて明るい女性である。

「そういえば、最近は『蒸発』って言い方をしなくなったね」と、編集者が言った。

「ひと昔──いや、ふた昔前になるかなあ。ちょっとした流行《はやり》言葉にもなったんだけど。今でも、こんなふうにふっと消えちまう人ってのはいるんだけど、誰も『蒸発した』なんて言わないよねえ。社会現象として取り上げられるなんてこともなくなった。失踪なんて、当たり前のことになっちまったからかな」

「何でいなくなるのかしら」と、滋子は呟《つぶや》いた。

「さてね。いろいろあるんじゃないの？」

「もしもあたしが蒸発したら、誰か探してくれるかしら」

昭二は探してくれるだろうな──と思いつつ、滋子は言った。編集者は笑った。

「僕が探しますよ。締め切り前だったら」

「そんなもんなのね」

ふたりで笑って、掲示板の前を離れた。それでも、滋子の心には、チラシの女性の顔写真が残った。下田の田中頼子と、川越の岸田明美。

消えてしまう人──いなくなってしまう人。そこに、滋子の興味が小さな焦点を結んだ。

ひととおり、テレビやラジオのニュースでできる限りの情報を得ると、滋子は電話をかけようと思った。仕事机の上の古ぼけたローロデックスを回してみたが、目当ての名刺が見つからない。イライラしながら二度も探して、それからようやく、坂木は滋子に名刺をくれなかったのだということを思い出した。彼の連絡先は、取材帳にメモしてあるのだった。

急いで取材帳を取り出す。同業のライターたちのなかには、パソコンで資料管理をする者も増えてきているが、滋子はそのあたり旧式で、仕事の内容ごとに取材帳を分けてつくり、それをあいうえお順に本棚に並べて保管している。目的の取材帳は、「本業」のライター仕事のためのそれがぎっしりと並べられている棚の一段下に、備品や消耗品をしまっておく引き出しの陰に隠れるようにしてひっそりとおさまっていた。長いこと、手に取ることも忘れていたのだ。

ページをめくると、あった。見返しのところに電話番号の一覧表をつくってあり、上から三番目に「坂木達夫　東中野警察署」と書いてある。急にどきどきしてくるのを感じながら、滋子は受話器をあげた。

しかし、坂木は不在だった。応対に出た署員の話では、急用ができて自宅から現場に直行している、という。滋子はまたどきりとした。急用か。大川公園の事件のことだろう。そうに決まっている。前畑滋子から電話があったということを必ず伝えてくれと言い置いて、滋子は電話を切った。

坂木が捕まらないということが、なおさらに滋子の心を高ぶらせた。取材帳をめくり、二、三人の思い出しておく必要のある人物のプロフィールを急いで読み直すと、また電話をかけた。今度は市外通話だった。電話番号欄の一番上に書かれている番号、伊豆の下田である。下田警察署の風紀課、氷室佐喜子《ひむろさきこ》。

滋子が最後に佐喜子と会って話をしてから、かなりの月日が経っている。しかし、電話に出た相手の声を聞いたとたんに、滋子にはそれが佐喜子だとわかった。ほっとして、嬉《うれ》しくなった。

「氷室さんですね？　わたしは前畑滋子と申しますが」

「まえはたしげこさん――」と、相手は繰り返した。「失礼ですが？」

角張った口調だった。そうそう、彼女はこうなのだと、滋子は思い出した。だが、酒が入るとこれが全然違ってくる。そのことも思い出した。

「いきなりお電話してごめんなさい。もうずいぶん前になりますが、失踪女性のルポルタージュを書くために取材をさせていただいた者です。えーと――」

そのとき、はっと気づいた。当時の滋子は、まだ旧姓の木村《きむら》滋子だったのだ。急いで言い直そうとしたとき、電話の向こうの声が明るくなった。

「ああ、滋子さんね？　木村さんでしょう」

「そうです、そうです。ご無沙汰《ぶさた》しています」

「ご結婚なさって、前畑さんになったんですよね。お葉書をいただいていたのに、うっかりしていてごめんなさい。お元気ですか」

「はい、おかげさまで。こちらこそずっと音沙汰なしで失礼しました」

「あれからどうしたかなって、時々気になっていたんですけどね。進み具合はどうですか？」

何だか、取材に行ったのがつい先月のような感じの話し方である。滋子が知っている限りでは、氷室佐喜子は実に几帳面《きちょうめん》な気質で、待ち合わせの時間に遅れたり、約束を違《たが》えたりすることなど皆無の人だった。その彼女が、これまでの空白を、「どうしたかなって気になってた」という程度の言葉で表現するのだ。やっぱり地方の空気はのんびりしているのだろう。

それだけに、その感覚につけ込むようで、「はい、なんとかやっています」というようないい加減な返答はしかねた。かと言って、正直に、「いいえ、その後あのルポは全然進んでないんです。いろいろありまして頓挫《とんざ》しちゃって……。あいだに、わたし結婚したりしましたし、白状すると興味も薄くなってきちゃって」なんて答えるわけにもいかない。

困っていると、「もしもし？」と問い返された。滋子は思いきって話を本題に持っていくことにした。

「お忙しいところ申し訳ないんですけど、氷室さん、テレビのニュースは観《み》ましたか？」

「テレビ？」

「はい。東京の墨田区の大川公園というところで、女性のバラバラ死体の一部が見つかったんです。右腕ですけど」

佐喜子はちょっと絶句した。

「まだご存じなかったですか」

「ええ……今日は朝から忙しくてね。で、それで？」

佐喜子の口調が少し緊張したのを感じ、滋子も背中をピンと伸ばした。

「実は、その右腕の正確な身元はまだ判《わか》らないんですけど、いっしょに見つかったハンドバッグの持ち主は判りましてね。それが古川鞠子さんなんです」

佐喜子は記憶力がよかった。そのことではたびたび驚かされたものだ。だから滋子は黙って待った。

思ったとおり、少し経って、佐喜子は正確なリアクションを返してきた。

「古川鞠子――たしか、あなたが取材対象にしていた女性じゃなかったかしら」

「そうです、そうです」

「坂木君の担当よね？　彼から聞いた覚えがあるから」

「ええ、そうです。お電話してみたら、現場に出ていてお留守でした」

佐喜子は黙った。滋子も黙った。ここは佐喜子に先に何か言ってほしかった。

「即断は禁物だけど……」

「ええ、そうですね」

「恐ろしいことになりそうね。滋子さんは取材を続けるんですか」

「はい、もちろんです」

「そうよね……わかりました。私からも坂木君に電話してみます。滋子さんの連絡先は変わっていないのかしら」

滋子は電話番号を告げた。ちょうどそこで、室内の誰かが佐喜子を呼んだ。その声が聞こえた。

「教えてくだすってありがとう。じゃ、また」と、佐喜子は早口に言って電話を切った。

滋子は受話器をつかんだまま、取材帳に目を落とした。ちょっと考えてから、受話器を置いた。

ほかの誰より、何よりも、今は坂木だ。坂木と連絡がつかない限り、動きようがない。滋子は仕事机を離れ、リビングに戻った。テレビをつけてみたが、新しいニュースは入っていなかった。

それでもじっとしていられなかった。取材帳を持ってきて、リビングのテーブルに載せ、失踪女性のリストのページを広げてみた。数えてみると、七人の名前があがっている。少女もいれば、中年の主婦もいる。そのなかで、特に太字で書かれている名前が二つ。
・川越市　岸田明美　二十歳　学生
一九九四年三月初旬失踪
・下田市　飯野《いいの》静恵《しずえ》　二十五歳　家事手伝い
一九九四年八月五日失踪
そしてリストのいちばん下に——
・東京都　古川鞠子　二十歳　ＯＬ
一九九六年六月七日失踪

ぽつりと書き足してある。

滋子は、約三ヵ月前の自分の筆跡で書かれた「古川鞠子」の名前を見つめながら、にわかに後ろめたい気分に襲われた。この件について坂木が連絡してきてくれたとき、自分のとったあいまいな態度を思い出したのだ。

一九九四年五月、川越で岸田明美のチラシを目にしたあと、滋子の心のなかに、もやもやとした好奇心と興味と衝動のようなものがわき上がってきた。そうして、「自分で書いてごらん。シゲちゃんならできるよ」という『サブリナ』の編集長の言葉が、しきりと思い出されるようになった。

――あたしがもし、今自分でルポを書くとしたら。

自分で考え、自分の企画で書くならば、今いちばん取り上げたい素材はこれだ、と思った。失踪する女性たち。どうして消えるんだろう。安楽な生活を捨て、家庭や友達や恋人から離れて。どんな事情が、彼女たちをそこから追い立てるのだろう。

滋子の心に引っかかっていたのは、岸田明美だけではなかった。むしろ、下田で見かけたチラシの女性、滋子が幸せな休日を過ごしていたときに、まるでつま先にすがりつくようにして飛んできたチラシのなかの田中頼子という女性の、あの反っ歯の目立つ笑顔の方が、目の前でちらちらすることが多かった。たぶん、滋子の幸せと、チラシのなかの彼女の境遇とが、あまりにも対照的すぎたからだろう。

——書いてごらん、シゲちゃん。

編集長の言葉を信じてみてもいいんじゃないか。

それでも、その年の六月になって、今度はひとりで踊り子号に乗り下田へ向かったときは、まだ本気になっていなかった。だいたい、いきなり訪ねて行ったって、何の後ろ盾もないフリーのライターの滋子に、下田署の警察官たちがまともな対応をしてくれるかどうか怪しいものだ。ダメならダメでいいや、というぐらいの軽い気持ちだった。

しかし、滋子はツイていた。応対してくれたのが氷室佐喜子だったからだ。彼女は滋子の——自分でも目的がはっきりしていないと思う——あやふやな取材申し入れに真面目《まじめ》に耳を傾けてくれた。佐喜子は薄気味悪いくらいの聞き出し上手で、滋子は、なぜ田中頼子という女性を取材対象にしたいと思うのかということを説明しているうちに、気がつくと、昭二のことや自分の仕事のこと、わけても『サブリナ』廃刊でがっかりしたことなどまで打ち明けていた。自分でもなぜかわからないが、田中頼子や、川越で見た岸田明美のことが気になってならないのだ、ということも。

「なるほど……。それで、失踪《しっそう》女性についてのルポをお書きになりたいわけですね」

うなずいて、佐喜子は言った。

「そうなんですけど、でも、そんなことできるんでしょうか」

佐喜子が笑い出したので、滋子は赤くなった。今までずっとライターとして仕事をしてきたけれど、それらはほとんどすべて、出版社や依頼会社の名前を前に出し、お膳立《ぜんだ》てを整えてもらった上での仕事だった。冷静に振り返ってみれば、滋子は、自分ひとりの力で、自分だけの足で歩いて取材に行ったことなど、ただの一度もなかったのだった。本当の「取材」の仕方など、何も知らないのだった。

「できるかどうかは、あなた次第ですよ」と、佐喜子は言った。「実は、田中頼子さんのことでは、ほかにも週刊誌の記者さんが取材に来たことがありましてね」

「それは——」

「田中さんの失踪は、まあ一種の駆け落ちだったんです」

彼女は、勤め先の旅館「湯船荘」のマネージャーと、手に手をとって家を出たのだという。

「事情がそんな具合だったので、私たち警察としては、失踪人として扱って捜査する必要はないんじゃないかと判断していました。だから、あなたがご覧になったチラシも、公的なものではなかったんですよ」

「はあ……それで、田中さんは今？」

「居場所はわかったようですよ。ご主人が執念で探し出しましてね」

正直言って、滋子は拍子抜けした。その顔を見て、佐喜子はまたちょっと笑った。

「ただ、問題がありましてね。マネージャーとふたりで駆け落ちするとき、旅館のお金をいくらか持ち逃げしていたんですね。『湯船荘』はこの下田では老舗《しにせ》ですから、ちょっとしたスキャンダルになりました。それで、週刊誌の記者も来たわけです。記事にはならなかったみたいだけど」

滋子は目をぱちぱちさせた。チラシのなかの田中頼子の男好きする顔が、ニヤニヤ笑っているように思えた。

「そんな事情ですから、あなたが田中頼子さんの周辺について取材するのは、かなり難しいかもしれませんね。湯船荘の方でも警戒していますから。それに、駆け落ちが失踪の理由ということになると、田中さんは、あなたが書こうとしているルポの取材としてはあまり適切じゃないかもしれませんしね。彼女は、あらためて分析するまでのこともない、実に古典的な動機で家を出たわけだから」

滋子はがっくりしてしまっていた。ちょっとばかり張り切って自分のものを書こうとしてみたら、これだ。

——でもまあ、分相応をわきまえろってことかな。

なにしろ、ちゃんとした取材の仕方も知らない滋子なのだ。

だが、そんな滋子の内心を知ってか知らずか、佐喜子は真剣な口調で続けた。「でも、お書きになろうとしているルポに、私は興味を感じますね。昨今は、人が失踪するということについて、みんな無感覚になってきています。『蒸発』なんていって騒がなくなったし」

「わたしの知人も同じようなことを言ってました……」

「でしょう？　でも、人ひとりがいなくなるというのは大変なことですよ。そのルポはお書きになるべきですよ。失踪者の家族も、そういうルポが出ることによって捜索の助けになると思えば、きっと協力してくれると思います」

佐喜子の真面目さに、滋子は（このルポは、どこに発表するあてもないものなんです）と言い出せなくなってしまった。

「田中さんの件はさておいても、その川越の女性の件は調べてみてもいいんじゃないですか。広報を通して丁寧に取材申し込みをすれば、誰か会ってくれるはずですよ」

何かあったらこちらからも連絡するからと、佐喜子は滋子の住所や電話番号を尋ね、手帳に控えた。引っ込みがつかなくなった気分で、滋子は下田署を出た。

その次の週に川越へ出向いていったのも、半分は、もしも氷室佐喜子から電話がかかってきて、

「取材はどうなりました？」と問われたらイヤだな——という思いがあったからだった。あの真面目な女性刑事に向かって、メンドウくさくなっちゃってやめました——なんて、とてもじゃないが言うことはできない。

そんな気持ちで出かけていった川越の警察署では、剣もほろろの応対をされたが、滋子は何だかほっとした。ぞんざいにあしらわれたのは辛《つら》かったけれど、これで免罪符を得たような気がして、肩の荷が降りた。ところが、意外なところから意外な反応があった。

昭二である。川越から帰ってすぐにデートしたとき、実は最近こんなことがあってね——と、滋子が打ち明けると、彼は目を輝かせた。

「シゲちゃん、凄《すご》いよ。それ書きなよ。絶対に書くべきだよ」

「……へ？」

「シゲちゃんが興味を持ったなら、書くべきだよ。俺、ずっと思ってたんだ。シゲちゃんは今でもいい仕事してるけど、ひとつにまとまって本になる仕事だって、絶対にできるって。『サブリナ』の編集長さんが言った言葉を信じろよ。頑張れよ」

ここでもまた、滋子は真面目すぎる反応にぶつかったのだった。

「あたしに書けるわけない――」

「書けるさ。やってもみないうちに、何言ってんだよ」

「どうやって書けばいいの？　下田の件は肩すかしだったし、川越の方だってどうしようもない。あたしは週刊誌や新聞の記者じゃないんだもの」

「最初から書きゃいいじゃないか。下田でチラシを見つけたところから。で、調べてみたら駆け落ちだった。でも、シゲちゃんは、ひとつひとつの事件だけを書きたいわけじゃないんだろ？　そもそも『どうして人は失踪するのか』ってことを書きたかったんだろ？　だったら、起こったことと、そのときシゲちゃんが考えたことを正直に書いていけばいいじゃないか。あたしにはわからない。でも、調べていくうちにはわかるかもしれないって。こういうケースもあります、ああいうケースもありますって。人間てのはおかしなことをするもんで、だけどその理由はどこかにあるはずなんですよってさ」

滋子はまじまじと昭二の顔を見た。家業の鉄工所を継いで、真面目に働き、自分の車を手入れすることだけが楽しみで、酒も飲まないしギャンブルもしない。本を読んでいるところも見かけたことはない。そんな昭二のどこに、こんな考え方が隠されていたのだろうか。

「ショウちゃん、商売を間違えたね。編集者になればよかったのに」

「よせやい」と、昭二は照れた。

だが、昭二の激励は、少しばかり滋子に活を入れた。もう一度態勢を立て直し、取材して、自分の文章で書いてみようという気持ちにさせてくれた。


そうなると、とっかかりは、やはり川越の岸田明美しかない。もう警察に頼るのはやめにして、滋子は根気よく電話帳を調べ、岸田明美の家族の住まいをつきとめて、直接会いにいってみた。警察が何をどう調べているのかもよくわからない状態だけれど、娘さんの事件について調べてみたい、何か情報をつかんだら捜索のお手伝いにもなるかもしれないという滋子の熱心な言葉に、彼女の両親、特に父親は、やや困惑気味の様子だった。赤の他人が――という気持ちなのだろうと、滋子は思った。だとしたら、こちらが本気であることを伝えるには、とにかくやって見せるしかない。

滋子は、岸田明美の生活を、人となりを、彼女の失踪当時の行動を、地味に、静かに調べていった。明美は非常に裕福な家庭の一人娘だ。父親は土地でも名の知れた資産家だが、若いころから女性関係の噂《うわさ》が絶えないことでもまた有名だった。当然のことながら妻とのあいだには争いが多く、明美は物質的には恵まれていても、情緒的には不安定な家庭で育った。そのせいか、彼女自身もまた浪費家で、異性関係が派手で、地元の級友たちの誰に尋ねても、芳《かんば》しい評判は出てこなかった。決まった恋人の名前もあがらない。明美が付き合っていた男性の名前は数々あがるのだが、多すぎて特定することができないのだ。

「岸田さんは、中学生ぐらいのときから、早く家を出たい出たいと言ってたし」

と、級友の一人の女性は言った。

「いい男でも見つかったんで、追いかけて行っちゃったんじゃないですか？　放っておいたって、またその男に飽きたり捨てられたりしたら、帰ってくるんじゃないかしら」

あの両親が、明美が家出したことを心配しているなんて信じられない——と語る、男性の級友もいた。

「娘のことなんか、これっぽっちも気にしてないような冷たい人たちですよ。本気で探そうとしてるのかなぁ。捜索願だって、世間体が悪いから一応出してみたって程度じゃないの？」

滋子も、岸田夫妻——とりわけ父親の方と話しているときに、そこはかとない違和感というか、まだ事情のすべてを打ち明けてもらってはいないなと感じることはあった。その〝壁〟がイコール世間体なのかなと思う時もあった。ところが、岸田家に取材に通うようになって半月ほどのち、父親がバツの悪そうな顔をして、

「実は——明美が失踪してから一ヵ月ばかり経《た》って、こんなものが届いていたんです」

と、一通の手紙を差し出した。手書きの丸っこい女文字で、岸田夫妻あてになっている。差出人のところには、同じ字体で「明美」とだけ書いてあった。

「お嬢さんからの手紙ですか？」

「そのようです。娘の字ですからな」

手紙は短く、勝手な真似《まね》をして悪いと思うけれど、しばらく家から離れてみたい、お父さんの築いた財産の傘の下にいては、近づいてくる人たちが、本当にわたしを大切に思ってくれているのか、それともお金目当てなのか、見分けがつかない、それがとても寂しい、寂しく辛い、だから一人で、誰もわたしの家が裕福だと知らない土地へ行って暮らしてみたいというようなことが書き綴《つづ》ってあった。一人の人間として成長し、自信がついたら家に帰ります——

可愛《かわい》らしい女文字、花柄の便箋《びんせん》で、感傷的で勝手な言い分ではあるが、きちんとした筆致だった。滋子が漠然と想像していた「岸田明美」という若い娘が、こういう文章を書くとはちょっと思えなかったが、父親は苦虫をかみつぶしたような顔で、明美

は子供のころから作文は上手《うま》かったのだと言った。

さらに父親は、上京する明美のためにつくってやった仕送り用の口座に、今でも送金しているとうち明けた。つまり、失踪後もそこから定期的に金が引き出されているから、不足しないように足《た》しているというのである。

滋子は呆《あき》れた。こんな手紙を寄越していながら仕送りをあてにする娘も娘だが、送金する親も親だ。

「口座にお金がなくなれば、明美さんは帰ってくるとお考えにはなりませんか？」

滋子がそう尋ねると、父親は不機嫌そうに答えた。

「帰ってきて、なぜ送金を止めたと文句を言われるのは嫌なんですよ」

黙るしかなかった。ただ、この父娘《おやこ》関係に、これまでとは違う興味も覚えた。これは書ける――という気がした。

「でも、これだけの材料があるならば、捜索願は取り下げてもよろしいんじゃないですか？」

「こんな手紙を警察に見せるんですか？　娘の身勝手を天下にさらすようなもんだ。今さらできませんよ」父親は鼻先で言った。「警察だって、どうせ探してやいないんだ。届けは届けとして出ているだけなんだから、放っておいたってかまわんでしょう」

　そうかもしれないが――

「でも岸田さん。そうすると、ここまでうち明けていただいた上で、まだ、わたしがお嬢さんの失踪について書くことは――」

　滋子はおそるおそる尋ねた。明美の捜索の助力になればという動機で、滋子のルポに協力するというのが、最初の意向だったのだから。

　岸田明美の父親は、レストランの予約をキャンセルするぐらいの気軽さで、あっさりと言った。「やめてもらわないと困りますな。いえね、あんたが最初にうちに来たときは、これほど熱心に明美の身辺を調べるとは思ってなかったんですよ。近所や、うちのものたちの手前もありますからね、門前払いするわけにもいかないんで、今まではまあ――そのなんちゅうかね、お付き合いしましたけれども、このへんでお開きにしてもらうしかありませんなぁ」

　開いた口がふさがらなかった。そのまま電車に乗って、滋子は家に帰った。道中もずっとぽかんとしていた。帰宅してパソコンに向かうと猛然と腹が立ってきたが、やがて考え直した。ここまでの経過を、あまさず書けばいい。これもまた、現代の失踪《しっそう》者の背景のひとつだ。滑稽《こっけい》で特異かもしれないけれど、充分に材料として使える。そう思ったら、かえって筆が進んだ。結果的には、岸田明美の章はかなり長いものになった。

そうこうしているうちに、下田の氷室佐喜子から連絡があった。それまでにも、佐喜子とは時々電話で話し合っていたのだが、今度は別口だった。下田署管内で、若い女性の失踪事件が一件発生したというのだ。

「家出とも事件がらみともなんとも判断の付きにくい事件なんですが、取材してみますか？　目立たないように動けばうちの署の方は問題ないし、家族の方に話してみたら、捜索の助けになることならどんな取材でもお受けすると言っているの」

佐喜子は滋子を、真面目《まじめ》な女性ジャーナリストだと紹介してくれたようだった。滋子は佐喜子の好意を有り難く思ったが、同時にこれは、こちらの信頼を裏切るようないい加減な仕事をしたら許しませんよ——という佐喜子の意向の表明なのだとも思った。

こうして滋子は、下田の飯野静恵の失踪も取りあげることになった。こちらは岸田明美のケースとは違い、家族とのあいだに目立った問題があるわけでもない。だが、聞き取り取材をしてみると、そういう平和でのんびりした生活に、本人がひどく倦《う》んでいた様子がわかってきた。滋子はそれも、原稿に書いた。それだけでなく、取材のノウハウがわかってくると、都内の警察署をまわり、ライター仲間のつてを頼って事件畑の記者にも紹介してもらって、さらに取材対象を増やしていった。取材帳はどんどん厚くなり、リストには名前が増えた。取材を始めてすぐに本人が帰ってきたり、音信があった場合もあり、そんなときは本人にインタビューすることもできた。

滋子はそれらをまとめて、少しずつ、少しずつ、初めての「自分だけの原稿」を書き溜《た》めていった。

そういう滋子の仕事ぶりが気に入ったのだろう。あるとき佐喜子がこんなことを言い出した。

「実は私、出身は東京なんですよ。高校生のときに父親の仕事の関係で下田に移ってきたんですけどね。だから東京には幼なじみの友達が何人かいるのだけど、そのうちのひとりが、今、東中野署で刑事をしていてね」

それが坂木達夫であった。

「私は長いこと交通課にいたから、家出人捜索にはまだそんなに長いこと関わってないんだけど、坂木君はそちらの方面のベテランなんですよ。いろいろと教えてくれるかもしれない。会ってみますか？」

こうして、滋子は東中野署の坂木刑事に会った。子供の時の呼び名をそのままに、彼を「坂木君」と呼ぶ氷室佐喜子の紹介でやってきた滋子に、坂木は親切に応対してくれた。最初の頃は傍観者の立場をとっていたが、滋子の仕事の内容が判《わか》ってくるにつれて、彼自身も興味を持ってきたようで、独自に調べたり、意見を述べたりもしてくれるようになった。

滋子は、ひとりきり、締め切りもなく、掲載のあてもなく、手探りで書くこのルポルタージュに、次第次第に熱中していった。力が入るのは、自分でも思いがけないほどだった。その分、「本業」のライターの方の仕事を減らせればよかったのだが、生活のことを考えるとそうもいかず、かなりの無理を重ねる毎日が続いた。

それがいけなかったのだろう。昨年、一九九五年の梅雨時だ。滋子はアパートで原稿を書いていて、血を吐いた。猛烈な胃痛に部屋中を転がり回った。救急車が来るまでの十数分のあいだに、これであたしは死ぬのだろうかと思った。

十二指腸潰瘍《かいよう》だった。ひどい状態で、手術が必要になっていた。一ヵ月間を、滋子は病院で過ごした。

病気とそれによる入院は、滋子から体力と気力を奪った。急に心細くもなった。三十一歳だった。どれほど熱心に仕事をしていても、ふと将来への不安を感じる年頃でもあった。実家の母が病院へやってきて、枕元《まくらもと》で泣かれたことも芯《しん》からこたえた。

そんなころに、見舞いに来た昭二が言ったのだった。

「俺なんかがこんなこと言っても、シゲちゃんには迷惑なだけかもしれないってずっと不安で、なかなか言い出せなかったんだけどさ」

「なあに……？」

「結婚しない？」

滋子は泣き笑いした。「いつ言い出してくれるかなあって、ずっと思ってたよ――」

こうして、結婚話はとんとんと進んだ。昭二が「俺なんかが……」と自分を卑下したのは、彼が家業を継いでいることとか、いい大学を出て「マスコミ」で働いている滋子と比べたら、自分は無学だし、高卒だし、身体《からだ》使って働くことしか知らないし、家族はうるさいし――などなど、いろいろな引け目を感じていたからであるらしかった。確かに、彼にすこぶるつきの口うるさい母親がくっついていることは、滋子にとっても大問題だった。が、それ以外のことは何でもなかった。滋子もいっしょに工場で働け――と命令されない限りは。

そのためにも、滋子は仕事を辞めたくなかった。ライターとしての仕事に愛着もあった。入院している間、見舞いに来た雑誌の編集者やスタッフたちに、「やっぱりシゲちゃんでないと」と言われると、なおさらその思いは強くなった。

だから昭二にも、それを条件として出した。彼は喜んで承諾してくれた。

「うちの義姉《ねえ》さんは、シゲちゃんが書いてる『ハウスキーピング』の料理のコーナーを愛読してるんだぜ」

こうして、滋子の新しい人生は始まった。幸せに、温かく。

だが、ただひとつ、そこに積み残されたものがある。失踪女性に関するルポルタージュである。

退院後、アパートで静養しているときに、そこまで書いたルポを読み返してみた。今、すぐにこの続きに取りかかるだけの覇気は、そのときの滋子にはなかった。結婚の準備に忙しく、時間もなかった。が、その時点で原稿用紙二百枚くらいになっていたものを、知り合いの編集者に見てもらおうか――という気持ちにはなった。果たして、これはものになるだろうか?

誰に見せると言ったら、やはり『サブリナ』の板垣元編集長だろう。彼に連絡し、会社まで出向いて、滋子は原稿を渡した。今はシルバー世代向けの雑誌の編集部のデスクをしている彼は、一週間後に電話をしてきた。

「どうでしょう?」

受話器を握る手がちょっぴり汗ばんだ。

「うーん」と、彼は言った。「いいものだと思う」

滋子は頬が火照《ほて》った。いいものだ。だけど、それならなぜ「うーん」と唸《うな》る？　感心しているような唸り方には聞こえなかった。

「だけど、地味だよね。素材としては古いし。主役はこの二人——岸田明美と飯野静恵という女性たちみたいだけど、どっちも、パッとしないよね」

「……パッとしない？」

「シゲちゃんがノンフィクションの書き手としてやっていけるという僕の考えに変わりはないよ。これを読んで、自分に自信を持ち直したくらいだ。俺の目に狂いはなかったってね」

でも——と、ビジネスライクな口調で続けた。

「これは、新人の一作目としてはどうかな。インパクトがないよ。もっと派手な——いい意味でエグい素材を扱ってごらん。失踪っていう素材には、もう手垢《てあか》がついちゃってるからね。これがもし、本当に犯罪がらみの、たとえば連続殺人事件のルポかなんかで、リストの女性がみんな同一犯人の手にかかった被害者だった——なんてことであれば、僕も飛びつくけど、ただ失踪女性たちの実状や個々のケースについて書き並べただけじゃ、売り込みようがないんだよね、率直なところ」

この原稿はしまって、新しい素材を見つけて書き始めろよと、最後に言った。

「シゲちゃんならできるよ」

「ありがとう」

電話を切ったとき、滋子の目に、自分が書いてきた原稿の文字が、急に色あせたものに見えた。

こうして、失踪女性についてのルポは、『サブリナ』元編集長の言葉のとおり、滋子の仕事机の引き出しにしまいこまれることになった。彼の言葉に反発し、少なくとも最後まで書き上げてやる！　という根性は、遺憾ながら、病後で体力をなくし結婚を控えて心がふわふわしている滋子のなかには、わきあがってこなかったのだった。

昭二も、ルポについては口に出さなくなった。それでも彼の思うところは推察がついた。あのルポを書くために、滋子はずいぶんと無理をした。睡眠時間を削り、食事もさらに不規則になった。それが病気の原因であることは確実だ。だから、滋子と新しく所帯を持とうとする昭二としては、滋子が仕事をするのはかまわないけれど、無理を重ねるという間違いは二度と犯してほしくないのだ。

たった一度だけ、昭二が訊《き》いてきたことがある。

「シゲちゃん、あのルポはまだ書いてるのかい？」

「――あんまり。気乗りしなくなっちゃって」

元編集長とのあいだのやりとりについては、黙っていた。

「そうかあ。まあいいよ。締め切りがあるもんじゃないんだろ？　書きたくなったら書けばいいさ」

こうして、現在まで来てしまった。原稿は引き出しのなか。取材帳は棚の隅。だから、今年の六月に、坂木がわざわざ電話をかけてきて、古川鞠子の失踪事件について教えてくれたとき、滋子は気が引けて仕方がなかった。

「この鞠子さんには、両親の熟年離婚に悩んでいた節がありましてね。父親に若い愛人ができてしまったんです。それが家出のきっかけになっているのかもしれない。うちの署では、そういう事情があるので、事件として捜索する必要を認めないと判断しています。でも、失踪の仕方が不自然で、事件性もあると、私は個人的には感じているんですよ。母親は心配で窶《やつ》れる一方ですが、お祖父《じい》さんがなかなか気骨のある老人で、捜索の助けになるならば、取材にもきっと協力してくれるでしょう。取り上げてみてはくれませんか」

坂木は熱心に訴えたが、エネルギーが失《う》せている滋子の耳には、それは少しばかり言い訳がましく聞こえた。本来なら彼が調べるべきことを、上層部の許可がおりないからと言って、滋子に押しつけようとしてるだけなんじゃないか。そんなふうに思う一方で、その感情が自分の坂木に対する後ろめたさの裏返しなのだということも、ちゃんとわかっていた。だから、余計に煩《わずら》わしかった。坂木の手前、ルポを書き続けているようなふりをして、おざなりに、リストのいちばん下に古川鞠子の名前を書きはしたものの、それをどうするという気持ちもなかった。

だがしかし。今、今日、このときに、状況は激変した。

古川鞠子だ。よりによって彼女だ。リストの最後の女の子だ。

——これが連続殺人のルポかなんかだったら。

板垣元編集長の言葉が、滋子の耳に蘇《よみがえ》る。古びた原稿の束の上に手を置くと、自分の鼓動が聞こえた。

4

大川公園バラバラ死体遺棄事件の特別捜査本部は、九月十二日午後二時、墨東警察署内に設置された。その後、大川公園での新たな発見はなく、現在は付近の地取り捜査と、右腕の身元と別途発見された女性のハンドバッグの持ち主の特定が急がれていた。

特捜本部は、墨東署の二階の訓辞場がそのスペースに当てられ、事務机などの備品が運び込まれ、電話が引かれ、訓辞場の入口には、事件名を墨書した看板が掲げられた。書いたのは、この事件の捜査を担当することになった本庁捜査一課第四係に所属する、巡査部長・武上悦郎《えつろう》である。

四係では、たいていの場合武上が事件名の看板を墨書することになっている。験《げん》をかついでいるからだ。

「ガミさんが書くと、解決が早い」

と、四係のヘッドである神崎《かんざき》警部は言う。

武上が第四係入りしたのは五年前、最初の事件で、「達筆だから」と看板書きを頼まれ、その事件が一週間でスピード解決し、縁起がいいからと次の事件の時も頼まれ——という具合で、定着した習慣である。一度だけ、捜査本部を設置した先の所轄《しょかつ》署にやはり同じようなエピソードを持っている字の巧《うま》い刑事がいて、じゃあどちらが——と迷い、結局ふたりで上下に書き分けたことがあったが、その事件は迷宮入りになってしまった。

「験かつぎの二股《ふたまた》はいかんということだね」と、神崎警部は苦り切ったものだ。

ほかのことでは徹底した合理主義者で、およそ迷信や縁起担《かつ》ぎの類《たぐい》を受け付けない神崎警部が、なぜ看板書きにだけはこれほどこだわるのか、武上は時々不思議に思うのだが、直《じか》に尋ねてみたことはない。余計なことだ。彼としては、新しい事件に遭遇して看板を書くたびに、自分にくっついてくれているらしい――くっついていると四係の連中が考えている――運のようなものが落ちていないようにと願うだけである。

捜査本部入りするとすぐに、武上は自分に割り当てられた仕事に取りかかった。彼はデスクである。これはもちろん正式な役職名ではなく、本部内での役割を通称にしただけのものであるが、特捜事件には絶対に必要なポジションであり、どの係にも必ずひとりはこれを専門とする刑事がいる。四係では、それが武上なのである。

デスクの仕事は、事件の捜査の進行に従ってどんどん増えてゆく膨大な捜査資料・調書・報告書などを整理することと、司法関係の提出書類を作成することである。どちらも重要な仕事だが、特に前者には経験とノウハウが要る。武上を一人前のデスクに育て上げてくれた先輩刑事は、「几帳面《きちようめん》であるという素質も必要だ」と言っていたが、武上自身には、そこのところはなんともわからない。仕事を離れると、自分ぐらい身の回りのことについてだらしのない人間も珍しいと自認しているし、二十年連れ添った女房もそれにはうなずいているからだ。

先輩に逆らうわけではないが、武上としては、几帳面な人間はむしろデスクには向いていないのではないかと思うこともある。司法関係の書類をつくるだけなら、几帳面できれい好きな人間がいいだろうけれど、捜査書類の整理となると、話はまったく別になってくるからだ。特捜本部には最低でも八十人から百人くらいのメンバーがおり、それだけの人間が書類を書き、提出し、ファイルを借りだし、また戻し、忘れた頃になって過去の供述書や実況見分調書を見たがり、また戻し——という作業をするのである。彼らの書類に対する考え方、扱い方といったらランダムそのものだから、几帳面な人間だったら、常に書類をきれいに整理整頓しておくことだけに気を取られ、苛《いら》つき、ガミガミ怒鳴り、自分が一日がかりで整えたファイルの配列が三十分でごちゃごちゃにされることについて、始終悩んでいなくてはならない。

だが、幸い武上はそういう性分ではない。見場がきちんとしていることより、能率優先と考えている。特捜本部でデスクとして働くとき、何よりも大切なのはそのことだと、部下の刑事たちにも、折に触れて話して聞かせる。もっとも優れたデスク役は、忍者のように目立たないものだ、と。そこにいて仕事していることを忘れられてしまうのが望ましい。

今回、所轄の墨東署は、武上の下で働くデスク要員として、四人渡してくれた。バラバラ殺人事件は長引くことが多く、地取り捜査の範囲も広くなるので、本当なら最低でもあとひとりは欲しいところだったが、当面は仕方がない。訓辞場の北東の隅、窓際《まどぎわ》にデスクのポジションを決めると、武上は彼らを集め、それぞれに簡単な自己紹介をした後、レクチャーを始めた。

「諸君のなかで、以前にもデスク担当をしたことがある者はいるか？」

尋ねると、四人のうちのふたりが手をあげた。ひとりはこの署内で強盗殺人事件を、もうひとりは以前所属していた署で営利誘拐未遂事件を扱ったときだという。武上は、その時彼らのヘッドにいた本庁の捜査員の名前を聞いた。ひとりは武上と入れ違いに退官した警部補で、もうひとりは今も本庁にいる武上の飲み仲間の巡査部長だった。

木村という男だ。やはり、デスクの専門家である。今は二係にいる。

「基本的には、私のやり方も木村巡査部長と同じだ。だから君は、前に教えられたノウハウをそのまま活《い》かしてくれていい」と、武上は手をあげた刑事に言った。「ただ、私の方が木村さんよりだいぶ多くゼロックス・コピーを使う。ミスコピーの綴《つづ》りも作る。それがいちばん大きな違いかな」

てきぱきと、武上は基本的な作業手順を説明していった。調書の整理の仕方、写真帳の貼《は》り方、ファイリングの仕方、電話連絡簿の作り方、新聞のスクラップの仕方。次には、それらの書類を人物順と日付順、事実関係順に三通りつくり、机の上に配置するその方法。

「詳しいことは、これを見てくれ」

いつも持ち歩いているくたびれた書類鞄《かばん》から、コピーした便箋《びんせん》をホチキスで綴《と》じたものを取り出した。三部ある。

「俺の個人的なマニュアルだ。手書きだから、読みにくいところがあったら聞いてくれ。公的な書類については、日ごろ君たちが署でやっている手順と変わりないから省いてあるが、殺人事件となるとややこしくなる書類もある。疑問に思ったら遠慮しないで質問していい。俺は特捜本部がここにあるかぎり、自分の椅子《いす》からほとんど動かないからな」

これは文字通りの事実である。武上は、最初の非常招集で特にお呼びがかからない限り、現場にも臨場しない。彼の仕事は後方にある。

「このことは、君らも同じだ」と、武上はせかせかと続けた。もともとせっかちな気性だし、デスクの仕事は特捜本部が立ち上がったのと同時に始めなければならない。おそらく今夜遅く、日付が変わってから開かれることになるであろう捜査会議に間に合うように揃《そろ》えなければならない書類も多い。どうしても早口になった。

おまけに、どこの署に出かけて行っても、何度同じレクチャーをしても、「私」と重厚に自称することができるのは最初だけで、途中からどうしても「俺」になってしまう。彼の野太い風貌《ふうぼう》とガラガラ声に怯《おび》える部下がいるとも思えないが、何か不明なことがあったとき気楽に尋ねることのしにくいヘッドだと思われてしまうことはよくあった。だから、その点についてはくどいほど念を押した。どんな小さなことでも、迷ったりわからなかったりしたら俺に聞いてくれ、捜査担当班以上にチームワークが大切なのがデスク担当なのだと言った。

「君たちも、容疑者があがって裁判所と行き来する必要が出てくるまでは、ほとんど署内のこの机に釘付《くぎづ》けだ。尻《しり》が平らになるぞ」

四人のなかではいちばん若い刑事が、ちょっと笑った。楽しそうな笑いではなかった。自嘲《じちょう》気味だった。

「大事件を扱うのに、地味な後方支援のいわば雑用係に回されて、不満に思っている者もいると思う。どうしても我慢ができないと思ったら、それも正直に言ってくれ。他《よ》所《そ》よりも、この役目には向き不向きがある。それに、やる気のない者にいてもらっては困る。他所よりも、ここがいちばん困る。じゃ、かかろうか。とりあえず机を六つ集めてくれ。

席を決める」

武上は、四人の刑事たちのひとりひとりの顔を見て、名前を呼んで、彼らの席を決めた。呼ばれた方は、多かれ少なかれ驚いた顔をした。名札を付けているわけでもないのに、もう正確に顔と名前を一致させて覚えているのか――

武上をデスクとして有能たらしめている所以《ゆえん》は、実はこの記憶力にもあった。映像的というより、どちらかといえば活字的な記憶力ではあったが、多くの事象が、彼の頭のなかにコンパクトにたたまれて収納されており、彼はそれらを一瞬で引き出すことができる。だから、デスクに座っている彼のところに、四係の誰かが質問に来ることもよくあった。誰々の供述書にこういう言葉が出てこなかったか？　実況見分調書に載っていた現場の家の台所には明かり取りの窓があったろうか？

武上はすぐに答える。そして、堆《うずたか》く積み重なっているファイルのなかから、あるいは書類棚のなかから、机の引き出しから、目的の調書を取り出し、供述者が目当ての言葉を述べているページを、台所の窓の位置について書き取ってある図のページを、すぐに開いて差し出す。相手が驚きつつそのファイルのページをめくり始めるころには、武上はもう次の仕事にかかっている。

しかしこの優秀な記憶力は、時に重荷になることもあった。特に今日はそうだった。

部下たちといっしょに作業にかかりながら、頭のなかに、ふと塚田真一の顔が浮かんできて仕方がない。あの途方にくれたような、迷子になったような、心細そうな顔が。なんと運の悪い子供だろう。家族を殺害され、その傷が癒《い》えるどころかまだ血が流れているうちに、別の殺人事件に巻き込まれるとは。

父親の友人宅に寄宿していると言っていた。落ち着くことのできる家なのだろうか。学校生活はどうなっているのか。あのあと、気になってもう一度会議室をのぞいてみたが、彼はもう帰宅したあとだった。迎えが来ていたと聞いて少し安堵《あんど》したのだが。

真一にも話した通り、武上は、塚田一家殺害事件の容疑者逮捕に少しばかり関わったのだが、もとよりそれは直接的なものではなく、真一の名前を知っていたのも、千葉県警の捜査員たちの会話のなかに出てきたのを漏れ聞いたからだった。その名は武上の頭の奥の、被害者のラベルを貼ったファイルのなかに収められていた。

彼の連絡先を調べるのは易しい。捜査に差し障《さわ》りがないようだったら、一度様子を聞いてみようか――そう思いながら、武上は新しいファイルのナンバリングを続けた。

一報が入ってきたのは、その時だった。

午後も遅くなって、有馬義男は真智子を連れて、真智子の自宅の東中野の家に帰った。帰路の彼女はふわふわと明るく、しきりに自分の取り越し苦労を笑っていた。義男はそれに調子を合わせるのに苦労した。

大川公園で鞠子のハンドバッグが見つかったというニュースは、見えない手で義男の首を締め上げていた。時々大きく息をつかないと、呼吸が苦しくなるほどだった。この事実をどう受け入れるかということと、それを真智子にどう伝えるかという、二重の苦難があるのだった。

真智子の気持ちの振幅が大きいことも、ますます心配になっていた。公園の右腕が鞠子のものでなかったとしても、そして、ハンドバッグの件を無視するとしても、鞠子が行方不明のままであるという事実は変わらないのだ。真智子が、今朝以来のヒステリックな思いこみを訂正する気持ちになってくれたのは結構だが、そのことをいつまでも笑っていられるほど事態が好転したわけではない。それなのに、彼女はずっと笑みを浮かべていた。

東中野の家に入ってみると、洗面所の蛇口が開けっ放しになっていた。リビングの窓にも鍵《かぎ》がかかっておらず、灰皿がひとつひっくり返って、カーペットの上に灰が散っていた。家を出るときの真智子の気持ちを、それらのものが物語っていた。だが、真智子はそれらのことに気づいてさえいないように見えた。大騒ぎをしたことをしきりと義男に詫《わ》びながら、おなかは空《す》いてないかとか、店の方は大丈夫かとか、気楽なことばかり訊《き》いてくる。

「少し座ったらどうだい。お茶なら俺がいれるよ」

「いいわよ、あたしがやる」

真智子が台所に立ったとき、ドアチャイムが鳴った。義男はぎくりと強《こわ》ばった。刑事たちが来たのだろうか。

「出てくれる？」と言われる前に、急いで玄関に走った。ドアを開けると、真智子と同年輩の女性が、こちらの様子をうかがうような顔でのぞきこんでいた。

「あの……どちらさまで？」と、女性の方が義男に訊いた。

「真智子の親父《おやじ》ですが」

「ああ、鞠子ちゃんのおじいさんですね」

女性は大きくうなずくと、家の奥をのぞきこむような仕草をして、声をひそめた。

「奥さん、大丈夫ですか」

義男は返事に困った。何について訊かれているのだろう。

「ニュースでやってるもんだから……」と、女性は続けた。「鞠子ちゃんのバッグが見つかったって」

義男は靴下裸足《はだし》のまま玄関に飛び降りた。女性は驚いてドアから後ずさりした。

「ニュースで流れとるんですか」

「ええ、さっき聞いたんですよ」

義男は肩越しに後ろをうかがった。真智子は気づいていないようだ。さらに声をひそめた。

「私らも、さっきまで警察にいたんです。これから、バッグのことで刑事さんたちが来ることになってまして」

「そうなんですか……」女性の目がきょときょとと動いた。「何かお手伝いできることがありましたら、声をかけてくださいよ。うちは斜め向かいの小林《こばやし》です」

礼を言って、義男は彼女を押し出すようにしてドアを閉めた。近所の主婦なのだろうが、真智子とどういう付き合いなのか義男にはわからないし、今の状況では、第三者を近づけたくはない。

台所では、真智子が鼻歌を歌っていた。

ざわざわと、義男の背中に悪寒《おかん》が走った。ニュースか。テレビやラジオをつけさせてはいけない。早くリビングに戻ろうと思うのだが、膝《ひざ》が動かず、さっき飛び降りた上がり框《かまち》へなかなか上がれない。真智子が妙に陽気になることによって現実から逃げているように、義男も今のこの事態から逃げ出したくなっているのだった。

と、真智子が台所からリビングへ出てきた。そしてテレビを——テレビをつけた。いきなり笑い声が聞こえてきた。何かバラエティ番組のようだった。義男は一瞬、目を閉じた。ニュースが始まる前にテレビを切らせないと——と、リビングに戻りかけたとき、坂木たちがやって来た。

義男は身構えるような思いで坂木たちを迎えた。が、真智子は明るかった。

「坂木さん」と、声をあげて玄関に出た。

「今日は本当にすみませんでした、お世話をおかけして」

ますます不安になるほどの明るさだった。わずかなあいだに感情のメーターを激しく上下させたために、サーモスタットが働かなくなってしまった彼女の頭のなかには、何故《なにゆえ》にわざわざ坂木たちがこの家に足を運んできたのか——という正常な疑問が浮かんでこないのだと、義男は悟った。胃がきりきりと差し込んでくるような気がした。

いかん、これは本当にまずいかもしれない。

一行は坂木のほかにあとふたり、ひとりは背広姿の警視庁の刑事で、もうひとりは墨東警察署の婦人警官だった。一見して坂木がいちばん年上と判《わか》る組み合わせだ。鳥《とり》居《い》と名乗った警視庁の刑事はまだ三十代半ばのようだし、制服姿の婦警など鞠子とおっつかっつの年齢で、かなり緊張している様子だった。

刑事たちは固辞したが、真智子は茶菓を出したり灰皿を並べたり、なんだか嬉《うれ》しそうに動き回った。思うことは、（あの腕は鞠子のじゃなかった、ああよかった）ということだけなのだ。「ひとりで大騒ぎしちゃって、あたしも本当におかしいですよねえ」などと、自分に照れている。そのくせ、義男がテレビを消そうとすると、叱《しか》るように声を荒らげて「駄目よ！　つけとかなきゃ、いつニュースが入るか判んないでしょう」と言った。

「じゃあ、音を小さくしていいか」

「それならいいわよ」そしてまた、ふわふわとにこにこする。

義男は、真智子のそういう態度に坂木たちがどう反応するか、そればかりを見ていた。鳥居が片手にさげていた大きな紙袋――無印で、ビニール引きで、今は座っている彼の膝の脇《わき》に置いてある――それも気になった。ちょうど、女物のハンドバッグがそっくり収まるくらいの大きさの紙袋だった。

「奥さん、本当におかまいなく」

坂木が台所にいる真智子に声をかけ、それから義男の顔をうかがった。

「ずっとあの様子なんですか」

義男はうなずいた。「おかしいでしょう」

坂木の顔が暗くなった。鳥居はちょっと眉根《まゆね》を動かし、真智子の方を見やり、それからまともに義男を見た。整った顔立ちだが、口元がへの字型で、気むずかしそうに見える。

「有馬さん、古川鞠子さんのハンドバッグが発見されたということは――」

「坂木さんにうかがって知ってます」

それどころか、もうニュースでだってやっているじゃないか、と言いかけて、やめた。

「あなたでは、お孫さんの持ち物かどうか見分けはつかないですか？」

真智子は台所でコーヒーをいれている。いい香りが漂ってきた。

義男は首を振った。「残念ですが、私にはまるでわからんです」

「それじゃ、やむを得ませんね」

断定的にそう言うと、鳥居はその場で椅子《いす》から立ちあがった。台所の真智子に向かって、角張った口調で言った。

「奥さん、コーヒーは結構です。少しお伺いしたいことがありますので、こちらに来ていただけませんか」

切り口上に呼びかけられて、真智子はびっくりしたように目をぱちぱちさせた。義男はたまらなくなって、急いで台所へ行くと、真智子の腕をとってリビングへ連れてきた。

「あたし、ここへ座るの？」真智子は急に怯《おび》えだした。「お父さん、なあに？　あれは鞠子じゃなかったんでしょ？　まだ何かあるんですか、坂木さん」

義男は肩を抱くようにして真智子を座らせた。坂木が辛《つら》そうに、言葉を探しておろおろしている。

「奥さん、実はですね——」

坂木の言葉をさえぎるように、鳥居が割って入った。「古川さんがお帰りになった後なんですが、大川公園で発見された物がありまして」

鳥居はてきぱきと説明していった。真智子が身をすくめ、義男にすり寄ってきた。

「これが発見されたバッグなんですが」

鳥居は身をかがめ、紙袋から中身を取り出した。真智子が置いた灰皿を脇に押しやり、ひとつひとつ並べていった。ベージュ色の柄の散った茶色のバッグ。肩紐《かたひも》が長いから、正確にはショルダーバッグと呼ぶのだろう。それとお揃《そろ》いの柄の財布。無地の、レースで縁取りされたピンク色のハンカチ。やはり淡いピンク色の、ポーチというのだろうか、ファスナーのついたごく小さなバッグ。そのなかに入っていたものであるのだろう、円いコンパクト、ブラシ、鏡、四角いコンパクト、そして封を切ってある売薬の頭痛薬。すべてばらばらにして、ひとつひとつビニール袋に入れてあり、タグがつけてあった。

真智子は目を見開き、それらの物を見つめていた。彼女が身体《からだ》を硬く強ばらせていることが、隣に座っている義男にはよくわかった。

「お嬢さんの持ち物でしょうか。見覚えはおありですか？」鳥居が訊いた。極力そうしているのか、それともこれがこの男の地であるのかはわからないが、平静な事務的な口調だった。

真智子は目を見張ったまま、両手を膝に、手を拳《こぶし》に握っていた。黙ったまま、ただ呼吸だけしている。

「どうだい？」と、義男はそっと訊いた。

「鞠子のもんかい？」

若い婦警が、そっと鳥居の横顔をうかがって――彼は微動だにせず真智子の顔を見つめている――から、柔らかく身を乗り出した。

「すぐに思い当たらないようでしたら、申し訳ないんですが、お嬢さんのお部屋の箪《たん》笥《す》などをですね、調べてみていただけませんでしょうか。わたくしがお手伝いいたします」

義男の手の中に汗が浮いてきた。心臓が不規則に足踏みをするのを感じた。横目で鳥居を、坂木を見た。定期入れは？　定期入れはないのか？　坂木はそう言っていたではないか。鞠子の定期入れが出てきたと。

「じゃ、これは――」と、鳥居がさらに続けて何かを取り出そうと紙袋の方に手を伸ばしかけた。義男は息を呑《の》んだ。定期入れ――

そのとき、真智子が呟《つぶや》いた。「娘のです」

「は？」と、鳥居が真智子の方に身をかがめた。「何とおっしゃいましたか？」

真智子は硬直したまま、ハンドバッグを見つめ、飛び出しそうなほどに目を見開き、くちびるだけを動かして繰り返した。

「あの子のです」

「間違いありませんか？」

真智子は、出来の悪いロボットのように、ゆっくりとぎくしゃくうなずいた。

「就職祝いに、あたしが買いました物ですから、間違うわけないです」

真智子は両手を口元に持って行った。その手がぶるぶる震えていた。そのまま、目だけ動かして坂木を見た。

「あたし、坂木さんには、お話し、してましたよね？　あの子が、ヴィトンのバッグを持ってたって」

坂木はうなずいた。励ますように、

「ええ、伺ってましたよ。失踪《しっそう》当時の服装や持ち物をお訊きした時にね。これがそのヴィトンのバッグですか？」

真智子はうなずいた。何度も、何度も。きょときょとと落ち着かない目の動きは、彼女の混乱ぶりを物語っていた。震え、怯えて、これが鞠子の物だと答えながらも、その事実の意味することをまともに考えられないのだ。

「どうしてこれが、大川公園なんかに――」

真智子が言いかけたとき、鳥居が紙袋から最後の品物を取り出し、テーブルに載せた。

定期入れだった。ビニール袋の中に、開いた状態で入れてあった。

義男は見た。「古川鞠子」という文字を。

「有楽町―東中野」まっさらの新品ではないが、まだまだ新しい。社会人としての鞠子そのままの、ワイン色の革の定期入れ。

「あの子のですね」と、真智子が呟いた。耳を寄せないと聞き取れないほどの小声だった。

「なんでこれが、大川公園になんかあるんですか。鞠子、どうしちゃったんでしょう」

誰に訊くともなく、真智子は訊いた。警察官たちは、三人とも答えなかった。坂木が助けを求めるように義男の顔を見た。

「まだ、よく判らんのだそうだよ」義男は真智子の腕に手を置くと、ゆっくりと言った。

「公園の事件と関わりがあるかどうかも判らんのだと。だけど、これがゴミ箱のなかから見つかったんで、鞠子の物かどうか、皆さんで確かめにいらしたんだよ」

「ゴミ箱――」真智子は惚《ほう》けたように義男を見つめた。「お父さん、鞠子は自分のハンドバッグなんかをゴミ箱に捨てたりしないよ」

「ああ、そうだよな」

真智子の顔から血の気が引いていた。青ざめると、目の周りのしわや肌の荒れが、惨《むご》いほどによく目立った。手の甲も痩《や》せ、シミが浮き、ざらざらに乾いている。義男の記憶のなかにある娘時代の真智子は美しかった。親の贔屓目《ひいきめ》でなく、町いちばんの美人だった。その真智子が、ひとつひとつ歳《とし》を重ねながら、自分の美を吸い取らせるようにして大切に育てあげた鞠子だったのに。

「有馬さんのおっしゃるとおり、これが事件とどう関わりのあるものか、まだわかりません」と、鳥居が言った。「ただ、お嬢さんの失踪に、事件性が出てきたということは申し上げられます。ご苦労ですが、もう一度、お嬢さんの失踪当時の状況を我々にお聞かせ願えないでしょうかね」

「鞠子の……失踪」

「はい、そうです」

「お父さん」と真智子は義男を呼んだ。目はテーブルの上の物を見つめたままだ。

「あたしにはよくわからないのよ。どうしたらいいの？　何を話せばいいの？」

鳥居は苛立《いらだ》ちを隠せない様子だった。義男は彼に腹が立った。だが、今は真智子を宥《なだ》めることの方が先だ。このままにしておいたら、真智子は本当に正気をなくしてしまいかねない。

「いいんだよ、ちょっと顔を洗ってきなさい」

「だけど……」

「いいから、いいから」

真智子を立ちあがらせると、婦警もいっしょに腰をあげた。

「大丈夫ですか？ 洗面所はあちらですね？」と、真智子に声をかけ、腕をとって支えてくれた。ふたりが台所の奥の洗面所の方へゆっくりと進んで行くのを見守り、義男は椅子に沈み込んだ。

「あの通り、娘は動転しとります」と、鳥居に言った。「今朝方からおかしくて、私は気が気じゃなかった。すみませんですが、詳しいことはまた明日にしてもらえませんか。本当に申し訳ないですが、お頼みします」

深く頭を下げて、義男は顔を隠した。鳥居に対する怒りを隠した。嗚咽《おえつ》しそうになる自分を隠した。

「しかし……」鳥居が渋っている。「我々としてはできるだけ早めに――」

「事情なら、私から詳しくお話しできます」と、坂木が言った。「有馬さんのおっしゃるとおり、古川さんは今、精神的に不安定なんですよ。おわかりでしょう？ 私も心配です。何とか今日はこれで引き揚げることにできませんか」

鳥居がさらに何か言いかけたとき、ポン・ポンというような音が、つけっぱなしにしてあったテレビから聞こえてきた。一同は反射的にテレビに注目した。臨時ニュースのテロップが出ていた。

「何だ……？」と、鳥居が呟いた。この場の三人のうち、目をすぼめることなく、とっさにテロップの小さな文字を読みとることができるのは、彼だけなのだ。

坂木が立ち上がり、テレビに近づいた。そして「え？」と声をあげた。「有馬さん、チャンネルをかえるリモコンは――あ、ここか」

彼はあわてた様子でチャンネルを切り替えた。義男にはテロップを読むことができなかったので、何がなんだかわからなかった。

「どうしたんです？」

画面には報道センターが映っていた。他の番組の途中で切り替えられたものであるようだった。男性アナウンサーが、あわただしく緊張した表情で話し出した。

「ただ今入ってきたニュースですが、先ほど、午後三時一〇分ごろのことですが、私どもの報道局に、匿名《とくめい》の人物から電話がかかってきました。その内容ですが、昼のニュースでもお伝えしました墨田区大川公園のバラバラ死体遺棄事件に関わるもので、以下のような内容でした」

アナウンサーは、伝言を読むようなゆっくりとした口調になった。

「『あの公園からは、もう何も見つからないはずだ、あそこには右腕しか捨てていない。古川鞠子のハンドバッグは捨てたが、あの右腕は彼女のものではない。彼女たちは別の場所に埋めてある。それを警察に教えてやってくれ』と、このように話していました」

義男はがくんと口を開いた。坂木もそうしていた。鳥居は仁王立ちになっていたが、身を翻《ひるがえ》して外に出ていった。

「——なお、局ではこの電話をテープに録音しました。現在、この電話がいたずらなどではなく、事件と関係のあるものかどうか調査中です。言葉遣いなどから、電話の主は男性と思われますが、声はですね、ボイスチェンジャー、電話の声を変える機械ですね、それを通しているのか、機械的な、合成音のような声だったそうです。詳しいことはまた追いかけてお伝えします。繰り返しますが——」

「お父さん」

呼ばれて、義男はぎくりと振り返った。真智子が台所の通路の脇《わき》に突っ立っていた。顎《あご》の先から水が滴《したた》っている。

「今の、何?」

「真智子——」

「今の何よ」

後ろから真智子を抱えるようにして婦警が立っていた。

「古川さん、落ち着きましょう。座ってください。顔を拭《ふ》かなくちゃ」

真智子は聞いていなかった。叩《たた》けば砕けてしまいそうなほどに張りつめ、引きつった顔に、目ばかりが大きかった。

「鞠子は別の場所に埋めてあるって、そう言ってたよね？　言ってたよね？」

「真智子、いたずらかもしれんよ、な？」

「いたずら？」真智子の顔が壊れた。「いたずら？　じゃ、鞠子は帰ってくるよね？」

鳥居が駆け戻ってきた。目が怒っていた。

「坂木さん、私は墨東署に戻り――」

そのとき、真智子が急に動いた。不意をつかれた婦警は捕まえ損ねた。真智子は靴下裸足《はだし》で玄関に飛び降り、外へ飛び出した。

「鞠子！　鞠子を迎えに行かなくちゃ！」

「真智子！」

義男も駆け出した。坂木があとに続いた。ふたりとも靴をはかず、ドアを抜けて表に出た。玄関の脇に自家用車が一台停めてあった。鳥居たちが乗ってきた車だろう。飛び出した勢いで義男はその車のドアにぶつかった。真智子はもう、家の前の私道の中程まで走って行ってしまっていた。

「鞠子、鞠子！」と叫んでいた。近所のそこここで窓やドアが開いた。

悪夢のなかで走っているような気がした。公道へ飛び出して行く真智子の背中が、恐ろしく遠く見えた。義男は走ったが、走っても走っても真智子に追いつけなかった。

「お父さん、ほら、鞠子が帰ってきた！」

私道のはずれで立ち止まり、真智子は振り返った。公道を走る車を、バスを、歩道の人びとを指さして、顔いっぱいに笑っていた。それなのにその目が歪《ゆが》んでいた。

「鞠子が帰ってきた！」

「奥さん、危ない！」

坂木が真智子の背中に飛びかかった。わずかのところで、彼の手は空をつかんだ。真智子は公道へ飛び出した。義男は目をつぶった。クラクションが鳴った。急ブレーキの音が聞こえた。衝突音が響いた。誰かが悲鳴をあげた。坂木の声が割れた。「奥さん！」

ゆっくりと、義男は顔をあげ、目を開けた。トラックの大きなタイヤと、妙に白く、柔らかそうな真智子のふくらはぎが見えた。俯《うつぶ》せに転がり、ぴくりとも動かなかった。

「――あの、どうしても報道局のスタッフの人と話をしたいんだけど、駄目ですか？」

「いえ、できますよ。だから私が伺ってもいいし、それとも誰か特定の者でないと？」

「いえ、誰でもいいんだけど。じゃあ、あなたでもいいです」

「失礼ですがどちらさまですか」

「名前は名乗りたくないんです」

「そうしますと、ご意見やご要望のようなことで？」

軽い笑い声。「そんな偉そうなことじゃないんです。ただ、ちょっと情報を」

「情報……」

「うん。今日、大騒ぎしてたでしょう、大川公園のバラバラ死体のことで。死体って言っても、まだ出てきたのは右腕だけですよね」

「はあ、そうですが」

「あと、ハンドバッグもあったっけね。女の子の。あれは、古川鞠子って人のものだってことははっきりしたんですか？」

「どういうことでしょうか」

「どういうことって、そんな難しい話じゃないですよ」と、また笑い声。「あのね、教えてあげようと思ったんです。大川公園からは、もう何も出てこないですよ。もちろん、古川鞠子さんの死体とかもね。ハンドバッグはあそこに捨てたけど、彼女は別のところに埋めてあるんです」あの右腕も彼女のものじゃないですか？」

「もしもし？　あなた、あの事件のことを詳しく知ってるんですか？」

「まあね。だから、

「あの右腕は誰のものなんですか？」

「それはちょっと、言えないなあ。そのうち警察が調べるでしょう」

「ちょ、ちょっと待ってください。そういうお話でしたら、最初からちゃんと伺いましょう。あなたは大川公園のあの事件について我々にお話になりたいわけでしょ？」

「そうだけど、言うことはこれだけだから。今はね。今はまだ。じゃあ、切ります」

「もしもし？　待ってください、待って——」

通話はここで終わっていた。

武上悦郎はカセットプレイヤーのスイッチを押し、テープを巻き戻した。また頭から聞き直すのだ。プレイヤーに付属している小さなイアフォンが武上の耳に合わず、ちょっと身動きするたびにはずれてしまうので、指で押さえていなければならない。ただ録音状態は非常に良好で、会話の内容に聞き取りにくいところはなかった。

この電話が、受け手のテレビ局にかかってきたのが、本日の午後三時過ぎのことだったという。通話は五分とかからずに終了している。それからおそらく一時間かそこらは、電話の相手が話していた情報の信憑性《しんぴょうせい》をめぐり、内部で侃々諤々《かんかんがくがく》やったのだろう。それでも最終的にはゴーサインが出されて、こういう電話があったという事実と、通話内容とが同局のニュースでオンエアされたのが午後四時一五分すぎのことだった。

地取りをしていた刑事が、聞き込み先で偶然テレビを見て、すぐさま捜査本部に一報を入れてきた。驚いた本部側は急いでテレビ局に連絡し、問題の通話を録音したテープの提出と、電話を受けた人物への事情聴取を要請したのだが、これがまったくの門前払いを食った。完膚《かんぷ》無きまでの「ノー！」であった。

過去にもこのようなケースで報道機関と警察が対立したことは何度かあり、捜査本部としても、今回も、ある程度の軋轢《あつれき》や遅滞は覚悟していた。だが、場合が場合である。本部側にも焦《あせ》りがあった。結果として、今日発生して今ニュースになっている事件についての情報は取れないわ、その情報をめぐって世間では騒ぎになっているわ、あと一、二時間後に最初の公式な記者会見をしなければならないわ——ということになってしまって、特捜本部長である竹本《たけもと》捜査一課長はカンカンに怒っている。記者会見にも、このテレビ局の報道記者だけは出入り禁止だと怒鳴っていたそうだ。もし本当にそんな措置をとれば、また報道の自由だのなんだので輪をかけて小うるさいことになるから、実際にはやらないしできもしないだろうけれど、歴代の捜査一課長のなかでも達弁ぶりでは五本の指に入る竹本課長のことだから、痛烈な皮肉のひとつやふたつ、言わずにはおさまらないだろう。

まあしかし武上としては、一種のニュースソースを、権力側つまり警察にそう簡単に渡せるものかというテレビ局の考え方は理解できる。先方としては、当たり前の筋を通しただけのことであろう。それに、この電話の主がただの目立ちたがり屋で、内容も嘘《うそ》っぱちだと判明した場合には、恥をかくのは報道した側なのだから、構わないじゃないかとも思う。それよりも、武上にとって——いや、捜査本部全体にとって何よりも大切なのは、この電話がもたらした情報の真偽、それだけなのである。

という次第で、先ほどから武上が何度も聞き直しているテープは、問題の通話について報じたテレビ番組からダビングしたものだった。テープは複数作成し、そのあとそれを聞きながら部下とふたりで文章に書き取り、できあがったものを突き合わせ、清書し、ゼロックス・コピーにかけたものが、本部の机の上に山積みしてある。今夜の捜査会議で配付されることになるだろう。

この電話は、テレビ局の大代表電話ではなく、ダイアルインで報道局の専用電話にかかってきたものだった。だから、電話の受け手も報道局の記者である。テレビでその記者が語っているところによると、電話の主は最初、

「報道局の電話番号はこれでいいのか」

と訊《き》いてきたという。そうだと答えると、

「ある重要なことについて、スタッフの人と話がしたい」

と言った。どういうご用件でしょうかと応じると、相手はまた、

「ここは本当に報道部なのか、事件の報道を扱うところなのか」

と念を押すように訊いた。そのしつこさにちょっと引っかかるものを感じ、ボイスチェンジャーにも嫌な印象を強くして、記者は通話録音のスイッチを入れた。で、そこから先の会話が録音されたというわけだ。

武上が耳にイアフォンを当てていると、部下のひとりが、筒に巻いた大きな書類を抱えて戻ってきた。墨東警察署から捜査本部入りし、デスク要員に配属されたなかではいちばん若い、篠崎《しのざき》という刑事である。小柄で細身で、眼鏡をかけた顔が神経質そうな印象を与えるが、仕事は飲み込みが早く、てきぱきとしている。

彼は今、武上とふたりで、捜査の進み具合を記録してゆく土台となる地図を作っていた。大川公園周辺地域の航空写真と住居地図を重ね合わせ、トレースして細部を書き込んでゆく作業である。この地図は、今後の捜査のあらゆる局面での基本となるものだから、正確に作る必要があった。あらゆる脇道、空き地、家と家のあいだの些細《ささい》な空間までも書き記し、可能な限り現実に近いものにしておかねばならない。そうでないと、これから出てくる大量の捜査情報――不審車の存在、目撃証言、地取り捜査で得られた証言――を上乗せして書き込んでいったとき、現実とのズレが生じてしまうからだ。

武上はいつも、こうして、基本となる詳細な地図をひとつ作る。そして、最初の捜査会議の段階までで判明した事実をそこに書き込むと、今度はそれの写しを作り、次の捜査会議までで判《わか》ったことがあると、写しの方に書き加え、またその写しを作る――という具合に作業を進める。そうすると、いつでも、捜査情報の満載されたいわばその時点での完成版の地図と、そこにたどりつくまでの過程を記録した地図との両方が存在することになるからだ。こうしておくと、あまり歓迎したくないことだが、捜査が暗礁《あんしょう》に乗り上げたり、どこかで方向を間違ったりしたときに、どの時点でおかしくなったのか検証する際に、役に立つ。まあそれも、「まま役に立つ」という程度のことだが、それでもやらないよりはやっておいた方がいいと思うのだ。

最初に作る土台の地図には、そういうわけで、神経症的な精密さが要求される。捜査が進めば、全体地図だけでなく、ある部分的な場所の拡大図も必要になる。その拡大図では、ガスメーターやマンホールの位置まで書き込む。ひとりでは手に余ることなので、毎回誰かに手伝わせるのだが、今回は名指しで篠崎に頼んだ。仕事を始めてまだ間もないが、彼の働きぶりを見ていて、任せて大丈夫だと思ったからだ。

篠崎は、書類を机の上におろすと、テープに聞き入っている武上の顔を、ちらりと見た。武上は目をあげた。

遠慮がちに、篠崎が口を開いた。「それ、本物だと思われますか」

ダビングするときに、篠崎も通話記録を聞いている。武上はテープを止めイアフォンをはずすと、机の上に置いてあった煙草《たばこ》に手をのばした。

「まだなんとも言えないな。今度みたいな派手な事件が起こると、野次馬的にデタラメの情報を流して喜ぶ輩《やから》が必ず出てくるから」

「これも、その類《たぐい》のものである可能性が強いでしょうか」

武上は煙を吐き出した。「君はどう思う？」

篠崎は椅子《いす》に座り直すと、眼鏡の縁をちょっと持ち上げた。

「ガセネタの可能性は、あると思います」

「うん」

「ただ、この人物の話し方から、知的な感じを受けるんです。年齢は若そうですが」

「俺もそう思う。君と同年代ぐらいじゃないかな。君、歳《とし》はいくつだ」

「二十八です」

　武上はうなずいた。この通話の人物も、まだ三十歳にはなっていないだろうと思っていた。ひょっとすると篠崎よりももっと若いかもしれない。ボイスチェンジャーのせいで奇妙な音声になってはいるが、この人物はまず間違いなく男性だろうし、話し方で、だいたいの年齢も察しがつく。

「こういう感じの知的な人間が、武上さんがおっしゃったみたいな意味の野次馬根性でこんなことをするかな——とは思います」

　武上も同感であった。

「でも、相手としてテレビ局を選んだところに、ミーハーな感性を感じます」と、篠崎は真面目《まじめ》な口調で続けた。「どうしてこの捜査本部宛《あて》に連絡してこなかったんでしょうね」

「それじゃあ話題にならんからさ」

「やっぱりそうですよね」と、篠崎はうなずいた。「廊下で聞きかじったんですが、記者会見の時間が繰り上がったそうです。まもなく始まるとか」

「テレビの件があるんで、早目にやらないと収まりがつかなくなってきてるんだろう」

「そうですね。どうも、うちの署長はだいぶ緊張しているみたいです」

武上は煙草を消すと、ふふんと笑った。

「署長さんは、黙って並んで座ってりゃいいんだよ。受け答えは管理官やうちの課長がやるんだから」

「でも、うちではこういうタイプの大事件は初めてですから――これ、借りてきました」

篠崎は筒に巻いてあった書類を広げた。ブループリントの大判の地図だった。大川公園は現在一部が改修工事中で、その詳細は市販されている地図ではわからない。篠崎は、墨田区役所まで出かけていって、この青図をもらってきたのだ。

篠崎は、なんだか考え込んだような口調で言った。「こういう電話が――これが偽物であれ本物であれ――かかってくることも、それに対してマスコミが敏感に反応することも、みんな、あの幼女連続誘拐殺人事件のことが頭にあるからだと思います」

数年前に発生した、首都圏で四人の幼い女の子がさらわれ、殺害されて発見されたという事件である。現在公判中のこの事件の容疑者は、被害者を殺害後、マスコミ宛に手紙を書いたり、遺体を焼いた骨を遺族に送りつけたりしていた。

彼がなぜそんな行動をとったのか、その理由は、現在のところはまだ謎《なぞ》である。いくつか解釈はされているし、そのなかには限りなく正解に近いものがあるのだろうけれど、公的にはまだ結論は出ていない。しかし、篠崎が言ったとおり、日本ではきわめて珍しいタイプのこの事件の発生以後、犯罪に対する社会の見方・反応の仕方は激変した。

幼女連続誘拐殺人事件が起こったとき、そうか、ついに日本でもこういう事件が起こるようになったか——と、社会は悟った。日本もここまで来てしまったか、と。だとすると、理由はどうあれ、自分のしでかしたことを公《おおやけ》にひけらかすような犯罪者が、第二、第三と登場してきてもおかしくない。皆が皆、意識的にではなくても、そのように考えている。いつ来るか、いつ来るか、と。だから今度のこの騒動があるのだ。

いや、逆に言えば、そういう社会の身構えるような雰囲気に呼応して——そういう空気があるからこそ——この手の犯罪者が出てくるのではないかと、武上は思う。誤解を恐れずに言うならば、犯罪もまた「社会が求めている」形でしか起こり得ないものだからだ。

「そうだな。しかし、どのみち——」と、武上は呟《つぶや》いた。「このテープの主が事件の関係者ならば、放っておいても、必ずまた連絡してくるだろう」

篠崎は黙ってうなずいた。それから、ふっと目をあげた。武上もつられて顔をあげると、大柄な体軀《たいく》の刑事がひとり、本部のドアを勢いよく開けて入ってきて、こちらに近づいてくるのが見えた。

大股《おおまた》に歩み寄って来ながら、その刑事は武上に会釈《えしやく》をした。

「ガミさん、ちょっとお願いがあって」

武上と同じ四係の秋津《あきつ》信吾《しんご》である。三十代前半の、武上から見れば腕白盛りの刑事だ。

「地取りで、ちょっと貴重な情報をつかみましてね」

回転椅子を引き出して腰をおろすと、秋津はせっかちに言い出した。

「事件の前日、大川公園で写真を撮っていた素人《しろうと》カメラマンがいるんです。公園の北側の公団住宅に住んでいるサラリーマンなんですけどね」

「写真てのは、どんな?」

「これがラッキーでね。なんでも『大川公園の四季』とかいうシリーズもので、とにかく昨日や今日撮り始めたものじゃないんです。一月の頭から、公園のあっちこっちを撮影してるんですわ。で、事件の前日も、秋の夜の大川公園というコンセプトで撮りまくってるんですよ。それも公園内部だけじゃなく、外の道路や、裏手の駐車場なんかもね。大川公園の風情《ふぜい》と、周りのビルや道路との風景の対比もテーマだとか言って」

なるほど、それならば秋津が興奮するのもよくわかる。不審者や不審車両の洗い出しなどに、写真ほど大きな武器となるものはない。おまけに前日となれば、これは貴重だ。

「ところがね、このおっさん変わり者で」と、秋津は顔を歪《ゆが》めた。「報道写真展なんかでも入選したことがあるらしい御仁《ごじん》なんですが、自分の作品を警察なんかに渡したら、二度と返ってこないんじゃないか、勝手に利用されるんじゃないかって、えらく疑うんです。ネガを貸してくれって頼んでも、信用できないの一点張りでね。で、ガミさんの方から話してもらえないかと思って。捜査資料として借り受けてもちゃんと返すし、流用はしないって説明してやってくれませんか。僕がいくら話しても、おまえの言うことなんかあてにならない、責任者連れてこいって、相手にしてくれないんですよ」

篠崎が脇《わき》で微笑した。が、秋津と目があうと、あわてて笑みを引っ込めた。そして、何か用を思い出したみたいにぱっと席を立った。

秋津はニヤニヤしながら篠崎の後ろ姿を見送った。「ガミさん、さっそく白羽の矢を立てましたね」

「え？」

「彼ですよ。使えそうなんですね」

「なんでわかる？」

秋津は篠崎の席の方へ顎《あご》をしゃくった。

「地図を描かせてるじゃないですか」

武上は苦笑した。「そのサラリーマンの連絡先を教えてくれ。電話してみよう。俺が直接会いに行くよ」

「有り難い。恩にきます」秋津は片手で拝む真似《まね》をすると、必要な事項をメモして寄越した。武上がそれを受け取って確認すると、彼は忙しそうに立ち上がった。

「記者会見、見にいかないんですか」

「そんな必要ないよ」

「まあね。でも残念だな。課長が何を言うか、あとで誰かに教えてもらわないと。俺、これから中野の病院へ行かないとならんのです」

「病院？」

秋津はちらっとあたりに目をやった。大半の捜査員が出払っている本部は、今のところはまだ閑散としている。それでも、長身をかがめて武上の方に顔を寄せると、秋津は声をひそめた。

「鳥居さんがね、やっちまったんですよ」

「何を」

「古川鞠子、ほら、あのハンドバッグの持ち主の失踪《しっそう》女性」

「ああ」

「彼女の母親にバッグを確認してもらいに出かけて行ったんですけどね、これがまただいぶ神経が参ってて、危ない状態だったらしいんです。だけど、鳥居さんてのはあの調子だから、まともにガンガンやっつけて、それで母親がすっかり変になっちまって、家を飛び出して車に撥《は》ねられた」

武上は眉根《まゆね》を寄せた。確かに鳥居は融通のきかないタイプで、事情聴取などで相手を怖がらせたり怒らせたりしてしまい、まずい結果を招くことが、今までにもよくあった。しかし、被害者の遺族——と断言していいかどうかはまだわからないが——と、そんな形でトラブルを起こしたのは初めてだ。

「まったくね、いつかはやるんじゃないかと心配してたんだけど」と言いつつ、秋津は妙に嬉《うれ》しそうだった。

秋津と鳥居は歳も近く、言ってみればライバルで、日頃からあまり折り合いが良くないのだ。それでも、武上が苦い顔をしてみせると、秋津は真顔をつくった。

「で、古川鞠子の母親の容態は？」

「あまりよくないみたいです。そんなわけで俺はこれから病院へ。鳥居さんと交代です。なんか、母親の父親——だから、古川鞠子のおじいさんですか、その人がその場にいて、鳥居さんの胸ぐらつかんで暴れたとかでね」

秋津は急いで去っていった。彼がいなくなってからも、武上は、しばらくのあいだ眉をひそめていた。

中野中央病院の救急外来待合室から、義男は何度も古川茂の会社に電話をかけた。かけても、かけても、本人が出てくれなかった。

救急車で運び込まれた真智子は、今はまだ手術室にいる。途中で一度、手術着の首のまわりを汗で濡《ぬ》らした看護婦が、空になった点滴のパックを手に廊下に出てきたとき、駆け寄って様子を訊《き》いてみた。重傷だが命は助かりそうだということだった。慰めるように義男の顔を見て、「大丈夫ですよ」と看護婦は言った。真智子よりちょっと若いくらいの年齢だった。ベテランなのだろう。落ち着いて、きびきびとしていた。

出し抜けに、本当に唐突に、積み上げてきた緊張というカードの家が崩れ、義男は泣けてきそうになった。優しげな看護婦に、あんた幸せですかと訊いてみたくなった。あんた人生旨《うま》くいってますか、家族はいますか、みんな元気ですか。うちの娘は、あまりにも哀れなことになっちまっていて、どうしてこんなことになっちまったのか、何が悪かったのか、どうしてやったらいいのか、私にはさっぱりわからんのです――

義男の様子を、看護婦は心配してくれたようだった。そっと肩に手を置いて、勇気づけようとするように軽く揺さぶった。

「本当に大丈夫ですからね、気をしっかり持って待っていてあげてください。あと一時間はかからないと思いますからね」

看護婦が足早に去っていったあと、義男は廊下に立ちつくし、両手を下げて、襲ってきた絶望の波が、少しでも引いてくれるのを待った。そうしてようやく、古川に報《しら》せなくてはと思ったのだ。

十分おきぐらいに電話をかけても、電話中とか、来客中とか、ちょっと席を離れているとか、電話口の秘書はいろいろなことを言った。

「お電話のあったことは伝えてあります。こちらからおかけ直しいたしましょうか」

だが、病院のどこの電話にかけてもらったらいいのか、義男にはわからなかった。救急待合室のグリーンの公衆電話には、そこの番号を書いた札がつけられていなかった。どうやら取り去られてしまったらしい。だからまたかけ直すと言って、言葉通り何度もかけた。

古川はたぶん、テレビのニュースで報じられていることについて、まだ全く知らないのだろう。一部上場の電機メーカーの広報部長という要職にある彼の立場からすれば、それも不思議なことではない。仕事時間中は、テレビなんか見ているはずがないのだから。

しかし、周りの社員たちもそうなのだろうか。昼休みに喫茶店でニュースを見て、あれは古川部長のお嬢さんのことじゃないかと気づくような部下はいないのだろうか?

もっとも、古川が、鞠子の失踪や真智子との別居のことを、会社でどんなふうに話しているか、義男にはまったくわからない。古川の部下たちは、彼の個人的な事情を知らないのかもしれない。堅い会社のサラリーマンにとって、別居だ離婚だという話は、出世の障害にもなることだろうから、古川は黙《だんま》りを決め込んでいるのかもしれない。

義男としては、とにかく至急連絡をとりたいと言うことしかできないのだ。前後の事情を抜きで、「古川の家内が交通事故に遭ったんだ」と告げたら、そりゃあ秘書の女性もびっくりしてすぐに取り次いでくれるかもしれないが、肝心の古川は、かえって、もっと電話に出たがらなくなるかもしれない。秘書に用件だけ聞かせて、しばらくのあいだなりを潜めたまま、様子をうかがうようにするかもしれない。そして、二、三日経《た》ったところで義男に連絡してくる——それが、いかにもありそうなパターンだ。

同じ真智子の入院でも、鞠子がいれば、事情は変わったろう。古川は鞠子に連絡をとる。それで済むことだ。だが今は、その鞠子がいない。それどころか、鞠子をさらって殺してどこかに埋めたと、得々と話す輩《やから》の声が、テレビ電波に乗って全国に流れている。それを知って、真智子はこんなことになってしまった。壊れてしまった。それなのに、古川は電話に出てくれない。

こんなにも疲れているのに、やはり怒りは湧《わ》いてくる。湧いてはくるけれど、あまりにも疲れ切ってしまっていて、もう怒りを外に出すことができない。義男は受話器をフックに戻すと、よろよろと待合室を横切った。熱でもあるのかぐったりした子供を抱いた若い母親や、診察室に呼ばれるのを待っている顔色の悪い中年男性が、共感し、問いかけるような視線を投げてきた。あなたはどこが悪いのですか？　家族の誰が倒れたのですか？　怪我《けが》ですか？　重いのですか？　先生は何とおっしゃっていますか——

みんな悪い、すべて悪い、ここにいる誰よりも、うちの状況は悪いんです——そう思いながら、狭くて薬品の臭《にお》いのする通路をたどり、手術室前のベンチまで戻った。同じベンチに、坂木と、東中野の家から同行してきた婦人警官が座っている。成り行きが成り行きなだけに、婦警は居心地悪そうな様子で、ほとんど何も話さない。坂木が義男に近寄って、そっと声をかけてきた。

「古川さんが捕まらないんですね」

義男はぐったりとうなずいた。

「私が煙たいんで、電話に出ようとせんのですよ」

坂木はむっとしたようだった。彼の目はちょっと充血していた。

「そんなことを言ってられる場合じゃないですよ」

「何が起こっとるのか、まだ知らんのでしょう」

「別の女性と住んでいるんですよね？　その人のところには連絡できないんですか」

「電話番号を知りません。教えてもらえませんでね。真智子も知らなかったはずだ」

腹立たし気に、坂木は息を吐いた。

「別居してるっていったって、まだ責任があるだろうに」

「真智子と古川がどういう話し合いをして、どういう結論を出して別居したのか、私は知らんのですよ。真智子は、そのうち古川も頭を冷やして帰ってくるだろうと言うだけで、それ以上は何を訊いても話さなかったし、私も訊き辛《づら》くてね。しかし、ずっと様子を見てると、どうも真智子が言っているような具合には思えんでね。鞠子が失踪したときだって、古川は帰ってこなかったし」

「有馬さん……」言いさして、坂木も言葉に詰まったようだった。しばらく黙り込み、ややあって、「血が出てますよ」と呟いた。

「は？」

「右手です。手の甲の関節のところが擦り剝《む》けてます」

義男は膝《ひざ》の上に載せた手を持ち上げてみた。坂木の言うとおりだった。血がかたまって、そこのところがゴワゴワする。

「さっきの刑事さんを殴った罰ですな」

義男の言葉に、坂木は短く応じた。

「もっと殴ってやったってよかったんです」

ちょっと離れて座っている婦警が、心なしか首を縮めた。

「本庁には、時々ああいうのがいるんですよ。事件に巻き込まれた関係者の気持ちも考えないで、あれじゃまるで機械だ」

真智子がトラックに飛び込み、路上に伸びているのを目にした瞬間、義男はわけがわからなくなってしまった。真智子に飛びつこうとして坂木に止められた。

「うかつに動かしちゃいけない」と言いつつ坂木が真智子にそっと触れると、彼女の耳から血が流れ出し、鼻がつぶれているのが見えた。身体《からだ》の下になっている右腕は、どうみても骨折しているとしか思えない角度で曲がっていた。

そこへあの刑事、鳥居とか言う刑事が追いついてきたのだ。そして、「いったい何事ですか」と大声で言った。いかにも苛立《いらだ》たしそうな、邪魔くさそうな言い方だった。義男は、輪をかけて何がなんだかわからなくなり、気がついたら鳥居の胸ぐらをつかみ、めちゃくちゃに殴りかかっていたのだった。

救急車が来たり、近所の人たちが駆けつけてきたりの騒動のあいだに、鳥居はいなくなっていた――というより、病院にはついてこなかった。ずっとくっついてきている婦警は、何が目的なのかわからないが、義男を警戒しているようにも、済まながっているようにも見えた。

義男は両手で顔をこすった。手の甲がヒリヒリした。手術室からは、人が出てくる気配がない。静かで明るく、冷え冷えとしていた。

そのとき、坂木が顔をあげた。救急待合室からこちらに来る通路の方から足音が聞こえてきたのだ。義男も目をあげた。大柄な、元気のよさそうな若い男がひとり、いくぶん強《こわ》ばったような真面目《まじめ》な顔をして近づいてくる。きちんと背広を着ていたが、ワイシャツの襟がゆるんでネクタイが曲がっていた。

義男の目をとらえると、頭をかがめるようにして挨拶《あいさつ》をした。

「古川鞠子さんのご家族の方ですね？　有馬義男さん」

義男は座ったまま、頭だけうなずかせた。

「警視庁の秋津と申します」ちらりと手帳を見せて、頭を下げた。「先ほどは、うちの鳥居が大変申し訳ないことをしました。お詫《わ》び申しあげます」

ああ、あの刑事の仲間か――と、義男は気が抜けた。

坂木が立ちあがり、挨拶をした。秋津と名乗った若い刑事は、坂木の存在と彼の立場を承知していたようで、すぐにうなずいた。

「古川さんのご容態はいかがですか」

秋津の問いに、義男の横顔をちょっと見てから、坂木が答えた。命には別状がなさそうだということ、手術もまもなく終わるのではないかということ。

「その後、事件の方は何か進展がありましたか」と、坂木が訊いた。

秋津は首を振った。「大川公園からは、もう何も出ないでしょう。例の電話の人物も、今後の様子を見ないと何とも言えません」

ふたりの刑事は、義男から少し身を引くようにして立ったまま、小声で話をし始めた。義男はぼんやりと手をつかねて座っていた。あの婦警も同じようにしていた。

「婦警さん」と、義男は呼んでみた。相手はびっくりしたように背中を伸ばした。

「お帰りにならんでいいんですか」

「はい」と、彼女は答えた。思いの外可愛《かわい》い声だった。「古川さんの容態がはっきりしたら、有馬さんをご自宅までお送りします」

「そのために一緒に待っていてくださるんなら、もういいですよ。どっちにしろ、私は今夜ここに泊まらせてもらうから」

「でも、最近はこういう病院は完全看護で、泊まれないと思いますよ」

「何とかなるでしょう」義男は言って、秋津と話しこんでいる坂木の方にちょっと顎《あご》を向けた。「それに坂木さんがいてくれるから、私は大丈夫ですよ。もう暴れたりしませんよ。お帰りになってください。ご苦労様でした」

「でも……」婦警は戸惑っているようだった。

「古川さんの事故についても、また事情を伺ったりしなければなりません。ご連絡をとるには、どうしたらいいんでしょう」

ああ、そうか。そっちもあるのだ。一日のうちに、警察から事情を訊かれなければならないようなことが、次から次へと起こってしまったのだった。

義男は彼女に、真智子の家と有馬豆腐店の電話番号を教えた。どちらかで連絡がつくようにしておく、と言った。それを確認して、婦警はやっと立ち上がった。まだ決めかねているような態度だったが、秋津と話している坂木に近寄ると、何か話しかけ、坂木がうなずいて応じ、それでやっとほっとしたのか、待合室の方へと去っていった。

義男はほっとした。坂木と秋津の存在も忘れて、閉じたままの手術室のドアを見つめ、しばらくのあいだぼんやりとした。

「有馬さん」と、坂木に声をかけられて、ふっと我に返った。坂木は近寄ってくると、義男の脇《わき》にしゃがんだ。

「捜査本部の方も、鞠子さんの事件について調べる都合があって、古川茂さんと連絡をとりたいそうなんです。なんといっても父親ですからね。で、秋津さんの方から会社に連絡してもらっちゃどうでしょう」

義男は頭をあげ、壁際《かべぎわ》に立っている秋津を見た。鳥居という刑事より、一見してずっと人当たりがよさそうな感じがするが、くちびるの線が頑固そうなへの字を描いている。彼は義男の顔をまっすぐに見て言った。

「事情は伺いました。騒ぎにならないように気をつけて連絡をとります。我々も、鞠子さんのお母さんがこういう状態になってしまった以上、お父さんからもいろいろ伺わなければなりませんしね。有馬さんにも重ねてご協力をお願いします」

「私はほとんど役に立たないと思いますが」

義男はゆっくりと言った。ひどく疲れていた。

「それじゃ、古川のことはお願いします」

承知しましたと言って、坂木にうなずきかけると、秋津は待合室の方に出ていった。歩きながら、背広の内ポケットから携帯電話を取り出すのが見えた。

「警察から電話が行っちゃあ」義男はふっと力無く笑った。「古川はたまげるでしょうな」

「それぐらい、いいんです」と、坂木はきっぱり言った。

「さっきの婦警さん」

「ええ」

「私を見張ってましたよ。刑事さんを殴ったことで、傷害罪かなんかになるんですかね」

坂木は苦笑した。「さあ、それはないでしょう。あの婦警、有馬さんを心配してたんですよ」

心配、か。

「警察は——本当に、何とかしてくれるんですかね」

ちょっと間をおいて、坂木は答えた。「努力します」

ふたりは黙り込んだ。頭を並べ、うなだれて待つ以外に、もうすることはなかった。

手術はずいぶんと長くかかった。あの親切な看護婦の言葉は、結果的には嘘《うそ》になった。真っ白な顔に酸素マスクを付け、頭を包帯でぐるぐる巻きにされた真智子が手術室から出て来た時には、もう午後七時を過ぎていた。

義男は真智子に近づくことも、集中治療室に入ることもできなかった。担当の医師は、手術室前の廊下で、容態について説明してくれた。右腕の複雑骨折と、撥《は》ね飛ばされて腹部を強く打ったために内臓が傷《いた》んでいること、頭の傷は思ったほど重くないが、強度の脳震盪《のうしんとう》を起こしているので、経過を慎重に見守る必要があるということ――

「現在のところは、脳波には異常がありませんからね。大丈夫だとは思いますが」

「ちょっとだけでも、顔を見てはいかんですか」

「集中治療室の窓越しに様子を見るだけなら結構ですよ。ただ、少しショックを受けられるかもしれませんがね。チューブで機械につながれてるみたいに見えるから」

医師の言うとおりだった。真智子は白いベッドの中央にぺたりと横たわり、青白い光のなかで、様々な機械に囲まれていた。中年太りだと、本人も気にしていたはずの太りじしの身体が、しぼんだように小さくなって、ほとんど実体がないみたいに見えた。

真智子でないように見えた。いや本当に、真智子ではなくなってしまったのかもしれなかった。

(お父さん、鞠子が帰ってきた！)

あのときの、完全に現実離れした陽気な声。魂が裏返り、裏地が破けた――そんな声だった。

「ともかく、命が助かってよかった」と、坂木が呟《つぶや》いた。義男は集中治療室の窓に手をあてて、ただ真智子の横顔を見つめていた。

これから先のことは、すべて俺ひとりの肩にかかってくる——鞠子の身に起こったことを知り、真智子を守り、それをすべて俺が背負っていかなければならない——独りだった。有馬義男は途方もない孤独のなかにいた。しかも、それはまだ始まったばかりだった。

5

センセーショナルな事件でも、発生後の展開がスピードを欠くと、報道というものの広大な斜面を滑走することができず、途中で止まってしまうことがよくある。最初の飛び出しの勢いがよければ、ある程度は惰性で滑り続けることもできるが、それも数日単位の話だ。大川公園のバラバラ死体遺棄事件は、その典型だった。

九月十二日の発生から、十三、十四、十五日と経過しても、事件そのものには大きな発見も動きもなかった。従って、報道もどんどん下火になっていった。それでもワイドショウなどでは、例の電話の主の人物像を推理したり、テープを音響分析にかけた結果を報道したりして間《ま》を持たせていたが、週を越えたあたりでさすがにそれもなくなり、世間の話題は別のところに移っていった。

前畑滋子が、東中野署の坂木達夫をようやく捕まえることができたのは、事件から五日後、九月十七日の午後のことだった。生活安全課に電話してみると、坂木が電話口に出たのである。すぐに、滋子と会えると言った。

ふたりは、それまでにも何度か待ち合わせに使ったことのある新宿の喫茶店で落ち合った。勇躍という感じで出かけてきた滋子は、約束の時刻より二十分も前に着いてしまい、コーヒーを飲みながらあらためてリストやルポの原稿を読み直しているところに、坂木がやって来た。

「ずっとご連絡してたんです」

文句を言うつもりはなかったのだけれど、坂木が向かいの席に腰をおろすと、滋子はやっぱりそう言った。言ってしまってから、坂木がひどく疲れたような、憔悴《しょうすい》した顔をしていることに気がついた。

「すみません。古川鞠子さんのことでお忙しかったんでしょうね」

坂木は黙ったまま背広の内ポケットから煙草《たばこ》を取り出し、注文を取りにきたウエイトレスに、機械的に「コーヒー」と言った。だが、ウエイトレスが奥のカウンターの方に戻りかけると、あわてて、「いや、ホットミルクにしてください」と言い直した。

胃をやられてるんだなと、滋子は思った。

「電話をもらっていたことは知ってました。何度か訪ねて来てもくれてたんですね。申し訳ないことをした」と、坂木は切り出した。

「私の方も、前畑さんにお会いして、二、三確認しておきたいこともあったんですよ。ただ、ここんところはどうにも動きがとれなくて」

「私の方はちっとも構いません」と、滋子は言った。「ただ、すごくびっくりしてますよ。坂木さんは、わたしが書きかけていたルポのことは覚えていらっしゃいますよね？」

坂木は重くうなずいた。「もちろん」

「古川鞠子さんについての情報は、坂木さんが教えてくださったものでした」

「そうでしたね……」

「実はわたし、あのあと、ちょっと身体《からだ》を壊したり身辺がゴタゴタしたりして、ルポの方は止まったままなんです」

「そう」と、坂木は顔をあげ、ちょっと目をしばしばさせた。「そうでしたか。結婚されたことは知ってましたがね、いや、その後お仕事の方はどうなっているのか、それを確認したかったんですよ」

「でも、こうなった以上は続きを書き始めるつもりです。事件のこととあわせてね。最初に考えていたタイプのものとはちょっと違うルポになると思うけれど」

ウエイトレスがホットミルクを持ってやって来た。彼女が去るのを待って、滋子は思いきって言った。

「古川さんの事件を中心に書きたいんです。つまりは今度の事件をね。坂木さんにはわかっていただけると思いますけど、わたし、このルポを書きながら——」と、滋子はテーブルの上に載せた原稿の上に手を置いた。「失踪《しっそう》する女性たちの心の内とか、彼女たちに何が起こったのだろうかとか、ずっと考えてきました。解答が見つからないまま、ただ彼女たちが消えてしまったその状況をずっと書きつづっていくだけでも、わたしにとっては意味のある仕事だったけれど、今度は場合が場合です。古川さんの事件は、わたしにとってもなんだか他人事《ひとごと》じゃないような気がして」

坂木は黙って煙草をふかしていた。

「野次馬根性だけで言うんじゃないんです」と、滋子は続けた。「彼女に何が起こったのか、心配なんです。だから知りたいんです」

熱をこめて話しながら、頭の片隅で、

（ただの失踪ネタだけじゃ地味だから）

（これが連続殺人かなんかだったら）

という板垣元編集長の声が聞こえていた。

（今よりもう少し、意味のある仕事を——意味がありそうに見える仕事を）

という自分の本音も聞こえていた。が、滋子はそれを無視した。坂木の顔だけを、まっすぐに見つめていた。

坂木はホットミルクのカップを手に取ると、ひと口飲んだ。不味《まず》そうに飲んだ。それから言った。

「今度の事件では、私は捜査本部に入っているわけじゃないんですよ」

「違うんですか」

「ええ。大川公園から古川さんの所持品が出てきたことはご存じですね？　その一件があるので、私は彼女の失踪届を扱って前後の事情を知っているということで、ある程度協力はしていますがね。本部の仕事に関わっているわけじゃない。大川公園のバラバラにされた右腕の件は、私には埒外《らちがい》の事件なんです」

「でも、わたしにとっての問題は古川さんのことだから」

正直に言えばかなりがっかりしたのだが、滋子はそう言った。とにかく、滋子にとって、取材の窓口になりそうなのは坂木ただひとりなのだから。

坂木はまた新しい煙草に火を点《つ》けた。滋子がよく連絡をとっていたころは、こんなふうに続けて煙草を吸う人ではなかった。

「その古川さんのことですがね」と、坂木は顔をあげた。「前畑さん、鞠子さんのことであなたがどうしても取材をしたいというのなら、私には止め立てすることはできない。しかし、多少関わりがある者の立場から言わせてもらうならば、それは止《や》めておいてほしい」

滋子は目を見開いた。

「何故《なぜ》でしょう？」

「鞠子さんのご家族が、今、あなたの取材に応《こた》えられるような状況ではないからですよ」

それなら、想像がつかないでもない。むしろ当然のことだろう。だけど——

「私があなたに会って話をしたかったのも、そこに問題があるからなんです」と、坂木は続けた。「ルポを書き始めた当時のあなたには、私も協力することができた。失踪というだけでは、我々はなかなか本格的な捜査に乗り出せません。あなたがルポを書いて発表してくれることで、いくらかでも世間の目を惹《ひ》くことができるなら助かる——そう思って、私も手を貸してきたんです。実は、鞠子さんの件についてあなたにお話しするときには、事前にちゃんと、鞠子さんのご家族の了解をとってあったんですよ。当然のことですがね」

滋子はうなずいた。下田署の氷室佐喜子も同じようなことを言っていた。そうして、失踪者の家族に話をしたうえで、滋子を紹介してくれたりしたのだ。

「しかし、事情は変わりました」と、坂木は言った。「少なくとも、古川鞠子さんに関しては激変しましたよ。放って置いても、マスコミはとにかく、捜査本部は彼女の件を調べてくれますからね」

滋子は黙っていた。坂木の話には、まだ続きがありそうだったからだ。

「私の言い分は、手前勝手に聞こえるでしょう」と、坂木は言った。「最初のうちは協力していたくせに、いざ大事件になったら手のひらを返して秘密主義になる――勝手だと思いますよ。だから、さっきも言いましたが、あなたがどうしても鞠子さんの件を取材するとおっしゃるなら、止めることはできない。あなたもジャーナリストのひとりだからね。しかし、あなたは、さっきご自分でも言っていたが、けっして野次馬根性を満足させるためにこのルポを書いていたわけじゃないでしょう？　目的は、派手な事件を追いかけることじゃなかったはずだ」

坂木はテーブルの上の原稿に目をやった。

「鞠子さんのことも他人事とは思えないとおっしゃった。それならば、今これから、古川家の人たちに取材をするのは控えてもらいたい。とてもじゃないが、あの人たちは今、それどころじゃないんですよ」

滋子は目を伏せ、空になったコーヒーカップを見つめていた。

坂木の言うことはよくわかった。かつての滋子なら、あのルポを書き始めたころの気持ちのままの滋子ならば、すぐに納得できるはずの話だった。派手で話題性のある事件を追いかけているのではない。だったら、今の段階では他の失踪女性について書き続け、鞠子の件は、事件がもっと落ち着いてからゆっくりと書いていっても、一向に差し支えないはずだ——

そうなのだ。しかし、今は滋子の側の事情が違ってしまっている。書く目的が違ってしまっている。頭のなかで、編集長の声が聞こえている。書きかけのルポを、これでは売り込めないと断言した、あの声が。

(連続殺人かなんかだったなら)

そして何よりも、滋子自身の気持ちが違ってしまっている。いや、本当の本音が出てきたというべきなのかもしれない。こんな大きなチャンスを逃したくないという本音が。

そして滋子が今目を伏せたままでいるのは、口に出してそれと言わなくても、坂木にはちゃんとその辺がわかっているのではないか、彼はもうすべて見抜いているのではないかと思うからだった。見抜いているからこそ、以前の滋子の言葉を盾にして、建前を述べているのではないか――

どちらにしろ、結論はひとつだ。坂木はもう、窓口にはなってくれないということだ。

「下田の氷室君も、私と同じ立場になったら、同じように言うと思いますよ」と、坂木は続けた。「あなたが書きたいと思っていたものを、我々はよく知っているはずだからね」

今は、古川鞠子の家族を追いかけ回してくれるな――

滋子も先週、テレビで見て知っている。鞠子の母の古川真智子は、娘の悲報に動転して車の前に飛び出し、今入院中だということを。鞠子の父親は現在別居中で、マスコミ関係者とりわけテレビのレポーターに追いかけられることを嫌がり、逃げ回っているということを。鞠子の祖父にあたる人は豆腐店を経営しているのだが、事件後すぐは、レポーターに押しかけられて店を閉めなければならなかったということも。

今、滋子が、劇的な展開を見せ始めた鞠子の件についてルポの続きを取材しようとしたなら、同じ迷惑をかけることになる。だからやめてくれと、坂木は言っているのだ。その言葉には、滋子も滋子の本音を吐かない限り、いやあたしだってこんな大きな事件、見逃すわけにはいかないのだと言い切らない限り、逆らうことはできない。

本音が吐けるか、滋子――滋子は自問した。今本音を吐こうが吐くまいが、坂木の立場に変化はない。言ってしまったっていいじゃないか。坂木さん、あたしだってそれほどお人好しじゃないですよ、と。

滋子は顔をあげ、言った。「よくわかりました。坂木さんのおっしゃるとおり、わたしのルポの目的は派手な事件を書くことにあるわけじゃありませんから」

坂木の頬が、安堵《あんど》でゆるんだ。「そうですか。ありがとう」

滋子は考えていた。こうして、これからじっと待っている――という手もないではない、と。鞠子の事件が解決するまで、静かに待っている。そうすれば、事態が落ち着いたころにはまた、坂木がいい情報源になってくれることだろう。古川家の人たちとも渡りをつけてくれるかもしれない。ルポはそれから書けばいい。鞠子の事件とまったくつながりのない他のルポライターやジャーナリストたちよりは、時間的には遅くても、いい仕事ができるかもしれない。

けれども、そこには決定的に欠けてしまうものがある。リアルタイムの衝撃だ。ほかの何よりも、自分がこつこつ書いていた――書こうとしていたルポのなかに、予想外の事件が眠っていたということに気づいたとき、滋子自身の受けた衝撃だ。ほかのジャーナリストやルポライターたちになくて、滋子にだけある衝撃だ。

それを活《い》かすためには、待っているわけにはいかない。これはもう、そういう意味では滋子自身の事件なのである。だからこそ、大きなチャンスなのだ。

坂木が滋子の顔を見ていた。視線があった。滋子が何を考えているのか、彼には判《わか》っているように見えた。

もうそれ以上、話し合うことは見つからなかった。

坂木と別れると、滋子はいったん家に帰った。アパートに戻ろうとして、途中で気を変え、昭二の工場へと向かった。ちょうど三時の休憩時間にぶつかる。無性に彼と話をしたくなった。

大川公園の事件が起こったあと、今日になって坂木と連絡がつくまでのあいだ、滋子が衝撃と興奮を分かち合う相手といったら、昭二しかいなかった。事件の当日も、一緒にニュースを見、上の空の滋子が焦《こ》がしてしまった夕食を食べながら、昭二は懸命に励ましてくれた。

「シゲちゃんのあのルポが、こんなふうに活きてくるなんて思いもしなかったよ」と、彼も興奮していた。「だけど、こういう取材って大変なんだろ？　あんまり無理はするなよな」

「大丈夫よ」

「それに、危ないことはないのかな」

「危ないって？」

昭二は顔をしかめた。「ひでえ事件だろ？　殺されたのは女の人だしさ」

滋子は大笑いをした。「ヤダな、そんなの全然見当違いの心配よ」

「そうかあ」と、昭二も笑った。

前畑鉄工所の看板は、近くのバス停をおりたところからすぐに目につく大きなものだ。町工場とは言っても、近隣では抜きん出て広いスペースを持っている。大手の自動車会社の孫請けで、つくっているのは微細な自動車部品ばかりだが、売り上げは安定しており、滋子が知っている限りでは、経営には不安はなかった。

昭二は工場の外の歩道に腰かけ、若い工員のひとりと話をしながら缶コーヒーを飲んでいた。若い工員の方が、先に滋子に気づいた。

「若奥さん、こんにちは」

滋子が手を振ると、昭二は笑顔で立ち上がった。「なんだよ、珍しいな」

「これからアパートに帰るとこ。今晩、何食べたい？」

若い工員は、気を利《き》かせたのか工場のなかへ戻っていった。ほかにも数人、滋子に気づいて会釈《えしゃく》をしてくる工員たちがいた。煙たい義母のいる事務室の方からは見えないように、昭二が道路の方へ出てきてくれた。

「何がいいかな。そうだな——酢豚」

「了解。ホントにショウちゃん、中華が好きね」

「あと、サラダかな」

「忙しい？」

「今週はね。どこ行ってきたんだ？」

「刑事さんに会ってきたの」

「あの事件のことか」

「うん」

薄暗い工場の方から、鉄と油の匂《にお》いが漂ってくる。か細いラジオの音が聞こえた。

「ショウちゃん、あたし、やるからね」と、滋子は言った。「いいものを書くから」

「やってくれよ、やってくれよ」と、昭二は笑った。「けど、また倒れたりするなよ」

「うん、それは気をつける。ねえ、そのためにも、あたしほかの仕事断ってもいい？」

昭二はびっくりしたように目を見開いた。

「料理の連載とか、あの旅行雑誌のコラムとか？」

「そうよ。今度のルポに専念したいの。でも、それは売れるかどうかもわからないものだから、つまりはあたし、失業するわけ。それでもいい？」

ずっと考えてはいたことだった。すぐには決断しきれないだろうと思っていたのに、坂木と話し、昭二の顔を見たとたんに決心がついた。猛然と闘志が湧《わ》いてきた。

「いいさ。構わないよ」と、昭二は大きくうなずいた。「滋子、頑張れ！」

6

塚田真一は迷っていた。

ロッキーを連れて、獣医のところから石井家に帰る途中、大川公園に寄ってみようかと思ったのだ。事件以来、訪れていない。毎日のロッキーの散歩にも、別のルートを選んでいた。

十二日の事件のあと、問題の右腕を発見したのが真一であることが、同級生たちのあいだに、じわじわと知れ渡っていた。ニュースでは、真一の顔や名前が出ることはもちろんなかったし、真一の口からは誰にも話していないのだが、見つけたのが公園の近所の高校生であることや、犬を連れていたことは、ワイドショウや週刊誌では報じられた。そのことと、あの日真一が学校を休んだことなどを結びつけて、みんな考えたのだろう。

「おまえだろ？」とか、「あれってもしかして塚田君じゃないの？」などと質問されては、嘘《うそ》をつくこともできない。ついてもいいが、かえって面倒だ。で、「そうだよ」と応《こた》えると、そこでもまた、なかなか事件にふさわしい騒動が巻き起こった。

どんな感じだった？　びっくりした？　警察に事情を訊《き》かれたんだろ？　やっぱり取調室に入ったの？　何を訊かれても、真一はぼそぼそと短く、最低限の言葉で応じた。相手の好奇心が募るような答え方はできなかったし、するつもりもなかった。そうしているうちに、皆の興味も冷めてゆくだろうと思ったし、事実そのとおりだった。週明けには、もう誰も何も言わなくなっていた。

あらためて真一を安堵《あんど》させたのは、今度の件と、真一自身の身に降りかかった事件とを結びつけ、照らし合わせて何か言う――という人物が、今の学校にはひとりもいないという事実だった。もちろん、石井夫妻はいるし、担任の教師も事情は承知している。転校してくるときに、話さないわけにはいかなかったからだ。だが、夫妻は何も言わないし、担任も、真一の様子を見ていて、さしたる変化がなさそうだと思って安心したのか、わざわざ声をかけたりせずに放っておいてくれた。有り難いことだった。

だが、真一のなかでは、何も片づいていなかった。

大川公園の事件そのものについては、その後も、刑事が家にやってきて事情を訊かれるなんてことはない。あれだけ時間をかけて調書を取ったのだから、もう尋ねることもないのだろう。しかし、あんな形で事件の発見者になったこと――新しい犯罪の発見に立ち会ったことで、これまでどうにかこうにか封じ込めてきた記憶が、いっぺんによみがえってしまった。真一自身の、塚田家の事件の記憶が。

十二日以来、夢をみるようになった。長かったり短かったり、断片的だったり筋が通っていたり、形はいろいろだが、すべて塚田家の事件の夢だ。夢の中の真一は、事件が起こることもその詳細もすべて承知しており、そのうえで現場に戻り、ドアを開けようとしていたり、姿の見えない母親を捜して家のなかを歩いていたりする。

夢に登場しつつ、夢の外にも同時に存在して、夢のなかの自分に向かって懸命に警告している。その扉を開けるな。そこに落ちているスリッパを拾うな。スリッパを裏返して、そこについている赤いネバネバしたものを指で触れたりするな。それが何であるか、おまえはもう知っているはずじゃないか。

またあるときは、家で何が起こるか知っている自分が、懸命に走って帰宅しようとしている夢を見る。夢のなかの定石どおりに、走っても走っても前に進まない。バスは走りすぎ、タクシーは一台も来ず、町には人影も見あたらず、公衆電話は通じない。知らせたいのに、叫びたいのに。父に、母に、妹に向かって、逃げろ、家から出ろ、そこにいちゃいけないと。

頼むから逃げてくれ、と。そして、汗びっしょりになって目を覚ます。

日曜日の深夜、ことのほかはっきりとした光景を夢に見て、たまらなくなって階下へ降りていった。外の風にあたりたくなって、リビングの窓を開け、床に座り込んだ。庭につながれているロッキーが、真一に気づいて寄ってきた。犬のほの温かい首を抱きながら、自分がぶるぶる震えていることに気がついた。

そのとき、後ろから声をかけられた。振り返ると、パジャマ姿の石井善之が、裸足《はだし》で床を踏みしめて立っていた。

「寒くないか」と、善之は言った。そして、真一の隣に並んで腰をおろした。ロッキーは鎖をチャラチャラ鳴らしながら、善之にもお愛想を振りまいて、彼の膝《ひざ》に鼻面《はなづら》をこすりつけた。

「こいつはすっかり真一君と仲良しになったな」と、善之は言った。「どうした、眠れないみたいだね」

「すみません。うるさくしたつもりはなかったんだけど」

「そんなつもりで言ったんじゃないよ。私もトイレに降りてきたんだ」

低い声で、善之は言った。

「ただ、真一君が夜眠れなさそうだって、良江がずっと心配してる」

「おばさん、気がついてたんだ」

「うん」

「すみません」と、真一は言った。それしか言葉が見つからなかった。

塚田家の事件や真一の心理状態に関わる話が出てくるときは、たいていこういうやりとりばかりになる。真一はすみませんと言い、石井夫妻は謝ることなんかないと言う。そして、みんなですまながり、後ろめたい暗い気分になる。

だが、今度は違った。もう謝るなと言うかわりに、石井善之はこう言った。

「大川公園のことなんかあって、いろいろ思い出しちゃったんだろう？　せっかく、少しはおさまってたのにな」

「うん……」

「前から話してみようと思っていたことなんだが、真一君、一度カウンセリングを受けてみないか？」

真一は顔をあげた。「カウンセリング？」

「そう。心理療法士とか、精神科の先生とかに会ってさ、治療というと大げさだけど、要するに話を聞いてもらうのさ。」いや、君が病気だって言ってるわけじゃないよ」と、善之は早口になった。「だけど、心が傷ついてることは確かだ。そういうのをPTSDっていうそうだよ」

真一はロッキーの首を撫《な》でた。「それって、聞いたことがあります」

「そうか。心的外傷後ストレス障害という意味だそうだ」書いたものを読むみたいに、善之はゆっくりと言った。「大きな犯罪とか、天災とかのせいで辛《つら》い目に遭った人が、あとあとまでその記憶のために苦しむ」

「テレビで見たことあります。阪神大震災のあと、やってた」

「そうだな、うん」善之は真一の顔をのぞきこんだ。「どうだい？　気が進まないなら無理にとは言わないが、考えてみてくれないかな。診てもらうあてはあるんだよ。

知らない病院にいきなり行くっていうわけじゃない」

善之のことだから、いろいろ手を尽くしてつてを探してくれたのだろう。だが、すぐには決断がつかなかった。医者に診てもらって、それでいいのかどうか。そんなことで、自分が許されるのかどうか。

「考えてみます」と、小さく答えた。

「その気になったら、いつでも言ってくれよな」

「はい。それよりおじさん」

「うん？」

「ロッキーの腹――ほら、ここんとこ。毛が抜けて薄くなってるでしょう？ この前気がついたんだけど、ゴタゴタしているうちにすっかり忘れてた。皮膚病かな？ 医者に連れていかないとまずくないですか」

急に話題を変えられて、善之は肩すかしをくったような顔になった。

「どれ？ どこだい？ ああホントだな――」

こうして、月曜日の夕方、真一はロッキーを連れて獣医のところに行くことになったのだった。幸い心配するほどのこともなく、塗り薬を塗っただけで、ロッキーは元気よく真一を引っ張っている。そうして大川公園の近くを通りかかったのだ。道の反対側、渡ればもう公園の入口である。

交差点で足を止め、真一は公園の方を見やった。空はまだ明るいが、緑が濃く沈んで見える。公園を見おろすようにそびえている北側の高層住宅は、まるで巨大な巣のようだ。車両の進入禁止の看板が立てられている出入口から、中学生ぐらいの男の子の一団が自転車をこいで外へ出てきた。にぎやかな声がはじける。道路には交通量も多く、ロッキーが耳をぴくぴくさせている。

ＰＴＳＤか。

治療が必要だ。外部からの救助の手が必要だ。真一はそういう状態だ。ひとりでは乗り越えることができない――

それでも、乗り越えないといけないのではないか。その責任があるのではないか。たったひとりだけ、生き残ってしまった以上は。

口に出してそう言えば、石井夫妻は「それは違う」と反論するだろう。真一に何の責任があるか、と。責任があるみたいに思いこむことそのものが、もう心に傷を負っている証拠なのだと。墨東警察署で会った――なんて言ったっけ――そう、タケガミだ、あの刑事も言っていた。君には責任はないよ、と。

いや、違う。違うのだ。

責任はあるのだと、真一は思った。それがほかのケースと違うところなのだ。塚田家を襲った事件の、そもそもの種をまき、きっかけをつくったのは真一なのだ。真一が軽はずみな発言をしたから、だからあんな――

(なんか、棚ボタみたいな金が入ったらしいんだよ、うちの親父《おやじ》)

頭を強く振って、真一は記憶を振り払った。その拍子に、首輪につないだ革ひもを強く引っ張ってしまい、ロッキーがたたらを踏んで真一の靴の上に足を載せた。

「ごめん、ごめん」

犬の首を叩《たた》き、真一は顔をあげた。大川公園に渡る方向の信号が、ちょうど変わるところだった。青信号が点滅している。それに勢いづけられて、ロッキーを引っ張り、走って向こう側に渡った。

大川公園の事件は、俺とは関係ない。なんのつながりも責任もない。ただの目撃者、発見者だ。だからビクビクする必要もない。そのことを、しっかりと自分に言い聞かせよう。本当に恐れなければならない幽霊はほかにいる。大川公園にはいない。それさえはっきりさせられなくて、どうしてとるべき責任をとることができるだろう。

ゴミ箱から出てきたあの腕、あれが真一の方を指さしているように見えたのも、あれが死神の腕のように思えたのも、みんな真一のいくじがないせいだ。いくじがないということのなかに逃げ込もうとしているせいだ。

もう、いいかげんにしろ。そんなことはやめなくちゃいけないと、真一は自分で自分を叱咤《しった》した。ちょっとしたことでビクつくのは、おまえが周りのみんなに同情してもらいたがってるからだ。だから見てみろよ、おじさんはおまえが心の病気だと、医者へ行こうと言い出した。おまえにとっちゃもっけの幸いじゃないか。本当はそんなことじゃないのに、ただ責任逃れをしたいだけなのに。大川公園のことでいい口実ができたなんて、あれでまた、みんなに心配してもらえるなんて、本音ではそう考えているんじゃないのか。

あまりに卑怯《ひきよう》だ。

大川公園から逃げてはいけない。あの日、ゴミ箱から転がり出た右腕のなかに見たものを、現実から、とるべき責任から逃げる口実にしてはいけない。またあのルートを歩いてみよう。そして、もう何でもないこと、大川公園の事件はよその事件で、自分はそのなかに隠れることはできないのだということを確かめなければならない。

ロッキーを引っ張って公園のなかを走り抜けた。犬は喜んでくっついてくる。園内には人影が少なく、時おり自転車が横切ってゆくだけだ。

警察による公園の封鎖は、事件の二日後には解けたと、友達から聞いていた。調べるだけ調べて、もう何も出てこなかったのだろう。テレビ局の中継車も、先週の週末あたりからぱったりと来なくなった。公園は元通りのたたずまいを取り戻していた。バラバラ事件などなかったかのようだ。当たり前の静けさと緑の匂《にお》い、遊歩道に散らばるゴミ。

息を切らして、真一はある場所、公園の南側の出入口に近い、あのゴミ箱のあったところへやってきた。

ゴミ箱はなくなっていた。

呼吸を整えながら、しばらくのあいだ、突っ立ってその場所を見つめていた。大きなゴミ箱のあった場所には、遊歩道の上に、ゴミ箱の底の形の痕《あと》がついていた。もうゴミ箱はないのに、それでもそこにゴミを投げる人がいるらしく、空き缶がひとつと、潰《つぶ》れた紙袋がいくつか、地面の上に落ちている。

警察が持っていったのかもしれない。それとも、ああいうことのあったゴミ箱だから、廃棄されてしまったのか。真一はほっと息をついた。

場所に間違いはない。後ろの植え込みには、コスモスの群が首をしなしなさせて咲いている。あの日、ここでキングとその飼い主を見かけた。あの女の子——確か水野とか言ったっけ。どうしてるだろう？　あの子は、俺みたいなストレスに苦しんではいないだろうな。（ちょっとワクワクする）なんて言ってたもんな。

ここにはもう何もない。ここでの事件は、おそらくまたとても不幸で悲劇的な事件なのだろうけれど、真一には、真一の置かれている立場には、なんの関係もないことだ。ゴミ箱が消えていたことで、かえってそれがはっきりしたような気がした。

「帰ろう、ロッキー」

革ひもを引いて歩き出した。歩調が遅くなっていた。出口を出て、また公園の北側の横断歩道のところまで、歩道を歩いた。

そのあいだずっと俯《うつむ》いていたから、周りが見えなかった。誰かの視線を感じたということもない。だから、背後から軽い足音が追いついてきて、真一とロッキーを追い越して行ったときも気にしなかった。気がついたのは、横断歩道の手前まで来て、誰かが前方にいて、まるで真一を待ち受けるように、こちらを向いているのが見えたときだ。

やはり俯いたままでいたから、最初は足——膝から下しか見えなかった。ハイカットのスニーカーを履いて、白いソックスが足首の上にのぞいていた。形のいい、かっこいい脚だ。ミニスカートだ——

真一がすぐそばまで近づいても、そのかっこいい脚の持ち主は身体《からだ》の向きを変えなかった。ずっとこちらを向いていた。真一は頭をあげた。

同年代の女の子だった。赤いプルオーバーを着て、同系色のヘアバンドで長い髪をおさえていた。整った、おとなしそうな顔立ちだ。

どこかで見た覚えがあった。

「塚田君ですね？」と、彼女は声をかけてきた。「塚田真一君でしょう？」

その声にも聞き覚えがあった。

彼女は真顔だった。痩《や》せて、顎《あご》の線が鋭い。強《こわ》ばった口元で、薄いくちびるだけが独立した生き物のように動くだけで、目にも鼻にも頬にも、なんの表情もなかった。

「あたし、樋口めぐみです」

彼女は名乗った。それとほとんど同時に、真一も、彼女が誰であるかを思い出した。

7

塚田真一がロッキーを連れて大川公園を歩いていた、ちょうどそのころ、有馬義男は、JR東中野駅の階段をとぼとぼと降りていた。これから、古川家で古川茂と落ち合い、真智子の入院費など、当座の細かな事柄について相談する予定になっていた。

午後四時過ぎ、これからしばらくは有馬豆腐店のかき入れ時である。木田ひとりに店を任せて出てくるのは気が引けてたまらなかったが、古川が、この時間帯でないと都合がつかないと指定してきたので、仕方がなかったのだ。

当の古川は、義男よりも先に着いていて、古川家の前の路上に立って待っていた。彼がローンを背負って買ったはずの家なのに、ドアを開けてなかに入ることはもちろん、玄関のステップに足を載せることさえせずに、家に背中を向けて突っ立っていた。

「鍵《かぎ》は持ってないのかね」

古川に近づきながら、義男は声をかけた。

「別居するとき、真智子に渡してしまったので」と、古川は言った。「お久しぶりです、お義父《とう》さん。いろいろご迷惑をおかけしまして」

頭を下げる古川の肩越しに、この家の玄関脇《わき》に掲げてある表札が見えた。「古川茂　真智子　鞠子」そこではまだ、名前が三つ、仲良さそうに肩を並べている。

義男はすぐには応じる言葉も見つからず、黙って玄関のドアを開けた。壁を探ってスイッチを見つけ、明かりをつける。古川も黙って後をついてきた。義男は一瞬、古川が靴を脱いであがるとき、「おじゃまします」と言うのではないかと思ったが、さすがにそれはなかった。

家の中には湿気《しけ》った空気が淀《よど》んでいた。一昨日《おととい》真智子の着替えを取りにきたとき、ゴミは全部処分して外に出しておいたはずだったが、まだ、台所の方からかすかに生ゴミの臭《にお》いが漂ってくる。義男は鼻をふんふんとさせた。

古川はリビングの端に立ち、部屋のなかを見回していた。テーブルの上のガラスの灰皿、壁のカレンダー、飾り棚の上の絵皿、窓のカーテン——間違い探しでもしているかのような熱心さで、ひとつひとつのものを観察している。義男の方は、そんな古川の横顔をながめていた。確かに、女婿《むすめむこ》と顔を合わせるのは、実に久しぶりのことだった。

古川は真智子と同い歳《どし》、四十四歳である。真智子とは高校時代の同級生で、三年間机を並べた間柄だ。高校を卒業したあとは進路が別れたが、二十三歳のときにクラス会で再会し、交際が始まってほどなく結婚——というパターンだった。

式をあげるとき、実は、真智子はすでに鞠子を身ごもっていた。妊娠五ヵ月目だった。披露宴の時には、列席者みんながそのことを知っていた。新郎新婦の友人たちがそのことをネタにお祝い気分を盛り上げてくれて、それはそれで悪いものではなかったけれど、新婦の父親である義男としては、やはり、ある種の決まり悪さを感じずにはいられなかった。当時の写真を見ると、どんな瞬間を切り取ったスナップのなかでも、義男はバツの悪そうな笑みを浮かべている。美人で発展家で跳ねっ返りの一人娘を持った父親の照れ笑いを。

そんな事情があったから、当時、義男としても妻の俊子としても、ふたりの結婚を許すも許さないもなかった。こうなった以上、古川茂には真智子と家庭を持つ義務があると、義男夫婦は頭から決めてかかっていた。彼は大きな会社に就職し、高給とはいかないまでもちゃんと家庭を維持していけるだけの給料をもらえる身分になっていたから、その点でも問題はなかった。結婚話はとんとんと進み、若夫婦は古川の会社の社宅を新居に、やがて生まれてくる赤ん坊を迎える準備を整えながら、新生活に入っていった。そこには何の問題もなかった。

そう、あのころは、何の問題もないと思っていた。

「よその家に来たような顔をしとるね」と、義男は言った。

古川は、放心から覚めたような顔をして義男を振り返った。

「ええ……そうですね。実際、そんな感じがしますよ」

古川は手を伸ばし、リビングのテーブルの上を撫《な》でた。

「埃《ほこり》が溜《た》まっているな」

「掃除をしとらんから」義男は台所へ向かった。「お茶でもいれるから、座ってください」

古川はソファの端に腰をおろした。テーブルの上に、間に広告をはさんだまま積み重ねてある新聞を手に取ったり、広げてみたりして、言った。

「新聞、止めておいた方がいいですね」

「もう頼んだよ。今日は来てないはずだ」

「お義父さんは毎日こっちに来てるんですか」

「一日おきだよ」

義男は、薄い緑茶を入れた客用の湯飲みを持ってリビングに引き返した。

「真智子の寝間着は、病院で貸してくれるんでね。ただ下着とかタオルとかが要るから、病院の行き帰りにこっちへ寄るようにしてるんだ。だけど、私じゃあ女の下着のことはわからんから、孝さんの奥さんが揃《そろ》えてくれたりしてるよ。洗濯もしてくれる」

「お世話になります」と、古川はまた頭を下げた。そのとき義男は、彼の頭のてっぺんがずいぶんと薄くなっていることに気づいた。

古川茂は、やや痩《や》せぎすで、体格的にはちょっと貧弱な感じがするものの、見てくれはけっして悪くない男である。真智子と結婚した当時は、美男美女の組み合わせだとうらやましがられたり冷やかされたりしたものだ。真智子はそれを楽しんでいたし、夫が男前だということをずいぶんと自慢にもしていた。

現在の真智子からは、かなり想像力を働かせないと、若いときの可憐《かれん》な姿を推し量ることは難しい。だが古川は、今の彼、中年の坂を下り始めた現在の彼として勝負のできるだけの魅力を、まだ充分に備えていた。若い頃は素敵だったろうと、想像する必要もない。あと十年経《た》ったらどうかはわからないけれど、今のところは、まだ。

そのことは、真智子も認めていた。

――あの人、会社でもモテるらしいから。

まだ古川と巧《うま》くいっていた頃――真智子の側では巧くいっていると思っていた頃――笑いながらそう話していたことがある。

――部下の女の子たちから、デートのお誘いを受けたりするらしいのよ。近頃の若い子って、怖いもの知らずだから困るわよ。

今、古川と共に暮らしている女性は、彼より十五歳年下である。古川の行きつけのクラブで働いていて、彼と知り合ったのだ。

クラブ勤めといっても根っから水商売の女性ではなく、ほんのアルバイト程度だったらしい。義男はこの女性と会ったことがないし、真智子も彼女については頑として語ろうとしなかったが、鞠子が一度だけ、古川の女について、憤懣《ふんまん》混じりの口調でこんなふうに言っていたことがあった。

「あのね、なんか普通の人なのよ。あたしより地味なくらい。はっきり言って、あたしの方が美人よ。ずば抜けて個性があるってわけでもないし、頭が切れそうでもないし、お父さんがなぜあの人に惹《ひ》かれたのかわかんない」

そのとき義男は、（むしろ、そういう漠然とした女の方が曲者《くせもの》なんだ）と思ったし、口に出してそう言いかけたのだが、結局は黙っていた。

伊達《だて》男の古川も、髪が薄くなってきている。女とは巧くいっているのだろうか。今度のことは、彼らの関係にどういう影響を及ぼしているのだろう――

「それでお義父さん、入院費の方なんですが」

古川に声をかけられて、義男は我に返った。

「ああ、その話をしに来たんだった」

古川はうなずいた。「いろいろ考えたんですが、真智子が生活費を引き出すのに使っていた口座から金を出してもらった方が分かり易《やす》いと思いましてね。通帳とカードがここにあるはずです。どこかの――引き出しのなかだったと思うんですが」

「その通帳を、私が預かっていいってことかね？」

「ええ、そうしてください」

「あんたは関わらんのですか」

詰問《きつもん》するつもりはなく、口調もそれほど強いものではなかったはずだ。だが、古川は目をそらした。

「今更、私にはそんな権利はありませんよ。でも、金はその口座にきちんと振り込みます。今までも、毎月そうやって給料の半分を振り込んできましたし、この家のローンは私が払っていますから心配ありませんし」

「——あんた、病院には行ってくれたんですか」と、義男は訊《き》いた。

「行きましたよ。警察から連絡を受けてすぐに」

「じゃあ、真智子に会ったんだね？」

「ええ、会ったと言ってもガラス越しに見ただけですが」

「可哀想《かわいそう》だとは思わなかったかい」

一瞬、口をへの字に結んでから、古川は言った。「思いましたよ。あんな姿になって、ベッドから動くこともできない。あのときは、意識も回復していなかったし
——」

「今日になってもまだ回復してないよ」

古川は驚いた顔をした。「本当ですか？」

本当だった。担当の医師もこれには懸念《けねん》を表明していた。脳波には異常がないのに——と、首をひねっている。

真智子は目を覚ましたくないのだと、義男は考えていた。目を覚ませば、また辛《つら》い現実と向き合わねばならなくなる。眠ったままでいた方がはるかに楽だ。

「真智子にはもう、あんたしか頼る人がいないんだよ」

義男の言葉に、しかし古川は首を横に振った。口からこぼれ出た言葉は、丁重ではあるが冷たかった。

「真智子には、お義父さんがいますよ。私よりもずっと頼りがいのあるお義父さんが」

「茂さん——」

「申し訳ないとは思います。だが、判《わか》ってください。本来なら、私と真智子はとっくに離婚しているはずだったんです。別居のままで留まっているのは——」

「真智子が承知しなかったからだっていうのか？」

気色ばんだ義男を、押し返すように顔をあげて正面から見つめ返すと、古川は言った。

「違います。真智子は承知していた。少なくとも、私にはそう言っていた。だが、鞠子があんなことになったから、鞠子がいないあいだに親が勝手に離婚していたなんてことにしたくなかったから、だから待つことにしたんです。由利江《ゆりえ》もそれで承知してくれたし」

「由利江？」問い返してから、義男は気づいた。古川の女の名前だ。

「今度のことでは、私も由利江も夜眠れないくらい心配しています」

当たり前じゃないか。自分の娘が行方不明になって百日近く、やっと手がかりが出てきたと思ったら、それがバラバラ殺人を匂《にお》わせるものだったのだ。枕《まくら》を高くして眠れる方がどうかしている。

「しかし、私たちにはもうどうすることもできません。真智子のことはお義父さんに任せるしかないし、鞠子のことは警察に頼むしかない。じっとしているしか方法はないんですよ」

でも、金は何とかします——と、古川は強く言った。

「それだけは私の義務ですから。通帳を探しましょう。保険の証書なんかも一緒に保管してあるはずだから——」

「結構だよ」と、義男は言った。

「は？」

「結構だと言ったんだ。金は要らない。あんたに出してもらうことはない」

「お義父さん……しかし、それじゃあ」

「困りゃしない。真智子の入院費は私が出す。それでいいから、もう帰ってくれ」

義男は立ち上がり、腹立ちまぎれに空になった湯飲みをむずとつかむと、台所へ行った。蛇口を開けて流しに水を張る。しかし、大きな水音も、義男の耳の奥で血が沸《ふっ》騰《とう》する音をかき消すことはできなかった。あまりの腹立ちにめまいがしそうだった。

昨日、古川がこの家で会いたいと連絡してきたとき、思わず喜んだ義男だった。警察を通して連絡をとってもらったことで、古川の立場をまずくし、彼が真智子を見捨てる言い訳をつくってしまったのではないかと気に病んでいたところだったから、真智子のことで相談したいという彼の申し出に、心の底からほっと安堵《あんど》したのだ。古川も真智子を心配しているのだ、やはり真智子のことは気になるのだ、これを機会に、夫婦が元の鞘《さや》におさまることもあるかもしれないと、期待さえしてしまったのだ。

だが、蓋《ふた》を開けてみればこれだ。古川の心配は金の心配。まるで、判った判った、請《こ》われただけ払うからあっちへ行ってくれと言わんばかりの態度ではないか。真智子も義男も、たかり屋まがいの扱いをされているではないか。

「お義父さん……」古川は立ち上がり、困ったように両肩を下げて、義男を見ていた。

「私としても、これがせめてもの誠意の示し方だと思って決めたことなんですよ。真智子の入院費は私が負担します」

「だから、要らないと言っとるんだよ」

「ああいう集中治療は高くつきますよ。失礼ですが、お義父さんの店のあがりだけで払い続けていくのは大変——」

「うちにだって多少の蓄えはある。そんなことまであんたに心配してもらうことはないよ」

怒鳴るようにそう吐き出して、義男は蛇口をひねった。ががっと音がして、水が止まった。沈黙が落ちた。

怒りと一緒に、どうしようもない惨《みじ》めさがこみあげてきて、いてもたってもいられなかった。足元がそわそわした。あの無神経な刑事をぶん殴ってやったように、古川の顎《あご》を、歯が砕けるほど強く殴りつけてやったらどんなにかすっとするだろう。

「あんた……古川さん」

もう何年も、義男は面と向かって古川をこう呼んだことはなかった。ずっと「茂さん」と、彼が真智子と別居してからさえもそう呼んできた。だが、今はもう違う、もう駄目だ。古川は赤の他人より始末が悪い存在になってしまった。

「わかったよ、真智子のことはもういい。けどね古川さん、あんた、鞠子のことはどうなんだ？　気にならないのかい？　あんたの娘なんだ。鞠子の事件のことは気にならないのかい？」

「気になると言ってるじゃないですか」古川も鼻息荒く応じた。「だけど、警察に任せるしかないんです。私に何をしろっていうんです？　何ができるんですか」

義男は台所のシンクの縁を握りしめた。身体《からだ》が震え出すのを感じた。

「私に連絡したいときは、会社に電話してください」玄関の方へ向かいながら、古川は言った。「ちゃんと取り次ぐように、秘書に言ってあります。由利江が心配するので、このことを家のなかには持ち込みたくないんですよ。お願いします」

思わず、義男は声を張り上げた。「家のなかって、あんたの家はここじゃないのか？」

すると古川は足を止め、肩越しに振り返って、言った。「ここじゃありません」

そうして、出ていった。ドアが几帳面《きちようめん》に、きっちりと音もなく閉じられた。義男は台所で立ちすくんでいた。シンクの縁に両手でつかまり、目をつぶった。閉じた目の裏で、怒りが赤く、ちかちかと閃《ひらめ》いた。血がざわめく音で、耳の奥がいっぱいになった。

だがしばらくすると、そこに、ほかの音が聞こえてきた。怒りに硬直した義男の脳は、それを閉め出し、無視しようとした。だが、その音はしつこく、絶え間なく続き、その存在を主張した。

義男は目を開いた。

その音は、リビングのなかいっぱいに鳴り響いていた。出所が判らなかったが、何かがリビングの隅でちかちかとまたたいていた。赤いランプだった。ついさっきまで、義男の目の裏で閃いていた怒りと同じ色のランプが点滅していた。

電話だ。義男は急いで台所を出た。

受話器を持ちあげると、しつこい呼び出し音は止まった。が、電話の向こうからは何も聞こえてこなかった。「もしもし」と言って、義男は耳を受話器にくっつけた。

遠く、音楽のようなものが流れてくる。義男には馴染《なじ》みのない、速いテンポのメロディで、歌詞はどうやら英語のようだ。なんだろう、これは。

「もしもし、どちらにおかけですか」

問いかけると、音楽が止まった。そして、電話の向こうの未知の相手が受話器を握り直しでもしたのか、がさがさと雑音がした。

「古川鞠子さんのお宅ですか」と言った。

義男は受話器をちょっと耳から離すと、受話器を見た。鞠子の友達だろうか？　聞こえてきた声は、妙な響きを持っていた。銀行のキャッシュコーナーで、機械を操作すると聞こえてくる合成音声――「マイドアリガトウゴザイマシタ」――あれによく似ている。

「もしもし？」と、義男は繰り返した。「すみませんがどちらさんでしょうか」

「古川鞠子さんのお宅なんでしょ？」機械のしゃべるような声で、相手はまた言った。「もっとも、彼女は今はそこにはいないけど。行方不明になって、三ヵ月ぐらい経ちますよね」

義男はもう一度受話器を見た。今度は眉根《まゆね》を寄せ、額にしわを刻んでいた。いたずら電話だろうかと思った。大川公園での一件の後、ああいう事件が報道されると、関係者の家にいたずらや嫌がらせの電話がかかることがある、気を付けるように――と、坂木から忠告されていた。

「誰だか知らんが、あんた、ふざけた真似《まね》はしないことだ」義男は声を励まし、きっぱりと言った。「他人の迷惑を考えなさいよ」

そして電話を切ろうとした。が、受話器の向こうから、機械音が大声で笑うのが聞こえてきて、思わず手を止めた。

「そんなつれないこと言わないでよ、おじさん」笑いながら言う。「古川家の人とちょっと話をしてあげようと思って、わざわざ電話をかけたんだよ。失礼なことを言うと切っちゃうよ。それでいいの？」

そうして、子供がすねているときみたいな抑揚をつけて、おかしな機械音はこう続けた。

「せっかく鞠子さんの居場所を教えてあげようと思ったのにさ」

一瞬、義男は硬直した。あわてて受話器を耳に押し当てた。

「なんだって？　あんた、何を言い出すんだね？」

「ところでおじさん、誰？　僕は誰と話してるのかな」

「あんたこそ誰なんだ」

「それは秘密ってやつさ。ヒ・ミ・ツ」機械音はキイキイ笑った。「それにおじさん、失礼だよ。人に名前を訊く前に、まず自分から名乗らなきゃ」

「わ、私は――」気が急《せ》くのと興奮とで、義男はちょっとどもった。「私は鞠子の祖父です」

「ソフ？　ああ、おじいちゃんか。そうだ、おじいちゃんは豆腐屋やってんだよね。

テレビで見たよ。ワイドショウとかで騒がれて、お客が増えたろ？　みんな野次馬根性が強いからね」

「あんた、鞠子の居所を知ってるのか。鞠子はどこにいるんだね」

「まあまあ、そう急がないで。それについては、もうちょっと親しくなってから話そうよ」

また受話器を持ち直したのか、それとも座り直したのか、雑音が入った。それからカチリという音が聞こえた。

ライターだ――と、義男は気づいた。こいつ、煙草《たばこ》に火をつけたのだ。すっかりくつろぎやがって、何様のつもりなんだ。

しかしこの電話を切ってしまうわけにはいかない。いたずら電話かもしれないけれど、そうでないかもしれない。はっきりするまで、もう少し話を聞き出さなくては。

「もしもしおじいちゃん？　まだそこにいるんだろ？」

「ああ、いますよ」

義男は懸命に考えていた。どういう言葉遣いをすれば適切なのだろうか。強気に、高飛車に出た方がいいのか。それとも丁寧に下手に出た方がいいのか。どんなふうに話を持っていけば、手早くこいつの正体を見極めることができるのだろう。

「しかし、おじいちゃんも大変だよね」のんびりした言い方で、機械音は言った。「鞠子さんはいなくなるわ、彼女のおふくろさんは怪我《けが》して入院するわでさ。おじいちゃんはずっとこの家で留守番してるわけ？」

「——ときどき、様子を見に来ているんだ」

「そうか、商売があるもんね」

キイキイしたおかしな声だけれど、これはキャッシュコーナーなどの発する本当の合成音とは違うと、義男は判断をつけた。合成音にはこんな抑揚や調子の変化はない。この声は、報道番組などで証言者の身元を隠すために音声を変える、そういうときの声みたいだ。

そして、大川公園の事件のとき、テレビ局にかかってきた電話の声が、ボイスチェンジャーを通したおかしな声だった、ということを思い出した。あの電話の主が本当に犯人だったのか、ただの人騒がせな便乗屋だったのか、報道ではまだ断定していない。坂木もその点については何も言っていなかった。

義男も、テレビ局にかかってきた電話の再生を、何度かテレビで聞いたけれど、あの声と今の電話の声が同じものであるかどうかまでは判断がつかなかった。同一人物なのかどうか——しかし、どうやら今のこの電話の主も、ボイスチェンジャーとかいうものを使っているらしい。それだけは確かだ。

「あんた、もしかしてテレビ局に電話をかけた人かね？」

すると相手は感心したように声を大きくした。「あれ、わかる？ おじいちゃん、頭いいね」

あっさり認めた。かえって嘘《うそ》くさい。

「そう、あれも僕だよ。今のこの電話からかけたんだ」

「声に細工しとるよな。機械でやるんだろ」

「ボイスチェンジャーを使ってるからさ。テレビでもそう言ってたでしょ。凄《すご》いなおじいちゃん、ボイスチェンジャーなんてものを知ってるんだ。歳《とし》の割にススンでるね」

からかわれている、あしらわれていると判《わか》ってはいたが、義男は懸命に腹立ちを抑えた。怒ってはいけない。少なくとも今はまだ。

「あんた、本当に鞠子のことを知ってるのかね」

「なんでそんなこと訊《き》くのさ」と言って、相手は笑った。「そうか、僕が犯人を気取った人騒がせ野郎なんじゃないかと疑ってるわけ？」

「疑っちゃいないが、こっちには判らないことだからね」

「そうかぁ。それじゃ、何を話しても信じてはもらえないんだね。残念だな」

義男はあわてた。「そんなことはないよ。いろいろ教えてもらいたいよ。鞠子のことを、あんたは知ってるんだろ？」

「まあ、ね。だけどおじいちゃん、冷たいね」

「冷たい？」

「そうじゃないか。さっきから聞いてりゃ、鞠子鞠子ってさ、孫娘のことばっか心配してるじゃない。大川公園で見つかった右腕の持ち主のこと、気にならないの？　あれは鞠子さんじゃなかったんだからさ、ということは、ほかにも、少なくともひとり、女性がひどい目に遭わされてるってことになるわけだろ？　そっちのことは心配しないわけ？　それって社会性に欠けるよ」

義男はぎゅっと目を閉じ、相手の屁理屈《へりくつ》に動揺しないように、動揺したことが声に出ないように、心を静めようとした。だが心臓は正直で、胸から飛び出しそうなほどに激しく動悸《どうき》を刻んでいる。空いている方の手は、身体の脇《わき》で、空をつかんで堅く拳《こぶし》を握っていた。

このおしゃべりの、悪党の、この軽口野郎をぶん殴ってやりたい。電話線のなかに潜り込んで向こう側に行くことさえできたら、一秒とかからずに首をねじ上げて、ねじ切って――

「もしもしおじいちゃん？　黙っちゃったね。反省してるわけ？」

「大川公園の女の人のことなら、やっぱり心配だよ」と、義男は低く言った。「あの人にも、夜も眠れないほど心配しとる家族がいるだろうからね。鞠子のことと重ね合わせて、同じように気になるよ」

「嘘つきだな」と、キイキイ声は突き放すように言った。「他人の娘のことが、自分の孫と同じように心配だなんて、真っ赤な嘘だ」

　ああ言えばこう言う、こいつはいったい何者なのだ。

「僕は嘘つきは嫌いだ」と、相手は言った。言葉の内容とはうらはらに、笑っているような口調だった。楽しんでいるのだ。

　強《し》いて自分を落ち着かせ、義男はゆっくりと言った。「あんたも、身内が行方不明になったりしたら、今の私らの気持ちがわかるよ。残されたもんがどれだけ苦しんだり悲しんだりするか、骨身にしみてわかるようになるよ。これは言葉で説明できるようなことじゃないんだよ。私には巧《うま》く言えないよ。でも、鞠子のことも、あの大川公園の女の人のことも、一瞬だって頭から離れたことはない。代わってやれるものなら代わってやりたいよ。本当にそう思うよ」

ちょっと黙ってから、相手は笑いを引っ込めて、言った。「おじいちゃん、そんなに鞠子を助けたいんだ」

ここで初めて、電話の主は「鞠子」と呼び捨てにした。

「助けたいよ。早く家に帰ってきてほしいよ。もし――もしもう死んでいるとしても、早く居所を突き止めて、母親の元に返してやりたいよ」

「鞠子はもう死んでると思うわけ？」

「あんた、テレビ局にかけた電話ではそう言ってたよな？　鞠子は別のところに埋めてあるって」

「言ったよ」ふふんと笑って、「けど、僕が本当のことを言ってるかどうか、わからないじゃない？　あれは嘘かもしれないよ」

「そうだな。あんたが本当のことを言っているかどうかわからない。そもそも、さっきもあんたが自分で言ってたように、あんたがあの事件や鞠子の件と本当に関係があるかどうかも、私らにはわからないんだ」

「それ、知りたいかい」

「教えてくれるのかね？」

「ヒントくらいなら。だけど、無料ってわけにはいかないな」

金か。こいつの目的は金だったのか？

「いくら払えばいいのかね」

するとキイキイ声が大笑いをした。

「嫌だね、おじいちゃんたちの頭の古さがよくわかるよ。すぐに金のこと考えるのは、国が貧乏だったころに青春時代を過ごした世代の悪いクセだ」

「じゃあ、どうしろって――」

相手は少し考えるように間をおいた。だがそれはポーズであって、事前にこの問答を想定し、義男に何を要求するか、ちゃんと予定してあったのだろう、ややあって話し出したときには、まるで商売の取引をするときのようなてきぱきとした口調になった。

「僕はこれから、またテレビ局に電話をかける。このあいだとはまた別の局にしようかな。ひとつのところばっかり贔屓《ひいき》にしちゃ悪いからね」

タレントにでもなったみたいなことを言いやがる――と、義男は思った。

「そしてこう言うよ。今夜のニュース番組に、もちろん生放送で、古川鞠子のおじいさんを出演させてくれって。そこでおじいさんが、鞠子を返してくれって犯人に懇願して、土下座をするからって」

義男は黙ったまま、受話器を強く握りしめた。

「あれ？　土下座は嫌なの？」

「いいや、やるよ、それぐらい何でもない。本当にあんたが約束を守って鞠子を返してくれるなら」

「僕を信じてよ」

「信じたいよ。でも、それにはやっぱり拠所《よりどころ》がないとな。あんたが本当に鞠子の居所を知っているという証拠を、何かくれないかね」

義男としては、思い切った駆け引きに出たつもりだった。が、相手はクックッ笑った。

「おじいちゃんもなかなかやるね。バカじゃないね。僕、おじいちゃんが気に入ったよ。いいよ、その取引に乗る」

どうしようかな――と、ピクニックの計画を立てる子供みたいに楽しそうに呟《つぶや》いた。

「新宿かな……」

「新宿？」

「そんなにピリピリ切り返さないでよ。今考えてるんだからさ」

義男は黙った。リビングの壁の時計をちらりと横目で見てみた。午後五時。窓の外はまだ明るい。車の音も、人声も聞こえる。

それに引き替え、義男のいるこのリビングは薄暗く、あまりにも静かだ。

ふと、この電話の向こうの人物――たぶんまず間違いなく男だ――こいつが電話をかけている部屋に、明かりはついているのだろうかと思った。どんな部屋なのだろう。最初のうち音楽が聞こえていたところをみると、ステレオかラジオがあるのだろう。そして電話機――煙草を吸っていたから、灰皿も。それとも、ビールやコーラの空き缶を灰皿がわりに使っているのか。

小ぎれいなマンションの一室なのか、古ぼけたアパートなのか。ひょっとすると木造モルタルの家の一室で、こいつが階段を降りていくと、階下の台所で母親が夕食をつくっているのかもしれない。話し方からして若い男のようだから、そんなことだってあり得る。長電話だったわねと母親が言う。それに応じてこいつは、うん、友達と話し込んじゃってさと言う。自分のしていることなどおくびにも出さずに、表向きは平和に、平凡に、無害に暮らしている。会社員？　それとも学生？　今のこの段階では、たとえこいつと電車で隣に乗り合わせても、義男にはそれと知る術《すべ》がない。顔も形も知らず、肉声さえ聞いたことがないのだから。ああ本当に、電話線のなかに潜り込めたらどんなにいいだろうかと、義男は全身で考えた。

「よし、こうしよう」と、相手が言った。義男ははっと顔をあげた。

「新宿にね、プラザホテルってあるんだよ。西口の高層ビル街に。わかるかい？」

「大きなホテルなら、行けばわかるだろう」

「大丈夫かなあ。おじいちゃん、サンダル履きで行っちゃ駄目だよ。追い出されるよ」

「わかった」

「そこのフロントに、僕からのメッセージを預けておくよ。これからいろいろ準備するから——そうだな、七時に。七時にそのホテルに来てよ。早く来たって無駄だし、おじいちゃんがウロウロしてたら、僕はメッセージを届けないよ。だから時間は厳密に守ってね。それを読めば、次にやるべきことがわかる」

「それだけかね？」

「一度にいろいろ言ったって、おじいちゃんわからないでしょうが。こっちは親切で言ってるんだぜ。あ、それから忠告しておくけど、ゼッタイにおじいちゃん一人で来るんだよ。警察なんか連れてきたら、この取引はオシマイだ」

含み笑いをすると、相手は楽しそうに声を弾ませた。

「おじいちゃんが新宿の街で道に迷わないように祈ってるよ。スリに気をつけてね。

「じゃ、頑張ってくれよ」

それだけ言うと、電話は唐突に切れた。呼びかけてももう無駄だった。義男は手のなかで無機質な発信音を発する受話器を見つめた。にわかに、それが忌《い》まわしく肌の冷たい動物であるかのように思えてきた。

新宿プラザホテルは、駅の西口からタクシーで五分ほどの場所にある高層ホテルだった。電話の主の忠告に従い、義男はポロシャツの上に上着を着て、きちんと革靴を履いていった。それでも、金色と白金色《プラチナ》でいささか過剰なくらい華やかに演出された広いロビーをまっしぐらに走って横切ってゆく義男の姿は、ホテルに出入りするほかの人びとの目を惹《ひ》いたらしい。フロントを目指して進んでゆくあいだに、数人の客たちに振り返られ、好奇の視線を投げかけられた。

時刻はぴったり七時だ。義男一人だ。キイキイ声との約束は、きっちりと守っている。

もちろん迷った。腹の底が焦《こ》げそうなほどにあせって、取り乱して迷いに迷った。坂木に連絡しようか、捜査本部に知らせようか。何度も受話器をあげた。だが、結局はできなかった。もし悪質なイタズラだったなら、警察の貴重な時間を無駄に浪費させることになる。もし本当に犯人からの電話、犯人からの要求だったとしたならば、義男が約束を破ることで、手がかりを失ってしまうかもしれない。それ以上に恐ろしいのは、義男が約束を違《たが》えたことで犯人が怒り、まだ生きているかもしれない鞠子の命を縮めてしまうかもしれないということだ。

もっと以前にロビーで張り込んで、フロントを見張っていようという誘惑にもかられた。だが、相手はおそらく義男を知っている。おじいちゃんがロビーにうろうろしていたら、メッセージは届けないというのが、ただの脅しでなかったとしたら？　そうしたら、義男が鞠子を殺すことになってしまう。

そう思うと、どんなに悔しくても気が急《せ》いても、ここは相手の言うとおりにしておくしかないと、思い決めた。ここでは義男の側に選択の余地などないのだ。

幅の広い一枚板のカウンターに取り付くと、息を切らしながら、義男は、いちばん近くにいた制服姿のホテルのフロント係に声をかけた。

「あの、なんですか、私あてにここに手紙が届けられているはずなんですが」

近寄ってきたフロント係は、目尻《めじり》の下がった親切そうな顔の若い男で、取り乱した義男の様子に動じることもなく、穏やかに問い返してきた。

「失礼ですが、お客様のお名前は」

「ありま、有馬義男といいます」

「有馬様ですね」フロント係は繰り返すと、カウンターの下の仕切をのぞき込み、カードのようなものを何枚かめくると、つと手を止めた。「有馬義男様」義男の顔を見てもう一度確認すると、従業員は一通の封筒を取り出した。「こちらの封書でございます」

義男はカウンターに身を乗り出すと、従業員の手からひったくるようにして封書を取り上げた。手が震えた。

どこにでもある白い二重封筒だった。表書きに、ワープロの文字で「有馬義男宛《あて》」と印字してある。差出人欄は空白で、蓋《ふた》はきっちりと糊《のり》づけしてあり、封のしるしに赤い大きなハートのマークが描いてあった。

義男はすぐに封を切ろうとしたが、封筒の紙質が丈夫なものであるうえに、手がぶるぶるして汗がにじんで、巧く開けることができない。封の蓋は、底意地悪いくらいがっちりと糊づけされている。見かねたのか、さっきのフロント係が進み出て、

「はさみをお使いになりますか」

「あ、ありがとう。拝借できますか」

銀色のはさみで、息苦しさに目がまわりそうになるのをこらえながら封を切った。

なかには便箋《びんせん》が一枚、四つ折りにしてぺらりと入っているだけだった。義男はそれを取り出した。

白地に縦罫《たてけい》の便箋の中央に、やはりワープロでこう書いてあった。

「このホテルのバーで待て　八時に連絡する」

義男はそれを二度続けて繰り返し読んだ。三度目に読み終えて、顔をあげた。さきほどのフロント係が、まだカウンターのすぐ向こうにいた。

「ここのバーは、何階ですか」

「メイン・バーの『オラシオン』は最上階の二十四階にございます」

「エレベーターはどっちに行けば——」

「右手奥のクロークの脇に直通エレベーターがございます」

義男はすぐにそちらへ向かおうとした。が、そのときになって急に大事なことに気づき、足を止めてフロントを振り返った。

「あの、この手紙ですね、どんな人が届けに来たかわかりますか」

「は？」と、相手は首をかしげた。「こちらのメッセージを届けにいらした方という意味でしょうか」

「はい、はい」義男は何度もうなずいた。

「何時ごろ来たでしょう。どんな様子のもんだったでしょう。たぶん、若い男だと思うんだけども」

フロント係は穏和そうな顔をちょっと曇らせた。「少々お待ちくださいませ。お受けしたのが私ではありませんので、係の者に聞いてみましょう」

「ありがとう、ありがとう」

義男が深く頭を下げると、禿《は》げあがったおでこが音をたててカウンターにぶつかった。端の方で何かコンピュータみたいな機械を操作していた女性フロント係が、こらえきれなくなったようにクスクス笑った。ちょうど、鞠子と同年輩の女性だった。義男が彼女を見ると、彼女は笑いを引っ込め、目をそらした。

フロントの端に寄り、カウンターにすがりつくようにして立って待っているあいだ、数人の客がフロントに立ち寄り、鍵《かぎ》を受け取ったり、何か書類を書いて、荷物を従業員に持たせて客室に上がっていったりした。上等な背広姿のサラリーマンや、華やかなワンピースを着た若い女性。視線をロビーの方に向けると、そこにも楽しそうに談笑する人々や、アタッシェケースを足元に傾け、ソファに深く腰掛けて煙草《たばこ》をふかす紳士。ロビーの奥のラウンジは、明かりを落とし、各テーブルに蠟燭《ろうそく》を灯《とも》し、ピアノ演奏が始まり、席のあちこちにくつろぐ客たちの姿が見える。

きれいで贅沢《ぜいたく》で、なんの憂《うれ》いもない景色だ。義男は呆然《ぼうぜん》とするような非現実感を覚えて、自分はいったい何をやっているのだろうと思って、急に疲れた。こういう高級ホテルなんて、普段は足を踏み入れたこともない。有馬豆腐店が契約をしている得意客のなかに、小さい日本旅館はあるけれどホテルはない。豆腐組合の会合で使うホテルは、浅草とか秋葉原あたりの、もっとこぢんまりとしたところばかりだ。

あの電話の主は、義男がプラザホテルへやってきて、今のような場違いの感を覚えることを、ちゃんと予想していたのだ。サンダル履きで行っちゃ駄目だよ——なんて、よく言ったものだ。

さっきのフロント係が戻ってきた。彼より若い、まだ二十歳くらいの男の従業員を連れていた。同じホテルの制服を着ていたが、胸元にとめたバッジの色が違っていた。

「お待たせいたしました」フロント係は義男に会釈《えしゃく》すると、隣の若い従業員を手で示した。

「こちらの者が承ったそうですが——」

あとを引き取って、若い従業員が言った。

「女子高生でした」

義男は耳を疑った。「はあ？」

「有馬様ですよね？　手紙を持ってきたのは女子高生でしたよ。制服を着ていたので間違いありません」

「女子――高生」

「はい。来たのは、今から五分くらい前のことだと思います」

義男は唖然《あぜん》とした。ほんのちょっと前のことじゃないか。ひょっとしたらホテルの出入口で、その女子高生とすれ違っていたかもしれない――

「その女子高生、どこの学校の子だったか、わかりませんか」

「さあ……」若い従業員は首をひねり、何故《なぜ》かわからないがニヤニヤした。「制服は、どこのもみんな同じに見えますからね」

「校章とか、つけていませんでしたか」

「そんなこと訊《き》いて、どうするんですか？」

ニヤニヤ笑いを続けながら、斜交《はすか》いに義男を見て、若い従業員は訊いた。端にいる女性フロント係も、口元を押さえてまた笑い出した。

「どうって――ちょっと事情がありましてね。どうしても知りたいんです」

「わかりませんね」と、若い従業員は素っ気ない。「お泊まりのお客様のことならそれなりにつかめることもありますけど、そうじゃないようだし」

最初からいたフロント係の方が、彼に向かって、たしなめるような視線を送った。そうして義男に言った。「お役に立てなくて、申し訳ございません」

「いや、いや、いいんです」義男は首を振った。どうやら、諦《あきら》めるしかなさそうだ。フロント係の方に頭を下げると、ロビーの中央に向かって歩き出した。

「あ、バーにいらっしゃるなら、エレベーターは反対側です」と、親切なフロント係が言った。義男は気づいて、あわてて方向を変えた。フロントでまた、抑えた笑い声がおこった。「エロじじい」と、女の声が小さく言った。義男に聞こえるように言ったに違いなかった。

最上階のバーのなかでも、義男は、米櫃《こめびつ》のなかに紛れ込んだ一粒の小豆《あずき》のような異分子で、そうであるが故《ゆえ》に異様に人目を惹いた。何を頼んだらいいのかよくわからないので、水割りと言うと、ウイスキーの銘柄をざらざらと並べ立てられ、それもみんな聞き覚えのないものばかり、仕方がないのでいちばん最初に挙げられたものを選んだ。

居心地の悪さは相変わらずだったけれど、それ以上に頭が混乱していたので、周囲の人々の好奇の視線も、ウエイターのぞんざいな態度も、気にならなかった。そんな余裕などなかった。

——女子高生。

懐《ふところ》からあの手紙を取り出し、読み返してみる。端正で素っ気ないワープロの文字と、命令口調の文章。有馬義男「宛」と書く野放図な無礼さ。いかにも、電話で話したあのキイキイ機械声の主らしい。しかし、届けてきたのは女子高生だという。

——仲間なんだろうか。

あの電話の主は、どう考えても男だ。いくら声に細工しても、話し方でわかる。義男は長年客商売をしてきた。大勢の人間を見てきた。なかには信じられないような突飛な行動をとる人間もあった。とりわけここ五、六年のあいだに、一見しただけでは年齢も性別も判然としないような人間が増えてきた。

それでもやっぱり長年の勘で判《わか》ることはたくさんある。その義男が直感で思うのだ。あれは男だ。すると彼は独りではなく、ほかに協力者がいるのだろうか。それも女子高生の。だとすれば、そして彼らが本当に鞠子の失踪《しっそう》や大川公園の事件にからんでいるのだとすれば、今時の若い女子高生のなかには、誘拐や殺人や死体遺棄にまで関わるような娘がいるということになってしまう。

ふと、鞠子が高校生のころのことを思い出した。鞠子の入学した私立の女子高校も、制服はセーラー服だったが、義男の目には、少し襟刳《えりぐり》のくりが深すぎ、スカートの丈も短すぎるように思えた。直接鞠子にそれを言うのは気が引けたので、真智子に尋ねてみると、彼女もそう思うと言った。

「けど、最近はどこの学校でもみんなああいう感じらしいのよね。制服がおしゃれになってて、鞠子の学校だって、有名デザイナーのデザインした制服なのよ」

その分、金も余計にかかるのだと、真智子は笑いながらこぼした。

それでも、そのセーラー服は鞠子によく似合った。真智子が入学式のとき撮ったスナップ写真を一枚送ってくれたので、それを事務机のなかにしまっておいたものだった。木田がそれを見つけて、こんなに可愛《かわい》く撮れてるんだから、壁に飾っておけばいいのにと笑った。そこまでするのはみっともないと、義男は言った。

テーブルの上に置かれた水割りの氷が溶けて、かちりと音がした。義男は時計を見た。バーへ上がってきてから、三十分以上が過ぎていた。

（八時に連絡する）

おそらく、電話をかけてくるのだろう。それにしても、なぜ一時間も気を持たせるのだろう。やきもきさせて楽しんでいるのだろうか。それを近くで観察していたりして——

はっとして、義男は周囲を見回した。バーのなかは薄暗く、観葉植物や衝立《ついたて》に遮られて見通しがよくない。義男はカウンターのいちばん端、従業員たちの出入口のそばの席に案内されて座っていた。こちらからはあまり見通しがよくない。しかし、その気になって見ようとすれば、ボックス席の方から義男を観察することは、それほど難しくなさそうに思えた。バーというのは、どこでもたいてい、こういう造りになっているのだろうか。

いくらきょろきょろしても、時間の無駄だった。若いカップル、ビジネスマンらしい男たち、外人客――たとえ、そのなかのどこかにあの電話の主が潜んでいたとしても、義男にはわからないのだから。黙って、ひたすらに溶けていく氷を見つめ、時が経《た》つのを待つしかないのだ。

どこの誰であるにしろ、あの電話の主は、少なくとも時間には几帳面《きちようめん》な気質であるようだった。義男の腕時計の針が午後八時二分をさしたとき、バーの奥のどこかで電話が鳴った。義男は身を堅くした。まもなく、ウエイターのひとりが、静かな声で客に呼び出しをかけた。

「有馬様、有馬様、お電話でございます」

義男が手をあげて立ち上がると、そのウエイターはちょっと驚いたようだった。本当にあなたなのかという顔をした。

コードレス電話の受話器が運ばれてきた。

「通話」の赤いボタンが点滅している。こういう電話機を扱い慣れていないので、義男はひどく緊張した。うっかり間違えて、電話を切ってしまってはいけない。

「通話ボタンを押してください。それでお話しになれます」と、ウエイターが言った。

義男はボタンを押し、受話器を耳にあてた。

「もしもし？」と、低く呼びかけた。

あの機械音みたいな声が聞こえてきた。さっきの電話より、少し声が遠いようだ。

「やあ、おじいちゃん。愉快にやってる？ちゃんとホテルに着いたみたいだね」

喉《のど》が干上がったようになって、すぐには声が出せなかった。義男は空咳《からせき》をした。

「ああ、バーにいるよ。手紙のとおりにしたよ。次はどうすればいいんだね」

「何を飲んでるんだい？」

「――水割りだよ」

「芸がないなあ」と、陽気に笑った。「そうか、何をオーダーすればいいかも教えておいてあげればよかったね。おじいちゃんがピンクレディなんかを頼んだら、ウエイターも驚いたろうけど」

「そんなことより――」

「まあ、急がないでよ。おじいちゃん、そこ居心地いいかい？」

「慣れないから、バツが悪いよ」

「そうだろうなあ。な？　よくわかったろ？」

「何が」

「今の時代は、格好よくスマートでなかったら生きていけないってことさ。じいさんみたいに歳《とし》くってのろくさくなったら、生きていく価値なんかないんだよ」

義男は黙った。電話の主のなかに、不意に凶暴さが宿ったのをはっきりと感じた。

「じいさんなんか、一流ホテルじゃまともに扱ってもらえないんだ。いい経験になったろ？」

「あんた、私に何をさせたいんだね？」

「何もないさ。ただ、社会勉強をさせてあげようと思っただけだよ」

「手紙を届けに来たのは女子高生だったって、ホテルの人が言ってたよ。あんたの仲間かね」

すると、相手は爆笑した。「あれも、じいさんを楽しませるための仕掛けだよ。気にいった？」

「それより、次はどうすればいいんだね。ここでずっとしゃべっているわけにもいくまいよ」

「気が変わった」と、電話の主は冷たく言った。「じいさんとの遊びはこれで終わりだ。とっとと鞠子の家に帰りなよ。グズグズしてたら、目障《めざわ》りだってウエイターに追い出されるぜ」

そして電話は音をたてて切れた。

義男は疲れ果て、意気消沈していた。ただのいたずらに振り回されただけなのか、それとも事件と関係のある人物との接触だったのか、それさえわからないままにし損じてしまった――と思うと、自分の駄目さ加減に腹も立った。ホテルへ行けという指示を受けた時に坂木に連絡して、一緒に行ってもらえばよかったのかもしれない。独りで行動するのじゃなかった。坂木なら、もっと賢明な受け答えをして、相手を誘い出すことができたのじゃないか。

自宅に帰ろうと思った。ホテルからタクシーに乗り込み、運転手に行き先を告げるときまではそう思っていた。ゆっくり休みたかった。だが、頭のなかで、消すに消せないままぐるぐると繰り返されている電話の主とのやりとりの、ある一節が心に引っかかった。

——とっとと鞠子の家に帰りなよ。

「とっとと家に」ではなく、「鞠子の家に帰りな」と言った。あいつは、鞠子の家が義男の家ではないことを知っていた。知っていて敢《あ》えてそう言うには、何か意味があるのではないか？

「運転手さん、すまんけど、行き先を変えてください。東中野に」

古川家の前でタクシーを降りると、義男は急いで玄関に走った。門灯は点《つ》けたままにしてある。鍵《かぎ》に異状はなく、窓もちゃんと閉まっていた。またこっちに電話がかかってくるのだろうか？　義男は急いでドアを開けようとした。

そのとき、ドアの脇《わき》の郵便受けから、封筒の端のようなものがはみ出していることに気が付いた。家を出るときには、こんなものはなかった。

義男は封筒を取り出した。ホテルに届けられていたのと同じタイプの白い二重封筒だった。中身が紙の類《たぐい》だけではなさそうな手触りがした。封はしてなかった。義男は封筒を開けた。

四つ折りの便箋《びんせん》が一枚と——女物の腕時計がひとつ、入っていた。黒い革バンドの、華奢《きやしや》なつくりの、セイコーの時計。

考え込むまでもなかった。義男はその時計をよく覚えていた。今年の春の就職祝いに、彼が鞠子に買ってやったものだからだ。裏側に、鞠子の名前を彫ってもらった――

時計を裏返すと、門灯の明かりで読みとることができた。

「M・Furukawa」

便箋には、ワープロの文字が並んでいた。

「これで僕が本物だってわかったろ？」

8

武上悦郎は写真を睨《にら》んでいた。

拡大鏡を右手に、鼻先を写真にくっつけるようにして目をこらしている。すぐ隣では部下の篠崎も同じ格好をしていて、その姿勢のまま、ふたりは時々、他者には意味不明の断片的な言葉を交わしていた。

「かわ――じゃないですかね」

「三本川のかわか」

「ええ」

「そうかな。もう少し画数の多い——縦線が見えるような気がするんだが」

「ええ、見えますよね。でもそれって、この服の生地の柄じゃないですか。細かい縞《しま》柄《がら》というか」

「生地自体が畝《うね》織りになってるのかも」

「あ、それあり得ます」

「しかし、そんな制服があるかね？　制服の生地ってのは、もっとぺらぺらしてねえか」

「うーん……」

特捜本部になっている訓辞場のすぐ隣の、小さな会議室である。テーブルの上には無数の写真が散らばっている。ファイルも数冊積み重ねてあり、整理済みの写真はナンバリングした上で机の端に並べてあった。

この一連の写真は、秋津が聞き込みで見つけ出した素人《しろうと》写真家が、右腕が発見される前日の大川公園を撮影したものだった。手強《てごわ》いこの素人写真家を、武上が直々に出向いて説得し、ネガを借り出すことに成功したのが事件発生の翌日のこと。それから現像し、まずは画面に写っている車両のナンバーをすべて書き出して照会に回し、それから写真そのものの分析にかかった。

ふたりが今、雁首《がんくび》をそろえて取り組んでいる写真は、大川公園内の問題のゴミ箱のすぐそばに立つ、若い女性を写したものだった。手前はコスモスの花壇で、女性はその向こう側にいる。だから上半身しか見えない。しかも半身《はんみ》になっている。ただ、彼女が着ているのが一見して会社の制服とわかるデザインのベストスーツで、しかもベストの胸元に会社名らしい縫い取りがあるのが見えるのだ。で、武上と篠崎ふたりがかりで、なんとかこの縫い取りを解読しようと努力しているのである。

なぜ、この女性を特定することがそれほどまでに大切なのか。それは、彼女の写っているこの写真のなかに、問題のゴミ箱に近づいて行こうとしている——ように見える——黒っぽい人影が一緒に撮影されているからだった。残念ながら、この人影は樹木の陰に隠れているうえ、ピントもあっておらず、写真からは、服装や歳《とし》格好、顔かたち、性別などはまったく判別できない。おおよその身長だけは割り出せたものの、それも百六十センチから百七十センチという程度の確度のものだ。

ただし、それらの茫漠《ぼうばく》とした情報のすべてを押しやって、圧倒的に強い興味をかきたてるだけのものを、この黒っぽい人影は持っていた。文字通り、手に持っていた。ピンぼけのこの人物は、その左手に、どうひっくり返して見ても、逆立ちして見ても、茶色い紙袋としか思えない物体をぶら下げているのだ。そしてこの人物は、あのゴミ箱の方向に向かって歩いているように見える。

これが、発見された右腕がゴミ箱に投棄される直前の場面を撮影した写真である――と期待するのは、いささか早計であるように、武上は思う。そんな都合のいいことがあるわけはないと、常識的にもそう思う。ただ、往々にして思いもかけないような形で展開するのが捜査というものであるということを身に染《し》みて知っている武上としては、しかもこの写真に残されている場面が場面であるだけに、放っておくわけには絶対にいかない。

この写真を写した素人写真家は、撮影当時、フレームのなかに入っていたこのふたりの人物――若い女性と正体不明の人影――を覚えているかと問われると、口を尖《とが》らせて怒りまくったそうだ。私は人物を撮ったわけじゃない、コスモスを撮ったんだ、というわけである。

「人なんか見ていませんよ。私は人物は撮らないんだ。嫌いだからね」

というわけで、公園での聞き込みと、この写真そのものが与えてくれる情報だけを拠所《よりどころ》にするしか手がなくなった。一枚を科警研に送り、コンピュータ分析にもかけてもらっているのだが、まだ回答が返ってこない。そこで、武上たちが原始的な拡大鏡片手に身を乗り出すことになったのだ。

女性の胸元の縫い取りさえ読みとることができたら、身元の特定はそう難しくない。一連の写真は事件の前日つまり九月十一日の午後三時から六時ぐらいにかけて撮影したものだそうだ。この日は平日だから、その時間帯なら、会社員はまだ勤務時間中だ。制服姿のこの女性も、そう遠くから大川公園に来ているはずがない。おそらく、社用で外出した行き帰りに公園を通り抜けたか、ちょっとサボって散歩した、という程度だろう。ごく近所の会社に勤める女性という可能性は非常に高いのだ。

「川繁——と読めませんか」

「しげるの繁だな」

「そうです、川繁——重機かな。ごちゃごちゃした漢字ですよね」

そのとき、会議室のドアにノックの音がした。武上が返事をすると、ドアが開いて秋津が顔をのぞかせた。

「事情聴取、終わりました。テープを持ってきましたけど」

「おう、ありがとう」

秋津はドアを押さえたまま、半身だけ会議室のなかに入れて、ちょっと声を落とした。

「ガミさん、会ってみませんか」

「誰に」

「決まってるじゃないですか。じいさんにですよ。やっぱり直《じか》に話を聞いてみた方が、会話の再現が巧《うま》くいくんじゃないですかね」

武上は壁の時計を見た。火曜日の午後二時過ぎ。

「じいさんはまだいるのかい」

「ええ、取調室の方に残してあります」

「警部はなんだって？」

「ガミさんが会いたいなら、そうしたらいいって」秋津はちょっと顔をしかめた。「じいさん、かなり参ってますよ。無理もないけど。なんか可哀想《かわいそう》になりましたね」

武上は迷った。剛毅《ごうき》な秋津が可哀想がるような状態の人物に、あまり会いたくはない。被害者の遺族や事件の関係者と顔をあわせる機会が極端に少ない——ということも、武上がデスク仕事を好んでいる理由のひとつなのだ。

「ホテルや古川家の方の捜査は進んでるんだろ」

「ええ。僕もこのあとは現場です。プラザホテルの方でね。手紙を届けに来た女子高生を特定しないと」

「犯人は周到な野郎だ」と、武上は言った。「その女子高生は、たぶん駅で声をかけられて、小金をもらって引き受けたんだろう」

「俺もそう思いますよ。一味じゃないだろうな。ただ、だとしても、この子は犯人と直に接触してますからね。貴重な証人だ」

秋津は険悪な顔で、手にしたカセットテープを見おろした。「それにしても、こいつを聞くと胸が悪くなりますよ。犯人の野郎、七十のじいさんをいたぶって楽しんでやがる」

昨日の出来事である。大川公園の事件に関連があると思われる失踪《しっそう》者・古川鞠子の自宅に、一連の事件の犯人とおぼしき人物から電話がかかってきた。ちょうど居合わせた鞠子の祖父が電話をとり、犯人の要求に従って行動したのだが、結局相手の正体をつかむことはできなかった。

ただし、大きな収穫はあった。古川鞠子の祖父が帰宅してみると、彼女の腕時計が郵便受けのなかに投げ込まれていたのである。

言ってみれば、これは犯行宣言だ。大川公園の右腕と古川鞠子の失踪とは関連があり、おそらくは同一犯もしくは同一犯行グループの仕業であると、推定や憶測ではなく、もう完全に断定してもよくなった。

（それにしても、なあ）

武上はほぞを噛《か》む思いだった。古川鞠子の家の電話機に、録音機を設置しておくべきだった。テレビ局への電話の件があったあと、ちらりと考えないではなかったのだ。早く神崎警部に進言しておけばよかった。ただ、古川家は母親も入院し、留守宅になっていると聞いたし、テレビでもそれが派手に報道されたので、犯人が古川サイドに接触してくる可能性は薄いと考え直してしまったのだった。

武上がこのプラザホテルでの一件について知ったのは、昨日の夜のことである。すぐに、仮眠をとっていた篠崎を叩《たた》き起こして、ふたりで、大川公園の事件発生以降の報道番組・ニュースショウ・ワイドショウをすべて録画したビデオを片っ端から観《み》た。そうして、どの番組でも、古川鞠子の父親のフルネームを報道していないこと、住まいが東中野であることは言っているが、番地までは画面中に出していないこと、鞠子の祖父が古川の留守宅に時々立ち寄っていることも報じてはいないことを確認した。

ということは、だ。

まず、犯人はどうやって古川家の電話番号を知ったか。いちばん考えやすいのは、鞠子がその種の情報が記載されているものを所持していて、それが犯人の手に渡っている――という場合だ。これについては、入院中の鞠子の母親がまだ事情聴取に応じられる状態ではないので、多少不確かな部分がある。ただ、鞠子の自室の机の引き出しからは、彼女の健康保険証が出てきた。彼女はまだ運転免許を持っていなかった。勤め先の銀行の社員証には、社員個人の住所や電話番号は記載されていない。鞠子の部屋の引き出しには、小さな電子手帳もあった。友人や知人の個人情報が几帳面《きちょうめん》に入力されており、彼女が自室に引いていた専用電話の電話番号と、留守番電話用の暗証番号も入っていた。おそらく、いつもは持ち歩いていたのだろう。失踪当日は、たまたま持って出るのを忘れてしまったのだと思われる。さらに、犯人は彼女の定期入れを大川公園に捨てている。つまり、捨てる以前はそれを持っていたわけだが、定期には姓名・年齢・性別は記入されるが、住所は記載されない。ほかに、自宅の所番地を記入するもので、若い女性が身につけていそうなものは、ちょっと見あたらないのではないか。

次に考えられるのは、東中野の古川茂の名前で一〇四に照会をかけることだ。古川茂は古川家の世帯主で、電話は当然この名で登録されている。しかし、古川鞠子の父親の名前が報道されていないのでは、おそらく犯人もこの手は使うことができなかったはずである。「古川」の姓だけで、所番地を正確に告げて照会するという手段についても同じだ。犯人が事前に鞠子の家の所番地をつかんでいなければ、この手は使えない。

ただし、このケースでは例外がふたつある。ひとつは、犯人が鞠子のごく親しい知人である場合。もうひとつは、犯人が鞠子を殺害する以前に、あるいは監禁中（現在もそうかもしれない）に、彼女から彼女の個人情報を聞き出しているという場合である。

次には、中野区の「古川」を電話帳で調べ、端から電話をかけて、該当する家を探すという手段。しかし、捜査本部で同じことをやってみた結果、中野区内の他の「古川家」にはその手の問い合わせ電話は一本もかかっていないということが判明し、この線は消えた。

捜査本部では、今朝早くから、古川家の近辺に多くの人員を動員し、集中的な聞き込みをかけている。昨夜のプラザホテルでの一件は、時計を届けにゆくあいだ、鞠子の祖父を古川家から遠ざけておくためのトリックであったと考えていいだろう。犯人もしくは犯人グループは、昨夜午後六時二〇分から八時までのあいだに、古川家を訪れている。目撃証言がとれれば、捜査は大きく前進するだろう。報告書や調書があがってくるのを、武上は心待ちにする思いだった。

武上は、手近に置いてあった青い表紙のファイルを取り上げた。他のたくさんのファイルと違い、これだけはまだ表題をつけていなかった。なかには、例のテレビ局にかかってきた電話を始めとして、今度の事件に関して報道機関や捜査本部にもたらされた様々な一般からの情報——自分がやったという酔っぱらいの告白から、隣の浪人生が怪しいという主婦の通報まで——が、すべてワープロで文書にして綴《と》じ込んである。今や、このファイルをふたつに分ける時が来た。ひとつは、野次馬的な雑情報のファイル。もうひとつは、テレビ局宛《あて》の電話の記録を筆頭に、今秋津が持ってきたテープから起こす文書を二番目に綴じ込み、表題をつけたファイル。

「事件関係者からの間接的な接触」と。

「会ってみるかな」ファイルを見ながら、武上は言った。

「じいさんにですね？」

「うん。じいさんじゃ失礼だ。お名前は——俺はまだ聞いたことがなかったな」

「有馬さんですよ。有馬義男。じゃ、呼んできます」

秋津が姿を消すと、篠崎が言った。「僕もいていいんでしょうか」

「うん。記録を取ってくれ。こっちでもテープを回そう」

「はい。じゃ、準備します。それと、これどうしましょう」

写真の件だ。

「おまえさんの目に賭《か》けよう。川繁重機で調べてみるように、本部に報告してくれ」

「重機の方は自信ありませんが、川繁は確かだと思います」

「やってくれ、やってくれ」

篠崎が眼鏡をかけなおしながら出ていくと、武上は大きく背伸びをして椅子《いす》から立ち上がり、ふと気が向いて、会議室の隅に据えてある小型テレビのスイッチを入れた。ここは打ち合わせや休憩にも使われることがあり、報道番組を観るときなどのために、テレビが置いてあるのだ。

ちょうど午後のワイドショウの時間帯だった。プラザホテルの前にレポーターが立ってしゃべっている。武上は灰皿を引き寄せて、テレビの方へ乗り出した。

画面が切り替わり、ホテルの制服を着た女性が映った。レポーターがマイクを差し出している。

「じゃ、あなたはそのときフロントにいたんですね？」

「はい、そうです」

「どんな女子高生でした？」

「うーん……そうですね、小柄で、どこにでもいるような感じでした」

「特に派手とかそういうことは」

「なかったですね」

ついで、彼女の隣に立っている、同じホテルの制服を着た若い男性にマイクが向けられた。

「あなたはその女子高生から手紙を受け取って――」

レポーターを遮るようにして、若いホテルマンはしゃべりだした。「そうなんですよ、びっくりしてますよ。こんなことになるなんて。もっとよく顔を見ておけばよかった」

「あとで有馬さんがいらして手紙を渡したときも、いたんですよね？」

「ええ、気の毒でたまりません。本当に、もっとお役に立てればよかったんですが」

同僚の女性も、沈痛そうな顔でうなずいている。なんだか目が潤《うる》んでいるようだった。

と、出入口の方で声がした。笑い声のようだった。

武上は顔をあげた。ずんぐりと小柄な、頭の禿《は》げた老人が立っていた。ポロシャツの上に灰色の上着を着て、胸ポケットから煙草《たばこ》の箱をのぞかせている。

笑っていた。明るい笑いではなかった。くたびれたような、暗い目をしていた。

「この人らは、昨日は私のことを『エロじじい』なんて言いおったんですよ」と、テレビ画面に向かって言った。

武上は椅子から立ち上がった。「有馬さんですな?」

老人はうなずいた。「そうです。お世話をおかけしとります」

ちょっとばかり、俺の親父《おやじ》に似ている——と、武上は思った。背格好が。特に猫背気味のところが。先年亡《な》くなった武上の父親は、結婚が遅かったので、有馬義男よりずっと年長だった。が、今の有馬は、彼の実年齢よりも遥《はる》かに老《ふ》け込んで見えた。

9

身支度をして外出する間際《まぎわ》まで、前畑滋子はテレビを見ていた。突っ立ったまま、ほとんど釘付《くぎづ》けになっていた。

大川公園の事件は、劇的な展開を見せつつあった。昨日の夜、あの事件で遺留品のハンドバッグのみが発見されていた古川鞠子の家族に、犯人とおぼしき人物が接触してきたというのだ。相手をしたのは鞠子の祖父で、犯人は彼を振り回した挙げ句、自分が本物であることを証拠づけるために、古川鞠子の腕時計を返して寄越した。おかげで、今日は朝から、ニュース番組でもワイドショウでも、まさに狂ったようにこの話題ばかりを報道している。特別番組を組んでいる局もあった。そして滋子もそれに見入っているというわけだった。

——いったい、この犯人はどういう人物なんだろう？

テレビ番組のなかでも何度となく問われている疑問を、滋子も頭のなかで繰り返していた。そして、やはりテレビ番組のなかでそうしているのと同じように、判《わか》り切った答を出していた。

——残酷で、意地悪で、冷血な殺人犯。

ここでもっとも大切なのは、「意地悪」という要素だ。残酷無比な犯罪は、過去にもたくさん発生している。冷血そのものの犯人だって、数多く存在している。けれども、自分が手にかけた被害者の遺族に、こんな悪質ないたずらめいたことを仕掛けてくる犯罪者は、かつて我が国にはいなかったのではないか。

——こいつの目的は何なんだろう？　最終的な目的は？

古川鞠子の祖父は、犯人からの接触を受けたとき、最初のうちは、鞠子を返してやるから代わりに金を払え、と要求されるのではないかと思ったと述べているという。実際、それならば筋は通る。金銭目当ての行為であるならば。

だが、犯人は金を要求してはこなかった。ただ、孫娘の身を案じている実直な老人を、好き放題に引きずり回しただけだ。では、最初からそれが目的だったのだろうか？　古川鞠子の家族をいたぶることが？

——何のために？

その疑問は、アパートを出て駅まで歩いているあいだも、電車に揺られているあいだも、電車を降りて朋友社《ほうゆうしゃ》まで歩いているあいだも、滋子の頭のなかの、本人にはけっして広いとは思えない思索場所いっぱいに踊り狂っていた。その不愉快なポルカは、滋子の頰を強《こわ》ばらせ、目に険悪な光を帯びさせ、くちびるの線を歪《ゆが》めさせた。朋友社の受付を通り、待ち合わせ場所である一階奥の喫茶室のテーブルに座り、コーヒーをオーダーし——そのあいだじゅう、滋子はずっとその状態だった。だから、

「おいおい、どうしたの？　凄《すご》い顔してるじゃないか」

と声をかけられたのも、まあ無理のない話だった。

「編集長……」滋子はようやく我に返り、席から腰を浮かせた。「ごめんなさい、考え事をしてて」

「何を考えてたんだよ。久しぶりなのに、なんだか抗議でもしに来たみたいな顔だよ」

穏やかに笑いながら、板垣が滋子の向かいに腰をおろした。

現在の板垣は、この朋友社が十月に創刊する文芸雑誌の新雑誌準備室に所属している。そのことは、昨日、彼に電話をかけたときに聞かされた。「文芸雑誌？」と問い返した滋子に、板垣は大笑いをしてみせた。

「俺には小説なんかわからないと思ってるんだろう？　いや、確かにわからないんだよな、これが。だから困ってるんだよ」

そして、ちょっとお目にかかりたいのだけれどという滋子の申し出に、ふたつ返事でうなずいてくれたのだ。いいよ、どうせ暇なんだから、と。

滋子はつくづくと板垣を観察した。『サブリナ』廃刊後、最後に彼に会ったのは滋子の結婚披露宴の時だった。その当時と比べるとわずかに痩《や》せたようだが、四十代半ばという板垣の年齢を考えたら、妙に太るよりは痩せた方がいい。

「ホントに久しぶりだね、シゲちゃん」煙草《たばこ》に火を点《つ》けながら、板垣は言った。「『ハウスキーピング』の料理のコラム、ずっと読んでるよ。相変わらず気持ちのいい書き方をしてるね」

滋子は軽く頭を下げた。「ありがとうございます。やっぱり編集長に誉められると嬉《うれ》しいですよ」

「編集長はよしてくれよ」と、板垣は笑って手を振った。「俺は今んところは無役だし、新雑誌が立ち上がっても編集長にはなれないからさ」

「ホント？　そんなことはないでしょ。『サブリナ』のほとぼりだってもう醒《さ》めただろうし……。それに、『サブリナ』はいい雑誌でしたよ」

「俺だってそう思ってるよ。でも、俺は元々あんまり上の受けがよくないしね」板垣は指を立ててビルの上階の方を指した。「またシゲちゃんと仕事をしたいけど、文芸誌じゃシゲちゃんの使いどころが難しいし、それに俺には権限がないしなあ」

板垣の口調のなかに、かつてはなかった自虐的《じぎやくてき》な感じが――ほんのわずかだけれど――混じっている。電話では気づかなかったけれど、こうして顔を合わせてみると、板垣の気力の弱りみたいなものが、滋子には感じられた。

滋子が昭二と結婚し、新しい家庭生活を築くことに夢中になっているあいだに、板垣の身辺に何かあったのだろうか。それとも何もなかったのか。板垣が期待しているようなことが。そういえば、ずっとショートホープしか吸っていなかった板垣なのに、今、指先でくゆらせているのはマイルドセブン・ライトだ。なんだかそのことも、板垣の立場と彼の気力の低下を象徴しているように、滋子には思えた。

そして唐突に、今まで考えもしなかったことを考えた。それはすぐに滋子の口をついて出た。

「そうか、今日あたしが相談に伺った件は、もしかしたら編集長にとっても大きな仕事になるかもしれないんだわ」

独り言みたいな言い方だったので、板垣は妙な顔をした。

「何だい？」

滋子はテーブルに両手を載せ、わずかに身を乗り出した。「一年以上前になりますけど、あたしが持ってきたルポの原稿のこと、覚えてます？」

そうして話し始めた。順を追って事情を説明していくうちに、椅子《いす》に寄りかかっていた板垣は、座り直し、煙草を消し、滋子と同じような姿勢になっていった。

――乗り気なのかしら？

東中野署の坂木刑事が手のひらを返したように冷たくなり、情報もとれなくなった、この種の刑事事件のルポをまったく手がけたことがないので、次にどういう手を打ったらいいのかまったくわからず、立ち往生している――というところまで話し終えると、滋子はようやくひと息ついて、すっかり冷たくなってしまったコーヒーを飲んだ。

板垣は、鼻からふうっと息を吐いた。

「いやしかし……驚いたな」と、首を振り振り、「偶然てのはあるもんだね」

「ええ、ホントに。あたしもびっくりしました。まさか自分が書いていたルポの女性が今度の事件に関わってくるなんて……」

板垣は滋子を見た。「え？　ああ、そうだね、それもとんでもない偶然だ。だけど、俺が今言ったのはまた違う意味でね」

「違う意味？」

「うん」板垣は煙草のパッケージを探った。空だった。彼はそれを灰皿の脇《わき》にぽんと置き、顔をあげた。

「シゲちゃんも覚えてるだろう？　前にそのルポの原稿を見せてもらったころは、俺は『シルバーライフ』にいたんだよ」

朋友社で出している、文字通りシルバー世代向けの月刊誌の編集部である。

「ええ、覚えてます」

「ずっとあそこでデスクをやってて、今の新雑誌準備室へ異動したのはつい先月のことなんだ。まあ、それでもって現在の俺の立場も推して知るべしってところだけど、それは関係のない話だ」板垣は苦笑した。「『シルバーライフ』は、どう贔屓目《ひいきめ》に見ても成功した雑誌とは言えない。『サブリナ』の半分も売れてないよ。なんで廃刊にならないのかさっぱりわからん」

滋子は黙って板垣の顔を見ていた。それに気づいて、板垣は目をしばたたかせた。

「ごめん、これもどうでもいい話だ。で、何を言いたいかというとね、その『シルバーライフ』で、防犯についての特集を組んだことがあるんだよ。セキュリティ会社のサービス内容の現状についてとか、地域的に独自の防犯活動をしている自治体の紹介とかね」

「それは、お年寄り世帯のためにですね？」

「うん。きっかけになったのは、阪神大震災でね。ほら、独り暮らしの老人が被災するケースが多かったろう？　それで、春の特集号で、主に地震や火災・水害に対する老人世帯の備えというのをやったんだ。それが評判がよくて、第二弾を考えているときに、物騒な事件がいくつか続いて起こった。去年の秋だったけど」

ひとつは、埼玉県内で、資産家の夫妻が強盗に射殺されるという事件だった。銃器を使った凶悪犯罪で、大きく報道されたものだが、その事件の衝撃も収まらないうちに、今度は、都内で、独り暮らしの老女が、押し入ってきた強盗に金品をとられたうえ、放火されて焼殺されるという惨《むご》い事件が起こった。

「編集部でも、ちょうど企画を詰めているときでね、こうなると、天災に対する備えの次は、人為的な犯罪に対する防犯だなということになった。で、取材を続けているうちに、みっつめの大事件が発生したわけだ」

千葉県佐和市の教師一家殺害事件である。

「ひどい事件だった。シゲちゃんは覚えてないか？」

滋子は首をひねった。去年の秋――

「十月の中旬だったよ。犯人はすぐ捕まった。そういう意味では、犠牲者の数が多かった割に、粗末な事件だったと言ってもいい」

「もしかして……父親と母親と、たしか中学生ぐらいの女の子が殺された？」

「そうそう、そうだ。胸くそ悪くなるようなやり口だった」

滋子は思い出し、ゆっくりとうなずいた。昭二と新婚まもなくのころで、彼が口うるさく「ああいうひどい事件もあることだし、戸締まりをしっかりしろよ」と言っていたっけ――

「殺された教師一家は四人家族で、市内の分譲マンション住まいだった。両親はふたりとも都内の私立の中学校で働いていたんだ。子供がふたりいた。高校生の長男と、中学生の長女。ただ、この長女は、両親のいる学校ではなく、地元の公立中学に通っていた。それが事件のミソだったわけなんだが」

事件が起こったのは、昨年十月半ばの週末、金曜日の夕方のことだった。両親はまだ勤めから帰らず、中学生の長女がひとりで留守番をしているところに、きちんとスーツを着た中年の男がひとり、手に菓子折を下げて訪ねてきた。応対した長女に、男は言った。

——あなたのお母さんに担任してもらっている、うちの息子のことで相談したいことがあって伺った、突然で申し訳ないが、とても困っているので、ぜひ話を聞いてほしい。

事情を聞いた長女は、快くその男を家にあげた。母親はまもなく帰ってくる予定だったし、男の態度は丁寧で、物腰も柔らかく、いかにも息子のことで頭を痛めている父親という印象を受けたから、少しも疑わなかったのだ。むしろ、同情さえしていた。

ところが、居間に通されると、中年男の態度は豹変《ひょうへん》した。長女を襲って、上着のポケットに隠し持っていた紐《ひも》で縛り上げると、台所から包丁を持ち出してきて、おとなしくしないと殺すと長女を脅しつけた。

中年男は、長女を床に転がすと、どこかへ電話をかけた。と、まもなくふたりの若い男がやってきた。彼らは中年男の仲間であり、どうやら、今まで家の近くで見張っていたらしい。若い男たちはそれぞれナイフを持参してきており、長女の首にそれを突きつけて、すぐにはその存在を悟られないよう、一緒に奥の寝室に身を隠した。助けを求めたり、これから帰ってくるであろう両親と長男に警告したりする術《すべ》は、まったく封じられてしまった。

そこへ母親が帰ってきた。娘を人質にとられた母親は、抵抗する術もなく同じように縛りあげられた。三十分ほど後に帰ってきた父親も同じだった。三人は縛りあげられ、恐怖に震えながら、三人組の強盗の前に為《な》す術もなくすくみあがっているしかなかった。

三人組は、すぐには行動を起こさなかった。長男を捕らえてしまうまで待つつもりであるようだった。ところが、夜八時近くまで息を殺して待っても、長男は帰ってこない。しびれを切らした三人組は母親を問いつめ、長女を殺すと脅迫して、とうとう白状させた。長男は隣町にある友人宅に遊びに行っており、今夜は泊まる予定になっている、と。

本当はそうではなかった。この友人宅はレストランを経営しており、実際には、長男は遊んでいるのではなくアルバイトをしており、夜十時には帰宅することになっていたのだ。が、泊まると言っておけば、この連中も長男のことは諦《あきら》めるかもしれないと、母親は思ったのだろう。彼らがこれから何をするつもりであるにしろ、その計画から、長男だけは逃れさせることができるかもしれないと。

事実、そうなった。

「三人組は、預金通帳や印鑑を出させ、金目のものを物色し終えると、三人を殺した」と、板垣は言った。

「計画では、一家を四人とも殺し、夜中になって人目がなくなったら、何事もなかったように立ち去るはずだった。そして月曜日に銀行が開いたら、即座に行動して、引き出せるだけの金を引き出す。周囲の人たちが、教師一家に異変があることに気づいて事件が発覚するまでには、月曜日いっぱいはかかるだろうというのが彼らの目算だった。だからこそ、週末を選んで押し入ったんだ」

そういう計画ならば、長男の帰りが金曜の夜であろうと土曜の朝であろうと、大した差はない。彼らは死体の傍らで息をひそめ、殺害現場に腰を据えて、長男の帰りを待つことにした。このとき、教師一家が一戸建ての家ではなく、大規模マンションの住人であったことも災いした。近所づきあいが希薄で、「プライバシーを尊重する」防音設備の良さを売り物にしているマンションの。

「誰も、何も気がつかなかった。やがて長男の帰宅時間がくるまではね」

それにしても、ずいぶんと大ざっぱな計画だと、滋子は思った。

家族の身柄を拘束し、殺害し、そのまま立ち去る――しかしその後、週末のあいだに、誰かが彼らの遺体を発見しないとは限らない。友人や親戚《しんせき》が訪ねてくるかもしれない。電話だってかかってくるだろう。誰かが、教師一家のまったく応答のないことを不審に思うかもしれないではないか。そうして発覚し、事件が表沙汰《おもてざた》になり手配されれば、預金通帳もキャッシュカードも使えなくなる。複数の人間を殺したにも拘《かか》わらず、目的はまったく達成されないことになるのだ。

滋子がそれを口にすると、「そのとおりだよ」と、板垣はうなずいた。

「この事件には、妙に計画的なところと成り行き任せのところが混在している。稚拙と言えば稚拙きわまりない。実際、三人を殺した後の展開もそうだった」

教師一家の長男が週末だけのアルバイトをしていたのは、アルバイト先のそのレストランが、週末は非常に忙しいからだった。だから、一応十時までという取り決めはあったものの、十一時近くまで残業することもよくあった。そんなときは、長男は必ずその旨《むね》を家に電話連絡し、アルバイト先の主人や従業員が、彼を家まで送り届ける習慣になっていた。

「さっきも言ったように、このレストランは、長男の友人の家だった。家族ぐるみの付き合いで、お互いによく知っていた。だから教師夫妻も安心してアルバイトにも行かせていたし、帰宅が遅くなったときも、遠慮なくそういう配慮をしてもらえたんだ」

そして事件の夜も、長男は残業することになった。

「十時ちょっと前に、彼は家に電話をかけた」と、板垣は続けた。「教師一家の電話には留守録音装置がついていたので、犯人の三人組は、電話を留守モードにしておいた。長男は、留守電が応答するのを聞いて、みんなで出かけているのだろうか、外食だろうかと思ったと、警察に話したそうだ。そこで、帰宅が遅れることと、レストランの主人つまり友人の父親が車で送ってくれるということをテープに吹き込んだ」

犯人たちは、モニターを通してその留守録音を聞いていた。

「彼らは混乱した。実にまずいことになったと、大慌《おおあわ》てしたんだ」

眉《まゆ》をひそめながら、滋子は言った。「長男と、彼を送ってきた友人の父親を一緒に殺してしまえばいいじゃないかというふうには考えなかったわけですか？」

「当然考えたろうさ。だけど、そんなことをしたら、いったいどうなる？」板垣はちょっと肩をすくめた。「レストランを経営している友人宅は、友達を送って行ったはずの父親がいつまで経《た》っても帰ってこなかったら、絶対にヘンだと思うだろうさ。そして訪ねてくるかもしれない。で、訪ねてきた者をまた殺す？　きりがない。しかも発覚の危険はものすごく大きくなる」

「そうですね……」

「そこで彼らは決断した。この計画は失敗だ、ずらかるに限ると。しかも、これもまた稚拙であり雑であり妙ちきりんなところだけれど、現場をそのままにして逃げ出したんだよ」

滋子は目を見張った。「そのままにして？　死体を放り出して？」

「そうだ。隠すことも、運び出して発覚を遅らせることもしなかった。そうと決めたらもうなりふり構わず、どたばたと逃げ出した。だからこの時は、マンションの共同通路を逃げて行く彼らの足音や話し声を、近所の住人たちが聞いている」

「だけどそれじゃお金は——盗《と》れなかったわけですね」

「犯行当時に教師一家の住まいに置かれていた現金三十万円ほどを盗っただけだったそうだ。通帳やカードも置いて行った。使えない以上、盗んでも仕方がないと判断したんだろうな」

「だけど三人も殺しておいて……」

「お粗末すぎて話にならないだろう？　尋常じゃないよな。手口が残虐《ざんぎゃく》な割に、目的に対する執着心がびっくりするほど欠けている。こんな事件、ほかにはちょっと見あたらないと思うよ」

三人組が逃げ出したあと、長男が帰ってきた。何も知らず、何の心構えもないまま。

滋子は胸の底が冷えるような気持ちがした。ドアを開けて、高校生の彼は最初に何を見たのだろう？　血痕《けっこん》か？　それとも、もっと悲惨で具体的なものだったか。

板垣の口調も重くなった。「あまりにも可哀想《かわいそう》すぎるというほかに、言葉がないよな」

「――独りだけ生き残ったんですね」

「運良くね。幸運にもね」

しかし板垣の顔には、もしも自分が同じ立場に置かれたら、それを「幸運」とは思わないと書いてあった。滋子は、生き残った高校生の長男も、きっと同じ心情にあるだろうと思った。

「犯人は半月くらいで捕まったっておっしゃいましたよね。私もそれを新聞で読んだ記憶があるけど……。何がきっかけで逮捕されることになったんですか？　目撃者でも？」

「それが、これまたこの犯行グループの稚拙なところでさ」板垣は苦笑した。「いや、笑い事じゃないんだけどね。犯行に及ぶ前に、彼らは数回、この教師一家の住むマンションに下見に来ていたんだ。そのときは、彼らの自家用車を使った。ちなみに、犯行当日はレンタカーを借りてきてたんだけどね」

そしてその下見の時、マンション敷地内の駐車禁止区域に車を停めていた。

「当然、常駐の管理人が見咎《みとが》めて、どこの車だろうと気にしていた。駐車禁止区域に車があることで、苦情も来ていた。でも、住人の誰かを訪ねてきた客の車である可能性も高いわけで、すぐに抗議するわけにもいかないし、管理人としては、違法駐車があまり度重なるようだったら注意を促しますと約束する程度のことしかできなかったんだ。ただ――」

板垣は人差し指を立て、ちょっと目を細めた。

「ただ、この用心深い管理人は、大切なことをひとつやっておいた。その車のナンバーを書き留めたんだ」

そして、事件後それを思い出した。警察は事情を聞き出し、車を洗い出し、AとBとを結びつけてC地点へ行ってみたら、そこに犯人の三人組がいたというわけだ。

思わず、滋子はため息をついた。なんという悲惨で馬鹿《ばか》らしい事件だろう。

「当時はずいぶん話題になった事件だったけど、今はまったく報道されていないね」

と、板垣は言った。「たぶん、もう裁判が始まっているはずだけど……」

「生き残った長男はどうしてるのかしら」

滋子の呟《つぶや》きに、板垣があらためて身を乗り出した。「そうなんだよ。彼の消息、どうなってると思う?」

滋子はきょとんとした。板垣の目が輝いている。

「おいおい、しっかりしてくれよ。そもそも、何のためにこの事件の話を始めたんだっけ?」

そうなのだ。この事件の話は前置きだったはずなのである。

「とんでもない偶然がどうとかって……」

「そうさ。驚かないでくれよ」板垣は芝居がかって声を低くした。「この高校生の長男君が、大川公園の事件で右腕を見つけたんだ。彼が第一発見者だったんだよ!」

滋子はちょっと声を失った。話の脈絡を見失ったような気がした。

「な……なんですって?」

「だから驚くなって言っただろ。彼が、シゲちゃんを巻き込んでる今度のバラバラ事件の死体の最初の発見者なんだ。彼は未成年だし、関係者といっても単なる発見者だから、今はまだ彼のことはマスコミには伏せられている。放っとけばそのうちかぎつけられちまうだろうけどね」

板垣は気を持たせるように間《ま》をおいて、微笑した。

「でも偶然はこれだけじゃない。まだある。これこそシゲちゃんに直《じか》に関わりのある偶然だ。俺をびっくりさせた偶然だ。というのはね、俺はこの一連の話を、昨日、まさに昨日だぞ、この喫茶室で、『シルバーライフ』時代に一緒に仕事をして、この防犯特集で組んでいたライターから聞かされたんだよ」

滋子は目を見張った。「本当ですか？」

「ホントさ。嘘《うそ》なんかつかないよ」

板垣はまともに滋子を見つめている。滋子も見つめ返した。

そして言った。「そのライターさんは、私の知っている人ですか？」

「知らないと思うよ。成田っていうベテランライターだけど、俺も『シルバーライフ』で初めて組んだんだ」

「それでその成田さんは、教師一家の事件を今でも取材してる？」

「いや、していない。『シルバーライフ』の防犯特集の時に関わったきりだ」

「じゃ、今度の大川公園の事件については？」

「関心がないようだった。ライターとしてはね。彼はそういうタイプじゃないんだよ。ただ、この偶然に驚いていただけさ」

滋子はほっとして椅子《いす》に寄りかかった。

「実は彼、佐和市の事件の当時に、問題の長男に会ってるんだ」と、板垣は続けた。

「もちろん『シルバーライフ』の取材でね。ほとんど何も聞き出せなかったそうだけど、とにかく会ってはいる。それも何度かね」

滋子はうなずいた。ハンドバッグから煙草《たばこ》を取り出し、火を点《つ》けようとした。

「俺にも一本くれないか」と、板垣が言った。ふたりは黙って煙草をふかした。

やがて、滋子は言った。「それでわかりましたよ、昨日と今日、続けて大川公園の事件の話を聞くなんて、ホントに偶然ですね」

「うん」

「だけど、それでわたしがどうこうってことは――」

「どうだろうね」板垣はとぼけた。滋子はそうっと彼の顔を仰いだ。

「シゲちゃん、どのくらいのやる気があるんだい？」

「やる気？」

「ああ。この先、大川公園の事件に対する取材合戦は壮絶なものになるだろうと思うよ。昨日今日の展開から見て、こいつは前代未聞、空前絶後の事件になりそうだからね。はっきり言って、何の後ろ盾もないシゲちゃんが、そのなかで互角にやっていけるとは、俺は思わないな」

滋子は顔をあげた。だけどあたしには、今まで書いていた女性たちのルポがある

――

「書きかけのルポなんか、なんの価値もない」と、板垣はにべもなく言い放った。「問題は、これからどうするかだ。どういう切り口で、シゲちゃんがシゲちゃんだけのルポを書くか。俺はその原稿を見てみない限り、何も言えない。何の約束もできない」

「――判《わか》っています」

「ライバルはそこらじゅうにいるぞ。だいいち、新聞や週刊誌の記者たちが、いちばん現場に近いところにいる。彼らこそ最前線だ。彼らと同じように取材して書いていこうなんて思ったら、百年経っても追いつけないだろうな」

そう、それは事実だった。

「いいかい、シゲちゃんだけの裏道を探さなきゃ。ただし、その裏道は中途半端になっているあのルポじゃないぞ。あれをあてにすることができるのは、もっとずっと先の話だ。今はまず、前畑滋子の裏道の入口を探さなくちゃな」

滋子は再び目を伏せた。しかし、今度は文字通り伏せたわけではなかった。見開いた目で、しっかとテーブルを見つめていた。そこに競うべき相手たちがいるとでもいうかのように。だが、心は勇ましく高ぶっているものの、具体的にはどうしたらいいのか、さっぱりわからなかった。だからこそ、心ばかりが昂揚《こうよう》するのかもしれなかった。

「さっきからヒントをあげてるんだけどな」と、板垣が言った。

滋子はさっと目をあげた。『サブリナ』時代にも、よくこういうことがあった。滋子が行き詰まっているとき、いつも板垣が適切なナビゲーター役を果たしてくれたのだ。

「キーマンは、この長男だよ」

「高校生の……？」

「そうだ。彼だよ。家族全員を殺されて、たったひとり生き残った孤独な少年だ。そんな彼が、大都会の魔手にはまって殺された女性の遺体を発見した。なんていう取り合わせだ。あつらえたみたいじゃないか。ここに、現代社会の青春の残酷な一面がある——そうじゃないかい？」

安っぽい雑誌のリードみたいな台詞《せりふ》だが、板垣は笑っていなかったし、滋子も笑わなかった。

「シゲちゃん、彼を追えよ。彼を切り口にしてこそ、シゲちゃんが今まで書いてきたあの地味なルポも生きてくる。生き残りの少年を入口に書いていけば、必ずシゲちゃ

んの書きたかった失踪《しっそう》女性たちのルポとクロスする部分が出てくる。孤独や、恐怖が
ね。古川鞠子の名前を取材ノートのなかに見つけた瞬間の、シゲちゃん自身の恐怖と
も、必ず共鳴するはずだ。そしてそれこそ、新聞や雑誌ではフォローしきれない事件
の記録になる。キーワードは〝突然破壊される人生〟だ」
滋子は何度もうなずいた。やっと解答を与えられたような気がしてきた。でも――
「その子と、どうやって接触すればいいのかしら」
板垣は笑い出した。「近づいて、こんにちはって言えばいいのさ」
「そうじゃないんですよ、彼の居所が――」
「そんなのはこっちで調べるさ」と、板垣はあっさり言った。「忘れてるかもしれな
いけど、ウチだって週刊誌を出してるんだぜ。長男君のことだけじゃなく、今度の事
件と、佐和市の事件についての詳細も、判ったことは判っただけシゲちゃんに流して
あげるよ。ツテはいくらだってあるんだ。だからさ、遠慮するなよ。要するに俺は、
事件記者みたいなデータの取材はこっちでやってあげると言ってるんだよ。俺はそう
いう形で協力する。そのかわり――」
「そのかわり？」
「良い物を書いてくれ」と、板垣は重々しく言った。「良い物に仕上げて、それを俺

に渡してくれ。掲載媒体のことも考えるけれど、最終的には一冊の本にするのが目標だ。それでどかっと成果をあげようじゃないか」

滋子はちょっと口元を緩めた。「つまり、さっきわたしが言ったみたいにね？　これは編集長にとっても大きな仕事になるかもしれないって」

「そういうこと。本当に編集長にしてくれよ。頼みますよ」

ふたりは笑った。滋子は急に気が楽になってきた。

「そうそう、まず手始めに、問題の生き残った長男の名前を教えてあげるよ。いつまでも匿名《とくめい》じゃ失礼だもんな。真一だ。塚田真一君。シゲちゃん、彼に食いついて、死んでも離れるんじゃないぞ」

10

デスク係の篠崎が解読した「川繁重機」は、実在していた。

正確には「株式会社川繁重機東京本社」である。大川公園から南に四街区ほど下がったところにある、四階建てのビルだ。

「工場は佐倉と川崎にあって、この東京本社も近々佐倉工場の敷地内に新築されたビルに移転する予定になってるそうです。その前に見つけることができて、いや、運が良かったですよ」

川繁重機を訪ねた秋津は、すぐに、写真に写っている社員を特定することができた。経理部に勤める佐藤秋江《さとうあきえ》という二十二歳の女性で、大川公園事件の前日、園内を横切って銀行へ行ったことを記憶していた。

武上は彼女への事情聴取について秋津が書いた報告書をコピーし、ファイルに綴《と》じ込んで、読んでいた。デスク係の机で、そばに篠崎がいる。篠崎は、問題の写真を科警研で分析した結果を記した報告書を整理していた。なんとなく浮かない顔をしている。

武上も同じくパッとしない心境だった。

佐藤秋江はなかなか頼りになる証人だった。言葉は明晰《めいせき》で、記憶力もいい。事情聴取にあたった秋津も、

「やあ、なかなかしっかり者の可愛娘《かわいこ》ちゃんでした」と、やに下がっていた。

このしっかり者の可愛娘ちゃんは、大川公園の北側にある東武信用金庫隅田川支店へ行くために、二日か三日に一度は園内を通り抜けるのだ、と話している。

「園内を抜けると信号待ちをしなくていいので、ちょくちょく通り抜けています」

そういう折に、よくホームレスを見かける、という。

「大川公園には多いみたいです」

付近の聞き込みでも、園内にホームレスがいるという情報はあがってきていた。公衆便所の陰や、雨よけの屋根のついたベンチなどに段ボールの塀をめぐらせて住み着いているのだ。墨田区役所にも、その件でいくつか苦情が寄せられている。

佐藤秋江は言う。「わたしは昼間しか通らないので、朝や夕方のことはわかりませんけれど……」

武上は、傍らに広げてある公園の地図に目を落とした。それから報告書のファイルを見た。ゴミ箱から右腕を発見した塚田真一と水野久美は、ホームレスの存在については言及していない。時間帯によるのだろうか。

「東武信金に行くときは、いつも閉店時間ぎりぎりに行きます。例外はほとんどありません。その時間までに、経理部で銀行へ行かなくちゃならない仕事をまとめておいて、出かけます。そうでないと、用事ができるたびに銀行へ行かなくちゃならなくて、面倒ですから。だから、この写真を撮られたのも、二時半とかそれぐらいじゃないかと思います。三時に近い時間帯だろうと思います」

写真に写っている影の長さから、捜査本部でも撮影時間帯については同じような推定をしていた。撮影主の御仁は、一度にたくさん写すから、どれが何時ごろ撮ったものかなんていちいち覚えとらんと怒るだけで、全然頼りにならなかった。

さらに佐藤秋江は、自分の写っている写真を見せられると、彼女の背景に、ぼんやりとした輪郭を見せているもうひとりの人物について、こう言った。「あのとき、そばにホームレスの人がひとりうろうろしていました。ゴミ箱の近くでした。断言はできませんが、この、後ろに写っている人は、そのときの人だろうと思います」

一般に「ホームレス」と呼ばれる人々が、すべてひとしなみに危険だとは、むろん、武上も思わない。だが、若い娘の心情としては、足を早めて通り過ぎてしまうのは仕方がないだろう。だから佐藤秋江は、そのホームレスの姿も、彼の所作についても、よく観察してはいなかった。

「その人が、ゴミ箱に何か捨てようとしていたのか、それとも取りだそうとしていたのか、わたしにはわかりません。見ていません」

彼の特徴についても、

「わかりません。ただ、ホームレスだとわかったというだけです」

脇《わき》で篠崎がため息をついている。武上は苦笑した。

「まあ、そうがっかりしなさんなよ」

「はあ……」

科警研からの写真の分析結果にも、佐藤秋江のうしろにぼんやりと写っている人物は、おそらくいわゆるホームレスだろうと綴《つづ》られている。服装と髪の長さからの推定だ。写真をコンピュータ解析し、画像をひとつひとつの粒子にまで分解して、余分なものを濾《こ》したり、必要な粒子の色を濃くしたりして、もう一度ひとつの画像にまとめる。すると、元の写真よりは、写っているものの正体が鮮明に見えてくるのだ。

当該の人物の推定年齢、三十歳から五十歳、身長が百六十センチから百七十センチ。残念ながら、顔は確認することができない。

この人物は、おそらく犯人と接触しているはずであると、捜査本部では考えている。犯人に頼まれて、問題の紙袋をゴミ箱に捨てたのだ。だから、このホームレスを探し出すことができれば、犯人の人相風体の一端でも知ることができるかもしれないのだが――

問題は、現在の大川公園には、ひとりのホームレスもいないということだった。篠崎の落胆も、そこに理由があった。

「まあ、事件以来、連日のように我々が出入りしていますからね」と、篠崎が元気なく言った。「関わり合うのが嫌で、連中が逃げてしまったって仕方ない」

彼らは彼らなりに、一度ねぐらを定めると、容易なことでは動かない。だが、なんらかの事情があってそこを離れたら、ほとんどの場合、二度と戻ってこない。行方を突き止めるのは至難の業だ。

もっとも、ひとつのエリア内のひとりのホームレスが消えた――というケースなら、まだ探しようがあった。同じエリア内に、彼を知る者たちが残っているからだ。だが、今回のように、全員がきれいさっぱりいなくなってしまったとなると、手の打ちようがないのである。しばらくほとぼりが冷めるのを待ち、彼らの誰かが戻ってきてくれるのを期待するしか手がないだろう。しかし、捜査本部にはそんな悠長なことを言っている時間はなかった。

武上は、有馬義男の思い詰めたような顔を頭に浮かべた。

一連の事情聴取のあと、あの老人は、もしも犯人が本当にどこかのテレビ局に連絡して、有馬義男が全国の視聴者の前で土下座をすれば古川鞠子を返してやる――と言ってきたら、そのとおりにする、と話していた。今のところはまだ、犯人の方が沈黙しているが、過去の経過から見ても、そういうことをやりかねない野郎だ。いや、きっとやるだろう。

有馬義男の決心も固そうで、そんなことをしても犯人が約束を守るかどうか判《わか》らないと説明してもやってみなきゃ判らないでしょうと突っぱねた。捜査本部の要請を容《い》れて、江東区深川四丁目にある彼の店と、東中野の古川家の電話に通話録音と逆探知の装置をセットすること、彼の身辺に警備をつけることは承知してくれたが、ことこの件だけは、たとえ本部長が土下座してやめてくれと頼んでも、有馬義男はやるだろう。止められまい。

武上は憤懣《ふんまん》やるかたない思いだった。できることならば、犯人が再度そんなふうにして有馬義男をいたぶる前に、奴《やつ》を逮捕したい。だが、よほどの奇跡でも起こらない限り、現段階での先行きは暗い。

「こうなると、新宿の女子高生の線に望みをかけるしかなくなりますね」篠崎が言った。

プラザホテルにメッセージを届けた女子高生である。彼女も犯人と直《じか》に接触している可能性が高い。

「何とか見つけ出せるだろう」と、武上は応じた。「その女子高生が佐藤秋江並みのしっかりした女の子であってくれるように祈ろうじゃねえか」

「どうかな」と、篠崎は悲観的な事を言った。

武上はもう一度佐藤秋江に関する報告書を読んだ。そして、大川公園の地図と照らし合わせながら、彼女の証言による彼女の歩行ルートを目で確認していった。気むずかしい素人《しろうと》写真家の撮った写真にも目を落とした。

そうしているうちに、ふと気が付いた。

思い違いかと思った。それで、急いで事件当日の現場写真のファイルを取り出した。ページをめくり、三百六十度ぐるりの角度から問題のゴミ箱を写した一連の写真を見た。

一度見て、思い違いではないと判った。念のためもう一度見て、地図を確かめ、今度は大川公園管理事務所の管理職員の供述調書のファイルを取り出した。

大川公園内の清掃とゴミ処理のサイクルはきちんと決められている。開放型の公園なので、きっちりとした開園・閉園時間がないため、職員の勤務時間を基準に規定してあるのだ。それによると、通常の箒《ほうき》とちりとりを使った清掃は一日二回、午前九時、午後二時。ゴミ箱のゴミの回収も、この通常清掃の度《たび》に行われる。職員が、手押し車を押して園内を回り、半透明のゴミ袋を交換するのだ。

このことは、今さら調べるまでもなく判っている。だからこそ、前日午後二時にゴミ箱を空けて以降は翌日午前九時まで中身はそのままだと判っているからこそ、何かを捨てようとしているホームレスの写真にどきりとしたのだ。

だが、その「どきり」に紛れて、ひとつ見落としをしていたと、武上は気づいた。

「おい、篠崎」と、大きな声を出した。篠崎がぱっと顔をあげた。

「大川公園の地図に、ゴミ箱の位置は描きこんであるよな？」

篠崎はすぐにうなずいた。「はい、描きました。位置も個数もはっきりしています」

「それは、右腕を発見した当日の位置と個数だよな？」

「はい」篠崎は目をぱちぱちさせた。「そうですよ」

「これを見てくれ」武上は写真のファイルを篠崎の前に滑らせた。「事件当日と、ゴミ箱の位置が違ってないか？」

「川繁」のネームを読みとろうと、ふたりでさんざん睨《にら》んだ写真である。コスモスの花壇と佐藤秋江の横顔と問題のホームレス、そしてゴミ箱。

「見てみろ。当日の現場では、ゴミ箱の位置がコスモスの花壇から離れた場所にある。前日の写真だと、花壇の全景の後ろにゴミ箱が写っているが、当日の位置関係にあったら、コスモスの花壇を撮った写真にゴミ箱が写るはずがないんだ。微妙なところだが、少なくとも、ぱっと見てゴミ箱と判るように写るはずがない」

篠崎はかじりつくようにして写真を見た。頭をコマネズミのように振りながら見比べて、やがて顔をあげた。

「おっしゃるとおりです」と、うなずいた。すぐにきびきびと立ち上がり、

「もう一度、ゴミ箱の位置を確認するための解析を頼みましょう。あと、ゴミ箱の位置が移動することがあるのかどうか、事件前日の清掃のときはどうだったか――」

「調べてもらうように、報告書を戻そう。そっちは俺がやる」

その日の夕方までには、詳細を調べ上げることができた。

武上の勘に誤りはなく、ゴミ箱は確かに位置を変えられていた。前日撮影された写真のなかのゴミ箱は、事件当日に比べて、約二メートルほど花壇寄りに置かれているのである。

前日、午後二時にこの付近を清掃しゴミ袋を取り替えた管理職員は、ゴミ箱を動かした覚えはないという。

「それに、動かすのは大変ですよ。重たいからね。やろうと思えばできないことじゃないけれど、私らはやりません」

コスモスの花壇のそばのこのゴミ箱の定位置は、事件当日のそれであるという。

「ということは、事件前日の午後二時のゴミ回収のあとに誰かがこのゴミ箱を動かし、翌朝の右腕発見の時刻までのどこかでまた元に戻した、ということになるな」

とりあえず捜査本部に居合わせたメンバーだけで神崎警部を囲み、臨時の会議を行った。その席で、神崎警部は言った。

「しかし、ゴミ箱の移動に何か意味があるかね？」

集まっているのは五、六人だが、敢《あ》えて発言する者はいなかった。むしろ妙な顔をしていた。ゴミ箱の場所ぐらい、多少違ってたってなんだっていうんだい――？

「意味はあります」と、武上は言った。「おそらく、これをやったのは犯人ですよ」

誰かが失笑をもらした。

「犯人がなぜそんなことをする？」

「写真を撮らせるためです」

「写真？　この素人写真家の写真かね？」

「そうです。この写真家は、大川公園にいりびたって撮影していたんですよ。犯人はそれを見かけて知っていたに違いない。そしてそれを利用しようと思ったんです」

神崎警部は白髪混じりの眉根《まゆね》を寄せた。

「どういうことだ、それは」

「有り体に言えば、警部、我々は引っかかったんです。引っかけられたんですよ」

「誰に」

「犯人にです」武上は、机に載せた写真をどんと叩《たた》いた。「こいつめ、ゴミ箱を移動して、わざと写真家の撮影範囲に入るように仕組んだんです。そして居合わせたホームレスに頼んで――たぶん金を払ったんでしょうな――様子をうかがっていて、写真家が撮影を始めたころに、ゴミ箱に紙袋を捨てさせたんです。それが写って、写真として残るように。無論、このとき捨てさせたのは、なんてことない普通のゴミですよ。実際には、右腕を捨てたのは、たぶん夜になって――ゴミ箱の位置を元に戻しに来たときじゃないかと思います」

皆は顔を見合わせている。まだ失笑を浮かべている者もいた。しかし、武上はひるまなかった。

「周到な奴です。たぶん、何回となく大川公園を下見しているはずだ。写真家を利用することも、そのとき見かけて思いついたんでしょう。こいつに怪しげな場面の写っている写真を撮らせれば、警察は絶対に引っかかるに違いないとね。大あわてで写真を解析し、ゴミを捨てようとしている人物を探すだろう。あの右腕は、この写真の撮影時刻に捨てられたと思いこむだろう、とね」

神崎警部はしばらく沈黙した。ややあって、顔をあげると言った。「しかし、そんなことをして、犯人に何の利益がある？　遺体投棄時刻を錯誤させたとしても、それほど大きな意味があるとは思えないがね」

「楽しいんでしょうよ」と、武上は言った。「犯人は、こういう事件が起こったとき、我々がどういう捜査をするか、かなりよく知ってるんですよ。知識があるんです。警察なら、必ずあの素人写真家を見つけ出すに違いないと確信していたんです。そして警察がどう動くか――想像して愉《たの》しんでるんでしょうよ。今、この瞬間にもね」

集まっている刑事たちは、半信半疑の顔をしている。

「まあ、ともかく」と、神崎警部が言った。「その素人写真家に、もう一度事情聴取してみよう。何か見聞きしているかもしれない。もしもこれがガミさんの言うとおりなら、犯人はかなり以前から写真家の存在を知って、行動パターンを承知していたはずだからな。直に接触もしているかもしれない」

そうして、刑事たちに散会を命じた。皆はさっさと離れていった。武上だけが残った。神崎警部は武上を目顔で呼ぶと、空いていた机をはさんで腰をおろした。

「ガミさん、言いたいことがまだありそうだね」

武上は腰を下ろすと、手で顔をぬぐった。

「申し訳ありません。デスク係から捜査方針に対して意見を言うのがルール違反であることは百も承知なんですが」

「そう堅いことを言わんでもいいさ」警部は苦笑した。「ただ、ガミさんが怒るなんてのは珍しいからな。このあいだ、有馬義男に会ったんだって？」

「ええ、会いました」

「気の毒な老人だ。彼のことがあるんで、さすがのガミさんも頭に血がのぼってるんだな」

警部の言うとおりだと思った。有馬義男の受けた仕打ちのことは、武上の心のなかに重苦しく残っている。しかし、それだけではない。

「今回のこの写真の件では、引っかけられたのが私だから——写真を分析しているのが我々デスクだからこそ頭にきてるんです。この私が犯人に引っかけられたんですよ」と、武上は言った。「写真を見つけて、興奮して解析にかかったのは我々です。遺体投棄の瞬間が偶然写真に写っているかもしれないという可能性に喜んじまって……」

「しかし、過去にもそういう偶然はあった」と、警部はゆっくりと言った。「いや、偶然の目撃や、偶然の遺留品、偶然のアクシデントが原因で捜査が進展して犯人に行き着く——それが捜査というものの実体じゃないか？　聞き込みや地取り捜査は、まさしくその偶然に賭《か》けて行われるものなんだしな」

「おっしゃるとおりです」
「そうだな、ガミさんに向かって言うべき台詞《せりふ》じゃなかったよな」警部は今度は苦笑でなく微笑した。

偶然は、こと犯罪者に対しては、常に敵に回る。かなり緻密《ちみつ》に計画された犯罪でも、ほんのちょっとしたアクシデントで流れが変わってしまうものだ。何かをちょっと見落としたとか、当日雨が降ったとか、タクシーがすぐにつかまらなかったとか、そんなちっぽけなことがきっかけになって、犯人をうろたえさせ、証拠を残させることになるのだ。捜査というのは、それを根気よくたどってゆくことである。

だから今回も、そうしてきた。事件前日に撮影された写真が、「偶然」見つかった。まさか犯人も、こんなところでこんな写真を撮られていたなんて、夢にも思わなかったろう、完全犯罪を描いた小説や映画とは違って、現実の事件にはこういうことがあるものなのだ——と。

今度の事件の犯人は、現実の事件のそういう側面と、よくできた偶然をそれほど深く疑ってかからず、疑うよりは先にそれを調べてみることを習性としている警察官というものを、ちゃんと理解しているのではないかと武上は思うのだ。

「私は推理小説のたぐいは一切読みませんが」と、武上は言った。「そういう小説のなかに、もしも、犯罪に関係ある現場が偶然写真に写されていたなんてくだりが出てきたら、ご都合主義だと怒るでしょう。しかし、実際の捜査では、ああそういうこともあるさと思う。事実は小説より奇なりと言いますが、実際には、事実は小説よりもずっと単純で、不出来な創《つく》り話みたいなものが多いじゃないですか」

「時々、情けなくなるほどにな」

「ええ、そのとおりです。だから今回も、あの写真がトリックである可能性を疑ってみなかった――まず調べてみることが先決でね。どっちにしろ、調べてみれば虚か実かわかるんですから」

この犯人は、我々がそうすることを予想してたんですよ――と、武上は言った。

「ゴミ箱は、犯人の手で動かされたものです。奴としては、ちょっとしたお楽しみの賭だったでしょう。まず、ゴミ箱とホームレスが写真に写るかどうか。写った写真を警察が見つけるかどうか。見つけたら、それをどう解釈するか。こいつはおしゃべりですから、我々がこの件をずっと放っておけば、またテレビ局にでも連絡して、写真について何か言ってくるかもしれませんよ」

神崎警部は腕を組んだ。ちょっと顔を歪《ゆが》めて、「そして笑うのか？　警察は、あれをトリックだと見抜けなくて捜査してるんじゃないの？　となあるいは、写真の存在にさえ気づいてないんじゃないの？　とかな」

武上はうなずいた。「そういう奴です」

「しかし、どのみち、ずいぶん危ない橋を渡ったもんだな。いたずらのためにしろ、本当に右腕を捨てさせるためにしろ、犯人は園内にいたホームレスと接触している」

「新宿では、女子高生ともね」

「そうだ。彼らを見つけ出せば、必ず目撃証言がとれる。策士策にはまるというやつだな」

「実はそこが不安になってきました」

「というと？」

「あの写真が偶然撮られたものだと思っているうちは、なんてことはなかったんですよ。でも、あれが細工だと気が付いたとき、ちょっとぞくっとしましたね。こいつは後先のことをちゃんと考えて、その上でこういう手の込んだ悪戯《いたずら》をやっている。だとしたら、細工をより完璧《かんぺき》にするために、そして身の安全をはかるために、悪戯の材料は、あとできちんと始末しちまうんじゃないか、そこまでやる奴《やつ》なんじゃないか、と」

神崎警部は武上の顔を見た。武上は警部の顔を見た。

「ホームレスと――」

「女子高生です」と、武上は言った。「生きているでしょうかね？」

ここに、ひとりの不安な母親がいる。

高校二年生の娘が、今日でもう丸二日帰宅していないのだ。心当たりに電話してみたけれど、どこにもいない。

過去にも、娘が家出したことはあった。ごく最近も、四、五日帰ってこなかった。ぷいと戻ってきたときには、制服を紙袋に入れて、母親にはまったく見覚えのない新品の洋服を着ていた。化粧もしていた。

そのときには、叱《しか》りつけるよりも先に、母親は泣き出してしまった。お願いだからこんな馬鹿《ばか》なことはしないでちょうだいと、ほとんど懇願するようにして訴えかけた。娘はそれを、冷たく観察するような目で見ていた。

この時の家出の原因は、母親がこっそりと娘の部屋を調べたことにあった。与えている小遣いでは購《あがな》いきれないような高級な服や装身具、化粧品が所狭しと乱雑に積み上げられていた。どこでこんなものを、どうやって買ったのだろうと、おののきながら机の引き出しを調べると、アドレス帳が出てきた。母親はそれをめくってみた。友人たちや店の名前、電話番号がぎっしりと書いてある。男の名前もある。だが、そのなかに名前も店名もなく、ただ電話番号だけが十個ほど書き並べられているページがあった。

怪しいものを感じて、母親はそこに電話をかけた。リストのいちばん上の番号を回した。

電話はすぐに通じた。しかし、応対した相手と、どうにも話がつながらなかった。中年の男性のようで、丁寧な口調なのだが、そこがどんな店なのか、洋服屋なのか美容院なのか見当もつかない。相手は、電話してくれてありがとうと言う。今、話せるかと言う。君はいくつか、と訊《き》く。

母親は意を決して、実はわたしは高校生の娘の手帳からこの番号を見つけてかけているのだが、いったいどちら様につながったのでしょうかと尋ねてみた。

相手は沈黙した。そうして、それなりに親切な男なのか、ぼそぼそと答えた。

——ここはテレフォンクラブですよ、お母さん。

そして、電話を切った。

その日、学校から帰宅した娘を、母親は激しく責めた。いったいなんてことをしているの。テレフォンクラブを利用して遊び回る女子高生なんて、テレビのなかのものだと思ってた、あんたがどうしてそんなことをするの、と、時に涙を流しながら、時に悲鳴のような声をあげながら。

娘は怒った。怒りながら言い返した。あたしにもプライバシーってものがあるのだ、と。

「それにあたし、学校にはちゃんと行ってるもん。文句ないでしょ？」

確かに学校には行っている。通学するときは服装も地味だ。だがしかし、そういう仮面の隙間《すきま》から、娘の「私生活」の乱れが、まるでミニスカートの裾《すそ》から下着が見えるみたいに、淫《みだ》らにちらちらのぞいている。だからこそ、母親は娘の部屋を調べたのだった。

激しい言い合いのあと、頑《かたく》なな顔をして、しかし表向きには何事もなかったように通学している娘を見ながら、母親は必死で対策を考えた。知識を集め、テレフォンクラブというものの実体や、一部の女子高生たちの信じられないような遊びの内容について、知りたくもないことを知りもした。

だが、どうしたらいいかはわからなかった。

悶々《もんもん》とする母親に、娘は次第に敵意を露《あらわ》にするようになった。自分の生活の内情について、あからさまなことを打ち明けるようにもなった。決して、自らの行いを反省してのことではなく、自分が何をしているかを話して聞かせることが、母親に衝撃を与えるいちばん効果的な方法だと気づいたからである。

「地味に制服を着て清潔な顔していると、中年のおじさんがいっぱい寄ってくるのよ」と、彼女は言う。「で、デートしてお金をもらうの。さもなきゃ洋服買ってもらうの。最初から派手にしてると、いいおじさんがついてこないのよ。危ない奴がついてきちゃうのよ」

得意げな顔で言い放つ。

「テレクラを通して会う人なんか、一回こっきりで後腐れないもの。お金さえもらえればいいわよ」

母はおそるおそる、まさか売春をしてないだろうねと尋ねる。すると娘は大笑いして、

「カッコいい人とだったら、ホテル行くわよ。いいじゃない、誰も困らないもん。みんなが愉しいのよ」

母親は、娘をなじる言葉さえ涙なしには口にすることができない。すると娘はまた怒り、

「偉そうな顔して泣いてみせたって、無駄よ。母親らしいことなんかしてこなかった

くせに」

そうだろうかと、母親は自問した。母親らしいこととは何だろう？　わたしは何をしてやらなかったのだろう？

思い余って、ひとり家を離れて遠地へ単身赴任をしている夫に電話をかけてみた。娘の教育のことで、夫に電話をかけるなど、彼女にとっては初めてだ。ひとり娘の世話は今までずっと、彼女ひとりの肩にかかっていた。

夫はひどく忙しそうで、疲れ切っているようで、母親は詳細を話しかねた。とりわけ、娘が売春しているようだ、などとは。ただ、娘が家出してしまい、友達のところに行って、数日帰ってこなかった——という話をした。反抗期なのかしら、心配で、と。

夫は怒り、おまえがだらしないからだ、と言った。母親は、唯一《ゆいいつ》と言っていい相談相手があてにならないことを知った。

それからずっと、ひとりで悩み、耐えてきた。暗中模索を繰り返し、娘に優しくしては撥《は》ね付けられ、怒ってみては怒鳴り返され、頼んでみては軽蔑《けいべつ》された。

そして今、娘が二度目の家出をして、二晩帰ってこない。今度はどこにいるのだろう？　今度も、四日経《た》ったら帰ってくるのではないかしら？

その日の夕方、電話があった。母親の知らない人物、初めて聞く声だった。おかしな声だった。機械音みたいだ。現金自動支払機の出す声みたいだった。

「お母さん？　彼女は家にいる？」と訊いた。

「彼女というのは、うちの娘のことでしょうか」

そうだよと、相手はキイキイ笑った。

「いないよね。いるわけないんだ。僕のところにいるんだから」

「え？　そちら様にご厄介になってるんですか？」飛びつくような思いで、母親は言った。

「そう、ご厄介になってるよ。だけど、ちょっぴり僕を手伝ってくれた娘だからね。大事に扱ったつもりだよ」

それはお世話様でございました――母親の言葉を途中で遮り、その声は続けた。

「お母さん、彼女を迎えに来てよ」

「娘をですか？」

「うん。今夜帰るって言ってるから」

母親は目に涙がにじんでくるのを感じた。娘が帰ってくる――しかも迎えに来てくれと頼んでる。

「どこへ行けばいいんでしょう？」

「お宅の近所に、児童公園があるでしょう？　象の形のへんてこな滑り台がある児童公園」

確かに、ある。母親にはすぐにわかった。そのへんてこな象の滑り台は、家族が今のこの家に引っ越してきた当時からそこにあった。象の胴をよじ登り、長い鼻の部分を滑り降りてくるという趣向の滑り台だ。母親はそこで、幼かった娘とよく遊んだ。娘は「ゾウさんの滑り台」が大好きだった。

「わかります。そこに行けばいいんですね？」

「うん」と、キイキイ声は言った。「今夜、午前二時に。少し遅いけどさ」

母親は何度も礼を述べ、相手はその礼の言葉の途中で電話を切った。母親は涙を拭《ふ》き、鼻をかんだ。ひとりぼっちで悩み抜き、心の平安を失い、娘の帰宅のことしか考えられない彼女の心には、相手が何者であるかとか、この状況はなんだか不吉ではないかとか、そんな「雑念」が入り込む余地がなかった。

そして深夜二時、児童公園に赴《おもむ》いた。

公園に街灯は少なく、暗かった。月のない夜だった。空はどろんと曇り、星も霞《かす》んでしまっている。わずかに、植え込みや草むらのなかから聞こえてくる虫の音だけが、秋の夜の趣を感じさせるものだった。

公園に足を踏み入れるとすぐに、母親は、滑り台の上に誰かが座っていることに気が付いた。ゾウさんの頭の上に、夜より黒いシルエットが見える。

母親は走って近づいた。滑り台を仰ぐと、それが制服を着た娘であることが判《わか》った。膝《ひざ》を抱えて座っている。

「お母さんよ、迎えに来たよ」と、声をかけた。「降りてきてちょうだい。怒らないから」

けれども娘は降りてこない。はやる心を抑えかねた母親は、下から手を伸ばし、娘のスカートの裾をちょっと引っ張った。

娘の身体《からだ》はぐらりと傾いた。そして、まん丸いゾウさんの胴から、頭を下にして転がり落ちた。

母親は悲鳴をあげ、落ちた娘に駆け寄った。抱き起こした。しかし、母親の腕のなかで、娘の身体は冷たく、変なふうにこわばっていた。両目を見開き、声のない悲鳴をあげているかのように口を半開きにして。彼女に代わって、首に残った惨《むご》たらしいロープの痕《あと》が、その身に何が起こったのか、どうして悲鳴をあげねばならなかったのか、ありありと物語っていた。

II

前畑滋子の暮らす葛飾区南部の町から墨田区の大川公園は、距離的にはそう遠くない。だが、得てしてそういうものだけれど、遠くないのがかえって裏目に出て、滋子は今までこの公園を訪れたことはなかった。都内でも有名な桜の名所のひとつなのだから、仕事の関係でも一度や二度は訪ねていて不思議はないのだが、どういうわけか縁がなかった。

朋友社の板垣は、ほんの二日ほどで、塚田真一の現住所と彼の通学している高校まで調べあげ、滋子に教えてくれた。真一は今、亡父の友人だった石井という教師夫妻の家に寄宿しているという。住まいは大川公園から歩いていける距離にあり、高校もすぐ近くの都立高校だった。だから滋子は、まず事件の大本《おおもと》の現場である大川公園を少し歩いてみて、それから石井家を訪問して塚田真一に会うことにしようと決めた。

どこへどう手を回したのかわからないが、板垣は塚田真一の写真まで手に入れてきた。

「教師一家殺人事件の当時、うちの週刊誌の記者が撮ったものなんだ」と説明した。

「もちろん、雑誌に載せてはいないよ。名前も出していないしね」

その写真は、葬儀の様子を写したものだった。出棺時だ。二台の霊柩車《れいきゆうしや》のあいだに、詰襟の学生服を着た少年が、遺影を両手で抱えて立っている。顔はわずかに横を向いて、少年の隣でマイクを握り、会葬者たちへ挨拶《あいさつ》をしている男性の方を見ている。この男性はおそらく少年の親戚《しんせき》筋の人物だろう。喪主は塚田真一だったに違いないが、彼に挨拶をさせるのはあまりに酷だという配慮が働いたのだろうと滋子は思った。

望遠レンズで狙《ねら》ったものであるらしく、塚田真一の表情までがよく撮れていた。顔の部分だけをトリミングして見せられたなら、ただの眠そうな男の子の写真だと思ってしまうところだ。まぶたがちょっと下がり、口元もしまりがなく、顎《あご》もゆるんでいる。

けれども彼は、両親と妹の三人が並んで写った遺影を胸に抱いているのである。遺影と対《つい》になると、塚田真一のとろんとした表情は、まったく別の意味を持って写真のなかに存在するようになる。

それは廃墟《はいきよ》に立つ人の顔だ。一夜明けてみたら、人生のすべてが粉々に破壊されていた――そして自分はその破片の上に立っている、と気づいた人の顔だ。破片を拾い集めたいのだけれど、どこから手をつけたらいいかもわからない。どれが妹の骨だろう、どれが母の髪だろう、どれが父の肉だろう。

目をこらして、滋子は少年の抱く遺影を見た。さすがにあまりはっきりとは写っていないけれど、父と母が妹をはさんで立っている様子だけは確認できる。三人別々の写真を用意せず、この写真を遺影として選んだのは誰だったのだろう。よくこんな、あまりにもこの葬儀に都合のいい写真が存在していたものだ。もしかすると、この写真は塚田真一が写したものだったかもしれない。家族旅行の折にでも、「いいよ、僕が撮ってやるよ」とカメラを手に、にっこり笑う家族三人に向けてシャッターを切った。だから彼だけ写らなかった。そのとき、「三人は縁起が悪いんだ」とか、「真ん中のヤツは死ぬぞ」とか、妹をからかったりしたかもしれない。遺影を抱いたとき、塚田真一はそのことを思い出したかもしれない。

目鼻立ちのはっきりとした、なかなか可愛《かわい》い少年だった。それだけに、事件が塚田真一に及ぼした影響を想像すると、滋子は、彼に会いにゆくのを躊躇《ちゅうちょ》してしまう。写真のなかの、この呆然《ぼうぜん》としている少年が、一年後の現在、どんなふうになっているか

「シゲちゃん、余計なことを考えて怖《お》じ気《け》づいたらいけないよ」

写真を渡すとき、板垣はちゃんと先回りして、滋子にそう釘《くぎ》を刺した。それを思い

出して、滋子は苦笑しつつ写真をポケットにしまい、家を出てきたのだった。

東向島《ひがしむこうじま》の駅で電車を降り、地図で道筋を確認しながら大川公園に向かった。駅前の雑踏や街並みから受ける印象は、滋子の現在の住まいがある町とよく似ていた。小さなビルや商店や住居や工場が渾然《こんぜん》一体となって立ち並んでいる。昭二と結婚する以前は、学生も多く若やいだ雰囲気を持つ高円寺に住んでいた。葛飾に移ったときには、なんとなく都落ちしたような気分を味わったものだ。けれど今は、初めて訪れた町で、ああ葛飾のウチの方と感じが似てる——と思うと安心感を覚える。変われば変わるものである。

大川公園は、隅田川と広い幹線道路に挟まれて、縦に細長い。しかし、ごみごみした街並みのなかでは、場違いに広大で緑の濃い空間だ。漠然と想像していたよりもずっと規模の大きな公園だったので、滋子はちょっと驚いた。

園内に入り、右腕が発見されたゴミ箱を探しながら歩いていった。週刊誌に、現場付近の簡単な見取り図を載せていたものがあったので、切り抜いて持ってきた。それを見ながらルートをたどってゆくと、コスモスの花壇に出た。ゴミ箱は、そのすぐ近くにあった。

大型の蓋《ふた》付きのゴミ箱だ。まだ新品のようである。きっと事件のあと取り替えたのだろう。番号が打ってあるわけでもなく、何か書いてあるわけでもない。なんということのない、普通の公園のゴミ箱である。ちょっと蓋をずらしてのぞいてみると、七分目ぐらいまでゴミが入っていた。

今さらゴミ箱を調べてみたって、何がどうということがあるわけもない。なんだか照れくさくなって、滋子は周囲を見回した。人影はまばらである。たまに見かける人は、みなのんびりと歩いているか、とっとと通過して行く。陽ざしは柔らかく、快いが、花壇の縁や遊歩道に沿って点々と並んでいるベンチにも、腰掛けている人はほとんどいない。静かで、のどかだ。ところどころに、事件の詳細を報じ情報提供を呼びかける警察の立てた看板が目に付くくらいで、あんなことがあったことをうかがわせるような雰囲気は、もうこの園内には残っていなかった。

それでも、滋子は園内を一周してみることにした。やはり情景はつかんでおきたい。

それにまだ時間も余っていた。

塚田真一を引き取った石井夫妻は、ふたりとも教職についているという。ならば昼間は家には誰もいないだろう。滋子は一度だけ、石井家に電話をかけていた。昨日の夜、八時頃のことである。

女性の声が出た。たぶん、石井夫人だろう。

滋子は敢《あ》えて名乗らなかった。「塚田君いらっしゃいますか」とだけ言った。

相手は明るい口調で、「今、お風呂《ふろ》なの」と応じた。「ごめんなさいね」

「こちらこそ、夜分に済みません」

滋子もそれを計算した上で名乗らなかったのだが、石井夫人は滋子を真一の友達と勘違いしたようだった。滋子も努めて女子学生っぽい話し方をしていた。

「こちらからかけなおさせましょうか」

「いいえ、遅いですから、明日またかけます」

「そう、ごめんなさいね」

「塚田君は、何時頃なら学校から帰ってきますか？」

「四時半か五時には帰ってますよ。今はクラブもやってないみたいだから」そう言ってから、石井夫人は訊《き》いた。「あなた、水野さんかしら？」

一瞬、滋子は困った。水野？

「え？　いいえ違います」

「あらあら、ごめんなさい。学校が一緒じゃないみたいだったから訊いたんだけど」

こちらこそ失礼しましたと言って、滋子はそそくさと電話を切った。切ったあとで、怪しまれたかなと思った。真一の元には、他のマスコミ関係者からの接触も始まっているかもしれない。でも、その割には、石井夫人は開けっぴろげに話してくれたものだ。相手が女だから油断したのかもしれない。

大川公園のなかをぶらぶら歩きながら、滋子は時おり腕時計を見た。四時になったら公園を離れ、石井家の近くに行くつもりだった。玄関のベルを鳴らしてみて、誰も出てこなかったら、道ばたで塚田真一の帰りを待つ。誰か出てきてくれたらそれに越したことはないが、こちらの用件を言って鼻先でドアを閉じられるよりは、路上で塚田真一を捕まえた方が効率的という気もする。

滋子はかなり緊張していた。園内を歩いていても、実は何も見ていなかった。頭のなかで、自己紹介の仕方、真一と会ったときの話の切り出し方などを、何度も何度も練習していた。口に出してぶつぶつ呟《つぶや》いていると、通り過ぎる人が、怪訝《けげん》そうな顔をして滋子を見た。

ぐるりと一周してコスモスの花壇のところへ帰ってくると、あと十分ほどで四時になるところだった。滋子はコスモスの花壇を通り過ぎ、出口へ向かった。そのときに、すぐ脇《わき》のベンチに、さっきは見かけなかった人物がぽつりと座っていることに気がついた。

女の子だった。もう少し太った方がもっと可愛らしいかもしれないけれど、細面のきれいな娘《こ》だ。ブルージーンズに純白のスニーカー、赤いプルオーバーを羽織って、長い髪はポニーテールに結ってある。その鮮やかなトリコロールの出立《いでた》ちと裏腹に、彼女の表情はひどく暗く、怒ったような、思い詰めたような目をして前方を睨《にら》んでいた。その顔があまりに真剣なので、滋子も思わず視線を引きつけられてしまった。ボーイフレンドと喧嘩《けんか》でもしたのだろうか。それとも親と衝突したのか。十代の女の子に、こんな恨みがこもったような怒りの表情を浮かべさせる原因は、いったい何だろう。

そしてふと、今朝方から報道されているニュースのことを考えた。三鷹《みたか》市内の児童公園で、女子高生の絞殺《こうさつ》死体が発見されたというものだ。彼女こそ、つい先日、新宿プラザホテルに古川鞠子の祖父に宛《あ》てたメッセージを届けた女子高生であるらしいということで、また大騒動が始まっている。なんでも、遺体が発見される直前、女子高生の自宅に、あのボイスチェンジャーを通したキイキイ声による電話連絡があったというのだ。

プラザホテルを舞台にした一件の折には、ホテルを訪れた女子高生は、地味でおとなしい感じの子だったと報道されていた。今回遺体で発見された少女は、確かに学校でこそ地味にふるまっていたものの、一方では、売春まがいのことをやってまで金を稼ぎ、派手に遊び回るという二重生活をしていたらしい。三十代の女性である滋子にとっては、理解不可能な少女の生活がそこにある。

この少女が、身元不明の右腕の持ち主と古川鞠子に続く、同一犯人の手にかかった第三の犠牲者であると断定しても、まず間違いはないだろう。そして彼女は、社会がはっきりとその「死亡」を確認することのできた、初めての犠牲者だ。右腕の持ち主も古川鞠子も、まだ正式には生死が判明していない。滋子がそう言うと、昭二は顔をしかめて、

「腕を切られてるんだから死んでるんだろうさ」と言った。「あれはバラバラ殺人じゃないか」

そうだろうかと滋子は思う。右腕の持ち主が、この先、生きて還《かえ》ってくることは、気の毒ではあるけれど、まずあるまい。だが今現在は、犯人の手元に監禁されて、まだ生存している可能性がある。今度の事件での犯人の一連の行動を見ていると、こいつなら、生きている人間の腕を切り取り、それを捨てて社会の反応を見るというような残酷なことでも、平気でやるのではないかという感じがするのだ。古川鞠子の件にしても、彼女の所持品をテコにして警察や家族を振り回すやり方の裏には、もうひとつ企《たくら》みが隠されていそうな気がする。犯人は鞠子を手中におさめていて、彼女の所持

品を使った犯人の悪戯《いたずら》によって巻き起こる騒動の一部始終を、ほかの誰でもない、まず鞠子本人に見せたいのではないのか。見せて苦しめたいのではないか。それは陰険きわまりない非道なことではあるけれど、もしそうだとすれば、鞠子にはまだ生きている可能性が充分以上に残されると、滋子は思う。

よしんばそれが深読みに過ぎないとしても、他のふたりの女性については生死を明らかにせず、もったいぶって警察を振り回しているのに、あの女子高生に限っては、ゴミでも捨てるように遺体を投げ返してよこしたということに、滋子はなんらかの意味を感じずにはいられないのだった。女子高生はただの道具だったのか。それとも、彼女に関してはなにがしかの罪悪感を感じたから、遺体だけでも早く発見されるようにし向けたのか。

そこに犯人の女性観が見え隠れしてはいないか。今のところ、犯人の手にかかっているのは若い女性ばかりだ。彼の現代女性に対するスタンスが、これまでの経緯のなかにぼんやりと浮き上がってきてはいないか——そんなことを考えながら、滋子はベンチの女の子の顔を見るともなく見つめていた。

と、当の女の子と視線があってしまった。滋子はとっさにぱっと目をそらした。急いで出口の方へと歩き出した。女の子の視線が追いかけてくるのを感じたが、振り返らずにどんどん歩いた。

石井夫妻の住まいはすぐにわかった。公園から早足で歩いて十分ぐらいの距離だ。建てられてからまだ数年という感じのきれいな二階家だ。駐車スペースを兼ねたささやかな庭があり、コリー犬が一頭、鎖につながれている。滋子が近づき、塀越しに家の南面にある掃き出し窓の様子をうかがおうと首を伸ばすと、犬は起きあがってきて尻尾《しっぽ》を振った。可愛いが、これでは番犬にはなるまい。

表札には、石井夫妻の名前だけが出ていた。窓にもベランダにも洗濯物はない。若者好みのスポーツタイプの自転車が停められているということもない。塚田真一の気配は、一瞥《いちべつ》した限りでは感じられなかった。

そこで犬が突然ワンと吠《ほ》えた。滋子はびっくりして塀から離れた。吠えたけれど、犬はまだ尻尾を振っている。かまってもらいたいのだろう。滋子は道を横切り、反対側へと渡った。石井家の向かいは昔風のモルタル壁のアパートで、共同玄関のドアが開けっぱなしになっている。滋子はそのドアの内側に一歩入り込んだ。巧《うま》く身を隠すことができた。

犬はまだ、断続的にワン、ワンと吠えている。しかし石井家の窓は開かず、ドアからも誰も出てくる様子はない。滋子は腕時計を見た。四時一五分過ぎだった。

背後のアパートの部屋のどこかから、再放送のテレビ時代劇の音声が聞こえてくる。しばらくすると、犬は吠えるのをやめた。ドアの陰で壁にもたれて、外の様子を見守りながら、滋子は塚田真一との初対面のリハーサルを繰り返した。初めまして、わたしは前畑滋子という者です。いや、前畑滋子と申しますの方がいいか。塚田真一君ですね？　それとも、真一君でしょ？　ちょっとお話がしたいのだけど、いいかしら。

服装にも気を遣って来たつもりだった。あんまりラフな格好では怪しげだし、スーツというのも角張っている。結局、白いブラウスに秋物の薄手のジャケット、カーキ色のチノパンツに、革のローファーを履いてきた。清潔で、かつ軽快に見えるといいのだが。鞄《かばん》だけは、いつも仕事のとき持ち歩いて、よく使い込んだ大型のものをさげてきた。ね、嘘《うそ》じゃないのよ、わたしは取材する側の人間なのと、鞄に説得力を持たせたい。だけど、ただあなたを追いかけ回すために来たわけじゃないんです——

そのとき、犬がまた吠え始めた。今度は立て続けに吠えている。ドアから首を出してのぞいてみると、鎖を引っ張るようにして犬は飛び跳ね、狭い庭を行ったりきたりしている。嬉《うれ》しがっている。きっと、家人の誰かが帰ってきたのだ。滋子は身構えた。

ほとんど同時に、道路の右手の方から誰かが走ってきた。ジーンズにトレーナー、肩にズックの鞄を担《かつ》いでいる。塚田真一だった。滋子にはすぐ判《わか》った。呼び止めようと、ドアの陰から外へ出た。そのとき、声がした。

「待ってよ！　逃げるなんて卑怯《ひきょう》よ！」

悲鳴に近い声だった。声の先端が、矢尻《やじり》のように尖《とが》っていた。塚田真一は、その声から逃げるように走ってくる。家の玄関のステップに飛び乗ると、ジーンズのポケットを探り始めた。鍵《かぎ》を出そうとしているのだろう。その横顔は強《こわ》ばり、怯《おび》えたように両肩をすくめている。

「待ってよ、待ちなさいよ！」

真一に向かって叫びながら追いかけてくる。若い女性の声だった。そして声の主の姿が視界に入ってきたとき、滋子は仰天した。つい先ほど大川公園で見かけたあの女の子なのだ。怒ったように空を睨んでいた、あの暗い表情の少女なのだった。

真一が鍵を取り出してドアを開けにかかったとき、女の子も石井家の玄関のステップに飛び乗った。真一の背中のズックの鞄に手をかけて引っ張った。

「お願いだから逃げないで！」

真一は無言で鞄を引っ張り返すと、振り向きもせずにドアを開けた。家の中に滑りこむと、少女の鼻先でばたんとドアを閉めた。少女はドアにくっついて叫んだ。

「どうして？　なんで話を聞いてもくれないの？　開けてよ、開けてください！」

ノブをがちゃがちゃいわせたり、ドアを叩《たた》いたりしながら、大きな声で真一を呼ぶ。

「塚田君、塚田君聞こえてるんでしょ？」

しかし、石井家からは何の反応も返ってこない。犬はまだ吠えている。庭に面した窓のカーテンがわずかに動いたように見えたが、それも一瞬のことだった。

少女の狂乱ぶりに、驚きを通り越して、滋子はいささか呆《あき》れ始めた。何事だろう、この騒ぎは。近所の人々も、声を聞きつけて、玄関口から顔を出したり窓からのぞいたりしている。

しかし、少女は一向に周囲を気にする様子を見せなかった。ドアから後ずさりして数歩離れると、道路に面した二階の窓を見あげて、今度はそちらに呼びかけ始めた。

「塚田君、隠れたって駄目よ。わたし、今日は帰らないから。会ってくれるまで帰らないから」

滋子のすぐ頭の上で、誰かが吹き出した。見上げると、このアパートの住人なのだろう、エプロン姿の中年の女性が、口元に手をあてて笑っている。石井家のすぐ隣の小さな作業所のようなところでは、灰色の業務服を着た男がふたり、シャッターの隙《すき》間《ま》から首を出して、やはり苦笑しながら少女と石井家の二階を見比べていた。

「絶対帰らないんだから！」

そう宣言すると、少女はドアに背中を向けて、石井家の玄関のステップに座り込んだ。滋子は正面から彼女の顔を見ることになった。上気しているのか、公園で見かけたときより血色がよく見える。しかし、怒ったような思い詰めた目つきはそのままで、歪《ゆが》んだくちびるが、少女の可愛《かわい》らしい顔立ちを台無しにしていた。

「おねえちゃん、彼氏と喧嘩かあ」

隣の作業所の男性が、冷やかすように声をかけた。すると少女はきっと顔を振り上げて相手を睨みつけた。

「そんなんじゃありません！」

「おお怖《こ》わ」作業所の男性たちは笑い転げ、シャッターをくぐって姿を消した。少女は両腕できつく膝《ひざ》を抱えると、そこに顎《あご》を埋めた。滋子の目には、彼女が激情のあまり涙ぐんでいるように見えた。

確かにこれは、子供っぽい恋人同士の他愛《たわい》ない痴話喧嘩のように見える。しかし滋子は、さっきちらっと見た塚田真一の、恐怖に震えあがっているかのように強ばった横顔に、引っかかるものを感じた。滋子にも痴話喧嘩の経験はある。昭二とだって喧嘩をする。昭二以前に交際していた男性とは、喧嘩という以上の深刻な諍《いさか》いもした。

けれど、どういう形であれ、自分と恋愛関係にある女に大声で責めたてられたりとっちめられたりしたとき、男があんなふうに震えあがるというのは珍しい。女が怒ったくらいで、男は怯えたりしない。恥じたり、怒り返したりするだろうけれど、怖がりはしない。むしろ、女が妙に笑ったり泣いたりすることの方に怯えるものだ。それは十代の少年少女のあいだだって変わりないだろう。これが本当にただの痴話喧嘩ならば、塚田真一は首を縮めて逃げながら、隣の作業所の男たちのようにニヤニヤ笑うか、さもなければ振り返って少女を怒鳴りつけるか、どちらかの対応をしていそうなものだ。

滋子はそっとアパートの入口を離れると、道を渡り、少女に歩み寄った。滋子の影が少女の顔の上にかかるまで、少女は目を上げなかった。

「こんにちは」と、滋子は声をかけた。「ごめんなさい、お節介を焼くつもりはないんだけど、あなた大丈夫?」

少女はちょっと滋子の目を見たが、ぷいと視線をそらしてまた膝を抱いた。両の瞳《ひとみ》が、頑《かたく》なな小石のように黒く光っている。

「こんなことしても、逆効果だと思うけど」と、滋子は言った。少女の顔をのぞきこんで、

「塚田君と話をしたいなら、ほかの手を考えた方がいいんじゃないかな。それに、今日はやめといた方がいいと思うわよ。このままだと彼、あなたが何をやっても出てこないと思うな」

少女はぶすりと、他所《よそ》を向いたまま吐き捨てた。「ほっといてください」

「あなた、塚田君のお友達？」

「ほっといてください」

「だけど――」

「ほっといてよ！　あたしにかまわないで！」

少女はいきりたつと、滋子に向かって嚙《か》みついた。滋子の頰に少女の唾《つば》が飛んだ。

まるで高圧電線だった。彼女の華奢《きゃしゃ》な身体《からだ》の内側に、エネルギーが満ち満ちている。しかしそのエネルギーは、けっして明るいものではなかった。怒りと悲嘆――そして

これは何だろう、何がこんなにもこの少女を苦しめているのだろう？

滋子は少女にも聞こえるようにため息をついた。そして身体を起こし、石井家の二階の窓を仰いだ。カーテンが揺れ、そこに塚田真一の顔がのぞいている。一瞬、彼と滋子の視線があった。

少女は座り込んだまま、身体を縮め、自分の腕で自分を守るように膝を抱きしめて

いる。

泣いていた。

滋子はまた、向かいのアパートの入口へと、道を渡った。歩きながら、バッグを探って携帯電話を取り出した。電話を手のなかに隠すように持つと、首をよじって石井家の二階を振り仰ぎながら、ちょっと手を上げた。真一はまだ窓際《まどぎわ》にいた。滋子の手のなかの携帯電話が、彼には見えるはずだ。滋子は素早く電話を左右に振ると、声を出さずにくちびるを動かして、（電話をかけるわ）と言った。

真一の姿が窓辺から消えた。滋子の意図を察してくれたのだろう。

アパートの入口のドアの陰に隠れて、石井家の番号をプッシュした。呼び出し音が鳴り始めるとすぐに、先方が受話器をとった。

「なんだか変な成り行きですけど」と、滋子は切り出した。「玄関の女の子ね、帰るつもりはないって。どうします？」

返事が来るまで、ひと呼吸の間《ま》があった。困惑ぶりが伝わってきて、滋子は塚田真一が気の毒になってきた。

「……すみません」と、彼は小声で言った。

「放っておくわけにもいかないもんね。どうしたらいいかしら」

真一はこの問いには答えず、滋子に訊《き》いた。

「あの、この近所の人ですか?」

「ううん」滋子は小さな電話機に向かって微笑した。「実は、わたしもあなたに会いに来た者なの」

真一はちょっと黙った。それからさらに小声になって言った。「僕に?」

「ええ。塚田真一君ですよね?」

「……そうです」

この瞬間、塚田真一以外の存在になれるのならば、たとえそれがアブラムシであろうとミミズであろうとかまわない――と思っているような口調だった。違います、と答えられるならどんなにいいだろう、と。

「わたし、前畑滋子という者です。あなたに会ってお話をうかがいたくて来たの。実はわたし、ルポを書いていてね。大川公園の事件の。あなたは第一発見者なのよね?」

「ええ、そうです」そう言ってから、真一の声がちょっと大きくなった。「本当は、僕ひとりじゃないんだけど」

これは初耳だった。

「そうなんですか。知らなかったわ。いろいろ話を聞きたいんだけど、会ってもらえるかしら」滋子はふっと吹き出した。「断られても、わたしは玄関に座り込んだりはしないつもりだけど、でもぜひお会いしたい」

真一は黙っている。滋子と一緒に笑いはしなかった。ほんの少しでも。

「玄関の女の子、塚田君のガールフレンドなのかしら」

ぴしりと返事がかえってきた。「いえ、違います。そういうことじゃない」

「そう……。そうだろうと思ってた。彼女には、帰ってもらった方がいいのよね？」

真一は答えなかった。代わりにこう言った。

「このままじゃ、絶対帰らないと思う。だから逆に、僕が家を出られればいいんだけど」

「あなたが？」

「はい」

「彼女を置いてってこと？」

「そう」

「もうすぐご両親……石井さんのご夫妻もお帰りになる頃よね？」

「そうです。前畑さんていいましたよね？」

「ええ、そうよ」

「僕のことをご存じなんですね」

両親という言葉を言い換えたからだろう。滋子は手のなかの電話に向かってうなずいた。

「ええ、承知していますよ。石井さんは、あなたの亡《な》くなったご両親のお友達よね」

「そうです。だから心配かけられないんで」

呟《つぶや》くような言い方だった。

「だけど、あなたどうやって家から出るつもり？」

「裏側のベランダから、塀を伝って道に飛び降りて」

「裏手にも道路があるの？」

「あります。一方通行の道だけど」

「じゃ、こうしましょう。わたしがタクシーをつかまえて、その道まで塚田君を迎えに行く。準備ができたらまた電話をかけますよ。それでいい？」

「いいです」ややあって、「ありがとう」

「どういたしまして」

通話ボタンを押して電話を切り、そのままの姿勢で、滋子はちょっと考えた。実にスムーズに運んだものだ。塚田真一の方から出てきてくれるとは。あの女の子に感謝しなくては。

少女はまだ石井家の玄関先で頑張っていた。少し寒そうだけれど、頑なな顔つきに変化はない。滋子は彼女の前で足をとめかけたが、少女が視線をそらしたので声をかけるのをやめた。

表通りに戻り、タクシーを拾った。真一の言ったとおり、石井家のある街区の後ろに、車一台がかろうじて通れるくらいの道があった。車のドアを開け、石井家のベランダを見あげながら電話をかけると、真一がすぐに出てきて、今降りますと言った。言葉通り、窓が開いて少年が姿を見せた。身軽な感じでベランダの柵《さく》をまたぎ、一階の庇《ひさし》の上に降りる。

「気をつけてね」

近所の目を気にしながら、滋子は小声で呼びかけた。あの少女に気づかれないように注意しなくては。

塚田真一はさっきと同じ服装で、同じズックのバッグを背負っている。塀に足をかけ、そこからぴょんとタクシーの後ろに飛び降りた。少年が立ち上がると、思っていたよりは小柄だと滋子は思った。これからまだまだ背が伸びる年頃なのだろうけれど。

「前畑さんですか」

「ええ。さあ行きましょ」

真一を乗せ、タクシーは走り出した。車が石井家から離れると、少年が小さくため息をつくのが聞こえた。

「あんまり近所にいない方がいいわね。どこかで喫茶店でも見つけましょう」

滋子の言葉に、真一は返事をせず、うなずきもしなかった。黙って車窓の外を見つめている。滋子も、タクシーのなかでは、強いてそれ以上話しかけずにおいた。

結局、お茶の水まで出ることにした。山の上ホテルの喫茶室が静かでいいと思ったのだ。取材で人と会うためによく使う場所なのだと真一に説明した。彼は無言のままだった。

ホテルの前でタクシーを降りると、先に降りた真一が、滋子の目の前に立ちふさがるようにして待っていた。

「あの、今の料金」

「あら、いいのよ、とんでもない」

少年は首を振った。「そうはいかないんです。いくらでしたか」

鞄《かばん》を開けようとする。ほほえましくて、滋子は思わず笑った。真面目《まじめ》な子だ——

「ホントにいいのよ。取材させてもらうんだから」

「だから駄目なんです」滋子の顔を、今初めてまっすぐに見て、塚田真一はきっぱり言った。「僕は取材には協力できないから」

虚をつかれて、滋子はぽかんとした。

「え？」

「取材は勘弁してください。僕、話すことは何もないです」

「だって、一緒に来てくれたじゃない」

「利用しちゃったみたいですみません。どうしても家を出たかったから。だからせめてタクシー代は出します」

「ちょっと待ってどういうこと？」

「取材は駄目なんです」

「塚田君――」

滋子はちょっと言葉を呑《の》んだ。少年の顔はどこまでも真剣で、あの少女から逃げていたときと同じように、ひどく怯《おび》えた様子に見えた。たえまなく瞬《まばた》きを繰り返すまぶたの奥で、目が泳いで逃げ道を探している。

話が違うと、怒ることができなかった。そういえば、スムーズに運びすぎだったとは思う。けれど今、真一のあまりにも追いつめられたような目を見ていると、可哀想《かわいそう》になってきて、怒りの感情が湧《わ》いてこないのだ。

「それじゃ、ともかくこうしましょ」

笑みを浮かべて、滋子は真一の腕に軽く手を置いた。

「ちょっとお茶でも飲まない？　あなただってすぐには家に帰れないだろうし――あの女の子がまだ頑張ってるだろうからね――あなたをここまで連れ出したのはわたしなんだから、責任を持ってお宅まで送っていくわ。そのうえで、また取材の申し込みにうかがいます。石井さんご夫妻にもお会いしてね」

少年は腕を引き、滋子から離れた。そして素早く首を振った。

「それも無理だと思う」

「取材が嫌なら、少し時間をおいてもいいわ。何度でもうかがいます。承知してもらえるまでね。あのね、あたしはけっして、特ダネとかを追いかけてるわけじゃないの。記者じゃないから。話せばわかってもらえると思うの」

「駄目なんです」真一は、ほとんど頼むような口調で言った。「待ってもらっても、何度来てもらっても無駄です。僕はもう、あの家には帰らないから」

「帰らないって――」滋子はぎょっとした。

「嫌だ、塚田君、家を出るっていうのは、本当に家出するっていう意味だったの？　そうなの？」

「そういうことです」

少年は滋子の肩越しに、行き先を探すような視線を泳がせた。一刻も早くこの場を離れて遠くへ行きたいという様子だ。

「そんなこと、黙って見てるわけいかないわよ。あなた未成年者じゃないの。だいいちどこへ行こうっていうの？　あてはあるの？」

「し、親戚《しんせき》のところへ行きます」

滋子は顎《あご》を引き、真一の顔を正面から見据えた。今の言葉の真偽を確かめたかったのだ。少年は滋子の視線から逃げた。嘘《うそ》だ、親戚のところなんかいくはずがないと、滋子は思った。行く先などないのだ、この子には。

「黙って出ていくなんて、石井さんご夫妻に、申し訳ないとは思わない？」

「申し訳ないから出て行くんです」

「どういうことよ？」

きっと顔をあげると、真一は声を張り上げた。「話す必要ないですよ、そんなこと。あなたに関係ないじゃないですか」

ホテルのドアボーイが、ちらちらとふたりを見ている。滋子はひるまなかった。

「そりゃ、あたしは赤の他人よ。だけど、成り行きからいっても放ってはおけないわよ。それに忘れちゃ困るわよ。塚田君、あたしを利用したんだからね」

「だから、タクシー代は払います」

「お金の問題じゃない！」

滋子が怒鳴ると、真一はびくっと身をすくめた。ごく幼い子供が母親に叱《しか》られたときのような反応だった。

「だったら……どうすりゃいいんですか」と、力無い声に戻って呟いた。「大川公園の事件のこと、話せばいいんですか。そしたら気が済みますか。僕は大したことを知らない。ほかのマスコミの人たちからも、そんなに取材とか受けてないですよ」

それまで見過ごしていたことに、滋子は急に気づいた。真一がひどく疲れているようであることに。疲れ切っていることに。彼の神経の張りつめ具合は、敗走する兵士のそれなのだ。満身創痍《そうい》になりながらも、安心して休むことのできる場所にたどりつくまでは気を抜くことができない。だから必死で自分を駆り立て、持ちこたえているのだ。

「塚田君、すごくくたびれてるね。あんまり眠ってないんじゃない？」

真一は黙ってうなだれた。

「事情はよくわからないけど、だいぶ困ってるみたいね。家を出ようっていう理由も、その辺にあるんじゃないの？」

ちょっとうなずくと、真一は呟いた。「そうだけど、そのことは話したくない」

瞬時に、滋子は心を決めた。

「わかった」と、場違いに元気よく言った。「それなら、利用されついでに協力してあげる。とりあえず、あたしの家に来なさい」

「え？」

「ひと晩泊めてあげる。で、先のことを考えなさい。家出したあとのこと、ちゃんとした計画なんか立ててないんでしょ？」

「うん……」

「あなたみたいな、いかにも高校生ですっていう感じの男の子が、仕事と住まいをいっぺんに探すのは難しいよ。住み込みの仕事なんてそんなにないし。テレビドラマと違うんだから、家を飛び出した主人公が、コマーシャルをはさんで場面が変わったらもうアパートを借りてます、なんてわけにはいかないのよ、現実は」

真一はしばしばとまばたきをして、滋子の顔を見つめた。滋子は笑い出した。

「ああ、それとね、ヘンな気を遣わなくていいわよ。あたしは結婚してて、ご亭主がいます。今日のいきさつを話せば、塚田君をひと晩泊めるくらい、迷惑がったりしない人だから大丈夫」

あ、だけどひとつと、滋子は指を立てた。

「石井さんご夫妻に連絡なさい。事情を話せないなら仕方ないけど、とにかく無事で元気でいて、自分の判断で家を離れたんだってことと、今夜泊まる場所はあるってことだけでもね」

「それは……家を出るとき置き手紙を書いてきたけど」

「なんて書いてきたの？」

「しばらく帰りませんけど、心配しないでくださいって」

真一は、ちょっと遠い目をした。

「どっちみち、おばさんが帰ってきてあの子に会えば、事情はわかるだろうし」

あの子というのは、玄関先に陣取っていた女の子のことだろう。彼女のことが家出に関係しているのだ。さらに突っ込んであれこれ聞き出したい衝動を――今ここでは――抑えて、滋子はうなずいた。

「まあ、それならいいか」

信じられないという様子で、真一は首をふった。「ヘンな人ですね」

「あたし？」

「うん。お節介焼きだ」

「そうね。でも、塚田君があたしの立場でも、やっぱり同じようにすると思うよ。放ってはおけなくてね」

だってね塚田君、あなたは今、本当に追いつめられて窶《やつ》れた顔をしている——と、滋子は心のなかで思った。

「だけどシゲちゃん、こんなことしてまずくないのか？」

滋子のそばで、昭二が声をひそめて言った。

「こんなことって？」

「誘拐とかにならないのかよ？　彼の親は何も知らないんだろ？」

塚田真一は、リビングのソファに座っている。ぼうっとテレビをながめている。滋子と昭二は台所にいて、夕食の支度をしながら早口で会話を交わしていた。

滋子が真一を連れてアパートに帰ってきたとき、玄関のところで、ちょうど工場から引きあげてきた昭二とばったり会った。ただいま、今日は早めに仕事をあがったんだと話す昭二をドアの内側に押し込み、気後れしたようにたじたじとしている真一を引っ張り込み、滋子は事情を説明した。

実は帰宅する道々、滋子は内心ヒヤヒヤしていた。まったく面識もつながりもない高校生の男の子をいきなり連れてきて一泊させると告げたとき、昭二がどんな反応を示すか、はっきり言って未知数だったからだ。真一には自信たっぷりに大丈夫だと請け負ったものの、あれはいわば勢いとハッタリであって、もしかしたら昭二に文句を言われるかもしれないと、首が縮む思いもしていたのだった。

昭二はすぐには文句も言わず、怒りもしなかった。ただただ困惑した顔で、上から下まで塚田真一を眺め回した。真一の方はますます小さくなり、「やっぱり申し訳ないから帰ります」と逃げ出していきそうな気配だったので、滋子は彼の肘《ひじ》をつかんで離さないようにしていた。

「よくわかんないけど……でも、行き先のない子供を放り出すわけにはいかないよな」

あやふやな感じながら、昭二がそう言ってくれたとき、滋子は心底ほっとした。ひょっとするとあとで喧嘩《けんか》になるかもしれないけど、とりあえず今は何とか乗り切れそうだ。そこで張り切って夕食の支度にかかった。真一と昭二とふたりきりで顔突き合わせて座らせておくと、どちらも気まずいだろうと思ったので、昭二には手伝ってもらうことにした。

今夜は買い物に出る時間がなかった。だが、真一を置いてこれからスーパーに出かけたら、その隙《すき》に彼は逃げ出してしまうかもしれない。ありあわせのものを工夫してつくるしかないので、なんだか妙にごたごたした夕食になりそうだった。

「誘拐なんてことにはならないわよ」タマネギを刻みながら、滋子は言った。「そんなの考え過ぎよ」

「そうかなあ……俺、不安だな」

「ショウちゃんて、案外気が小さいのね──卵をそんなに泡立てないで。かきまわすだけでいいのよ」

「シゲちゃんはいいよ」昭二はムッとしたようだった。「自分のことだからさ。だけど俺はよくわかんないまんま巻き込まれてるんだぜ。疲れて帰ってきてるのにさ」

「そのことはホントに悪いと思ってる。けど、今は勘弁して。ね、お願い。あとで埋め合わせするから。絶対するから」

昭二は顔はむくれたままだったが、ふふんと笑った。「この卵、どうすんの?」

「そこへ置いといて。冷蔵庫からチーズ出して」

冷蔵庫から戻ってくると、昭二は真顔になって、

「でもさ、ルポライターとかジャーナリストとか、普通はこんなことするのかな。取材の相手とあんまり関わりすぎるのってよくないんじゃないの？」

それは滋子にも痛い質問だった。昭二の言う「普通のジャーナリスト」ならば、こういう局面ではどう行動するのか。

「さあ、それはあたしもわからない」と、正直に言った。「だけどあの子が気の毒でね」

「気の毒っぽい感じはする。けど、なんで家出しなくちゃならないのか、それがわからないんじゃどうしようもないよ」

「話したくないんだって。だけど、だいぶ込み入った事情がありそうなのよ」

「そうかなあ。俺、それはシゲちゃんの深読みだと思うよ。親と喧嘩したんだって。それだけのことだよ。賭《か》けてもいいよ」

そうだろうか。滋子にはそうは思えない。

「あれくらいの年頃だと、何でも大真面目《おおまじめ》な顔して言いたいもんなんだよ。しかもあの子、親を亡《な》くして他人のところに引き取られてるんだろ？　ちょっとした喧嘩でも馬鹿《ばか》に深刻に思えるんだよ。大げさなんだよ」

「ショウちゃんもそうだったの？　お義母《かあ》さんと」

　昭二はちょっとたじろいだ。「まあな。そうそう、お袋と言えば、こんなことがバレたらまたうるさいからさ」

「バレるわけないわよ。黙ってれば」

「だけど隣のＢＣＩＡがいるからさ」

「何か言われたら、あたしの従弟《いとこ》だってごまかしとけばいいじゃないの。さあ、できた。お皿取って」

　食べ盛りの年代でも、こんな状況が状況だから、箸《はし》も進まないのだろう。真一は食事をとろうとしなかった。滋子がうるさいくらいに勧めても、黙って恐縮しているだけだ。昭二は滋子と真一の顔を見比べながら、時々わざとらしいくらい明るい声を出して、

「腹、減ってるだろ？　遠慮するなよ」とか、「滋子はわりと料理が巧《うま》いんだよ」とか言うのだけれど、真一はそれにもちょっと首を縮めて反応するだけだった。

　気まずい食事が終わるころには、滋子は真一を連れてきたのは失敗だったかと思い始めていた。どこかホテルにでも泊めてあげた方がよかったかもしれない。だけど、目を離したらきっと行方をくらましてしまうだろうし……。

「疲れたでしょ。布団《ふとん》敷いてあげるから、早く寝なさいな。明日のことは、明日またゆっくり相談しよ、ね？」

「風呂《ふろ》は？　風呂に入った方がさっぱりするんじゃないの？」

「あ、そうね。うっかりしてた。着替え貸してあげる」

「俺のスエットとかパジャマがいいんじゃないの。買ったばっかりでおろしてない新品があるだろ。こいつってさ、バーゲンっていうと見境なしに買い込んできて——」

二人でかしましく話しかけても、真一はうなだれて口をつぐんでいる。滋子は、あたしと昭二は、ウケないネタを連発しながら舞台で冷や汗をかいている漫才コンビみたいだと思った。

堂々巡りの状態に、とうとう昭二が腹を立て始めた。怒るのは、この場の彼の当然の権利でもあったろう。

「あのなあ」と、かなり厳しい声を出して真一に向き直った。「子供ったたって、小学生じゃないんだからな。他人の家に世話になってんだから、それらしくちゃんとした態度をとれよな。なんだよそのむくれた面《つら》はよ」

「ショウちゃん——」

「滋子は黙ってろ」昭二は一気に強権発動ときた。「俺は大人の礼儀を教えてるんだ。

甘やかすことない」

　真一は顔を上げ、椅子《いす》から立ち上がった。

「やっぱり、失礼します」

「ああ、そうしろそうしろ。こっちだってその方が助かる」

「だけど、どこへ行くのよ」

「勝手に行かせりゃいいだろ？　ひと晩やふた晩、野宿したって過ごせるよ」

　真一はズックの鞄《かばん》を持ち上げると、玄関の方へ向かった。滋子は彼の腕をつかんだ。

「短気を起こさないでよ。お願いよ。塚田君を連れてきたのはあたしよ。あたしが言い出したの。ショウちゃんも。塚田君は最初から他所《よそ》へ行くっていってたの」

「だから、行かせりゃいいだろうが」

「よくそんな冷たいことが言えるわね！」

「冷たい！」昭二も椅子から飛び上がった。

「俺が冷たいだって？」

「冷たいじゃない！」

「俺は働いて帰ってきてるんだぞ！　そしたら知らないヤツが家にいて、なんだか知らないけどむくれてて、それを今まで我慢してたんだぞ！　それでも冷たいっていうのかよ！」

「働いてるって、働いてるのがそんなに偉いの？　誰だってやってることだわよ！」

にらみ合う滋子と昭二を、真一はぽかんと見つめていた。それからその顔に、ほとんど苦痛に近いほどの絶望の色が浮かんできた。

「喧嘩しないでくださいよ」と、妙に気抜けした声で言った。

滋子は真一を振り向いた。そして思わず、彼の腕をつかんでいた手を離してしまった。迂闊《うかつ》に触れてはいけないものが、そこにはあった。

「塚田君……」

昭二も険しい顔のまま、けれど明らかにひるみの色を見せて突っ立っている。真一は彼の方を向いた。

「すみません、僕が悪かったです。親切にしてもらったから、ちょっと図々しくなってました」

「だけど、言い出したのはあたしよ」

真一は首を振った。「そういうことじゃないから。でも、ありがとうございました」

「どこへ行くつもり？」

「どこかへ泊まります。それぐらいの金は持ってるから」

「家へ帰れよ」昭二がぶすりと言った。「家出なんて、カッコだけなんだろ」

「昭二さん」と、滋子はたしなめた。真一は昭二の顔を見ている。

「俺だって経験あるからさ。親と喧嘩して後に引けなくなってさ」

「……そういうことじゃ、ないんです」

「じゃ、なんなんだよ！」昭二は怒鳴った。

「子供が家に帰れない理由なんて、何があるっていうんだよ！」

「昭二さん、大声出さないでよ！」滋子は昭二に近寄った。「静かに話しましょ。ね、塚田君、だけど、あたしもそれは気になるのよ。なぜ家出しなくちゃならないの？その理由を聞かせてくれない？そしたら、もっと力になれるかもしれない」

塚田真一は両肩を落とし、その口から言葉は出てこない。

昭二が馬鹿にしたような口調で言った。

「そら見ろ、言えないんだ。大した理由なんかないんだからさ」

「昭二さんは静かにしてて」

滋子は真一の顔から視線をそらさず、対決するように見つめ返した。この睨《にら》み合いに勝たなくては、真一は本当に離れて行くだろう。ここが踏ん張りどころだった。

真一の頭が、わずかに右にかしいだ。まぶたがひくりと動いた。そうして言った。

「——書くんでしょう？」

「え？」

「僕の家出は、大川公園の事件とは何の関係もないことなんだ。だけど書くでしょう、僕が話せば。何でも書き立てるんだ。それが前畑さんの仕事なんだから。目的なんだから」

滋子は胸をそらして言い切った。「大川公園の事件に関係のないことなら、あたしは書かない」

「嘘《うそ》だ」

「嘘じゃないわ」

「うちに取材に来た人はみんなそう言いましたよ」

昭二が一歩前に踏み出し、滋子をかばうように立った。「滋子は嘘をつかないよ。書かないと言ったら書かない。ワイドショウなんかと一緒にしないでくれ」

威張ったような昭二の口調に、真一はきっと目を上げた。滋子は口をはさもうと身を乗り出しかけたが、それより先に真一は言った。

「立派なことを言うけど、ホントかな。聞いても書かずにいられるかな？　自分で書かなくたって、他所へ情報を売ったりするんじゃないのかな?」

「てめえ、なんて口をきくんだ。滋子を何だと思ってる」

固めた拳《こぶし》を振り上げた昭二を、滋子は引き戻した。

「やめてよ」

「それなら話してあげようか」真一はヒステリックに早口になってきた。「今日、見かけたでしょう? 僕を追いかけてきた女の子。あの子、どこの誰だと思いますか? 何で僕を追いかけるんだと思う?」

今日が初めてじゃないんだと、真一は言った。

「もう何度も、学校の行き帰りに待ち伏せしたり、電話をかけてきたりしてる。僕も必死で、石井さんの家にだけは訪ねてこないでくれって頼んで、向こうも一度は聞いてくれたんだけど、僕が顔をあわさないように避けてたら、とうとう今日は家まで追いかけてきたんです。ずっと、おじさんとおばさんには知られないように、ずいぶん頑張ってきたんだけど、彼女があの様子じゃ、今頃はもうバレちゃってるだろうな」

昭二がへらへら笑った。「君のガールフレンドなんだろ? はらませちゃって、責任取れとか言われてるんじゃねえのか?」

ひどい言葉に、滋子は昭二をひっぱたいてやろうかと思った。が、その前に凍りついてしまった。

昭二も硬直していた。声を呑《の》んで。

塚田真一は震えていた。全身で震えていた。身体《からだ》の両脇《りょうわき》で拳を握りしめ、その拳も小刻みにぶるぶると動いていた。

「な、なんだよその顔は」昭二は空元《から》気で言い返した。「なんだっていうんだよ?」

「あの、女の子は——」と、塚田真一は話し始めた。不用意に呑んでしまった腐った水を懸命に吐き出そうとするかのように、胃をひっくり返すようにして、一語一語、身体の一番深いところから言葉を引きずり出して。

「樋口めぐみっていいます。本当は高校二年生なんだけど、今は学校をやめてる。やめざるを得なかったんだって」

「樋口めぐみ……」

むろん、滋子の知らない名前である。しかし聞き覚えがあるような気もした。急いで目を通した佐和市の教師一家殺人事件に関する記事の中に、樋口の名前がなかったか——

電撃のように思い出して、滋子は声をあげた。「樋口?　あの樋口?」

「ヒグチって誰だよ?」と昭二がわめいた。「俺にはわからないよ」

滋子にはわかった。滋子にわかったことを、真一もわかった。塚田真一は、一家皆殺し事件のたったひとりの生存者は、無惨《むざん》に口の端をひん曲げて、滋子に向かって笑おうとした。

「樋口秀幸《ひでゆき》はね、僕の親父《おやじ》と、おふくろと、妹を殺した犯人なんです。めぐみはそいつの娘なんだ。ひとり娘なんですよ」

昭二が唖然《あぜん》と口を開いた。「犯人の娘が、なんで君に会いに来るんだよ？　なんで君を追いかけ回さなきゃならないんだよ？」

ひとつ息を吸い、その息を止めて、真一は低く答えた。「彼女の父親に会ってくれって」

「君に？」

「僕に。この僕に。面会して、父の話を聞いてくれって。そうして、そうして――」

真一の声が乱れ始めた。友達と喧嘩をして、しゃくりあげながら母親の元に帰ってきた小さな子供のように、とぎれとぎれに言葉を吐きだした。

「会ってみたら、きっと僕にも、樋口も犠牲者だってことがわかるって。そしたらきっと、あいつの減刑嘆願書に署名したくなるだろうって。めぐみは僕にそれをさせようとしてるんだ」

真一がなんとか落ち着きを取り戻すまで、滋子も昭二も黙って見守るしかなかった。

真一を居間に連れ戻し、ソファに座らせると、滋子は彼の隣に腰かけた。

真一の涙はすぐに止まった。だが呼吸は切迫し、苦しそうで、ずいぶん長い間、窒息しかけた人のように空気を求めてあえいでいた。確かに彼は溺《おぼ》れかけていたのだ。苦悩という暗い沼の底で。今やっと、両手で冷たい水をかき分けてあがってきて、岸に向かって助けを求める声をあげたのだった。

「大丈夫？」

しばらくして、真一が震えながら大きくひとつ息を吐き出したとき、彼の顔をのぞきこんで、滋子は訊《き》いた。「お水をあげようか」

「……はい」

コップの水を差し出すと、「ありがとう」と受け取った。わずかながら、その手はまだ震えていた。

「ごめんよ」と、昭二が首を縮めながら言った。「なんか……俺かなりひどいことを言ったな」

うつむいたまま、真一は首を振った。滋子は昭二にちょっと微笑《ほほえ》みかけた。今は、彼も少しばかりの慰めを必要としている。昭二は弱々しく笑みを返してきた。それで滋子も慰められた。これでやっと、ふたりで真一を慰めることができる。

「樋口めぐみは——」と、滋子はゆっくりと切り出した。「父親の減刑嘆願運動をしているのね？」

真一はうなずいた。「彼女だけじゃなくて、近所の人たちとか、会社の元の従業員とかも協力してるそうです」

事件について、昭二は詳しいことを知らない。滋子は彼に説明し、真一に確認をとるつもりで話をした。

「樋口秀幸はね、塚田君たちが住んでいたマンションの近くで、クリーニング会社を経営している社長だったの。専用のクリーニング工場を持ってて、かなり繁盛《はんじょう》してて、従業員も十人ぐらいいて」

会社の名前を「白秀社」という。

「もともとは、親から継いだ家業のクリーニング店を、樋口が一代でそこまで大きくした会社なのよ。経営は上手《うま》かったんでしょうね」

「従業員が十人ぐらいって言ったら、うちと同じくらいの規模だけど……。あ、俺の家は鉄工所なんだよね」昭二は真一に言った。「まあ、零細企業だよな」

「そうね。でも、樋口の望みは凄《すご》く大きくて、ただその望みは、白秀社を大きくするということだけに留まらなくてね。不動産に手を出したわけ」

昭二は顔をしかめた。「いつごろ？」

「言うまでもないって感じね。バブル期よ」

「で、バブルがはじけると――」

「いっぺんでコケた。あの時期、不動産の転売で儲《もう》けようとしていたほとんどの会社や個人がそうなったようにね」

負債は負債を呼ぶ。樋口秀幸は、一九九五年の秋には、総額十億円以上の借金を抱えることになってしまった。白秀社は倒産、樋口の個人資産もゼロになる。社員たちは離散した。

「日本中のあっちこっちでそういうことが起こってるよな。馬鹿《ばか》だけど、気の毒な気もする――」昭二は呟《つぶや》き、黙ったまうなだれている真一に、あわてて言った。「だからって、樋口って奴《やつ》をかばうわけじゃないよ」

「ええ、そうよ」滋子は続けた。「同情の余地はないと、あたしも思う」

破産の憂《う》き目《め》を見ても、もう一度やり直そうという健全な気力さえあれば、樋口には道があったはずだ。またクリーニング屋で働き、こつこつと資金を溜《た》め、自分の店を興《おこ》す。その店を大きくする。気の遠くなるような辛抱と労力と根気が要ったろうが、彼はまったくつぶしのきかないサラリーマンではなく、技術があった。やり直すことはできた。

しかし、時代の大津波に、あっという間に財産を呑み込まれ持ち去られた樋口には、もうその辛抱ができなくなっていたのだろう。失ったものを、一度に、手っ取り早く取り返そうとしたのだ。資金をつくって、早く会社を興したい——資金さえあれば——資金さえ——

銀行も公共の金融機関も、むろん樋口にはにこりともしてくれない。景気も傾いてゆく一方だ。あのバブル期、日本中に溢《あふ》れていると思われた金は、ただの幻影に過ぎなかった。幻滅と焦燥の挙げ句、樋口はひとつの結論にたどり着いた。

盗むということに。

「それで銀行でも襲ったんならまだ話はわかるけど、なんでまた彼の家を？　君のお父さんは、仕事は何してたの？」

昭二の問いに、真一はうなだれてコップのなかを見つめたまま答えた。「——教師です」

「学校の先生か。先生が大金持ってるわけないよな？」

滋子は真一の横顔をうかがった。話し続けてもいいだろうか。

「お父様、遺産を相続したばっかりだったんだそうよ」

「遺産?」

「ええ。少しまとまった額をね」

「ああ、じゃあその噂《うわさ》を聞いて」

「そうね。近所のことだから、樋口の耳にも入ったんでしょう。本当に運が悪かったとしか言いようがない――」

言いかけて、滋子は口をつぐんだ。真一がぎゅっと目を閉じている。痛みをこらえているかのように。

「塚田君、大丈夫?」

真一は返事をしなかったが、ややあって目を開いた。またちょっと、息が乱れ始めた。

「どっちにしろ、悪いのは一方的に樋口の側じゃねえか。な?」

昭二は腕組みをして、滋子の顔を見た。

「そりゃまあ、家族の側からしたら何としたって助けたいだろうからさ、減刑嘆願書かなんだか知らないけど、署名を集めるのも結構だけど、それを塚田君に――それってやっぱ、虫がよすぎるよ。俺、なんかムチャクチャ腹立ってきた」

樋口秀幸は、社員たちの信頼を集めていた。それなのに会社を倒産させてしまい、自分を頼っていた彼らとその家族を路頭に迷わせてしまったことに、痛切な責任を感じていた。それもまた、再起を焦《あせ》る彼を暴走させる大きな要因になっていたことだろう。

「犯行は、樋口ひとりだけでやったことじゃなかったの」と、滋子は続けた。「元の社員がふたり、協力してた。今、三人とも拘置所のなかにいるわ。減刑嘆願運動には、彼らの家族も関わっているのかしら？」

「たぶん」と、真一はうなずいた。

「減刑してもらえるという、そういう希望の根拠はどこにあるんだろう？　どこに言い訳の余地があるってんだ？」

それは滋子も知りたいところだった。真一の顔を見た。

「樋口めぐみは何か言ってた？」

真一は何か言いかけ、少し考えてくちびるを動かし、結局は黙ってしまって、ただかぶりを振った。

「私たちはバブルの犠牲者ですとでも言い張るつもりなのかね？」

今や昭二は完全に腹を立ててしまい、語気が荒々しくなっていた。

「冗談じゃねえよ。そもそも、不動産を転がして儲けようなんて考えたことが間違ってたんだからさ。地道に商売してる人間には、そんな言い訳は通用しねえよ」

前畑鉄工所も、経営はかつかつである。いつだって綱渡りで、ただその綱の太さが時期によって変わるというだけだ。それだけに、昭二の怒りは、滋子の抱くかなり観念的なそれよりも、はるかに激しいかもしれない。

「樋口めぐみのこと、知っているのは塚田君だけ？」

「今までは」

「石井さんご夫婦は別として、たとえば先方の——樋口側の弁護士さんとかはどうなのかしら。めぐみがあなたに会いに来てることをご存じなのかしら」

「知らないんじゃないかな」と、真一はぼそりと答えた。「知ってても、止められないのかもしれないけど。あいつは住所不定だから」

「樋口めぐみが？　だけど、遺族の感情を逆撫《さかな》でしてるわよ。塚田君、担当の検事さんには話さないの？」

「話してません」

「相談してみたら？　いえ、わたしは裁判のこととかよくわからないけど……。裁判自体は進んでるの？」

「向こうが精神鑑定を求めてて、今は中断してます」

「精神鑑定？」昭二がまた怒った。「なんだよ、それって。あれだろ、あのときは酔っぱらってたとか薬やってたとかで、自分のしてることがわからなかったとか、そういうことだろ？　責任逃れじゃないか」

「そう怒鳴らないで。そんな大ざっぱなことじゃないのよ。それに、被告人の権利なんだから」

「殺された方はどうなるんだよ」

「それとこれとをごっちゃにしちゃいけないのよ」

「シゲちゃん、どっちの味方なんだ？」

思わず、滋子は苦笑してしまった。ホント、単純なんだから。

「笑い事じゃねえよ」昭二はぶつぶつ言う。「こんな話、聞いたことねえぞ。塚田君は踏んだり蹴《け》ったりじゃないか」

ぐいと膝《ひざ》を乗り出すと、昭二は真一の肩をつかんで揺さぶった。

「話はよくわかった。さっきはごめんよ。君が家に帰れない理由も呑《の》み込めたよ。樋口めぐみになんて、会いたいはずがねえもんな。それだけ図々《ずうずう》しい自分勝手な女じゃ、怒鳴りつけたって諦《あきら》めて引っ込んだりしないだろうし」

昭二は丈夫そうな歯をむき出しにして笑みを浮かべた。

「安心しろよ。今日からは俺たちが君をかくまってやる。俺と滋子は、君の味方だからな」

12

九月末、十二日の事件発生から約半月を経て、武上悦郎は、墨東警察署内訓辞場の外に掲げられた墨書の立て看板を書き改めた。大川公園バラバラ死体遺棄事件と、先日三鷹市で発生した女子高生殺害事件が、同一犯人もしくは同一犯行グループの手によるものと推察されるため、ふたつの事件の特別合同捜査本部が設置されたからである。

ちょうどこのころ、大川公園事件の特捜本部では、有力な容疑者をひとりあぶり出していた。公園から南に二キロほど下がった川沿いの公営住宅に住む二十五歳の無職・田川《たがわ》一義《かずよし》という青年である。

実はこの田川の名は、捜査活動のかなり早い段階から、捜査本部のファイルのなかに登場していた。墨東警察署並びに近隣の城東・荒川・江戸川・久松警察署管内に現在居住中の、性犯罪と殺人・傷害など暴力的犯罪（武装強盗や重窃盗《せっとう》、放火は除く）の前科を持つ人物をリストアップしたファイルだ。大川公園事件の発生直後につくられたこのファイルには、合計二十三名の名前が載せられていた。

前科者《ぜんかしゃ》に対する偏見を煽《あお》り、彼らの正常な社会復帰を阻害するという批判はあれど、今回のような重大事件が発生したとき、まずはそれ以前に発生している類似の手口による犯行やその犯人を洗ってみるというのは捜査の常道である。特捜本部内では、二人一組計六人の専従班がつくられて、このファイルを元にした捜査を開始した。調べ始めると、二十三名のうち七名が、現在別の事件の容疑を受けて身柄を拘束されている、もしくは判決が下って受刑中であるとわかり、最初の段階でオミットされることになった。

残り十六名中十四名までは現住所や連絡先が確認できた。二名は所在が判《わか》らず、担当の保護司も彼らの現況を把握していない。しかしこのふたりは、それぞれ、酒場での喧嘩《けんか》と、近所づきあいのいざこざから発生した傷害致死の罪を問われて受刑したものので、そこから考えると、今回の事件に関わっている可能性はかなり低いと考えていいだろう。

さて、リストの十四名のうち、特捜本部が特に強くマークしたのは、リストナンバー6の四十九歳の男性と、ナンバー11の二十六歳の男性だった。ふたりとも、婦女暴行・強制猥褻《わいせつ》・猥褻目的の略取誘拐の罪を問われており、ナンバー6の方は累犯者《るいはんしゃ》でもあった。ナンバー11の方も、公的な記録には残されていないが未成年時代に数件の累犯があることを、彼が刑を受けることになった事件の捜査担当者たちが知っていた。

ふたりの事件の犯行現場は、いずれも首都圏に限定されている。

ナンバー6は久松警察署管内に、ナンバー11は城東警察署管内に居住している。リスト専従班はここで二手にわかれ、それぞれの所轄署《しょかつしょ》の協力を仰ぎながら、このふたりの現在の生活状態・居住環境の徹底的な調査を開始した。

この時点で、残りのファイルは武上の手元に戻されてきた。リストの十四名から最重要マークのふたりを除いた残り十二名のうち、性犯罪の前科を持つものはふたり、ナンバー2とナンバー13だ。いずれも犯情としては軽微と言えるものだが、念のために現況を確認する捜査が行われ、ふたりとも今回の捜査対象からはずしていいのではないかという報告書があがってきたものを綴《と》じ込み、武上はいったん、そのファイルのことを忘れた。この時点では彼も、ナンバー6とナンバー11に気をとられていたのである。しかし、後に急浮上してくる田川一義は、実はこのとき伏せられてしまったナンバー13であった。

特捜本部が、大川公園を基点にぐるりの管内に住む人物という犯人像を打ち出したのは、この犯人が大川公園付近に対するきわめて詳しい土地鑑《かん》を有しているらしく思われるからである。大川公園は、三年前の春から秋にかけて、全面的な改修工事を行っている。現在進行中の一部補修工事も、その改修のときに予算等の関係で手が回りきらなかった部分について行われているのだ。三年前の改修工事は、園内の施設をはじめ、植え込みや公園出入口の位置なども変更されるほどの大規模なもので、区役所の公園管理課員の話によると、改修前後で園内の様子が一変したという。

となると、現在の大川公園内についてよく知っているらしきこの犯人は、十年も昔に大川公園の近くに住んでいたとか勤めていたというのではなく、きわめて現在に近い過去から大川公園の様子を知っている人物だということになってくる。とりわけ、武上の考えた例のゴミ箱のトリックを仕掛けるのには、常々大川公園に出入りして、ゴミ回収のサイクルについての知識がなくてはならず、それには遠方にいてはままならないであろう。

ところで、このゴミ箱のトリックに関する一件は、捜査会議での検討にもかけられたのだが、結果は賛否両論、武上の意見に賛成する者と、それは考えすぎだと否定する者とが半々の状態だった。面白いことに、日ごろ何かと武上を慕ってくれている秋津刑事が反対論側で、彼と折り合いのよくない鳥居刑事が武上側になった。もっとも、秋津が反対だから鳥居は賛成にまわったというだけのことなのかもしれないが。

「ガミさんは少し、犯人を買いかぶり過ぎてますよ」と、会議のあとで秋津は言った。

「それほどの度胸と頭のある奴《やつ》じゃないと思うな」

「女子高生を騙《だま》して連れ出すのに、度胸と頭は要らんかね」

秋津は苦い顔をした。「三鷹のあの娘《こ》は、だいぶ問題行動があったそうじゃないですか。可哀想《かわいそう》だとは思うけど、簡単に引っかけられたんじゃないのかな」

遺体で発見された女子高生は、日高千秋・十七歳、池袋にある私立女子高校の二年生である。彼女の制服姿の写真を見せると、プラザホテルの従業員たちは、ひと目で、これがあの日手紙を届けにきた少女だと確認した。制服も間違いないという。これが根拠となって合同捜査本部ができたわけだが、この事実が公式発表され報道されたあとも、今までのところは、犯人の側は沈黙している。

武上は犯人を買いかぶっているつもりはないが、相当に賢い、すばしこい奴だろうと思っている。おしゃべりでもある。警察が正式にふたつの事件の関連性を認めた以上、かなり高い確率でそれに対するコメントを出してきそうなものだと、正直言って期待していた。おしゃべりな犯人は、しゃべらせた方がいい。そのうちきっとボロを出すからだ。

しかし、今回は沈黙している。有馬義男に対してもちかけたテレビで土下座すれば云々《うんぬん》の一件についても、その後は何も言ってくる様子がない。ひょっとすると、犯人の側に何か起こっているのかもしれないと、武上は考える。

その「何か」は、別に大げさなことでなくていい。風邪を引いて寝込んでいるとか、仕事が忙しいとか、出張中だとか、家族で海外旅行をしているとか、そんな当たり前のことでいいのだ。この事件の犯人像には、そういう日常の些末《さまつ》な事どもがぴったりと当てはまるのである。

「彼」もしくは「彼ら」――この種の計画的犯罪が複数の犯人の連携プレイで行われることは、日本国内ではほとんど例がないが、共犯者がいるかもしれないという可能性の問題として――今度の事件を操っている人間は、若い女性をさらって殺すという犯情の卑《いや》しさと裏腹に、かなり魅力的な、言葉をかえていうならば、「まさかこんな人が」と思われるような人物ではないかと武上は思う。ひょっとすると、社会的な地位も持っているかもしれない。経済力もそこそこありそうだ。有能で人当たりがよく、人好きがして、結婚しているか恋人がいるか、結婚している場合は子供もいるかもしれない。とにかく、どう見ても「犯罪者」のイメージからはほど遠い、健全で正常な社会人だろうと、武上は考えるのである。

犯人と有馬義男の会話、日高千秋の母親との会話、テレビ局へかけてきた電話。何度となくその記録を読み返しながら、これはどういう人間だろうかと考えてきた。話の内容はともかく、言葉の選び方はきちんとしているし、語彙《ごい》も貧弱ではない。教育を受け、その教育を身につけている人物を、武上は思い浮かべる。声が変造されているので、年齢は絞り込めないが、それでも二十代から四十代というところだろう。その年代でそこそこ教養もあるということならば、定職についていない可能性は薄い。失職しているケースがあるとしたならば、リストラでやられたか、円高不況による倒産か――

引っかかる点はいくつかあった。たとえば、有馬義男をプラザホテルに呼び出しておきながら、じいさんなんかはああいうホテルではちゃんとした扱いを受けられないんだと揶揄《やゆ》しているところである。これは、単に有馬義男を侮辱するために言った言葉なのか、それとも犯人のなかにあるコンプレックスの裏返しなのか。つまり犯人自身が、高級ホテルで「ちゃんとした扱い」を受けられない類《たぐい》の人物であるのかということだ。

ここで武上は考え込む。確かにあの種の気取ったホテルは人を見て扱いを決めるところがある。だがそれも、この十年ぐらいでだいぶ様変わりしてきているように思う。それだけ社会全体が豊かになってきたのだし、多様化してきたという証拠でもあろう。学生がジーンズによれよれのTシャツ姿でデイパックを背負ってホテルのロビーで待ち合わせしているのを、しばしば見かけるくらいである。

七十過ぎの豆腐屋の主人の有馬義男が高級ホテルに気後れし、その気後れのせいで、頭の悪い従業員にバカにされるというケースなら考えられるし、実際、あの夜そういうことがあったらしい。しかし、おそらくは有馬義男よりずっと若いであろう犯人の口から、自発的に——有馬義男が「あんなところではどぎまぎしてしまうから嫌だ」などと言う前に——じいさんはちゃんとした扱いを受けられないよという言葉が出てくる。そういう発想がある。これはかなり奇異なことだと、武上は思うのである。

するとこれは、犯人の「親」の世代の体験や思想から出てきた言葉なのではないか。だとすると、犯人の現況ではなく、彼の生育環境を推し量るひとつの手がかりになるかもしれない。

もうひとつ気になることがある。この犯人はおしゃべりだが、それと同時に、被害者たちにも実によくしゃべらせているということだ。

古川鞠子の件で有馬義男に接触するのに、犯人は彼に電話をかけた。古川家にも訪ねてきている。どうやって自宅の住所や電話番号を調べたのか？　当時もいろいろ考えて説を立ててみたが、三鷹の日高千秋殺しがあって以来、武上は、これは犯人が被害者たちからそれらの情報を聞き出したに違いないと考えるようになった。

日高千秋の遺体は、彼女の自宅近くの児童公園内で発見された。象の形をした滑り台の上に座らされていたのだ。母親の証言によると、この滑り台は、幼いころの日高千秋が大好きだったものだという。母親自身はそのことを忘れていた。犯人の側から、――お宅の近所に児童公園があるでしょう？　象の形のへんてこな滑り台がある児童公園。

と言い出したのだ。

なぜ犯人が千秋と象の滑り台のことを知っていたのか？

たとえば犯人が日高千秋の幼なじみや親しい友人で、以前から滑り台のところをよく知っていたと仮定してみる。その場合は、この友人某が大川公園の事件にも嚙《か》んでいることになるわけだ。今のところ、千秋と鞠子がなんらかの形で知り合いだったという可能性は出てきていないから、彼女たちをつなぐ輪は犯人の側にしかない。となると、この犯人は、千秋の親しい友人（子供時代の思い出まで知り得るような）であると同時に、古川鞠子の住所や電話番号なども知り得る立場にいる人物ということになる。

この仮説には、少し無理があるのではないか。千秋も鞠子も女子高生というのならまだ可能性もあろうが、片方は高校二年、片方は就職したばかりの銀行のOLである。鞠子の出身高校は千秋の在学校ではない。住まいこそ、東中野と三鷹という同じ中央線沿線だが、それ以外にはこれという共通点が見あたらないのだ。

捜査会議では、ひとつ奇抜な意見が出た。犯人は鞠子の同僚か上司ではないかというのだ。なるほど会社の人間なら古川鞠子のパーソナルデータをつかむことはできよう。では、日高千秋とどうつながるか？

千秋は売春行為をしていた。母親も薄々察知していたし、同級生のなかには、千秋の口からかなり露骨な打ち明け話を聞かされている少女もいた。それによると千秋はまったくのフリー、つまりグループに属したりリーダーがいたりするわけではなく、常に単独行動で、主にテレフォンクラブを利用し、相手の男性を呼び出し、相手が乗ってきそうで千秋も気に入ればホテルに行く——というパターンを守っていたようだ。千秋がこんなことを始めたのは、彼女と非常に親しかったある同級生の影響と誘いがあったからのようで、しかしこの同級生は今年の六月、校内で窃盗行為を働いたということで退学処分を受けている。その後も千秋との付き合いは続いていたらしいし、特捜本部でも彼女の現況をつかんで事情聴取をしているが、この少女も「一本釣りタイプ」のようである。そちらはそちらで別の事件になっている。

さて、この奇抜な意見の提案者が言うには、古川鞠子の職場の人間が、日高千秋の客になったことがあるのではないか、というのだ。そういう形でミッシング・リンクがつながり、こいつが犯人だというわけである。なるほど説としては面白い。しかしその場合、なぜ殺したかという動機が今ひとつわからなくなるし、だいいちこの説を採ると、いまだ身元の判明しない第三の被害者、右腕しか発見されていない女性をどこにはめこむのか。彼女も職場の同僚や元同僚、あるいは売春行為をしていた若い女性ではないかというふうにもっていくのは、いささか強引だろう。それよりは、これは不特定多数の若い女性を狙《ねら》った犯行であり、被害者同士に相互のつながりはなく、ただし、犯人が殺害に及ぶ以前に、被害者個人から話を聞き出しているのだろうと、素直に考えた方がいい。

もっとも、日高千秋と犯人のあいだに面識があったかどうか――これは即断を許さないところである。プラザホテルに手紙を届けたあの日、初めて町で（あるいはテレクラで）接触したのか、犯人が以前から千秋の売春行為の相手であり、あの日も呼び出されて出ていったのか、そこはまだわからない。もしも犯人が千秋と前々からなじみの「客」なのだとしたら、彼女が残した日記、手帳、アドレス帳、ポケットベルの通信記録などを洗い出すことで、何か手がかりがつかめるかもしれない。

それでも、今の段階でひとつだけはっきりしていることがある。日高千秋がこの犯人と思われる相手の男性を「気に入っていた」ということだ。打ち解けていたということだ。それも、子供のころの思い出話を話して聞かせるほどに。

日高千秋は、プラザホテルに手紙を届けた二日後に遺体となって発見されている。しかし、遺体を調べてみると、死亡してから二十四時間以上は経過していないことが判明した。これは特捜本部にとってもやや意外な事実であった。では、手紙を届けてから殺害されるまでの二日間、彼女はどこで何をしていたのか？

犯人のそばにいたのだろう。彼女の自由意志で留まっていたのか、拘束されていたのか、それはわからない。一晩目は自由意志で、二日目つまりプラザホテルの一件が報道され、千秋があの手紙の意味するところに気がついて以降は拘束ということだったかもしれないし、その説がいちばん妥当だと武上は思う。もちろんその「自由意志」は、たぶんに犯人からの働きかけによるものに違いないが。なにしろ、翌朝になれば、彼がプラザホテルに届けさせた手紙がどんなものであるか、千秋は知ってしまうのである。そして千秋は彼の顔を知っている。名前や経歴は嘘《うそ》を言えば済むが、人相特徴を知られている以上、千秋を自由の身にすることは絶対にできない。

今となっては、千秋が最初からの共犯者であったとは考えにくい。大川公園事件が起こったとき、母親は千秋に、ああいうこともあるから夜遊びはやめなさいと言った。それに対して千秋は「あたしは男に殺されるほどバカじゃない」と言い返したという。日常の生活態度も、乱れてはいるがそれなりに変化はなく、事件の報道を特に興味を抱いて見たり読んだりしている様子もなかったそうだ。もしも千秋が共犯ならば、そこまで平静ではいられなかっただろう。いくらすれていると言っても、十七歳の少女なのである。

日高千秋は途中から巻き込まれた。だが彼女を巻き込んだその相手に、おそらくは相手が犯意を見せるその瞬間まで、彼女はかなりの好意と信頼感を抱いていた。母親でさえ忘れていた象の滑り台のエピソードを話したということが、彼女の相手に対する心情を物語る、何よりの証拠だ。

解剖報告によると、最後に食事をとったのは殺害される直前のことであるらしい。ハンバーガーのようなものだという。ジャンクフードだが、女子高生にとっては好ましい食べ物だったかもしれない。つまり、千秋は食事もきちんと与えられていたのだ。

体内からは残留精液は検出されなかったので、犯人とのあいだに性交渉があったのかどうかは判然としないが、手ひどい暴力をふるわれた痕跡《こんせき》は残っていない。首に残ったロープの痕《あと》を除けば、千秋の全身の肌はつるりときれいだった。髪にシャンプーの成分が残っているし、足の指のあいだから湯垢《ゆあか》が検出されているので、二日間のあいだに入浴もしくはシャワーを浴びていた可能性もあるという。

千秋の死因は、ロープで首を絞められたことによる窒息死だ。ただし、首にかけたロープを手で絞めあげられる――という形ではない。いわゆる〝首吊《つ》り〟をさせられて死んだのだ。「縊死《いし》」なのである。報道では、このあたりが不正確に伝えられることが多く、頻繁に「絞殺《こうさつ》」という言葉が使用されているが、これは事実と違う。「絞殺」と「縊死」では、首に残る独特の痕跡（これを索状痕《さくじょうこん》と呼ぶ）がまったく違うので、すぐに識別がつくのだ。

被害者を強制的に縊死させたという形の殺人事件は、武士もこれまで扱ったことがない。十年ほど前に、難病に苦しむ妻が自殺しようと鴨居《かもい》からさげたロープに首をかけて、踏み台に登ってはみたけれど、怖《お》じ気《け》づいてためらっているところに帰宅した夫が、妻に泣いて頼まれて、目をつぶって踏み台を蹴《け》ってやったという事件なら経験したが、これは妻の残した遺書もあり、彼女が日ごろから自殺願望を口にしていたという周囲の証言も、夫が彼女の看護のため精神的にも経済的にもギリギリのところまで追い込まれていたという医療関係者の証言もあって、自殺幇助《ほうじょ》と認定された。罪には問われるが、殺人ではない。

そういえばこの事件の際、捜査にあたった同僚の刑事が、

「もしも俺がこの夫と同じ立場に置かれたら、やっぱり踏み台を蹴ってやると思う。でも、踏み台を蹴り倒すと同時に、女房の体を抱き留めてやる。それをしなかったのは、やっぱりこの夫のなかに、殺意があったからじゃないか」と言っていた。このころ武上は、もろもろの事情で妻とギクシャクしていた時期だったので、同僚の言葉に大いに動揺したものだった。俺だったら踏み台を蹴って、そのまま家も職も捨てて逃げてしまうかもしれないと、かなり深刻に考え込んだ。もちろん、こんな話は女房には一言も話してない。

日高千秋の首に残った索状痕は、明らかに縊死の際のそれであった。だが彼女は、首吊りの状態になってから相当暴れたらしく、首筋にロープがこすれて、皮膚に擦過傷ができていた。まだ意識のあるうちに、もがきながら必死でロープを緩めようとしたのだろう、両手の爪《つめ》のあいだには、ロープの繊維がたくさん残っていたし、右手の中指の爪は割れていた。

これは、覚悟の縊死の場合には絶対にあり得ないことだ。間違いなく、千秋は犯人に強いられて、首吊りをさせられたのである。

犯人は彼女を、どうやって誘導したのだろう。言葉巧みに、イタズラだと説明したのだろうか？　千秋が男性であったなら、首を吊って意識が飛びかけるくらいの状態で自慰をすると気持ちいいよ——と唆《そそのか》すという手がないでもない。実際、この隠れた趣味に浸っていて、うっかり首が強く絞まりすぎてしまい、事故死するという例は少なくない。だがこれは男性ばかりだ。千秋にはあてはまらない。

それに千秋の遺体は、発見されたとき、きちんと制服を着ていた。靴下まで、制服にマッチしたものを履いていた。ただし下着と靴下は母親の知らない新品で、おそらく犯人が買い与えて着替えさせたものと思われる。

犯人と一緒にいるあいだ、千秋がずっと制服を着たままであったとは考えにくい。もう少し、動きやすい服装をしていたのではないか。学生鞄《かばん》や他の所持品は発見されていないので確認はできないが、これまでの行動パターンから推して、千秋自身が着替えを持っていた可能性もある。入浴していたかもしれないというのだから、なおさらだ。

だとすると犯人は、千秋を強制して、あるいは騙《だま》して縊死をさせる前に、まず彼女を制服に着替えさせたことになる。確かに、千秋を母親の元に返す際には、制服姿である方がショッキングだ。犯人の側から言えば、演出効果が高いということになる。

しかし、既に自分がプラザホテルに届けた手紙が何であったのか、どんな事件に関わっているのかを察知して、少なからず怯《おび》え始めていた千秋を誘導するのは、犯人にとっても簡単なことではなかったはずだ。強制して何かさせるのも、頭で思うほど易しいことではない。彼女が泣き叫んで命乞《いのちご》いするような状況下にあったとしたら、まずコントロールはきかないだろう。

それなのにこの犯人は、千秋を着替えさせるという手間をかけた上で、縊死させている。いったいどうやったのだ？　どんな手を使って日高千秋を動かしたのだろう？

犯人と日高千秋のあいだに――というよりも千秋の側に、ギリギリになっても、首にロープをかけられて、踏み台を目の前に持ってこられても、まだ話せば何とかなる、まだ自分の言うことを聞いてくれるんじゃないか、あるいはこれは手の込んだ冗談で、この人が自分をこんな目に遭わせるわけはないと信じてしまうような、この人が古川鞠子やあの右腕の持ち主の女性に非道《ひど》いことをしたとわかっていても、でも自分だけは大丈夫だと、信じざるを得ないような心情が形成されていたのではないか。

そして、武上がこの犯人――日高千秋が最後に接触した人物を、かなり魅力的な、人好きのする男だろうと推測する根拠も、かかってこの一点にある。

武上はあれこれ考えた。大学生ぐらいの年齢がいちばんありそうか。スカッとしたかっこいいお兄さんだ。しかしそれでは経済的な面で難があるかもしれない。あるいはちょうど秋津ぐらいの年代――三十半ばの働き盛り。そしてふと、日高千秋の父親が忙しい企業戦士で現在も単身赴任中であること、千秋と父親のあいだも、母親と父親のあいだも、会社中心の父親の生き方が災いとなって、長い間うまくいっていないことを思い出した。となると、千秋の父親の年代というのも考えられる。神崎警部と昼飯を食べたとき、自説を披露した上で、ひょっとすると犯人は日高千秋の父親に似ているかもしれませんよと言ってみた。警部は真顔でそれを聞き、あとで母親から父親の写真を借り受けることになった。

そういう試行錯誤があったから、前科者リストのなかからナンバー6とナンバー11が浮かび上がってきたとき、武上は彼らの外見、押し出し、経済力などがひどく気になった。彼らに張り付いている専従班が写真を撮ってきたときも、写真を縦にしたり横にしたりしながらとっくりと観察した。自分が女子高生だったら、この男と付き合いたいと思うだろうか。寝てもいいと思うだろうか。打ち解けて仲良くなって、思い出話をしたくなるだろうか。

前科者の洗い出し専従班の一方には秋津が、一方には鳥居がいる。対立することの多いこのふたりの意見もきいてみた。秋津はナンバー6の方の担当だが、彼自身はこの人物が犯人である可能性は薄いと考えていた。

「おっさんすぎるんですよ」と、彼は言う。

「我々が見ても、むさいおっさんだと思うくらいだから、若い女の子が近寄るかな。前歴が災いして、今のところ定職についてないんで、金にも困ってる。前回の収監中に女房と離婚して、出てきてからはずっとひとり暮らしをしています。その点で行動の自由はあるけど――それに彼氏、今は車も持ってませんよ」

プラザホテルの一件で見せた機動力や、千秋の遺体を運搬した時の手際《てぎわ》などから見て、犯人は自家用車を所有しているであろうというのが特捜本部の見解である。

ではナンバー11はどうか。多くの点で武上の描く犯人像に共感しているらしい様子の鳥居は、

「可能性は、かなり」という言い方をした。

ナンバー11の青年の起こした直接の事件は、交際のあった女友達から別れ話を持ち出され、それを怨《うら》みに思って彼女をつけ回したが、相手も警戒していたため、そこで標的を変えてその女友達の妹に近づき、当時高校一年生だった同女を下校途中に拉致《らち》

してホテルに軟禁、暴行傷害に及んだというものである。

五年前の事件で、ナンバー11は当時大学三年生だった。隙《すき》を見て逃げ出した被害者が近くの交番に駆け込み、巡査がホテルに急行したとき、彼はベッドで眠りこけていた。

逮捕した青年から調書をとっているとき、担当の取調官は、彼の話のなかで、被害者側の姉と妹がしばしば混同され、時刻や曜日の観念も乱れていること、軽い失見当《しつけんとう》があることなどから、精神状態に疑問を抱いた。また当時、彼の住む家の近所で、夜間、帰宅途中の若い女性が襲われ、殴られたり髪を引っ張られたりする事件が数件起こっていたのだが、これも彼の仕業であることが判明、その際、被害にあった女性のうちのひとりが、名前を呼んでののしられたと証言し、その名が彼と交際していた女性の名前であったことが判《わか》った。どうやら彼の目には、若い女という女がみな、自分を袖《そで》にした憎い女に見えていたらしい。

結局、検察側からの申請で精神鑑定が行われ、鑑定書が公判に提出されたが、心神耗弱《こうじゃく》や心神喪失とは認められず、責任能力は充分にあったという認定で、懲役五年の判決がおりた。被告人は控訴せず、受刑した。

「彼が未成年のころにもいくつか事件を起こしていたことは、もちろん公判には持ち出せませんでした。それでも弁護側が控訴しなかったのは、早いところ罪を認めて、彼に治療を受けさせた方がいいという判断があったからでしょう。五年が重いか軽いか意見の分かれるところですが、担当検事が女性でしたのでね」

鳥居は人当たりは悪いが――有馬義男の件でそれは実証済みだ――仕事はてきぱきとしている。てきぱきしすぎているから人と摩擦を起こすのだが、武上は彼の几帳面《きちょうめん》な仕事ぶりを高く買っていた。ナンバー11についても、鳥居は詳細なファイルをつくっていた。

「未成年のころに起こした事件というのも、内容的には似たようなものでしてね。自分に冷たくした女の子や、交際を嫌がる女の子をつけまわして、連れ出そうとしたり、日に百回も電話をかけたり、家に押しかけて乱暴しようとしたりという具合です。徒党を組むタイプではありません。まあ、粘着質の孤独な男ということですか」

「しかし暴力的だな」

「そうですね。受刑中は模範囚で、五年を三年とちょっとで仮出獄しています。保護司とは定期的に会っていますし、保護司に紹介された医師のカウンセリングも受けています。両親と同居して、定職はありませんが、徒歩で行けるところにあるファミリーレストランでアルバイトして、本人はいつかは大学へ戻って卒業し直したいという希望を持っているようです」

「専攻は」

「法学部です」と、鳥居はにこりともしないで答えた。

「じゃ、仮出獄以来はずっと落ち着いていると」武上は鳥居の顔を見た。「しかし、君はこいつが大川公園の事件に嚙《か》んでいる可能性があると思う。なぜだね？」

「ひとつには、外見ですね。僕は武上さんの犯人像に賛成ですから」

「確かに、写真で見ても様子のいい青年だな」

「少し顔色がよくないですが、身長も高いしがっちりした身体《からだ》付きだし、なかなかハンサムなんですよ。なんでフラれるんですかね」

自問するように、鳥居は言った。そういえば彼も独身である。

「教養もあります。学生時代の成績もいい。高校時代の同級生の話じゃ、学年でもトップクラスだったというんですね。生徒会長も務めてます。選挙で選ばれたんですよ」

武上はゆっくりとうなずいた。

「日高千秋の遺体を滑り台の上まで担《かつ》いで運びあげるには、かなり力が要ったはずです。その点でも彼は条件に合う。車も持ってますしね。軽乗用車ですが」

赤い塗装のツーシートのおもちゃのような車だという。

事件発生前後の大川公園付近、古川鞠子の腕時計が届けられた時刻前後の東中野の古川家、プラザホテル近辺、日高千秋遺体発見前後の児童公園周辺——この四ヵ所の不審車両の洗い出しは現在も続いている。今までの報告書のなかには、ツーシートの赤い車は浮かび上がってきていない。赤い車は比較的珍しいので、目撃者の記憶に留まりやすいのだが。

「その点はちょっと保留になりますね。でも、僕はやっぱり決定的にこいつがくさいと思う」

つい最近、ナンバー11の青年に結婚話があったというのである。

「聞き込みでわかったんですが、アルバイト先でガールフレンドができて、これが年上の女性でしてね。相手は結婚を考えた。で、彼の周辺を少し調べたらしいんです」

興信所を使ったのである。

「調査員が近所に話を聞きに来たそうです。彼の現住所の近所の住人たちは、彼の前科について知りません。大人しい青年だという話をしただけだったそうです。ですが、興信所の方が独自のルートで彼の前歴を調べ出してしまった。それで交際相手が逃げ出して、アルバイト先でひと悶着《もんちゃく》あって、運のないことに、せっかく誰も知らなかったはずの過去の事件まで広まってしまったんです」

「いつのことだ？」

「今年の四月中旬」鳥居は言って、ちょっと目を動かした。「古川鞠子が失踪《しっそう》したのは、確か六月の初めでしたよね？」

「うん。六月七日だ」

「これまで彼が起こした事件は、すべて、それ以前に起こった女性関係のもめ事が引き金になっています。交際相手が逃げたり、彼を振ったり、嫌ったりとね。今回の場合もまさにそれです。これが引き金になって、また女が憎いの発作が始まって、エスカレートしてきてるんじゃないですかね」

「その、相手の年上の女性は？」

「勤めを変えて、彼から離れました。居所はわかったので、会いに行くつもりです。もっと詳しいことがわかるでしょう。それともうひとつ、彼の勤めているファミリーレストランはチェーン店で、本社は新宿にあります。採用面接や最初の研修には、みんなそこへ行くんですよ」

「新宿のどこだ？」

「西新宿セントラルビル。プラザホテルのすぐ隣です」

武上は腕組みをした。「張り込みをやってるんだよな？」

「二十四時間態勢で」

「捜査会議にはいつかける？」

「まだわかりません。もう少し裏をとるようにと、警部に言われています。アリバイの確認が難物で」

「わかった。俺の方も、いつでも資料をまとめられるように準備しておこう。それともうひとつ――」

「なんですか」

「ナンバー11は、今どういう生活をしてる？　アルバイトは続けてるわけか？」

「続けています。前科が判明したから解雇ということにはなっていないし、本人も辞めていない。このへん、どういう心理なのかわかりにくいですがね。同僚の話だと、過去のことは冤罪《えんざい》だったんだというようなことをしゃべっているようです」

「遠出したり、病気で寝込んだりしてるわけじゃないな？」

「そういうことはありませんよ」

鳥居と別れたあと、武上は机に肘《ひじ》をついて考えた。ナンバー11が真犯人である可能性は、彼の目には半々ぐらいに思えた。確かに犯人像の条件にはかなり符合するところがあるが、彼が犯人だった場合、このところの沈黙が説明つかなくなるのである。ただ単なる気まぐれなのか——。

前科者リストを元にしての捜査は、神崎警部の方針で、可能な限り慎重に進められていた。とりわけ、対象がナンバー6とナンバー11に絞られたころから、その進捗《しんちょく》状況を、捜査会議の場でさえ全面的には報告しないようになっていた。番記者を通して外部に情報漏れが起こることを、警部がひどく嫌ったからである。

神崎警部は、駆け出しの所轄署《しょかつしょ》勤務時代に、三億円事件をめぐる誤認逮捕事件を経験している。若い神崎刑事のまだ軟らかい心に、この一件は大きな影を落とした。この種の間違いから派生する被害がいかに大きいか——それは誤認された「被害者」だけでなく、捜査当局も然《しか》りだ——払う代償がいかに高いか、身に染《し》みて感じたのだ。同時に、付和雷同しやすい我が国のマスコミに対する強い不信感も、神崎のなかに深く根づいた。彼ほど夜討ち朝駆けのやりがいがない警察官は珍しいというのが、番記者たちのあいだの評判である。特捜本部長の竹本捜査一課長もマスコミ批判の多い人物なので、今回、その点では実にスムーズな意思統一が果たされ、社会的影響力の大きい割には捜査途上の情報公開の少ない事件として、今回の事件は存在している。当然のことながら、マスコミ側からは強い反発があった。半月を経過しても手がかりさえつかめていないらしい捜査本部に対し、手厳しい論調の記事や報道が目立つ。

武上はそれらの報道のスクラップもしていたし、この事件について報じたテレビ番組のビデオ撮りも続けていた。ビデオの方は本部内だけでは手が回りきらないことだし、本来の業務でもないので、主に武上の妻がこれを担当していた。ニュース番組はともかく、昼間のワイドショウ関係については、武上よりも彼女の方がずっと詳しいということもある。

事件が熱いうちは、武上がそれらのテープを通しで目にする時間的余裕はほとんどなく、あとで観《み》ることになっても、そこから事件に関する新しい発見を得ることはほとんどない。しかし、なんでも記録しておきたいタイプの武上の気性を知り抜いている細君は、几帳面に録画を続けてくれている。

今日も午過《ひるす》ぎに、細君は武上の着替えをさげて署を訪れた。会議中の武上は細君に会うことは出来なかったのだが、あとで袋を開けてみると、下着やワイシャツと一緒に一本のビデオテープが入っていた。細君の手書きのメモが添えられている。あるニュースショウで、ボイスチェンジャーを使ったいたずら電話被害についての特集を組んでいた、参考になるかもしれないから持ってきてみた、というのである。

特捜本部が沈黙気味なので、マスコミはマスコミでいろいろな観点から事件に切り込もうと試みているのだ。その夜仮眠をとりに行く前に、会議室のテレビとビデオデッキを使い、武上はテープを再生してみた。一緒に篠崎がいた。細君のメモによると、コマーシャルも入れて二十分ほどの特集だというので、武上は手ぶらで見始めたのだが、篠崎はすぐにメモ帳を広げ、そこで扱われている案件について書き留め始めた。

武上は少し、嬉《うれ》しいような気がした。

特集では、まずボイスチェンジャーという機械の仕組み、流通ルート、価格、利用の仕方などの簡単な説明から入った。そのあと、昨年一年に首都圏で発生したいたずら電話被害の総件数（むろん、判明している限りのものであるが）と、そのなかでボイスチェンジャーが使用されている件数を紹介する。これが思いの外少なかった。

「やはり、いたずら電話は生の声でという心理が働くのでしょうか」と、特集のナレーターが言う。篠崎がそれを書き取る。

コマーシャルをはさんだ次の場面では、ボイスチェンジャーを通しても、声紋をごまかすことはできないという説明が始まった。その通りである。ボイスチェンジャーは、まさに「耳で聞いたときの声を変える」だけで、声紋そのものを変えることができるわけではないのだ。捜査側にとっては幸いなことに、そこまでの技術はまだ開発されていないのである。このことが、案外知られていない。

武上たちが追っている犯人は、自分の生の声を証拠として残さないために、ボイスチェンジャーを使用している。彼の場合、最初に電話をかけたのがテレビ局だったのだから、よほどのバカでない限り、そういう配慮をするのは当然だ。しかし彼は、それでは声紋まではごまかせないということを知っているだろうか？　まったく知らないでいて、もしかするとこの番組を観て大いにあわてたかもしれない。

特集の最後のコーナーは、ボイスチェンジャーを使ったいたずら電話の被害者のインタビューだった。ふたり登場し、ふたりとも女性であった。顔にはモザイクがかけられ、音声も変えられている。ひとりは埼玉県に住む主婦、もうひとりは都内で一人暮らしのOLだという。主婦の方は、日に百五十回を越える回数のいたずら電話を受け、身体を壊してしまったと訴えた。OLは、電話の内容が彼女の私生活に立ち入ったものであったので、職場の同僚の仕業ではないかと疑い、そのために仕事を辞めざるを得なくなったと話す。どちらのケースでも、警察が捜査に乗り出しているが、犯人はまだ捕まっていない。

インタビューの後半で、埼玉県の主婦は、涙声になりながら、いたずら電話によって受けた直接的な被害のほかにも、もっとひどいことがあると打ち明けた。彼女の暮らす新興住宅地の狭い人間関係のなかに、いたずら電話の件が知れ渡ったとき、そういう被害を受ける彼女の側にも何か原因があるのではないかという根拠のない噂《うわさ》が流れたというのである。

「不倫をしていて、その相手が嫌がらせしてるんじゃないかとか、主人の愛人がやってるんじゃないかとか、ひどいのは、わたしが売春とかテレクラ遊びをしていて、そこで電話番号を知られたんじゃないかとか、本当に嘘《うそ》っぱちばっかりなんだけど、証拠をあげて言い返すこともできないし、悔しくて悔しくて――」

特集番組が終わり、ビデオを停めると、武上は篠崎に訊《き》いた。「大川公園一帯で、過去にボイスチェンジャーを使ったいたずら電話の被害が出ているかどうかという調査はやってないよな？」

篠崎はすぐに答えた。「そういう報告書はあがってきてないです」

「やった方がいいな」

「だけど、そういう例があるのなら、今までの聞き込みで出てきてませんか？」

「被害者側が言いにくいのかもしれん。うっかりいたずら電話うんぬんなんて言い出して、嫌な噂を立てられたり、痛くもない腹を探られたりしたら嫌だ――今の主婦の話、聞いたろう？　ああいうことがあるからな」

篠崎はちょっと目をしばたたかせ、立ち上がった。

「まず、ここの管内のいたずら電話に関わる捜査の依頼や苦情の記録を調べてみます」

そのころにはすでに、前科者リストナンバー6とナンバー11の存在に焦点が当てられていたので、武上もこのボイスチェンジャーの件に大きくこだわったわけではなかった。念のためというぐらいの感じだった。

ところが翌々日の二十七日、劇的な変化がいくつか起こった。

ひとつは、ナンバー11の今年六月七日のアリバイが立証されたことである。六月七日――古川鞠子失踪の当日だ。

アルバイトしているとは言え、気楽な勤めのナンバー11のアリバイ確認は、鳥居も言っていたように、なかなか困難なものだった。日高千秋失踪の日には、彼は朝から自宅におり、アルバイトに出て午後六時にあがり、それから再び外出している。行き先は不明。これも彼への嫌疑を強める要素だった。しかし肝心の六月七日前後がはっきりしていなかった。わかっていることは、彼が六月六、七、八、九日の四日間、アルバイトを休んでいたということだけである。どこで、何をしていたのか？

その答が、根気強い聞き込みの結果、彼の高校時代の同級生の口から、あっさりともたらされた。その四日間、ナンバー11と友人は、ある自己啓発セミナーに参加していたというのである。

ナンバー11の友人の青年も親がかりのフリーターで、就職経験はなく、自分で事業を経営する夢を抱いていた。彼は無数の経営者養成セミナーや自己啓発セミナーへの参加歴を持っていた。ナンバー11とは高校時代から断続的に付き合いがあり、彼の前科についても知っていたが、同情的な立場をとっていた。そこで、彼の社会復帰の助けになればと、過去何度かにわたって、一緒にセミナーへ行こうと誘いをかけていたのだが、それがようやく実現したのが六月の四日間だというのである。

この証言は、すぐに裏がとれた。問題の自己啓発セミナーを主催した会社に照会をかけると、ナンバー11と友人の参加記録があり、そのうえセミナーの性質上、四日のあいだ、参加者は一歩も外へ出ず、外部からの通信もよほどの緊急の場合でなければ遮断されていたということが判明した。セミナー会場は千葉県館山《たてやま》市にあるこの会社の専用施設で、参加者は駅から送迎バスに乗り込み、自家用車は利用できない。地元のタクシー会社に当時の運行記録を調べてもらったが、会場から館山駅や東京へ、あるいは館山駅や東京から会場へという利用は、その四日間一度もなかった。友人以外の参加メンバーからも、ナンバー11と四日間、寝起きを共にしていたこと、一緒に研修を受けたこと、勝手に外に出ることも、あまつさえ東京へ戻ることなど不可能であったという複数の証言を得た。

ナンバー11のこの事件における体重は、にわかに軽くなった。鳥居は目をひきつらせて悔しがったが、こればかりは如何《いかん》ともしがたい。ナンバー11に密《ひそか》な共犯者がいて、古川鞠子の拉致《らち》はその共犯者だけにやらせたのだと考えるのは、事件の性質からみて乱暴に過ぎる。もう一方のナンバー6についてはもともと容疑が薄かったということもあり、前科者リストを元にしての捜査は白紙に戻ったように見えた。

しかしこのとき、入れ替わりに登場してきたのがナンバー13、田川一義だったのである。

最初のきっかけは、不審車両洗い出しを担当している刑事たちからあがってきた報告書だった。大川公園事件発生一週間以内の時期の公園近辺の不審車両を一台一台つぶしてゆく過程で、同じレンタカー会社から、同一人物が三度に渡って車を借り出していることが判明した。品川区大崎に住む二十五歳の会社員である。車を借りたのは九月四日、十一日、十二日。十一日といえば事件発覚の前日である。車種はいつもバラバラで、彼の借りた車はいずれも公園近辺に停車しているところを目撃されたり例の素人《しろうと》写真家の写真に撮影されたりしている。本人を訪ねて事情を訊くと、この三台の車はいずれも、知人に頼まれて借りたものだという。その知人が田川一義だった。

「彼、前科がありますよね」と、大崎の会社員は話した。田川一義は二年前、二十三歳のときに、勤めていた事務機器リース会社の女子更衣室の壁に穴を空け、そこにカメラを据えて隠し撮りを行ったり、撮った写真を匿名《とくめい》で被写体の女性に送りつけたりして、罪に問われたものである。大崎の会社員は、当時の田川の同僚だった。

「やったことはすごく悪いことだけど、それで会社も辞めたし、彼も反省してね。償いはしたと思うし、可哀想《かわいそう》で――。まあそんなに親しいわけじゃなかったけど、時々一緒に飲んだりする付き合いは続けてたんです」

前科となった事件を起こして以来、田川は一種の対人恐怖症のようなものにかかった、という。

「みんながみんな、自分のやったことについて知ってて、軽蔑《けいべつ》の目で見ているような気がするっていうんです。そんなのノイローゼだっていうんだけど、どうしてもその考えが頭から離れないって。で、田川は一時はひとりじゃ買い物にも出かけられないようになって。なんとかしないとまずいと思いました」

起こした事件も写真がらみだったが、田川は子供の頃から写真愛好家で、ひとりで撮影旅行をする習慣があった。

「人前に出るのが怖いんじゃ、就職もできないでしょう？　事件が事件だからあれなんだけど、このうえ趣味の写真まで取り上げるのはかえってよくないって、彼の親も言ってたんですよね。撮るものさえ間違えなけりゃいいわけだから。山とか海とか、そういうものだけ撮ってりゃいいし、なんていうかリハビリにもなるだろうし……」

撮影旅行には、車があった方が便利である。荷物も運べるし、そこで泊まることもできる。しかし、田川は自家用車を持っていない。

「で、レンタカーを借りる手配を、僕がしてたんです。本当はよくないことなんだろうけど、別に調べられなきゃわからないし、料金はきちんと田川は払ってくれてたし」

九月の三回に渡るレンタカーの手配も、快くしてやった。田川は、有明の野鳥の森に撮影に行くと話していたそうだ。しかし、その車は大川公園付近をうろついていた――

この報告とほぼ同時に、武上の提案を受けて取りかかったいたずら電話被害の調査にも収穫があった。ボイスチェンジャーを使ったいたずら電話が、昨年一年のあいだに三回、墨東警察署管内で発生しているのである。そのうちの一件が、田川一義が暮らす公営住宅内の若い主婦が被害者となったものだった。

届け出のあった事件ではなく、聞き込みで判ったことだ。被害者が受けた電話は二回、いずれも卑わいな言葉を一方的にしゃべるというもので、被害者の私生活に立ち入った発言はなかった。大川公園の事件が起こり、犯人がテレビ局に電話をかけてきたとき、この被害者の主婦は、世の中には似たようなことをする奴《やつ》がいるのだということは思ったものの、ふたつを結びつけて考えてはみなかった、という。

田川一義とこの主婦は、公営団地の同じ棟の住人である。あとの二件のいたずら電話はともかくとして、この件に関しては、捜査本部は大いに興味を抱いた。田川一義に対する徹底的な捜査が、ここで開始されることになったのである。

こうして月がかわり、十月に入った。

武上は田川一義のプロフィールをまとめていた。両親が早くに離婚し、彼は十歳のときから現在まで母親と二人暮らしである。五十歳になる母親は人形町にある洋品店で店員をしているが、他には収入がない。田川は地元の工業高校を卒業した後、職場を転々とし、二十三歳のときに事件を起こして辞めることになった事務機器リース会社にも、まだ半年しか籍をおいていなかった。

保護司の話によると、田川の対人恐怖症は、まったくの詐病《さびよう》ではないらしい。人が皆自分を軽蔑し、陰で後ろ指をさしているということを、田川は繰り返し保護司に語っている。彼は彼なりに更生を目指しており、今回の事件に関わっているはずはないと、保護司は信じているようだった。

依然、犯人は沈黙している。次はいつ、どこで、どんなふうにしゃべってくるか。どんな動きを見せるか。田川なのか。田川ではないのか。

13

「やあ、おじいちゃん。元気かい？」

受話器を取ると、聞こえてきたのはその声だった。例のボイスチェンジャーの声だ。

有馬義男はあわてて周りを見回した。ちょうど客が来ていて、木田が応対している。

義男は電話機の脇《わき》に設置したカセットレコーダーの録音ボタンを押し、受話器を握り直した。手のひらに浮いてきた汗を、ズボンの腿《もも》の部分にこすりつけて拭《ぬぐ》う。

「おじいちゃん、聞いてないの？」

「いや、いるよ。ここにいる」義男は急いで返事をした。「あんただね？」

相手は機械の声で笑った。「あんたって誰のことさ？」

「プラザホテルに私宛《あて》の手紙を置いていった人だろ？」

「そうだよ。だけど、何もそう回りくどい言い方することないじゃない。僕はおじいちゃんの孫の鞠子をさらった男だよ」

木田はまだ客の相手をしている。義男は身を乗り出すと、事務机の前の小さな窓を開け放った。有馬豆腐店の狭い駐車場をはさんで、すぐ隣に、二階建てのモルタル壁のアパートが立っている。そこの二階の窓が開いており、座っている刑事の顔が見えた。義男は彼に向かって手を振った。

所在なげな様子だった刑事の顔がぴりっとした。彼が行動を起こすのを見届けて、義男は空唾《からつば》を呑《の》み、電話の向こうに呼びかけた。

「もしもし？　もしもし？」

相手は沈黙している。切られてしまったか？

「もしもし！」

「おじいちゃん」

出し抜けに戻ってきた相手の声は、まだ笑いを含んでいた。

「何か悪さをしてるでしょう」

「悪さって何かね」

「わかってるよ。警察がいるんでしょ？　あんなことがあった後だもの、当たり前だよね。僕だってそれぐらい計算に入れてる。だからこの電話を逆探知しようなんて考えたって無駄だよ。これ、携帯電話だからさ」

客の相手を終えた木田が、まず傍らにやってきた。義男は手近にあったメモを破り、「ケイタイでんわ」と書きなぐって彼に見せた。木田は店を出て隣のアパートへ走っていった。

プラザホテルでの一件以来、義男の身辺は警察によってがっちりと固められている。刑事たちは店の電話に録音機を接続し、ちょうど空室になっていた隣のアパートの一室を借り受け、逆探知の設備を整え、警備の拠点として利用していた。ひとり暮らしの家には空いている部屋がいくらもあるので、義男の方としては泊まり込んでもらってもよかったのだが、警察側は、万にひとつ、犯人が電話だけでなくじかに義男の元に接触を試みる――東中野の家に鞠子の腕時計を届けにきたときのように――ことがあった場合に備え、張り込んでいることの目立ちにくい隣のアパートを選んだのだった。

犯人が逆探知のしにくい携帯電話を使ってくる可能性は高いと聞かされていたので、義男はそれほど落胆しなかった。ただ、携帯電話の割には、相手の声の背後に何も聞こえず、静かだなと思った。室内からかけているのかもしれない。

音もなく回るカセットレコーダーを見つめながら、できる限り話を引き延ばすためには、どういうふうに持っていったらいいだろうかと考えた。これも警察から指導されていることだ。

「犯人はどうやら有馬さん、あなたを気に入っているようです」

プラザホテルの件の後、墨東警察署で顔をあわせた神崎という警部がそう言っていた。

「今後もあなたに何か働きかけてくることは充分に考えられます。テレビで土下座しろなどということも、かなり本気で言っているんでしょう。我々としては、どんなことであれ、犯人からの情報がとりたい。もしも向こうから接触があったときには、できるだけ奴にしゃべらせてください」

義男は問うた。「警部さんは、どうして犯人が私を気に入ってると思われるんですか」

神崎警部は鋼《はがね》のように固そうな黒い目を光らせて、理由はわからないと答えた。ただ、会話の雰囲気、先方の出方からそう感じるのだ、と。

義男は言った。「奴が私を気に入ってるのは、私が弱々しいじじいだからでしょう」

「あなたは弱々しいじじいですか？」

警部は、有無を言わさない強い視線を義男に向けた。

「確かに犯人は、あなたを見くびっているようだ。しかしそれは、それだけこちらが有利だということです。犯人には、好きなだけあなたを弱々しいじじいだと思いこませておけばいい。そしてそれを利用するんです。そのためには、あなたはけっして弱々しいじじいであってはならない」

義男は背中を伸ばすと、両足を踏ん張った。

「あんた、私に話したことを忘れてたのかい？」

「何のこと？」

「テレビに出て私が土下座をしたら、鞠子を返してくれると言ったじゃないか」

「そういえばそうだったね」

「だから私はずっと待ってたんだよ。あんたからいつ連絡が来るかと思って」

「おじいちゃん、本当にそんなことでき——」

言いかけて、犯人は急に激しく咳《せ》き込み始めた。いったん受話器を口元から離したのか、声が遠くなった。ボイスチェンジャーを通って聞こえてくる咳き込む音は、激しく耳障《みみざわ》りな雑音であると同時に、妙に人間的な感触があった。こいつも人間なのだと、義男はふと背中が寒くなるような実感を得た。

相手の咳《せき》が鎮《しず》まるのを待って、呼びかけた。

「あんた、風邪を引いたのかね」

ごほん、ごほんと喉《のど》を鳴らしながら、犯人が電話口に戻ってきた。

「ちょっとね」

「咳が出るときは、煙草《たばこ》はやめた方がいいよ」

相手の声が尖《とが》った。「僕が煙草を吸うって、なんで知ってる？　なんでだよ？」

返ってきた反応の鋭さに、義男の方が驚いた。

「前に話をしたとき、ライターの鳴る音が聞こえたからだよ」

そのとき、電話線のなかへ潜り込んでいってこいつをぶん殴ってやりたいと思った、孫娘の命のかかったやりとりなのに、おまえは煙草なんか吸っていた、だからよく覚えてるんだ――

「おじいちゃん、耳がいいんだね」

「私も煙草呑みだからわかったんだ」

「僕はともかく、おじいちゃんはもう煙草なんかやめた方がいいよ」

言ってから、犯人は短くけいれんするような笑い声をあげた。

「でもまあいいか。どうせもう棺桶《かんおけ》に片足突っ込んでるんだもんな」

義男は黙って機械の笑う声を聞いていた。隣へ行っていた木田が戻ってきた。強《こわ》ばった顔で義男をのぞきこんでいる。

「それであんた、今日はどんな用だね？　テレビのことは忘れていたようだけど」

「おじいちゃんの声が聞きたくなったんだ」

「私なんかの声が」

「うん。鞠子は無事かって訊《き》く声がね」

義男は目をしばたたいた。神崎警部と会った後、書類仕事を主にしているという中年の刑事のところに連れていかれ、もう一度、犯人との会話を再現する作業をした。その刑事――たしか武上とかいう名字だった――との話を思い出した。

「次に犯人から連絡があったとき、お辛《つら》いでしょうが、向こうから何か言い出すまで、わざと、お孫さんの消息について訊かずに待ってみてくださいませんか。有馬さんが黙っていれば、必ず奴の方からしゃべり出します。奴はそれについてしゃべりたくてしょうがないんですから、有馬さんが何も言い出さなければ、肩すかしをくったような気分になって、自分から話を持ち出して、うっかりと不用意なことも言うかもしれません」

義男は慎重に言った。「鞠子のことは、いつも心配しとるよ」

「ホントかなあ。その割には、彼女のこと全然訊かないじゃない」

「訊いても、あんたなかなか教えてくれないじゃないかね」

「だから警察に頼むってわけ？　最低だね。警察なんてバカばっかりなのに」

「そうかねえ」

「そうさ。彼らには何も見つけられないよ」

「あんたは頭がいいんだね」

「おじいちゃん、僕をバカにして怒らせようってわけ？」

「そんなことはしないよ」

「じゃあ、謝れよ」

「謝る？」

「さっきの言い方だよ。なんだよ、頭がいいんだねなんて、完全に人をナメた言い方じゃねえか」

「そんなつもりはなかった――」

機械の声は、親と口げんかする子供さながらの早口で義男を遮った。「言い訳なんか言えって言ってんじゃねえんだ、謝れって言ってんだよ、クソじじい！」

義男はまたゆっくりとまばたきをした。それから一語一語はっきりと、嚙《か》みしめるように言った。「それはどうも申し訳なかった。お詫《わ》びするよ」

「お詫びいたしますって言え」

「お詫びいたします」

「つけあがるんじゃねえよ、じじい」

義男は受話器を耳にくっつけたまま、木田の顔を見た。彼は不安そうに身体《からだ》を縮め、傍らの柱をしっかりと指でつかんでいる。

「じいさん、僕はじいさんのことは全部お見通しだからね。じいさんのやりそうなことなんか、みんなわかってるんだ。だからジタバタしないで、僕の言うことだけ聞いてろよ、いいな？」

「わかったよ、よくわかった。ひとつお願いがあるんだが、鞠子が生きてるなら、せめて声だけでも聞かせてくれないかね？」

相手は即座に突っぱねた。「駄目だ」

「鞠子はそこにいないのかい？」

「駄目だっていったら駄目だ！」

犯人はまた咳き込んだ。ひどく苦しそうに聞こえた。風邪の治り際《ぎわ》に、しつこく残っている咳だと、義男は思った。

「じいさん──ゴホン、ゴホン、いい気になって──ゴホ、ゴホ、ゴホ」

そのとき、急に頭のなかに閃《ひらめ》くものがあって、義男は目を見開いた。机のまわりを探すと、すぐ後ろの大豆の桶のなかに、豆を計る器があった。義男はその器を頭に乗せると、受話器を握ったまま、電話機のコードをぎりぎりまで引っ張り、店先まで出ていった。

木田が仰天して見つめている。しかし、義男が目顔と顎《あご》で合図をすると、電話機を机の上から取り上げて、壁の接続コードを引っ張ってくれた。コードがゆるみ、義男は店の冷蔵ケースの外側まで出ていくことができた。

豆を計る器は、プラスチック製の小さな手桶である。それを髪の薄い頭にのっけて往来を見渡している義男は、有馬豆腐店の前を行き来する人びとの目につき、驚きや笑いを誘った。自転車に乗って通り過ぎる女性が、ぎょっとしたように肩越しに振り返っていった。

「じいさん、聞いてるのか？」

「はい、聞いているよ」

「じいさん、僕を怒らせてただで済むなんて思ってないだろうな？」

「怒らせるつもりはなかったんだよ。ただ、鞠子の無事を教えてほしかっただけなんだ」

機械の怒鳴り声が義男の耳に殴りかかった。

「鞠子をどうしようと僕の勝手だ！　じいさんには何の権利もないんだ、わかったか！」

落ち着いて、ゆっくりと、義男は言った。

「私は鞠子の家族なんだ」

「家族だからって権利なんかないんだ。僕の言うとおりにするしかないんだ。何度言ってもわからないんだな。ボケて忘れちまってんだな」

道ゆく人びとも、プラスチックの手桶を頭に載せて電話をかけている義男を、そのように評価していることだろう。

「可哀想《かわいそう》なじいさんだな。私は惨《みじ》めで哀れで汚いじじいですって言ってみろよ」

「私は惨めで哀れで汚いじじいです」

「生きている価値はありませんと言え」

「生きている価値はありません」

「ホントに馬鹿《ばか》なじじいだ」

せせら笑うような機械音が聞こえた。

「退屈したらまた相手してやるよ、じいさん」

電話は切れた。しばらく受話器を見つめ、プー、プーという空《むな》しい音に耳を傾けてから、義男は木田を振り返った。

「切れちまった」

「親父《おやじ》さん、何を謝ってたんです？」木田は電話機を抱えたまま近寄ってきた。義男の頭の上の手桶を指さすと、「あの野郎がそんなことをやれって言ってきたんですか？」

「いいや、違うよ」

奥でブザーが鳴った。義男は受話器を木田に渡すと急いで座敷へ行った。隣のアパートと直通になっているインターフォンが鳴っているのだ。

「有馬さん、大丈夫ですか」刑事が呼びかけてきた。

「私は大丈夫です。録音は採りましたよ」

「周辺を捜索していますので、こちらから合図するまで、店から動かないでください。奴《やつ》が近くにいる可能性がありますのでね」

インターフォンを切ると、義男は木田に言った。「俺もそう思ったんだ」

「何をです？」

「あいつが近くにいて、この店を見ながら電話をかけてきてるんじゃねえかと……。

携帯電話なら、そういうことができるんだよな？」

「ええ、できますよ」木田はうなずいて、目を見開いた。「ああ、だから桶なんかかぶって店先へ出て行ったんですね？」

「うん。あいつがそれを見てれば、きっと笑ったりするだろうと思ってさ」

「でも、どうして……」

「奴め、じいさんのことなんかお見通しだって言ったんだ。それに、ひどい咳をしてさ」

苦しそうだった。あれは芝居ではない。

「よくあるだろう、風邪を引いて寝込んでてよ、熱が下がって咳もとまったからって、起き出して外の風に当たったりすると、急にまた咳き込んだりすることがさ。だから、あいつめその辺に立ってたりするんじゃないかと思ってさ」

木田は怯《おび》えと怒りのないまぜになった目で街路の方を見た。その隙《すき》に、義男はそっと木田から離れて目を拭《ぬぐ》った。

鞠子はもう死んでるんだな――

今までだって、九十パーセントくらいは諦《あきら》めていた。でも、残りの十パーセントの望みを繋《つな》いでいた。刑事たちも、鞠子が生きて犯人の元に捕らえられている可能性はあると言っていた。

でも、その希望はもうない。鞠子は死んでいる。間違いない。確信がこみあげてきた。

今日、義男はあいつをずいぶん怒らせた。その仕返しに、あいつが義男をいじめて楽しむつもりなら、今、どうすればいちばん効果があるか、よくわかっているはずだ。鞠子の声を聞かせ、鞠子に「おじいちゃん、助けて」と叫ばせる――それがいちばん効き目がある。

あいつはそれをしなかった。即座にはねつけた。いついつならいいとか、これこれをすれば声を聞かせてやるとか、そういうことを匂《にお》わせるようなこともしなかった。かわりに、義男を言葉で侮辱しただけだった。

鞠子はもう死んでいる。鞠子はもう奴の手の届かないところにいる。それだけはよくわかったと、義男はぼんやり考えていた。

犯人は再び有馬義男に電話をかけてきた。では、現時点で限りなく第一容疑者に近い存在である田川一義は、有馬義男が犯人と会話していたその時、どこで何をしていたか。

実は、彼の住まう公営住宅から徒歩五分ほどのところにある理髪店で髪を刈っていたのである。専従の「田川班」はこの時、店の出入口を監視できる路上に一台の車を停め、そこから双眼鏡で彼の行動を追っていた。田川が自宅を出たとき、徒歩で尾行を開始した刑事のひとりは、田川が理髪店に入った後、少し間をおいてから、道を尋ねるふりを装って店内に入った。

中年の店主ひとり、散髪台も二脚しかない小さな店である。店主と会話しながら田川の様子を観察した。彼はこのとき、椅子《いす》に腰掛け雑誌をめくりながら順番を待っていた。刑事は店主に礼を言って外に出ると、そのまま監視の態勢に入った。彼が定位置についたとき、客がひとり帰り、入れ替わりに田川が呼ばれて鏡の前に座った。田川の行動の監視と身辺の洗い出しが始まってからまだ間もないので、この理髪店が彼の行きつけの店なのかどうかはわからない。大きなガラス窓を通して外から見ている限り、店主は愛想よく田川に語りかけているが、田川は表情を変えず、言葉を発する様子もない。店主と目が合わないようにするためか、目を伏せている。彼の「対人恐怖症」の一端を証明するようにも見える光景だった。

実際、田川は家に閉じこもっていることが多い。たまに外に出る場合も、通りを渡った反対側にあるコンビニエンス・ストアへ雑誌を買いに行くとか、北側へ二街区ほど離れたところの商店街にあるレンタルビデオ・ショップへ出向く程度である。衣食住は母親に任せ切りになっている様子で、無職の状態のまま、就職活動もしていない。母親ひとりの稼ぎでは生活はかなり苦しいものと思われる。監視を開始してまもなく、ガス会社の集金人が訪れ、滞納分の支払いを督促して帰っていった。

理髪店の店主は手際よく田川の髪を刈ってゆく。田川は目を閉じている。車内で監視中のふたりの刑事たちは、平日の昼日中に散髪できる彼の身分について、やや皮肉な冗談を飛ばし合った。理髪店の出入口が面している二車線の道は、近くにある小学校のスクールゾーンで、午後の早い時刻、帰宅する黄色い帽子の一年生たちが四、五人、手をつないだり後先になったりして店の窓ガラスの前を通り過ぎて行く。そのなかのひとり、赤いランドセルに白いワンピースの女の子が、友達の言葉がおかしかったのか、よく響く高い声をあげて笑った。そのとき、店内の田川が急に目を見開き、女の子の方へ視線を投げた。猫が鼠《ねずみ》に対する時のような、本能的とも言っていいほどの素早い反応だった。田川は女の子を見つめ続け、彼女が視界から消えてもまだしばらくそちらの方向へ目をやっていた。双眼鏡を手にこの瞬間を見ていた車中の刑事は、あとで同僚たちに、いささか素人《しろうと》くさい感想を述べることになる。曰《いわ》く、「ゾッとした」と。

理髪店に行かれるなら、レンタカーだって自分で借りに行かれそうなものだ、友達を代理に立てたのは、やはり借りた車を後ろ暗い目的に使っているからではないのか――車中の刑事が考えているとき、散髪が終わった。店主が田川の肩掛けを取り替える。そのとき、田川が店主に何か言って立ち上がった。店主が店の奥を指す。田川はそちらへ向かう。

「トイレかな」

田川の姿が視界から消える前に、車中の刑事は徒歩尾行をしている刑事に、念のために裏口に注意するよう無線で指示をした。その通話が終わった次の瞬間、有馬豆腐店脇《わき》のアパートに張り込んでいる「有馬班」から、今、犯人から電話がかかっているという連絡が入ったのである。

微妙なタイミングだった。計ったようなタイミングでもあった。

「電話だ。店内の電話を使ってるんじゃないか？」

「そんな危ない橋は渡らんだろう。こんな狭い店なんだぜ」

田川班も本部に連絡を返す。待機せよとの命令が来る。通話は携帯電話によるものだという無線が入る。

「田川は携帯を持ってるか？」

「見かけたことがないな」

「また友達から借りてるってわけじゃねえだろうな。いい友達だぜ、クソ！」

田川はまだ戻ってこない。店主は箒《ほうき》で床を掃いている。犯人との通話はまだ続いているという無線が入る。

「店内に入って確認しますか？」

本部は待機を命じる。車中の温度があがる。通話はまだ続いている。

床を掃除し終えた店主が店の奥に消える。ガラス窓ごしの店内から人影が消えた。鏡に映った裏返しの時計の秒針だけが動いている。

犯人からの電話が切れたと、無線が入った。

「店主はどこへ行ったんだ？」

そこへ田川が戻ってきた。散髪台に腰掛ける。ひと呼吸おいて、店主が現れた。傍らのワゴンの上から整髪料を取り上げ、田川の髪に振りかける。車中の刑事たちは大きく息を吐いた。

散髪が終わると、田川は来た道と同じルートを通って帰宅した。田川班も戻った。

理髪店の店主に事情を訊《き》くと、

「あの若いお客さんですか？　トイレに行ったんですよ」

二、三度目の客だという。いつもあんな感じで、無愛想で、店主もまともに彼の声を聞いたことはないという。

「はっきりいってネクラって感じですよね。電話？　店の電話は使ってませんよ。トイレから携帯？　かけてたかなあ。かけてたとしてもわかんないよね」

「え？　咳《せき》？　あのお客が咳をしてたかって？　してなかったと思うけどなあ。風邪をひいてるようには見えませんでしたよ。ねえ刑事さん、あの人、何かやったんですか？」

このことについて他言しないよう、堅く念を押して、刑事たちは引き上げた。

田川班からの状況報告を受けてすぐに、武上悦郎は、有馬班へ行くため、篠崎を連れて墨東警察署を出た。ノーネクタイにジャンパーを羽織った格好だ。篠崎もスーツからジーンズにシャツという出立《いでた》ちに着替えた。

「これなら、どこかから見張られてたとしても、豆腐組合の親父とその使用人に見えますね」と、篠崎が言った。彼が肩からさげている大型の鞄《かばん》には、録音装置が入っている。テープをダビングし、その足で科警研に届けるのだ。

豆腐店には木田という店員がいて、有馬義男は隣のアパートに呼ばれていた。ひどく気落ちしているように見えて、武上は心配になった。声にも張りがない。

篠崎を科警研に遣《や》ったあと、武上は、有馬豆腐店周辺の写真撮影にとりかかった。詳細地図をつくるため、町内会で出している商店地区案内図のようなものがあれば貸してほしいと頼むと、義男は壁に貼《は》っているのをはがしてきた。

「気分は大丈夫ですか」と、武上は訊いた。

有馬義男はゆっくりと目をしばたたくと、顔をこすった。

「鞠子はもう帰ってこんでしょうな」と、ぼそっと言った。そしてなぜそう思うのか、理由を語った。声が嗄《かす》れていた。

武上は、義男の推測はかなり的を射ていると思った。しかし、それを口に出すのははばかられた。黙って聞き、下手な慰めの言葉を口にしないことで、義男の意見を受け入れた。

刑事という職業に就いていると、縦にしても横にしてもどうしようもないような人間を、自分の性根を腐らせ他者を傷つけ身内を泣かせるためだけに生まれてきたような人間を、げんなりするほど間近に目にすることが多い。だがその反面、ごく普通の人のごく普通の言葉、態度、生き方の在りように、いずまいを正さずにはいられないような気持ちになることもある。今、武上はそういう気持ちだった。

有馬義男は、犯人が考えているよりも遥《はる》かに頭も切れ、胆力のある人物だ。犯人が、孫娘を盾にしたかけひきを仕掛けてこないということで、彼女の死を確信する——そうしようと思うなら、まだ推測の範囲内に納めておくことができるのに、敢《あ》えて事実に向き合おうとする。どれほど惨《むご》く、辛《つら》いことであっても、いたずらな希望的観測にすがることを、自分で自分に固く禁じて。ただの力弱い老人のできることではない。ここにこうして豆腐屋の親父として落ち着くまでの有馬義男の人生に、武上はふと思いを馳《は》せた。

有馬義男はぼんやりと窓の外に目をやり、呟《つぶや》いた。「このことを、どうやって真智子に伝えてやればいいんだか……」

古川鞠子の母親はまだ入院中である。命に別状はなかったものの、容態はよくないようだと聞いていた。部下の失態がからんでいることでもあり、武上としても一度きちんと話をしておかねばならないことだった。

「具合はいかがですか」

義男は首を振った。「怪我《けが》の方は、それなりによくなってきとるんですがね……。実は、口をきかんのですわ」

武上はちょっと目を見開いた。義男は机の上を見回し、引き出しを開け、そこに煙草《たばこ》を見つけて一本取り出した。

「しゃべらんのです」と言って、百円ライターで煙草に火をつけた。その指がわずかに震えていた。

「意識が戻って以来、ひと言もですか？」

「そうです。しゃべらないし、こっちの話も聞こえないふりをしよる。惚《ほう》けたみたいにぼうっと横になっとって、眠ってばかりいます」

現実逃避のひとつの形なのだろう。

「医者はなんと？」

「こういう症例は難しいとおっしゃいました。とにかく怪我を治して、それから精神科の医者やカウンセラーに会ってみたらどうかっちゅう話です。今も、精神科の先生にときどき様子を見にきてもらっとるんですが」

突然、夜中に泣き出すこともあるという。

「大声を出したり騒いだりするわけじゃあないんです。黙ったまんま、何時間でも涙をぽろぽろぽろこぼして泣いとるそうなんです。私はそういう場に居合わせたことはないが、いったん泣き始めると夜通しでも泣いてるそうなんで、それも身体《からだ》によくないですからね。そういうときは、精神安定剤なんかをいただいとるようです」

事情聴取に行ったときの鳥居の態度が、古川真智子の気持ちを傷つけたことに対して、少しあらたまって、武上は謝罪した。

「本人もいたく反省しています」

義男は手を振って制した。「もう、済んでしまったことです。それより――」

店口に客が来ている。義男はちらりとそちらを気にした。木田が忙しそうだ。有馬豆腐店は繁盛《はんじょう》している。

義男は一段と声を低くした。「それより、警察は犯人を捕まえられますか」

率直な質問だったが、まだ先がありそうだったので、武上は答えずに義男の顔を見ていた。老人は煙草を消すと、少し顔をしかめ、ゆっくりと言葉を選びながら続けた。

「いや、私らが警察の人のなさることにあれこれ言えるはずはないです。精一杯のことをしてもらってるんでしょう。ただ、なんだか――この犯人は、まともな人間の手で捕まえられる野郎じゃないような気がするんですよ」

「異常者だということでしょうか」

「異常……」義男は首をかしげた。「頭がおかしいちゅう意味なら、そうじゃないです」

武上は黙ってうなずいた。

「頭がおかしい人間なら、私も見たことがあります。実は、お客にもひとりいましてな」

木田の立っている店口の方を手で指すと、義男は真顔のまま続けた。

「ひと月に一度くらいですが、来るんですわ。プロレスラーみたいに身体のでかい若い男でね。金を持たんで豆腐を買いに来る。で、払いはどうするかっていうと、そのとき居合わせたお客に、『払え』って言うわけです。言われた方は目を白黒させますわな。それでも、なにせ相手は力が強そうだし、面倒なことになったら嫌だから払うって言います。私が店番をしとるときは、止《や》めさせますよ。金がなかったら豆腐は買えないって言い聞かせてね。そうすると、怒鳴ったり地団駄を踏んだりします。それでもこっちが後に引かないと、悪態ついて帰りますよ。うちに現れるようになって一年くらいになりますかね。この地区の商店主のあいだじゃ有名な男です」

「交番の巡査も知ってるでしょう」

「ええ、知ってますよ。心配して見に来たりしてくれますからね。ありゃ、なんか悪い薬の中毒患者じゃないかと心配しとられました」

ここで、義男はちょっと微笑した。しわの一本一本まで笑っているかのように、表情が柔らかくなった。

「ところがそのでかい男とね、店じゃないほかの場所で会ったことがあるんですよ。そうすると向こうから声をかけてきましてね、『ようじいさん、じいさんの豆腐は旨《うま》いな、ホントに旨い、スーパーのよりずっと旨いから、また買いに行ってやるよ』と、こうですよ」

武上も苦笑した。

「あれもおかしい男なんでしょう。若いのに、可哀想《かわいそう》なことだ」と、義男は言った。

「ああいう『おかしさ』なら、私にもよくわかります。でも、鞠子の——鞠子の件の犯人には、そういうおかしさじゃないおかしさがある。刑事さんはそうは思われませんか」

「確かに」ゆっくりと、武上は言った。

「この野郎には、この野郎にだけわかる物差しがあるんでしょう。当たり前の人間が頭で考えて作り出すことのできる物差しと、かなり違う物差しですよ。だから刑事さん、わたしゃ心配なんです。どんなに頑張っても、物差しが違っとったら、警察は犯人に届かんのじゃないですか」

武上に、申し述べたいことはいろいろあった。義男の冷静な頭の働きに感嘆しているということも言いたかった。しかし、頭のなかでさまざまなシミュレートをした結果、出てきた言葉はこれだった。

「犯人も人間であることに間違いはない。人間なら、捕まえられます」

自分自身にも、それを言い聞かせていた。

「風邪をひいていましたね。咳をしていた。野郎も人間ですよ」

そう、風邪だ。あの咳で、武上の「犯人の側に何か起こっているのではないか」という推測が当たっていたらしいことが判《わか》った。そして武上は、田川一義を容疑者リストからはずした。捜査本部は別の意見を持っていることだろうけれど、武上個人は、自信を持ってそうすることにした。携帯電話がどうのこうのは問題外だ。ためらいはなかった。犯人は未知の人物だ。今は、まだ。

「人間か」有馬義男は呟いた。「人間ですか」


それから一週間後のことである。進展のないままの一週間、すべてが水面下の一週間、膠着《こうちやく》状態でありながら瞬《また》く間の一週間、田川一義は依然として捜査本部の監視下に置かれ、武上は新しい地図を描き、科警研はテープを音響分析にかけ、有馬義男は店番の合間に古川真智子の病室を訪れ、マスコミ方面においても、犯人が再び有馬家に電話してきたという事実の衝撃も、いくらか薄らいだその一週間の後――

古川鞠子の遺体が出た。

14

東京都中野区中央。山手通りと青梅《おうめ》街道の交差点から三街区ほど北側へ入った場所に、坂崎引っ越しセンターという会社がある。

「センター」という名前は大きいが、社員はアルバイトの学生も含めて五名、四十五歳の坂崎社長自らが運転手を務めるという、ごくこぢんまりした会社である。表看板はあくまで引っ越し業だが、その合間を縫って便利屋的な仕事も多く引き受ける。たとえば、家の中で大きな家具の場所を置き換えたい、組立家具がうまく組み立てられない、傷《いた》みの激しい瓦《かわら》屋根に防水シートをかけたいのだがひとりでは無理だ、粗大ゴミを外に出したいのだが、アパートの外階段を降りることができない——等々、些末《さまつ》な用件でも電話一本で引き受け、親切に対応するというので地元住民のあいだの評判は非常に良い。旗揚げからまだ六年という新しい会社だが、口コミで噂《うわさ》が広がり、一昨年あたりからは東京東部地区からもぽつぽつと依頼が来るようになった。テレビの情報番組で、ユニークな会社として取り上げられたこともある。

東京二十三区内の西部地域でも、中野区のこのあたりや、新宿区北部、練馬区、豊島区には、朝鮮戦争のころから高度成長期にかけて建てられた分譲一戸建て住宅や低層の公営住宅、長屋式のアパートなどが、まだかなり残っている。バブル経済がもう一年長く続けばどうなっていたかわからないが、ところどころに唐突に出現する駐車場や不格好な空き地、空き部屋の目立つテナントビルなどに混じって、これらの古い住宅は、現在も立派にひとつの街並みを形成しているのだ。新宿副都心の高層ビル群と、ハイカラが過ぎて失笑を誘うような新都庁の窓を見上げながら暮らすこれらの家々の住人たちは、一様に平均年齢が高い。連れ合いに先立たれた高齢者が独りで住んでいる場合も珍しくない。「古《いにしえ》」という言葉の似合うような町には、多少の不便を忍んでも好んで住み着く若者たちも、単に「中古」という歴史しか持たないこれらの町にはやってこようとしないから、人の出入りはごく限られ、定住民の数はむしろ減ってゆく一方だ。

こういう町だからこそ、便利屋稼業《かぎょう》が必要とされるのである。若い単身者や子育て中の夫婦たちの暮らす町ならば、家具の置き換えぐらい自力でなんとでもできる。通販で買った組立家具を、組み上げることができないまま、梱包《こんぽう》を解いただけの状態で手をつかねてしまうこともあるまい。しかし、核家族化の進行しきった現在、高齢者の多い町では、話はまったく別である。坂崎社長はここに目をつけた。その結果、会社は見事軌道に乗り、大儲《おおもう》けはできないもののこつこつと売り上げを伸ばし、そして社長自身は、地域のために何事か貢献しているというささやかな自負心を得ることもできた。

十月十一日金曜日のこの日も、早朝から引っ越しが一件入っていた。坂崎社長は午前五時に起床した。社屋は月額十八万円で借りている築二十五年の木造住宅で、社長一家はこの二階に住んでいる。商売道具の二トントラックは、徒歩五分ほどのところにある二階建て駐車場に停めてあるから、「坂崎引っ越しセンター　小さな荷物も運びます　小さなお手伝い引き受けます」という手書きの看板がなかったら、ちょっと見ただけでは、ここが引っ越し会社だとはわからないだろう。なにしろ、家の出入口の脇《わき》には社長夫人の丹精した鉢植えが並んで花を咲かせ、その脇には社長の子供たちの自転車や三輪車が停めてあるのである。

寝床から抜け出した坂崎社長は、階段を降りて玄関の鍵《かぎ》を開け、郵便受けから新聞を取り出すために外に出た。そのとき、子供たちの自転車の車輪のあいだに、紙袋がぽつんと置かれていることに気がついた。カラフルなデパートなどのそれではなく、ハトロン紙でできたそれで、大きさは五十センチ四方くらい。持ち手がついていて、口のところを一ヵ所セロハンテープでとめて閉じてある。何だろうと思った。近づいて見てみると、ゴミにしてはまだ袋もきれいだし、とめてあるセロハンテープは新しい。こんなところに忘れ物だろうか？ 持ち上げると、思ったより重い手応《てごた》えがあった。坂崎社長は顔をしかめた。セロハンテープをはがさず、袋の口の隙間《すきま》からなかをのぞいてみる。と、土の塊が見えた。湿っていて、枯れ草みたいなものがちらほら混じっている。

何だこりゃと、いささか不愉快になった。捨て場所に困った鉢植えの中身でも持ってきて放置していったのだろうか。この町には、他人《ひと》様《さま》の家の玄関先に空き缶を捨てていったり、地区のゴミ集積場に収集日でもないのにゴミを放置していったりするような、常識のない行いをする輩《やから》は少ないと思っていたのだが。

ぷりぷり怒りながら、社長は紙袋をぶら下げて、家の脇に回った。隣家とのあいだの五十センチほどの隙間に、外から見えないように気をつけて、とりあえず紙袋を押し込んだ。土砂は不燃ゴミで、次の回収までまだ数日ある。それまで保管しておかねばならない。まったく失礼な話だ。

家に戻ると、社長夫人が起き出してきて台所で湯を沸かしていた。社長は口を尖《とが》らせて紙袋の件を話した。夫人も嫌な顔をしたが、あとで中身を見て、きちんと捨てられるようにしておこうと言った。

「あなたの言うとおり、鉢植えの土をどうやって処分したらいいかわからなくて、うちに預けに来たのかもよ」

「だったら、ちゃんとそう言って持ってくりゃいい」

「それだとお金をとられると思ったんでしょ」

朝食をとっていると、社員たちが出勤してきた。今日の引っ越しは弥生《やよい》町の一戸建てに暮らしている八十五歳の老婆《ろうば》の依頼である。いよいよ独り暮らしが危ないというので、八王子に家を建てて暮らしている長男夫婦の家に同居するのだそうだ。そちらでは母親のために六畳一間をあけて待っているが、今の一戸建てに入っている荷物をそっくり持ち込むことはできない。この仕事は引っ越しであると同時に、廃品の処分作業にもなりそうだった。

打ち合わせを済ませ、社員たちを連れて弥生町に向かったのは午前七時過ぎ。八時にはもう作業にかかっていた。依頼者の老婆は古い家財道具の処分を嫌がり、あれもこれも持っていきたいと言い張って社長たちを困らせた。長男夫婦からは、運び込んでいいものと処分するものとを、事前にリストにして渡されている。しかし老婆の方は承知していないのだった。料金を支払うのは長男夫婦なので、坂崎引っ越しセンターとしては、あいだに挟まれた形だ。独居老人の引っ越しにこういうケースは珍しくないし、社長も経験があるので、なだめたりすかしたり、時には一緒になって長男夫婦の悪口を言ってやったりしながら作業を進めていった。

そうだよな冷たいよな、誰も手伝いにこないんだもんな、だけどおばあちゃん、怒っちゃ駄目だよ、せっかく息子さんと一緒に暮らせるんだからさ——などと言っているとき、社長の作業ズボンのベルトにはさんである携帯電話が鳴った。

夫人からだった。「あなた、ちょっと」

声の様子がおかしかった。震えを帯びている。

「あの——今朝あなたが言ってた紙袋。調べてみたんだけど」

「ああ、あれか。なんだよ、金塊でも入ってたか？」

額の汗を拭《ぬぐ》いながら、社長は笑った。だが夫人は笑わなかった。

「そんなんじゃないわよ。笑い事じゃないの。なんかね、骨みたいなものが入ってるの」

「ホネ？」

「そうなの。土が入ってたでしょ。あのなかに、頭の骨みたいなものが見えるのよ。あと、手とか腕とか……なんかそんな骨も。どうしよう、一一〇番しようか」

「ちょ、ちょっと待て」

社長もびっくりしてしまい、すぐには判断がつかない。だが、うっかり一一〇番通報したりして、あとで恥をかくのも嫌だ。周りで立ち働く社員たちの耳を気にして道ばたに寄り、声をひそめた。

「とにかく、俺が帰るまで待ってろよ」

「だけど、あなた今日一日仕事じゃないの。八王子でしょ？　荷物とおばあちゃんを送り届けなきゃならないんだから。夕方まで待ってるなんて嫌よ。気味が悪くて」

「見えないところにしまっときゃいいだろうが。大丈夫だよ、骨なんかであるもんか」

「頭蓋骨《ずがいこつ》そっくりなのよ」

「模型だよ、模型。それこそ、うっかり捨てられなくてうちに持ってきたんだよ。おまえもバカだなあ、いい歳《とし》こいてそんなもの怖がるなよ」

なおも渋る夫人を叱《しか》って電話を切り、社長は仕事に戻った。首尾良く荷物を積み込み、老婆をトラックの助手席に乗せて出発。高円寺の陸橋を過ぎたあたりで、また携帯電話が鳴った。

「あなた──」

「またおまえかよ。なんだ？　今運転中だぞ」

夫人の声は、今度は震えているどころではなく、完全に裏返っていた。

「テ、テレビ局の人が来てるのよ」

「あん？『スペシャル東京』の人たちか？」

かつて坂崎引っ越しセンターを取り上げてくれた情報番組である。

「違うよ、ニュースの人たち。HBSだって」

ローカル局ではない。全国ネットだ。前方の信号は青だったが、社長は車を端に寄せて停めた。そんなところがうちに何しに来たんだと問わないうちに、夫人の半泣きの声が聞こえてきた。

「あの紙袋の中身――やっぱり骨だって。HBSに電話があったんだって。あれ、行方不明になってる女の人の骨に違いないって、そういうのよ」

坂崎社長の目の前が真っ暗になった。

坂崎社長が老婆をなだめすかしながら引っ越し荷物を積み込んでいるころ、HBSの代表電話番号にこんな電話がかかってきた。

「もしもし？　大川公園や三鷹の女子高生殺しの事件で報道局の人と話したいんだけ

ど」

ボイスチェンジャーを通した声だった。前回、大川公園事件の犯人が他局に電話をかけてきた一件以来、事件について言及する電話だったら、とにかく一度は報道局へ回せという社内通達が出されている。このため交換手は、結果的にはろくでもない悪戯《いた》電話《ずら》とわかるような通話を、何十本となくつないできた。今度もどうかなと思いつつ、報道局を呼び出した。

先方では、居合わせた記者が、通話がつながる前に録音装置のスイッチを入れた。これはあくまで念のためで、今まで事件に便乗した人騒がせな悪戯人間たちのためにさんざっぱら時間を空費させられているので、さほど期待していない。くわえ煙草《たばこ》で電話に出た。

第一声、ボイスチェンジャーの声はこう言った。「これは悪戯じゃないよ」

はいよはいよと記者は思った。みんなそう言うんだよ。

「いい情報をあげようと思って電話したんだ。君、報道局の記者なんだろう？　運が良かったね。生まれたとき金のスプーンをくわえてなかった？」

「どういうご用件でしょうか」

「そんなにむっつりしてると、電話を切っちゃうよ。それだと一生後悔するぜ。いいかい、君が今受けてる電話には、社長から表彰されるくらいの価値があるんだよ」

くわえ煙草が煙いせいもあって、記者は目をしばしばさせた。折しも、昨夜遅く能《の》登《と》半島沖の日本海で外国籍の漁船が沈没し、乗組員の安否もまだ定かでないというニュースが飛び込んできており、報道局は騒がしかった。

「それほど価値のある情報なら、ぜひ伺いたいものです」と、できるだけ真面目《まじめ》な口調で応じた。後ろを通りかかった記者が目顔で聞いてきたので、片手を振って顔をしかめてみせた。悪戯だよ、悪戯。

「僕はマスコミ各社に対して公平でありたいから、今度はあんたたちのところに電話したんだ」と、ボイスチェンジャーの声は言った。「いいかい、よく聞けよ。中野坂上の駅の近くに、坂崎引っ越しセンターって会社がある。小さい会社だから見落とさないようにね。そこに、古川鞠子の遺体がある」

記者はちょっと座り直した。

「古川鞠子？　今そう言いましたか？」

「言ったよ。ちゃんと聞いとけよ。鞠子の遺体を紙袋に入れて、坂崎引っ越しセンターに預けてあるんだ。有馬のじいさんが可哀想《かわいそう》だから、返してやるつもりでさ」

キイキイと笑うと、その笑いに自分でむせながら、

「行って調べてごらん。特ダネだ。たぶん、まだ警察だって知らないことだと思うよ。坂崎引っ越しセンターの連中が一一〇番通報してれば話は別だけど。どっちにしろ急いだ方がいいぜ」

電話は切れた。記者は一瞬唖然《あぜん》としてから、急いで中野区の坂崎引っ越しセンターの電話番号を調べた。実在している。電話もある。かけると、中年の女性の声が出た。記者は身分を名乗り、そういう情報がもたらされたのだが、そちらに不審な紙袋はありますかと尋ねると、相手は大いに狼狽《ろうばい》した。

「ヘンな……骨みたいなのが入ってて、どうしようかと思ってて」

通話相手の坂崎社長夫人は、このとき社長の携帯電話に連絡したばかりだった。薄気味悪いのと不安とで、記者に尋ねられるままに話をした。

「そのままにしておいてください。すぐに我々が確認に向かいます。警察には報《しら》せないでください。悪戯ということもあり得ますから」

このとき、記者がこう指示したことが捜査妨害に当たるのではないかと、後々国会でも取り上げられるほどの騒動になるのだが、とりあえず今困り果てている坂崎夫人は、力強い記者の声にやっと頼れるものを見つけたような気持ちになってしまい、そのアドバイスに従った。すると、三十分としないうちにテレビ局の取材クルーが到着したのである。

ＨＢＳの記者が、両手に軍手をはめて紙袋の中身を確認した。土砂に混じって、まぎれもない人骨が現れた。頭蓋骨、下《か》顎骨《がくこつ》、手や足の骨、肋骨《ろっこつ》――ほぼ完全に白骨化した遺体がそこにあった。

「模型じゃないんですか」

蒼白《そうはく》な顔で呟《つぶや》いた坂崎社長夫人は、電話に飛びついた。もう記者も止めなかった。社長夫妻の三男、まだ幼稚園児の子供が母親のただならぬ様子に怯《おび》え、一一〇番する彼女の胴に両手ですがりついている様子までも、テレビカメラは追いかけた。

坂崎家の異変に気がついた近所の人びとも様子を見にやってくる。記者は現場からのレポートに取りかかる。坂崎家のすぐ向かいの家ではテレビをつけ、ＨＢＳにチャンネルをあわせて、ドラマの再放送が中断して臨時ニュースが始まったことを確かめた。やあ、本当にここがニュースの現場になってるんだ。

混乱と騒動のただ中で、紙袋から取り出された白骨死体は、爆心地の静けさのなかに取り残されていた。床にビニールシートを敷いただけの上に、バラバラになって広げられていた。湿った土砂の詰まった眼窩《がんか》は、自分の運び込まれた見知らぬ家の見慣れぬ室内を見上げ、そこに家族や友人の顔を探している。それが「彼女」であり、歯医者のカルテとの歯形の照合により、「古川鞠子」であることが最終的に確認されるのは、この日の深夜のことになる。

こうして鞠子は帰還した。これ以上ないほどに孤《ひと》りぼっちの帰還を。


ＨＢＳが緊急臨時ニュースを放送し始めたその時刻、塚田真一は、山の上ホテルの喫茶室の一角に、石井良江と向き合って座っていた。隣には前畑滋子がいて、気遣わしそうにふたりの顔を見比べている。

真一が前畑家に居候《いそうろう》するようになった直後に、滋子は石井家に電話をかけた。勧められたけれど、真一はその電話に出なかった。なんと言っていいかわからなかったからだ。滋子は良江と会う約束をし、通話を切ったあと、

「石井さんご夫妻は、もう事情を知っていらっしゃるわよ」と言った。

心配していたとおり、真一が家を出たあの日、樋口めぐみはずっと石井家の前に頑張っていて、帰宅してきた良江を捕まえ、真一を匿《かくま》うな、彼を出せと迫ってきたのだそうだ。

「おばさん、びっくりしただろうな」

「あなたのこと、すごく心配してたよ」と、滋子は言った。

そんなふうにして、面会の約束はとっくにできていたのに、実際に顔を合わせるまでには、こんなに日にちがかかってしまった。真一の顔を見て、彼がまずまず健康そうであることを確かめるとすぐに、石井良江は、それについて謝った。

「すぐにも飛んできたかったんだけど……実は、怖くてね」

「怖い？」滋子が首をかしげた。

良江はうなずき、真一の顔を見た。

「真ちゃん、あの娘さん……樋口めぐみさんが、どうして真ちゃんがうちにいるって知ったのか、見当つく？」

真一は黙って首を振った。

「興信所を使って調べたんですって」

そう言って、良江は嫌な臭《にお》いをかいだかのように鼻にしわを寄せた。

「真ちゃんの荷物をうちに運び込むときの、引っ越しトラックが手がかりになったんだそうよ」

ぼんやりと、真一は思いだした。佐和市のあの家、殺人現場の家から、机と椅子《いす》と、小さな本棚と、わずかな衣類を運び出した。あのトラックか。

「あのとき、主人は反対したんですよ。佐和市の家から荷物を持ってくることはない、あんなに辛《つら》いことがあった家なんだから、全部置いてこいって。でも、わたしが反対しましてね」と、良江は滋子に言った。「少しは……持ってこさせてあげて欲しいって。でも、主人の言うとおりにしておけばよかった。それなら、うちを調べ出されることもなかったのに。ごめんね、真ちゃん」

良江の声がかすれたので、真一は下を向いた。目の前に赤い灰皿がある。それを見つめながら言った。

「机とかを持っていきたいって言ったのは僕なんだから」

良江はハンドバッグからハンカチを取り出すと、目尻《めじり》を拭った。

「おふたりの責任じゃないですよ」と、滋子が静かに言った。「真一君が追い回されてる、そのことが異常なんです」

「あの娘《こ》、どうかしてるんですよ」石井良江は吐き出すように言った。「あんないけずうずうしい……親が親だから、娘も娘なんです」

「興信所を使ったということも、彼女が石井さんに話したんですね？」

「ええ、目をギラギラさせてね。あのときは、真ちゃんがいなくなってるんでわたしも動転してて、何がなんだかわからなかったんだけど、あの娘、それからずっと毎日のように訪ねてきたり、電話をかけてきたりしましてね。いくら真ちゃんはここにはもういないって言っても、最初のうちは全然信じようとしないで、わたしたちが真ちゃんを隠してるって言うんです。出せ、出せって。だけど、しばらくするとさすがにわたしの言ってることが本当だってわかってきたんでしょう。少なくとも、真ちゃんは石井の家にはいないってことがね。そしたら今度は、どこに匿ったんだと、こうですよ。わたしが知らないって言い張ったら、それならいい、自力で探し出すからって。それで、興信所云々《うんぬん》の話も始めたんです」

良江はちらっと、ホテルの出入口の方を振り返った。

「だからそれ以来、ひょっとしたら尾行されてるんじゃないかとか、わたしも主人もすっかり神経質になってしまって……。怖くて怖くて、なかなか外出できなかったんです。なにしろ、相手があの調子ですからね。何だってやりかねないでしょう？　つい一昨日には、盗聴器を探し出す専門の業者に来てもらって、家中調べてもらいました。万が一ということがあるからって、主人が心配しましてね」

「ごめんね、おばさん」と、真一は言った。「本当にごめんなさい」

「どうして真ちゃんが謝るの。真ちゃんが悪いわけじゃないのよ」

良江は言って、また声を詰まらせた。

「電話でも申し上げましたが、真一君には今、わたしたち夫婦と同じアパートに住んでもらっているんです」と、滋子が言った。良江を安心させるため、できるだけ柔らかな口調で話そうとしている彼女の気配りが、真一にはよくわかった。

アパートの家主は、むろん前畑鉄工所である。一階の南側の六畳間に四畳半の台所付きの部屋が、ちょうど空いていたのだ。実は、この部屋を真一のために借りる際に、滋子が彼女の姑《はは》とのあいだに軽いいさかいを起こし、間に入った昭二が大骨を折ったという事情を、真一は知っている。近くにいるから、嫌でも耳に入ってしまうし、察せられてしまうのだ。

（だけどこのことは、石井さんには言っちゃ駄目よ）と、滋子には釘《くぎ》を刺されている。（気にしないでね。昭二も言ってたでしょ？　あたしたちは真一君の味方なんだから）

家賃や生活費についても、滋子夫妻とのあいだで話し合いをして、真一が一定の金額を支払うことに決めた。真一は自分名義の預金を持っており、それは親が残してくれた遺産で、原則として彼が成年に達するまでは引き出せないようになっている。だが、一部は自由に使うことができるので、とりあえずはそこから金を調達することにした。

石井良江は、真一の財産管理をしてくれている吉田という弁護士に会い、事情を話し、対策を相談していた。その結果を報告することも、今日の会見の目的のひとつである。

「吉田先生も驚いてらしたわ」と、良江は言った。「それは放っておけませんねって。やっぱり、一度は担当検事さんに相談に行くべきだって。吉田先生の方からも、樋口秀幸の弁護士に——あちらは『弁護団』だそうだけど事情を話しておいてくださるそうよ」

「きちんとした法的手段で、樋口めぐみの行動をやめさせることはできるんでしょうか」

良江はため息をついた。「吉田先生は、こういう例はちょっと聞いたことがないから、すぐにはお返事できないっておっしゃってね。樋口秀幸に不利になる証言をするなと脅したということなら、これはもう脅迫なんだけど、めぐみが言ってることは、それとは違うから——。わたしには同じようなことだと思えるけれどね」

滋子が言った。「動機がなんであれ、彼女は一種のストーカーですよ。行為禁止命令とか、とれないんでしょうか。真一君の半径二百メートル以内には近づいちゃいけないとか、そういう禁止令」

「それにはすごく時間がかかるそうです」

「でも、やるだけやってみたら？」

真一は首を振った。「駄目だって。あいつは住所不定なんだから」

「あたしと初めて会った——あのときも、真一君、そういうふうに言ってたね？」

滋子の不審そうな問いかけに、真一は暗い目をあげた。「僕も同じこと考えて、あいつに言ったことがあるんですよ。警察に通報するぞ、裁判所に訴え出て何とかしてもらうぞって。そしたら鼻で嗤《わら》われた」

「何だって言うの？」良江が声を尖《とが》らせた。「何を嗤ったりするのよ？」

「警察はあたしを捕まえたりしない、未成年だから、家出してるってことで保護されるだけだし、法律に触れることなんか、何にもしてないんだからって。裁判所だって同じだ、あんたが裁判所に何を訴えようが、あたしの居所は誰にもわからないんだから、どこにも引っ張り出されやしないし、どんな決定が下されたって、書類なんか届けようもないんだ、だから何をやったって無効だわよってね。確かにそうなんです。あいつはあいつなりに、勉強してるんですよ」

「母親はどうしてるんでしょう？」滋子が顔をしかめたまま呟いた。「母親も住所不定なのかしら」

「吉田先生は、まずそれを確かめてみるっておっしゃってたわ。母親がめぐみのしていることを知ってるのかどうかね」

「母親から叱《しか》ってもらったら、少しは効くかもしれませんね。そんなことをしたって、かえって逆効果だって」

戦意を喪失して、ほとんど無関心なような口調になって、真一は言った。「言うことを聞くかな」

「聞かせるんですよ」と、良江が怒ったように言った。

「それでも、あの娘をどこかに閉じこめておくわけにはいかないんだから」

「本当に、めぐみひとりの考えなのかしら」と、滋子が呟いた。

「と言うと？」

「いえ、高校生の女の子の考えることとは思えないんですよ。ほかの誰でもない、真一君から減刑嘆願書の署名を取り付けることができたら効き目があるっていうアイデアがね。だけどまさか弁護団がやらせるわけはないし、もしかしたら父親がそそのかしているのかも」

良江が目を見開いた。「樋口秀幸が？」

「ええ。だって、めぐみさんは父親に面会できるんじゃないですか？」

「なんて親娘《おやこ》なの」

良江は両手を固く握りしめた。まるで、事実がそうであると決まってしまったかのようだ。

「けだものだわ。人を三人も殺しておいて、いけしゃあしゃあと。けだもの以外の何物でもありませんよ」

滋子がちらっと横目で真一を見た。そして目を伏せると、お冷やのグラスに手を触れた。

「どうしてさっさと死刑にできないのかしら」

良江の目が充血してきた。彼女の血管が怒りと共に膨らみ、波打つ様子が目に見えるようだ。

「なんで裁判なんかしなきゃいけないの。あいつらがやったってことは、最初からわかってるじゃないですか。それを……今だって、裁判が止まってるのは、あの連中が精神鑑定を要求したからなんですよ。何が精神鑑定よ。なんでそんな要求をきいてやらなくちゃならないんです？」

「おばさん、そんなふうに言ったら駄目だよ」

おばさんは教師じゃないか——真一がそう言いかけたとき、激しい口調で良江が遮った。

「わかってるわ、わかってますよ、わたしだってそんなことは百も承知よ。だけど真ちゃん、悔しくないの？　あいつらはあなたの家族を、問答無用で殺しちゃったのよ？　ただお金が欲しかったっていうだけで。そんな権利がどこにあったの？　あんなひどいことをやっておいて、どうしてあいつらはぬくぬくと生きていられるのよ？　なんで裁判所はあんな連中の権利ばっかり守るのよ？」

「おばさん……」

「誰も彼も、殺された側のことなんか、これっぽっちも考えてくれやしない！　犯人にも人権がある、人権は守らねばなんて、お題目みたいに繰り返すだけで、それじゃ、殺された方は殺され損じゃないですか。裁判所が何もしてくれないんだったら、あたしが行ってあいつらを殺してやる、ええ、殺してやりますとも！」

はあはあと息を切らしながら、良江は肩を怒らせて座っている。大きく見張った両目から、拭《ぬぐ》う間もなく涙がこぼれ落ちた。

「僕だって悔しいよ、おばさん」

真一は、かろうじてそう言った。

良江ははっと顔をあげた。そうして、わななく手をあげて口元に当てた。

「ごめんね……悔しくないのかなんて訊《き》いて……そんなつもりじゃなかったのよ」

真一は小刻みにうなずいた。でも、良江の目を正面から見ることはできなかった。

「悔しいよ」と、でくの坊みたいに繰り返した。「許せないよ。殺してやりたいよ。殺したって親父《おやじ》もおふくろも妹も返ってきやしないけど、それでもいいから殺してやりたいよ。あいつらと同じ空気を吸ってることが我慢できないよ。あいつらにこの世にいて欲しくないよ」

「真一君」滋子が首を振る。「もういいわ」

「だけど駄目なんだ」真一は言った。「あいつらを殺すだけじゃ駄目なんだ。それじゃ片がつかない。どうして片がつかないのか、おばさんはよく知ってるはずだよ」

良江は青ざめた。「真ちゃん……まだそんなことを気にしてるの……」

「僕にも責任があるんだ」

真一は、ゆっくりと、固い物を胃から戻すようにして言った。

「あいつらを殺しても、それは残るんだ。それをどうしていいか判《わか》らないから、僕は逃げ回ってる」

きっぱりと、滋子が言った。「この話、もうよしましょう」

石井良江はお冷やのグラスをつかんでいる。グラスの内側で水が震えていた。

外に出ると、街のにぎわいが滋子と真一を包んだ。御茶ノ水駅へ向かう良江と別れ、とぼとぼと歩いてゆく彼女の背中が人込みにまぎれるのを確かめると、真一は言った。

「少し歩きたいんだけど」

「あたしもその気分だった」

なんとなく、秋葉原方面に向かって歩き出した。しばらくして、真一は訊いた。

「前畑さん、訊かないね」

「何を？」

「うちの事件のことで、僕に責任があるっていうのはどういう意味かって」

「うん、訊かない」滋子は真顔だった。「あなたが聞いてほしいと言うまで訊かないって決めたの」

真一は両手をズボンのポケットに突っ込んだ。そのとき肘《ひじ》が滋子の肘に触れた。

ふたりは黙って歩いた。少しずつ疲労感がとれていくように感じた。

「おばさん、すごくこたえてる」と、真一は言った。「あんなことを言う人じゃないんだ。殺してやるなんて……僕も初めて聞いた」

「取り乱しておられたね」

「そうでなかったら、言っちゃ悪いけど、どこの馬の骨かわかんない前畑さんたちに、あっさりと僕の身柄を預けるはずもないしね」

滋子は笑った。「なるほどね」

「前畑さんから見れば、僕もどこの馬の骨かわかんないわけだけど」

「だからおあいこよ。ねえ真ちゃん、テレビかラジオ買っていかない？」

秋葉原駅の近くまで来ていた。電気店街に、平日でも人の流れは濃く、立ち並ぶ店のビルの壁に窓に、派手な広告や案内が並んでいる。

「部屋に何もないと、寂しいでしょう」

ふたりは横断歩道を渡った。石丸電気一階の、テレビがたくさん並べられている場所で、滋子は足を止めた。

陳列されたテレビ画面が、どれもこれも同じ場面を映していた。立ち止まって画面に見入る人たちが、歪《ゆが》んだ半円形を描いている。

ニュースの中継画面だった。真一は見た。滋子も見た。音は消してあったが、見るだけで内容はわかった。

「あの事件だ……」と真一は言った。「遺体が出たんだね」

滋子は人垣をかきわけて前の方に出た。真一は彼女の後ろ姿を見ていた。このところの滋子は、真一が大川公園で例の右腕を発見したくだりを原稿に書いている。水野久美にも会いに行くことになっている。しかしこの遺体発見で、取材予定も変わるだろう。

若い女性の顔写真がアップになった。「古川鞠子さん」という字幕がついている。そうか、公園でハンドバッグが見つかった、あの人か。美人だな。可愛《かわい》いな。笑ってる——

ふと、真一は考えた。この事件の犯人、いつかは捕まるのだろうか。捕まってほしい。でも捕まったときには、きっとまた、こいつをかばう人たちが登場するのだろう。犯人もまた、社会の犠牲者だと。それに反論する声は、小さくてか細くてかき消されてしまう。

この世に満ち溢《あふ》れているのは、みんな犠牲者ばっかりだ。真一は考えた。それならば、本当に闘うべき「敵」は、いったいどこにいるのだろう？

臨時ニュースが始まった頃、有馬義男はひとりで店番をしており、テレビは観《み》ていなかった。

木田は配達に出ていた。突然、桔梗亭《ききょうてい》から予定外の注文があり、冷蔵庫のなかの在庫からやりくりをつけたのだが、木田は文句たらたらだった。

「あそこの親父は我儘《わがまま》すぎますよ」

義男は笑って木田を送り出した。先週の犯人からの電話以来、ふたりとも事件のことについて話し合ったことはなく、何もなかったようなふりで、日常の仕事を続けている。隣のアパートに陣取る警察官たちのことも、ほとんど話題にはのぼらない。その方が楽だった。

午前中は客が少ない。事務机について帳簿をつけたり、新聞を読んだりしながらの店番である。今日の社会面には、大川公園を端緒とする例の事件の続報は載っていない。それを確かめてからスポーツ欄を読んでいると、店先で「おじさーん」と呼ぶ声がした。

得意客のひとりの、近所の若い主婦である。午後はパートタイムで働いており、そのせいか午前中によく顔を見せてくれる。たいがいはひとりで自転車に乗ってくるが、今日は子供連れだった。五、六歳の女の子で、母親の自転車のすぐ後ろに、補助輪付きのカラフルな自転車を止めていた。

「いらっしゃい」

義男が出ていくと、主婦は冷蔵ケースのなかをのぞきこんで明るい声を出した。

「あ、がんもどき始めたんだ」

「一昨日からね」

「じゃ、四つください。あと、絹ごし一丁ね」

義男が手を洗い、商品を袋に入れていると、女の子が自転車から降りて店内に入ってきた。

「おじさんにご挨拶《あいさつ》は？」と、母親が命じる。

「こんにちは」と、義男は先に笑いかけた。女の子はもじもじしている。

「お子さんでしょ。いっしょにうちに来たのは初めてだね」

「下の娘です。幼稚園の年長なの」

「お嬢ちゃん、お名前は？」

義男がかがんで尋ねると、女の子は母親のうしろに隠れてしまった。

「嫌ねえ、引っ込み思案で困ってるんですよ」

「女の子はその方が可愛いよ」

「あら、これからの女はそれじゃ駄目よ。おじさん、やっぱり古いわね」

品物のやりとりを済まさないうちに、奥で電話が鳴りだした。若い主婦は気さくに言った。

「いいわよ、おじさん電話に出て」

「悪いね」

義男は小走りで事務机に戻って電話に出た。坂木達夫の声が聞こえてきた。

「有馬さん、テレビ観てますか?」

鞠子の失踪《しっそう》が大事件へと拡大して以降も、坂木はときどき電話をくれて義男を励ましてくれたり、一緒に真智子の病室を訪ねてくれたりを続けている。しかし、今耳にする彼の声は、これまで聞いたこともないような、張りつめてビリビリとした響きを持っていた。

「観とりません。何かやっとるんですか」

「点《つ》けてみてください。HBSです」

「また何かあったんですな?」

「隣の刑事たちからは、何も言ってきませんか」

「はあ、何も」

「じゃ、彼らもまだ知らないんでしょう。有馬さん——」

坂木はちょっと、息を呑《の》むようにして間を置いた。それから言った。

「どうやら、鞠子さんが見つかったようです」

一瞬、義男は立ちすくんだ。そのまま何も言わず、ごとんと受話器を置くと、すぐに座敷にあがってテレビを点けた。画面いっぱいに、鞠子の顔写真が映しだされていた。

警察に求められて、アルバムのなかから探し出して提出した写真だ。今年の正月に写したものだ。ここでは顔の部分しか使われていないけれど、すぐにわかった。鞠子は笑っている。その手にはみかんを持っているはずだ。あのとき続けて写したもう一枚のスナップのなかでは、そのみかんの房を口にくわえておどけてみせている。

「おじさん？」

店先で、あの若い主婦が呼びかける。

「どうしたの、おじさん」

近所の住人だし、鞠子の事件のことはもちろん、彼女が義男の孫娘であることも知っている。それでもこれまでに、彼女が義男に向かって、事件について口にしたのはたったの一度きりだった。プラザホテルの一件が報道された後、豆腐を買いに来て、お釣りを受け取るついでのようにこう言ったのだ。

「おじさん、元気だしてね。負けちゃ駄目よ」

気丈な声だった。「負けちゃ駄目」という言葉も新鮮だった。あのときは、「お気の毒に」とか「ご心配でしょう」とかいう言葉にはない力を、彼女は義男のなかに吹き込んでくれた。

しかしその彼女の声も、今はかすかに震えを帯びている。店先からも、遠目にテレビ画面を見ることはできるから、彼女にも事態が察せられたのだ。

義男は画面を見た。中継する記者の声を聞いた。そして画面がまた念を押すように鞠子の顔のアップに戻ったとき、ゆっくりとテレビの前を離れて店先に戻った。

「おじさん……」と、主婦が呟《つぶや》いた。

泣き出しそうな顔をしていた。小さな女の子は、母親の背中にくっついている。

「もしかしたら、お孫さんが見つかったのね？　テレビでニュースを流してるのね？」

義男はうなずいた。その拍子にふらりと身体《からだ》が傾いて、冷凍ケースに手をついた。

「なんてひどい」若い主婦は片手で額を押さえた。「なんてひどいの」

彼女の空いた片手が、子供の手を探り当てて固く握りしめた。子供は母親を見あげた。それから義男の顔を見た。そしてまた母親に目を戻すと、小さく言った。

「お母さん、なんで泣いてるの？」

白骨死体が、正式に古川鞠子であると認められたのは、その日の深夜、午前二時を大きく回ったころのことである。遺骨は墨東警察署に安置され、義男はそこへ出向いて行った。坂木がついてきてくれた。

歯形による身元の鑑定がスムーズに進んだのは、坂木のおかげだった。鞠子が失踪してしばらく後に、彼が、そのころはまだ正気を保っていた真智子にそれとなく持ちかけて、鞠子のかかりつけの歯医者の名を聞き出しておいてくれたのだ。

しかしそのことを、坂木は詫《わ》びるような口調で説明した。まるで、彼がそんな下準備をしていたから、こんな悪い結果が出てしまったのだとでもいうかのように。

義男は首を振った。

「鞠子のことは、もう諦《あきら》めとりましたよ。帰ってきてくれてよかった。これで葬《ほうむ》ってやれる」

坂木は口をつぐんでしまった。義男が本気で「諦めていた」はずはないと思っているのだった。

義男自身も、本当に諦めていたのかどうか、よくわからなかった。言葉に力が入らなかったし、足は空を踏んでいるようだった。思うこと、考えることのすべてに実感がなかった。

鞠子がもう白骨になっているなんて、どうしても実感がわかなかった。

墨東警察署には、古川茂が先に到着していた。年輩の刑事がひとり、彼に付き添っていた。

「お義父《とう》さん」と、古川は言った。「残念です」

彼は青黒いような顔をしていた。目が赤くなっており、顎《あご》のあたりに鬚《ひげ》がのびかけていた。昔から鬚の濃い男なのだ。その鬚に白髪がたくさん混じっていることに、義男はふと気がついた。

四人で地下の遺体安置室に降りていった。そのドアは褪《あ》せた灰色で、上部に曇りガラスがはめ込まれていた。廊下の壁に寄せてベンチがひとつ据えられており、その前まで来ると、線香の匂《にお》いがした。

どうぞ、と付き添いの刑事が手振りでドアを指し示した。そのとき、古川が言った。

「お義父さん、申し訳ないですが、私を先に行かせてください」

義男は無言で古川を見上げた。

「鞠子とふたりきりで会いたいんです。あれは私の娘です」

坂木が何か言いかけたが、義男は頭をひとつうなずかせると、後ろに退いてベンチに腰かけた。

刑事と古川は灰色のドアの内側に消えた。坂木が義男の隣に座った。

静かだった。ドアと同じ灰色のリノリウムの廊下のあちこちに、点々と黒い染《し》みがある。義男はそれを数え始めた。

足跡の断片みたいな靴底の形の染みもある。出口の方を向いている。ここを訪ねてきたときは空身だったけれど、帰りは何か背負っていて、その背負っているものが重いから、足跡が残ってしまったのかもしれない。

ここを訪れるのは、どういう人だろう。ここに何を持ってきて、何を失い、何を得て帰っていくのだろう。諦観《ていかん》か。絶望か。悲嘆か。激怒か。

いやしかし、ここから得るものなどあるのだろうか。あの靴跡をつけた人物は、背中に何も背負ってなどいなかったかもしれない。ただ、ここを出ていくときは、生きることそれ自体が重荷になってしまって、だから靴跡が残ったのではないか。

染みを探しながら七つまで数えたとき、ドアの内側から古川の泣き声が聞こえた。

「無念です」と、坂木が言った。

義男は両手で顔を覆《おお》った。手の中の暗がりに顔をつっこんで、そこにたくさんの鞠子の顔を思い浮かべていた。産院のガラス窓の向こう側にいた赤子の顔。よちよち歩いて手を叩《たた》いて笑う顔。幼稚園の制服を着て、制帽が大きすぎて、写真を撮りながらそれを義男が笑ったら、怒って泣き出してしまったあの顔。ピンク色の服なんか、もう子供っぽくて着られないとふくれてみせたときのあの顔。実は同級生からラブレターをもらったと、ちらりとベロを出しながら打ち明けたときの顔。

(で、鞠子はその子が好きなのか？)

(タイプじゃないの。どうしようか、おじいちゃん)

真智子と喧嘩《けんか》をして、ひと晩泊めてくれと家出してきたときの顔。裾《すそ》を切ったジーンズをはき、太股《ふともも》を丸出しにしているのを咎《とが》めると、そんなことを気にするおじいちゃんの方がいやらしいと、しばらく口もきいてくれなかった、あの顔。

(お父さんに愛人がいるらしいの)

そう打ち明けたときの、あの顔。

(おじいちゃんには、おばあちゃん以外に好きな女の人ができたことあった？)

そんな余裕はなかったよと答えると、少しきつい目をして、

(そんなの、答にならないよ。逃げてるよ、おじいちゃん)

そう言って口を尖《とが》らせた、あの顔。

最後に会ったときはどんな顔をしていたろう。義男の血圧が高いことばかり、しきりに心配していたような気がする。

(ボーナスが出たら、血圧計をプレゼントしてあげる。毎日計って、気をつけてね)

だが、最初のボーナスの日が来る前に、鞠子はいなくなってしまった。

「鞠子」と、古川が呼ぶ声が聞こえる。

義男も心のなかで呼びかけた。鞠子、お帰り。よく帰ってきたな。もう大丈夫だ、もう何も怖いことはないよ――

そういえばずっと昔に、同じことを言って鞠子を慰めたことがあった。あれは鞠子が六歳のときだ。古川家が住んでいた会社の社宅の庭に、大きな柿《かき》の木があった。友達と一緒に、木のてっぺんになっている柿の実をとろうと騒いでいて、向こう見ずにぐいぐい登って、ふと下をみたらとても高くて、怖くて動けなくなってしまった。ちょうど訪ねていった義男が、登っていって抱き下ろしてやった。そして泣きじゃくる鞠子に言ったのだ、もう大丈夫だぞと。だけど、二度とこんな危ないことをしちゃいかんぞ――

鞠子――と、義男は心のなかで繰り返した。鞠子、あのとき、もう二度と危ない目に遭うようなことはしないと約束したじゃないか。それなのに、どうしてこんなことになったんだ。誰がおまえを騙《だま》して、二度と登らないと約束した高い柿の木の上に、おまえを連れて行ったんだ。そいつは今どこにいる。そいつはどんな顔をしている。教えてくれ。おじいちゃんに教えてくれ。そしたら、どこまででも追いかけていって、おじいちゃんがそいつを捕まえてやるから。鞠子、鞠子。俺の宝だったのに。

「有馬さん」

坂木が義男の肩に手を置いた。その手の温《ぬく》もりを感じながら、古川茂の叫びを聞きながら、ぴたりと閉じられた灰色のドアの前で、声を殺して、義男は泣いた。

「もしもし?」と、キイキイ声が言った。

電話には、木田孝夫が出ていた。留守番役の彼のために、アパートの「有馬班」の刑事がひとりやってきて、付き添っていてくれた。その刑事が電話の録音ボタンを押した。

「有馬豆腐店?」と、機械の声は続けた。

「そうです」口元が震えるのを感じながら、木田は応じた。

「おじいちゃんじゃないね。そうか、やっぱりおじいちゃんは警察へ行ってるんだな」

「あんた、犯人なんだろ」と、木田は言った。

「何の用だ。これ以上何をしようってんだ、え?」

「へえ、威勢がいいね」キイキイ声は愉快そうに語尾をつり上げた。「あんた、親戚《しんせき》の人?」

「俺が誰だっていいだろうが」

木田にも中学生の子供がふたりいる。ひとりは息子、ひとりは娘。鞠子のことは、親しい知り合いを襲った悲劇であると同時に、木田にとっても他人事《ひとごと》ではなかった。

「ずいぶん偉そうな口をきくヤツだ」と、機械の声は言った。「僕にそんな態度をとると、あとで後悔するよ。それに、どうして僕に感謝しないんだい?」

「感謝だと? 何を感謝しろって言うんだ!」

「鞠子を返してやったじゃないか」

「貴様――」

「えらい苦労したんだぜ。一度埋めちまったものを掘り返してさ。汚れ仕事で大変だったんだ。だけど、おじいちゃんが気の毒だからわざわざやってやったんだぜ」

木田は怒りのあまり目が回りそうになった。

「貴様は人間の屑《くず》だ!」

相手は笑っている。木田は吐き捨てた。

「貴様のようなヤツを、俺はよく知ってるぞ! 一対一じゃ何もできない臆病者《おくびょうもの》だ!

こんな嫌がらせの電話をかけたり、女の子をいじめることはできても、大人の男相手じゃ喧嘩のひとつもできない野郎だ！」

「本当にそう思うのかい？」機械の声は、笑うのをやめた。「僕が男を相手にしないとでも？」

木田は息を呑《の》んだ。隣で刑事が会話を引き延ばせと合図してくる。

「へえ……そうか、それならこっちにも考えがある。見てなよ、おっさん。だけどおっさん、また誰か、今度はいい歳《とし》の男が死んだら、それはおっさんのせいだよ」

電話は切れた。隣と連絡を取り合った刑事が、「また携帯電話だ」と呟いた。木田は電話機をつかむと、コードを引っこ抜いて壁に叩きつけた。電話機はリンと鳴ると、木田を嘲《あざけ》るように腹を上に向けて床に転がった。

15

武上悦郎は酔っていた。

十月二十一日、古川鞠子の白骨遺体が発見されてから、十日後の午後のことである。夕暮れが近く、武上の家の茶の間の窓に、蜜柑色《みかんいろ》の日差しが斜めに差し込んでいる。

酔っていると言っても、深酒をしているわけではない。風呂《ふろ》上がりに缶ビールを一本、それもごく小さいものを飲んだだけだ。それがこんなに回ってしまうというのは、バテている証拠だろう。

古川鞠子関連の書類仕事には急ぎのものが多く、この三日間、武上はほとんど不眠不休、食事もろくにとらなかった。白骨遺体をしかるべき鑑定にかけるのも、歯形の照合にも、関係各所に提出するべき文書があり、それを書くのは武上の仕事だ。白骨遺体発見現場付近の実況見分調書と写真の綴《つづ》りも大車輪でまとめねばならなかった。その合間に、合同捜査本部ができて以来初の公式記者会見が一昨日の夜に開かれたのだが、その席で読み上げられる発表文書の事実経過報告に問題点がないかどうかチェックし、記者団から投げかけられる質問の内容を想定して仮想の問答集をつくるというおまけまでついた。三日が過ぎると、さすがの武上も疲れ果てて、トイレの便座に座ったまま居眠りをするような状態だった。

大川公園事件発生の九月十二日以来、すでに四十日を経過した。この間、まったく帰宅することがなかった。見かねた神崎警部が、二、三時間でもいいから家に帰り、風呂に入って出直してこいと送り出してくれたのである。そういう神崎警部もまったく家に帰らず組で、着替えのワイシャツが間に合わず、襟垢《えりあか》がついたのを着ていた。

る。武上の住まいは大田区の大森、私鉄の六郷土手《ろくごうどて》の駅から歩いて五分ほどの場所にある。終戦後につくられた文化住宅の名残のあるちまちまとした家々が、町工場のなかに混じり合って立ち並ぶ、密度の高い街である。武上の住まいも、かつてはその手の文化住宅であった家を十年ほど前に建て替えたものだ。建て替えは武上の身上《しんしょう》で行ったが、猫の額ほどの土地は妻が親から相続で受け継いだものである。そうでもなければ、一介の地方公務員の給料で、なかなか都内に一軒家を持つことはできない。

つい数年前まで、隣近所はぎっちりと立て込んでいたのだが、バブルの暴風が来たりて去ったあと、あちこちに空き地ができた。武上家の隣にも板金塗装会社のトタン造りの建物があったのだが、倒産したか地上げにあったかして無くなってしまい、今は駐車場になっている。おかげで茶の間と台所は風通しも日当たりもよくなり、申し訳ないようではあるが、すこぶる快適だ。

風呂上がりの身体《からだ》をその窓際《まどぎわ》に置いて、ぼうっと風に吹かれながら、武上は隣の駐車場に停められている車のナンバーを読んでいた。短時間でも休息するために帰ってきたのだから、事件のことは考えたくないのだが、それがなかなか難しい。こういうときは、頭のなかをくだらないことで埋めておくに限る。武上はナンバーを読み、それを暗記しようとしてみたり、数字のゴロあわせをつくってみたりしていた。

それでも、古川鞠子のことを考えた。

ああいう遺体発見は、捜査本部にとってこれ以上の屈辱はなく、被害者の遺族にも癒《いや》しようのない深い傷となる。創傷ではなく裂傷だ。縫うこともできず、治っても治りきらない痕《あと》が残る。長年の奉職で、感情をコントロールする術《すべ》に長《た》けている刑事は多く、武上もそのひとりだが、合同捜査本部内の若手たちはそうもいかなかったらしく、墨東警察署三階の男子便所の小便器が割れて、修理を頼まねばならなかった。

「誰が蹴《け》ったんでしょう」と、篠崎が感心していた。「割ろうったってなかなか割れるものじゃないのに」

その篠崎は今、武上家の風呂につかっている。彼も感情的には安定している方で――これは経験によって培《つちか》ったものではなく、気質であろう――武上と一緒によく働いてくれたが、疲労の度合いは武上より深かったようだ。デスク要員のなかで、幸か不幸か武上に気に入られたがために、彼も一度も帰宅せず組だった。ところが、少し休んでこいと許可を出したら、どうせアパート暮らしだから、自宅に帰っても何も変わらないので、空いている机の下にもぐりこんで仮眠をとりますというので、引きずり出してきたのである。

武上の妻は近所の薬局でパートで働いている。武上たちと前後して帰宅し、あわてて買い物に出て、食事の支度をしているところだ。娘はまだ大学から帰らないから、家のなかは静かなものだった。

武上はしつこく車のナンバーを眺め続けた。記憶力のいい男のことだから、二周もすると、停まっている車のあらかたのナンバーを覚えてしまった。馬鹿《ばか》なことに頭を使うものだと思うが、やめられなかった。やめれば、古川鞠子のことを考えてしまう。

それでもしばらくして、どうしても事件の方へと流れて行く思考に逆らうことを諦《あきら》めた。敢《あ》えて、まだ身元の判明していない、右腕しか発見されていない女性のことを考えた。

右腕だけでは手がかりが少なすぎる。ひょっとするとうちの娘じゃないか、妻じゃないかと案じて問い合わせをかけてくる人びとはかなりの数にのぼったが、まだ特定には至っていない。マニキュアの色と、腕の内側に小さな痣《あざ》があるというのが、わずかながら特徴と言えるものだったが、ぴたりとあてはまる失踪《しっそう》女性の名前は、今のところまだ登場してきていない。

――犯人はどうするつもりだろう？

古川鞠子については、あんなふうに大騒ぎを起こして返してよこした。遺族である有馬義男にも接触してきている。しかし、右腕の持ち主については沈黙したままだ。

犯人は、犯人だけは、右腕の女性がどこの誰であるか知っているはずである。彼女の家族——遺族——と連絡をとる術も判《わか》っているはずだ。それなのになぜ、古川鞠子の場合と同じようなふるまいをしないのだろう。

「お父さん」

台所から妻が呼びかけてきた。武上はびくっとして顎《あご》をあげた。

「なんだ?」

「お風呂場がいやに静かなんだけど、篠崎さんでしたっけ、大丈夫かしら。ちょっと声をかけてみてくれない?」

武上は立ち上がり、風呂場へ向かった。ガラス戸ごしに呼んでみたが、返事がない。戸を開けて首をつっこんでみると、篠崎が浴槽に顎までつかって、すやすや眠りこけていた。

武上は彼の頭をこづいた。「おい、寝るな」

篠崎は驚いて目を覚ました。その拍子に頭まで湯のなかに潜ってしまった。

「あ、すみません」と、ごぼごぼ言った。

「あんまり気持ちよかったもんで」

「寝ると死ぬぞ」

「はい、もう出ます」

戸を閉めると、寝ると死ぬなんて雪山じゃないんだからと呟《つぶや》いているのが聞こえてきた。今度篠崎に、参考資料として、湯の追い炊《だ》きがかかった浴槽につかったまま眠り込んで溺《おぼ》れ死に、茹《ゆ》でられてしまった遺体の写真を見せてやろう。

篠崎の頭からいい匂《にお》いがした。あいつめ、娘のシャンプーを使ったなと思った。武上の娘はお年頃で、両親やむさくるしい弟とはけっして同じタオルやシャンプーを使おうとしない。彼女専用のものがあり、誰かが勝手にそれを使うと烈火の如《ごと》く怒るのだ。篠崎が娘に殴り飛ばされないうちに、とっとと飯を済ませて本部へ戻った方がよさそうだ。

ついでに玄関をのぞくと、郵便受けに夕刊が来ていた。武上家では三紙を購読しているので、夕刊でもけっこうな嵩《かさ》がある。茶の間に持っていって順番に読んでいると、篠崎が風呂場から出てきて、妻に礼を述べていた。こざっぱりと着替えている。

新聞に、目新しい報道はなかった。今日午前中の公式発表を、忠実に再現した記事が並んでいる。坂崎引っ越しセンター周囲の不審車両の捜査と、センター関係者への事情聴取を続けているという内容だ。

「何か出ていますか」と、篠崎が訊《き》いた。麦茶のグラスを持っている。彼は下戸なのだ。

「何もないな」

古川鞠子遺体発見のあと、捜査本部内で、田川一義の実名は伏せた上で、本部が容疑者をしぼりこんでいるという事実だけは公開するべきだという意見が、かなり強硬に盛り上がってきた。つまりは、捜査本部も何もしてないわけじゃないんだとアピールしたいという積極派である。

結果的には、積極派の意見は押さえ込まれた。当然のことだと武上は思う。鞠子の白骨遺体が現場に遺棄された時間帯は確定できていないが、発見日前日の夜中のあいだであることは間違いがない。そのあいだ、田川一義は大川公園近くの公営住宅の自宅から一歩も外へ出ていない。そのことは、専従監視班が確認している。本部としては、今はむしろ、田川にかけている捜査力を軽減するか、それともこのまま継続するか、再検討を迫られているくらいなのである。容疑者をしぼりこんでいるなどと、口にするのもおこがましい。

このことは、単独犯説にしぼるか複数犯説も視野にいれて捜査するかという、捜査方針の分かれ目でもあった。また、単独犯説をとり、田川を不在証明有りとして容疑対象からはずすためには、彼がなぜ何のためにレンタカーを乗り回して大川公園付近をうろうろしていたのか、納得のいく解答を見つけなくては安心できない。

「『週刊ポスト』だったかな。捜査本部が能ナシだって、ぼろくそ書いてました」

「今は何を書かれても仕方ないな」

武上が言ったとき、電話が鳴った。受話器を取ると、秋津の声が聞こえてきた。

「ガミさんですか？」と、急《せ》きこんで尋ねた。何かあったと、武上は直感した。

「どうした？」

「『日刊ジャパン』を読みましたか？」

宅配制をとっていない駅売り専門の夕刊紙だ。

「いや、見とらん。何か載ってるのか？」

「田川の件が漏れてるんです」悔しいというよりは、唖然《あぜん》としている様子だった。

「名前は出てないし写真もありませんが、記事の内容を読むと田川のことに間違いありません」

「見出しは？」

「連続女性誘拐殺人事件に重要容疑者か。いったいどこから漏れたんだろう？」

「本部からに決まってる」

押さえ込まれた積極派が、意図的なリークをやらかしたのだ。リーク先がいわゆる七社会ではなく夕刊紙であるというところに、武上は嫌なものを感じた。

「田川の直近監視班からの報告じゃ、もうテレビ局が押しかけて来てるようですよ。詳しい情報をつかんでるんでしょう。連中、田川に何を訊くつもりなんだか」

武上は電話を切り、篠崎を振り向いた。

「署に戻るぞ」


塚田真一は、配達されてきたばかりのコカ・コーラのケースを倉庫に運び込んでいた。制服のサイズが大きめなので、立ったり座ったりするたびにズボンをずり上げなければならず、それを見ては店長が笑う。

前畑アパートに暮らすようになってすぐに、真一は、アパートから徒歩で十分ほどの場所にあるこのコンビニエンス・ストアでアルバイトを始めていた。父母の残してくれた預金のおかげで当座の生活には困らないとはいえ、遊んで暮らすのは気が引ける。暇だし、だいいち不健康で仕方がない。樋口めぐみの動向がはっきりわからない以上、まだ学校へは戻れないので、アルバイトをするのがいちばん妥当な道であるように思えた。

元は酒屋だったのを、フランチャイズ方式で大会社の傘下《さんか》に入ってコンビニに模様替えした店である。酒屋の跡取り息子の店長はまだ三十代の若さだ。実は、前畑昭二の小学校時代からの同級生であり、現在の飲み仲間でもあった。

おかげで、働き易《やす》い職場だ。真一はすぐに仕事に慣れた。店長の妻が明るく気丈な性格で、滋子以上に親身になってあれこれと世話を焼いてくれる。制服のズボンも、男物ではそれ以上小さいサイズが無いので、そのうちウエストを縫い縮めてあげると言っているのだが、なかなかその暇ができないらしかった。

コーラのケースを運び終え、掃除用のモップを持って床を拭《ふ》いていると、ガラスの自動ドア越しに、前畑滋子が急ぎ足でこちらにやってくるのが見えた。片手に財布を握りしめている。押しボタン式の信号が青に変わるのを待つことさえ嫌って、車と車の隙間《すきま》を縫うようにして横断歩道を渡り始めた。なんだろうと、真一は背中を伸ばした。自動ドアを踏んで、滋子は店に入ってきた。まっすぐレジに向かうと、すぐそばのストッカーから夕刊紙を一部抜き出した。

「こんにちは、これください」

笑顔がない。レジの店長が、「どうしたの、滋子さん」と声をかけた。

滋子はレジの前に立ったまま、財布を脇《わき》の下にはさんで、夕刊紙をめくり始めた。『日刊ジャパン』だった。

「何かあったんですか、滋子さん」と、真一は訊いた。滋子はくちびるを嚙《か》み、食いつくような目つきで記事を読んでいる。真一も彼女の肩越しにのぞきこんだ。

「連続女性誘拐殺人事件に重要容疑者か」

目を見張った。

「容疑者が」滋子は息を切らし、紙面から目を離さないままで言った。「大川公園事件の容疑者が出てきたの。今、テレビでも騒いでるわ。またHBSよ」

「テレビが？　もう？」

「ええ、この記事が出る前に、局の方がこの人物に接触をしてね。『日刊ジャパン』とHBSは系列会社だからね。そしたらこの人、インタビューに応じたらしいの。だから大騒ぎよ」

「独占スクープってやつか」店長が言った。

「どうも大川公園の近所に住んでる人物らしいのよね。コマーシャルになったから、記事の方を読もうと思ってあわてて来たの。真ちゃん、一緒に戻るでしょ？」

滋子はまた小走りで店を出ていく。店長が時計を見た。「しょうがねえなあ」

店長には、真一が滋子の仕事を手伝っていると説明してあるのだ。

「明日一時間余計に働いてくれりゃ、いいよ」

「すみません」

ズボンをずり上げながら、真一は滋子のあとを追った。

顔にモザイクをかけられ、音声を変えられた「容疑者」田川一義は、しかし饒舌《じょうぜつ》だった。

ＨＢＳの取材クルーに接触されるまで、自分に一連の事件の容疑がかけられていることについてはまったく知らなかったと、彼は語った。なぜそんなことになったか、その理由についても見当がつかないと。

インタビューにあたった記者は、田川の前歴と、彼の運転するレンタカーが大川公園事件発生の前後に公園の周囲で目撃されているという事実を持ち出した。すると田川は、自分の前歴について、いっそう激しい口調でしゃべり始めた。

「あれは僕がやったことじゃないのに、はめられたんだ」

彼が言うには、当時同じ職場にいた二十七歳の先輩に、彼の言葉で言うならば「更衣室フェチ」の男がいて、隠しカメラ事件の犯人もその男なのだという。

「だけどそいつは社長の縁故で入社した奴《やつ》だったから、そんなことがバレるとまずいんで、僕が罪をなすりつけられたんですよ」

なぜ公判でそのあたりを主張し、闘わなかったのかという質問には、

「そんなことをしたら、十年も十五年も裁判の結果が出ないまんま、宙ぶらりんにされちまうでしょう。悔しいけど、自分の人生をめちゃくちゃにされないためには、できるだけ早く罪を認めて、軽い刑で済むようにしてもらうしかなかったんだ」

記者は、殺人事件などとは違うのだから、法廷で争ったとしてもそれほど長引くとは思えないんですがねと発言した。すると田川は声を張り上げた。

「あんたは当事者じゃないんだから何も判らないじゃないですか」

インタビューが中断しそうなほどの田川の興奮ぶりを、カメラは逐一映しとる。記者は矛先を変えて、九月四日、十一日、十二日の三回に渡り、知人に借りてもらったレンタカーをさらに又借りするという手間をかけてまで車を手に入れ、大川公園の周囲で何をしていたのかと質問した。とりわけ十一日は事件発覚の前日である。

田川の激発は、急におさまった。亀《かめ》が危険を感じて首をひっこめるのにも似た、あからさまな防衛の姿勢だった。自分は大川公園には行っていない、ぬれぎぬを着せられるような羽目に陥って以来、すっかり人間不信になってしまい、外へ出るのが辛《つら》かったので、車の手配を知人に頼んだ、野鳥を撮影に出かけて、有明の森を振り出しにあちこち回ったから、いつどこにいたのかはっきりとは覚えていない——

午後のワイドショウの枠をいっぱいに使っての独占インタビューだったが、やりとりそのものはそれほど長時間ではなく、番組の後半は収録された内容を繰り返したり、事件の概要についてまとめたビデオを放映したりする程度のものに終わった。扱いだけは大きいが、これが本当に情報として確度の高いものなのかどうか、また捜査本部はこの件について何か公式なコメントを出しているのかということについては、まったく触れられることがなかった。

前畑滋子はビデオデッキで番組を録画しながら、田川――この段階ではまだ一視聴者である彼女にとっては「Tさん」の発言を聞き、時おり映し出される彼のぼんやりとした身体《からだ》の全体像や、手や足の爪先《つまさき》の動きなどを、睨《にら》みつけるようにして見つめていた。

インタビューのあいだ、Tは絶え間なく貧乏揺すりをしていた。とりわけ、記者が質問を――Tにとって答えにくそうな内容の質問をしているときほど、貧乏揺すりは激しくなった。彼の両手は、それを止めようとするかのように、両膝《りようひざ》の皿の上にすっぽりとかぶせられていたが、膝が動揺を始めると、手も腕も、ひいては両肩までもが揺れ動いた。その様子を滋子はじっと観察していた。

Tは男にしては華奢《きやしや》なきれいな手をしていた。その手の右手の中指に、凝った細工の指輪をはめていた。銀製で、幅が一センチ以上もある大ぶりなものだ。かなり古びたジーンズに、足元はくたびれたスニーカーという彼のいでたちのなかで、一種異彩を放つアクセサリーだった。

Tにとって何か意味のある品なのかもしれない。その指輪をよく見ようと、滋子は何度も身を乗り出した。テレビ画面では無理だったので、番組終了時に急いでビデオに切り替え、画面に一時停止をかけては目をこらした。しかし、なにしろ対象が小さなものなので、なかなか上手《うま》くいかない。表面が平らではなく、でこぼことレリーフのようになっているということを見分けるだけで精一杯だった。

「何か気になるんですか」

滋子の脇のソファで、黙ってテレビを観《み》ていた真一が声をかけてきた。

「うん、大したことじゃないの。彼のはめてる指輪がね、珍しいなって思っただけ」

「指輪？」

滋子はもう一度画面にポーズをかけ、指さして示した。真一はうなずいた。

「ああ、これか」

そうは言ったが、気のない声だった。滋子も変なことを気にかけると、彼は思っているらしい。

「それより、どう思いますか」と訊《き》いてきた。

「こいつ、怪しいかな」

「判らないわ」と、滋子は素直に首を振った。

「まず、彼の乗った車が大川公園付近で目撃されたという証言がどこから出てきてるのかはっきりしないでしょ。警察サイドから出ているものなのだとしても、どのくらい信用していいかは問題よね」

「このインタビューについて、警察は何も言わないのかな」

「少なくとも、今の時点では何も表明しないつもりらしいわね」

「テレビが先にこういうことをして、あとあと問題にならないんですか?」

「本人がインタビューに同意してるんだから、それはないと思うわよ」

真一は肩をすくめた。「こいつ、何で出てきたのかな」

滋子は彼を見た。真一は、ポーズをかけたままアップになっている、モザイク模様のTの顔を見つめていた。

「出てきてインタビューに答えたって、いい目は出ないってことが判《わか》らないのかな。前歴のことばっかり訊かれてたじゃないですか」

滋子は微笑した。「本当に、前科については冤罪《えんざい》だったのかもしれない。それを訴えるいいチャンスだと思ったのかもよ」

テレビ画面に目を遣《や》りながら、真一は物憂《ものう》げにまばたきをした。「そうかもしれないけど、それは嘘《うそ》かもしれない。テレビを通して、あれはぬれぎぬだって嘘をついてるのかもしれない」

「うん、どちらの可能性もあるよね」

「どっちだか判らないのに、彼には話すチャンスを与えるんですか?」と、真一は言った。「こいつのために被害に遭った女の人とか、知ってる人にはすぐに判る形で『本当はあいつがやったんだ』って指された人の言い分は聞かないで?」

「あとから出てくるかも——」

「だけどそれじゃ公平じゃないよ。先にしゃべり散らしたのは彼だ。このTの方だ」

滋子は口をつぐんで、真一の様子を見ていた。彼が口にしているのは先ほどのインタビューのことであるけれど、頭のなかで考えているのは、どうやら別の事件のことであるようだった。

「僕、バイトに戻ります」と、真一は立ち上がった。

コンビニへ戻る途中、アパートのすぐそばの公衆電話で、真一は電話をかけた。まだ帰宅していないかとも思ったが、幸い、本人が電話口に出てきた。

「あ、塚田君？　今のテレビ観てた？」

水野久美である。大川公園を飼い犬のキングを連れて散歩しており、真一と一緒にゴミ箱から右腕を発見した少女だ。

彼女とは、樋口めぐみの一件で石井家を飛び出す少し以前から、時おり話をするようになっていた。ゴミ箱での一件からしばらく後、早朝にロッキーを連れて大川公園を歩いているとき、またばったりと彼女に会った。真一は気づかないふりをして通り過ぎようと思ったのだが、久美は追いかけてきた。そして、あれからずっと気になっていた、一緒に墨東警察署の会議室にいたときの彼女の軽率な言葉について、きちんと謝りたいと思っていたと言った。

「あたし、怖いのを通り過ぎてなんだかハイみたいになっちゃって、ワクワクするなんて言ったの。塚田君の気持ちも考えないで、ごめんね」

あの時の久美は、真一の過去の事件について何も知らなかったのだから、謝ることもないのである。だが彼女は謝り、そしてそれ以上は、真一の家を見舞った事件について、何も尋ねようとしなかった。

翌日もその翌日も、久美とは同じような時刻に大川公園で顔を合わせた。真一はすでに樋口めぐみの登場に危機感を感じている折で、日々落ち着くことがなかったけれど、早朝の一時《ひととき》、久美の明るい顔を見ると心が和《なご》んだ。彼女が先に電話番号を教えてくれたので、真一も教えた。こんなことは、佐和市での事件以来初めてのことだった。

その後、真一がとうとう石井家を飛び出したあと、入れ違うように久美が何度か電話をくれて、ひどく心配をしていたということを、良江から聞いた。そこで、前畑アパートに落ち着いてからは、時どき久美に電話をかけるようにしていた。

「テレビなら観てたよ」と、真一は答えた。

「まだどうだか判らないけどね」

「そうよね、でも怖かった。あの人、ちょっと普通じゃないような感じするもの」

「キングとロッキーは元気かな」

真一が家を出た後、石井夫妻に代わって、久美がロッキーの面倒をみてくれていた。彼女は大の動物好きなのだ。将来は獣医になりたいのだと、真一には話している。

「元気よ。いい毛並みしてるわよ」久美は笑った。「だけど、時どき塚田君のことを探してる。鼻を鳴らして庭を歩き回ったり、階段の方を向いて吠《ほ》えたりするの」

「あいつ甘ったれなんだよ」

新聞勧誘員が無料券を二枚くれたから、今度の日曜日にロードショウを観に行かないかと、久美は言った。洋画の話題の大作だった。

「きっと混むと思うけど、無料《ただ》だからさ」

真一がすぐには返事をしないでいると、久美は「どうかしたの？」と訊いた。

「最近、あいつに会った？」

久美とのあいだで「あいつ」と言えば、それは樋口めぐみのことである。ロッキーの世話をしに石井家に通っていて、既に久美は過去二回ほど、めぐみと顔を合わせているのだった。当然、彼女の背後の状況や、真一を追い回さねばならない理由についても知っている。

「うーんとね、会ってない」

久美は嘘が下手だった。

「会ったんだね。いつ？」

「……昨日」久美は言って、呟《つぶや》いた。「あたしってバカね」

「嘘つく必要なんかないんだからさ。どうだった？　嫌な思いをさせてたらごめん」

「なんてことないよ。いつもどおり。あたしのこと睨みつけて、石井さんの家のまわりをうろうろして。あたしはロッキーをお風呂《ふろ》に入れてたんだけど……」

久美の口調が変わったので、真一は何か「いつもどおり」ではないことが起こったのだと判った。

「あいつ、水野さんに何かしたの？」

ちょっと黙ってから、久美は答えた。「話しかけてきた」

今までは、樋口めぐみが直《じか》に久美に接触してくることはなかった。遠巻きに見ているだけだったのだ。これはむしろ意外なことだった。これまでの樋口めぐみの態度を知っている真一としては、すぐにもめぐみが久美に飛びつき、おまえは真一の友達か、真一の居所を知っているなら教えろと迫ってもおかしくないと思えるのだが、なぜかめぐみはそれをしていなかった。同年代の女の子同士の見えないバリアのようなものが、互いのあいだを隔てていたのかもしれない。

「何ていって話しかけてきた？」

「石井さんの奥さんは留守ですかって」

「おばさん、いなかったの？」

「買い物に行ってたの」

久美が石井良江の不在を告げると、めぐみは家の二階の窓を見あげ、それから久美の方を振り返って、言った。

「あなた、いくつ?」

久美はびっくりして、泡だらけのロッキーごしに樋口めぐみの方をうかがった。めぐみは眉《まゆ》のあたりに険《けん》のある表情を浮かべていたが、取り乱しているようには見えなかった。

十六歳だと、久美は答えた。

「そう、いいわね」と、めぐみは言った。「苦労がなくて呑気《のんき》で、自分のことばっかり考えてりゃいいんだもんね」

そして、くるりと踵《きびす》を返して去っていったという。

「あたし、頭きちゃって」ぷりぷりしながら、久美は言った。「自分のことばっかり考えてるのはどっちの方よって、怒鳴りそうになっちゃったわよ」

「何も言わなくてよかったよ。飛びかかってこられたら大変だろ」

真一は笑ってそう言った。声は笑って聞こえるように。だが、公衆電話ボックスのガラスに映った顔は、少しの笑みも浮かべてはいなかった。

「担当の検事さんや弁護士さんには、彼女のこと相談してないの?」

「電話では話したよ。すぐにやめさせようって言ってくれた」

「だけどやめてないよ。少なくとも、訪ねてくることはやめてない」

大人の忠告や苦言や警告では、めぐみを止めることはできないだろう。真一も、それには期待をかけていなかった。これは塚田真一と樋口めぐみの、ふたりだけの勝負なのだと思い始めていた。

勝負。しかし、何をめぐっての勝負だ？　ついさっき見た「容疑者」Tの、痙攣《けいれん》のような貧乏揺すりを繰り返す痩《や》せた膝が頭に浮かんだ。社会に対して発言するべき正当なことを胸に抱いて登場した人物に、あの貧乏揺すりはふさわしくない。しかし、それで正邪を判定することは危険であり、TにはTの言いたいことを述べる権利がある――

どちらがより迅速に、効果的に、言いたいことを言いたいように言い、それをどれだけ広く報道してもらい、社会に信じてもらえるか。今や、善悪の判断基準はそれしかない。だからこそ、Tはインタビューに応じて出てきた。めぐみが真一を樋口秀幸に会わせようとしているのも、それが樋口秀幸側の言い分を世間にアピールする最も効率的な手段だからだ。

皆、無意識のうちに知っている。宣伝こそが善悪を決め、正邪を決め、神と悪魔を分けるのだ――と。法や道徳規範は、その外側でうろちょろするしかない。

樋口めぐみは、マスコミに向かってしゃべったりするだろうか。次にとるべき手段として、そういう方法を選んだりするだろうか？　あの激しい感情の下に隠されている戦略的な頭脳は、彼女にそれを命じるだろうか？

16

容疑者「T」は、その後も連日、テレビや週刊誌をにぎわせた。古川鞠子の遺体が発見されて以来、目立つ進展のなかったこの事件に、彼の存在は格好の刺激剤になったわけである。

彼自身のマスコミに対する姿勢や態度、距離の取り方は一貫していた。テレビに出ることはあっても、画像はビデオ撮り、音声は変えられている。話の内容も同じことの繰り返しだ。過去の前歴について冤罪《えんざい》を熱心に訴え、問題の事件への関与は厳しく否定する——

しかし、十一月に入るといきなり、その状況に変化が起きた。テレビ局では最初に「T」に接触したHBSが、再びやってのけたのだ。十一月一日午後七時オンエアのHBS緊急報道特別番組。

そこに、「T」が初めて生出演することになったのだから。

緊迫というよりは、奇妙に昂揚《こうよう》した雰囲気に包まれて、ゴールデンタイムの特別番組は、予定通りに始まった。

スタジオには司会進行役のアナウンサーとアシスタントのほかに、ゲストコメンテーターとしてミステリー作家と、女性評論家の顔が並んでいる。田川は彼らの座っている雛壇《ひなだん》の左側の偏光ガラスの衝立《ついたて》で仕切られた一角に、椅子《いす》をあてがわれて腰掛けていた。

「Tさん」と呼びかけられ、肉声ではない声で応じる彼の姿は、テレビ画面の上ではぼんやりとした人影にしか見えない。それでも時折、彼の膝《ひざ》や足先、手の動きなどがアップになると、そこにいるのは確かに生身の人間であると、視聴者にも実感できるのだった。

褪《あ》せたジーンズに包まれた膝は、相変わらず激しい貧乏揺すりを繰り返していた。それを両手で押さえつけるようにして座っている両肩を張った姿勢は、前の番組の時よりもさらにはっきりと、強い怒りの感情を現していた。今にも誰かを糾弾しようとするかのように、頭を前に突きだし身を乗り出して、投げかけられる言葉に、飛びつくようにして反応する。明らかに彼は、これまでのインタビューを通して、さらにはっきりと自分の役回りを自覚したらしかった。

犠牲者の役回りである。

二十一日のスクープで、マスコミに足元をすくわれた形となった合同捜査本部は、田川の容疑に関する公式の記者会見を開かず、しかし報道を黙殺もしないという、妥協的な手段をとってきた。記者発表で、田川の名前が捜査対象者のリストのなかにあったこと、一時監視態勢をとっていたことを認めた上で、古川鞠子の白骨遺体が遺棄されたと考えられる時間帯の田川の不在証明は確認されているという事実を公表したのだ。田川はやや灰色だが決め手はないと突き放したのである。この発表の行間からは、当面のところ、合同捜査本部としては彼の身柄を確保する等の手段に出る予定はないということだけでなく、本部内における「容疑者」としての田川の地位が相対的に下落しつつあることも――それがブラフかどうかはまた別の問題として――読みとることができる。

つまり、こういう処理をすることによって捜査側は、今回リークされた情報はそれほど大きな価値を持つものではないと、婉曲《えんきょく》に主張したことになる。騒ぐなら勝手にやれというわけだ。

ＨＢＳは受けて立った。田川も然《しか》りである。彼の「怒り」の姿勢が明確になった理由も、かかってこの捜査側の態度にあった。インタビューでは、「自分の身に一連の事件の容疑がかけられていることについてはまったく知らなかった」と明言していたのに、この番組では、「尾行されていると気づいていた、怖かった」「友達から電話があり、刑事が来て前科についてあれこれ訊《き》いていったけどどうかしたのか」と言われたとか、新しい話がごろごろ出てくる。

ＨＢＳ側は、警察側の反応を観察し、田川が真に犯人であった場合のスクープの確率に賭《か》けるよりも、ここは田川を「前科があるばかりに不当な疑いをかけられた犠牲者」と位置づけ、同時に、このような不毛な捜査ばかりやっていて犯人の影さえあぶり出すことのできない合同捜査本部の怠慢と不手際《ふてぎわ》を追及するという形をとった方が、現況では得点が高いと判断した。だから番組の構成も、冒頭で事件の概要を振り返り、田川とやりとりをして彼の訴えを聞き、そののち、この種の連続殺人犯捜査に対する我が国の捜査技術の未熟さについて取り上げ、欧米先進諸国のそれと比較して問題点をあぶり出す――その話し合いの場でも田川に発言させる――という形になった。

一方で、特設スタジオに二十台以上の電話機を用意し、視聴者からの電話やファクシミリによる情報提供を呼びかけた。コメンテーターたちが発言したり、田川が彼らの質問に答えたりしている間じゅう、騒がしいＢＧＭさながらに電話のベルは鳴り続け、無数の情報が、ただ情報であるというだけで、一様に貴重なものとして取り扱われる様を、全国の視聴者に見せつけていた。

有馬義男は、自宅でテレビを観《み》ていた。

十月二十一日の午後のワイドショウに、初めて「T」が登場してきたときは、そのことを知らずに店番をしていた。夕方から混み始めた店先でお客のひとりが、おじさんのところの事件の犯人が捕まったらしいよと教えてくれて、驚いてスイッチをひねった。そうしていくつかのニュースをはしごしたり、あとからやってきたお客が補足説明を加えてくれたり、『日刊ジャパン』を持ってきて見せてくれたりして、ようやく事情が判《わか》ったのだった。

本当に最初の時点では、一瞬、息が止まりそうになるほどの強い期待を抱いた。犯人が捕まった？　そのことを耳にしただけで、身体《からだ》全体を武者震いのようなものが駆け上がった。だが、強《し》いて自分を冷静に保ちながらいろいろな話を聞き集めていって、報道される情報を見つめるうちに、身体のなかを駆け上がっていった武者震いが、冷たい落胆となってゆっくりと爪先《つまさき》あたりまで降りてくるのを感じるようになった。

それでも、やっぱりこのHBSの特番を観ていた。観ないわけにはいかなかった。

この「T」という人物を疑うのは間違いかもしれず、いや間違いの可能性の方がどうやら大きいらしいけれども、それでも「T」を見ないではいられなかった。彼の顔形や姿が、偏光ガラスで隔てられているのが悔しかった。これを取り去って、はっきりと生でこの人間を見れば、自分にはきっとこいつが鞠子を殺した犯人であるかどうかが判ると、義男は思っていた。理由などない。根拠など口では説明できない。ただ判《わか》るのだ。

なぜなら、きっと鞠子が教えてくれるはずだからだ。こいつだ、この男だと。天啓がひらめくように鮮明に、稲妻が一点をめがけて落ちるように的確に、義男の頭のなかに、鞠子の指先が見えるはずだからだ。

番組ではちょうど、話題の中心が田川のところへ戻っているところだった。コメンテーターのミステリー作家が、大川公園付近でレンタカーが目撃されたときの、彼の行動について質問している。目撃証言は間違っているのか、本当に公園には行っていないのか。

「行っていないと思うけど……」と、音声を変えられた声で田川は答えた。「だけど、二ヵ月近く前のことだから、よく覚えてないんですよ」

「そもそも、車は何のために借りたんですか」

「写真を撮りに行くためです」

「それなら、どこに何を撮りに行くつもりだったのか覚えてないかなあ。夕飯のおかずを覚えてないというのとは、ちょっと意味が違うと思うんだけど」

田川がしどろもどろし始めると、司会者が割り込んだ。

「しかし、記憶というのはあいまいなものですからね」

すかさず、もうひとりのコメンテーターが割り込む。「そうそう、だいいち、何をしに車を借りたって、それは個人の自由でしょう？　疑わしいところがあるわけじゃないのに、レンタカーの使い道まで追及するのはプライバシーの侵害ですよ。犯罪の捜査は大事なことですけどね、だからと言って個人の自由を軒並み侵害してもいいってことにはならないじゃないですか。何よりも優先されるべきは個人の自由なんですよ」

「それだと、犯罪捜査はほとんど不可能ですよ」

「そうじゃありません。そこが我が国の警察組織の前近代的なところですよ。すぐに捕まえてきてぎゅうぎゅう締め上げて白状させて、そういう冤罪事件が過去にもどれぐらいあったか判らないでしょう？」

いったい何をするための番組なのだろうと、義男は画面を見ながら考えた。何を言い争っているのだろう。これが何のためになるのだろう？

コメンテーターふたりの論争を中断して、コマーシャルが入った。鞠子と同じくらいの年齢の女性が登場する、インスタントコーヒーのコマーシャルだった。次は化粧品のコマーシャルだった。やはり若い女性が出てきた。画面のなかで、新しい口紅をつけたくちびるを尖《とが》らせている。次は女性の下着のコマーシャルだった。ブラジャーとパンティを身につけただけの若い女性が、配達されてきた宅配便を受け取るためにドアを開けるという内容だった。殺されて切断されてゴミ箱に捨てられた、首を絞められて公園の滑り台の上に置き去りにされた、白骨にされて土に混じって他人の家の軒先に放り出された、そういう若い女性の事件を扱うはずの番組を支えているコマーシャルは、生き生きとして美しい、若い女性の映像ばかりだった。そしてそれらの映像は、もしかしたら、どれかひとつ間違ったら、ある種の危険な想像力を持つある種の危険な人間の心に、強い駆動力を持たせるかもしれない作り方をされていた。

鞠子のことを、あの消え方を、あの死に様を、戻ってきた汚れた骨のあの軽かったことを、目で見て、手で触れて、声で聞いて知っている義男には、コマーシャルのなかで乱舞する若い女性たちのあでやかな姿が、その商品の宣伝のためのものではなく、別の目的のために存在するもののように思えてならなかった。わたしたちは玩具《おもちゃ》、綺《き》麗《れい》な玩具、とっかえのきく玩具、捕らえても、殺しても、埋めても、好きなようにしてかまわないただの玩具——そう呼びかけているように思えてならなかった。

鞠子を殺したのは、ほかの誰でもない、この呼びかけに応《こた》えた人間ではなかったのか。呼びかけたのは鞠子ではなかったのに。あの不運な女子高生ではなかったのに。右腕を切り落とされた名も知れぬ女性ではなかったのに。呼びかけたのは別の何者かだったのに、差し出されたのは鞠子たちの存在だった。いつからこういうことが始まったのだ。誰がこんなことを始めたのだ。そして、誰がこんなことを止《や》めさせてくれるのだろう？

少なくとも、テレビじゃない——テレビだけは違う。そう思って、義男はスイッチを切りかけた。だがそのとき、コマーシャル明けのスタジオが映った。様子が一変していた。

会議室にいた刑事が大声で報《しら》せにきて、武上は廊下へ飛び出した。篠崎がついてくる。ふたりで会議室へ足を踏み入れると、画面はちょうど、特設スタジオの電話機の前からメインスタジオの雛壇《ひなだん》に切り替わったところだった。

「犯人から電話だって？」画面に目を据えたまま、武上は怒鳴るように訊いた。「どこだ、どの電話だ」

「今、雛壇の上の電話につながったところです」

「録画は？」

「撮ってます」篠崎が応じて、身を乗り出してテレビのボリュームをあげた。

画面のなかの司会役のアナウンサーが、ひきつったような顔で受話器を取り上げ、耳にあてる。「もしもし？」と呼びかける声が、下手な芝居みたいにわざとらしくはっきりしていた。

「もしもし」

スピーカーを通して、電話の主の声が響き渡った。切り返してきたのは、あのボイスチェンジャーのきいきい声だった。

「やっこさん、特設スタジオの情報募集電話の番号にかけてきたんです」武上の脇《わき》で刑事のひとりが言った。「コマーシャルのあいだのことだったみたいです。大騒ぎしてこっちへつないだんですよ」

画面の下には今も、白抜きで電話番号のテロップが出ている。ただいま、電話がたいへん混み合っています――

「向坂《さきさか》さん、こんばんは」

きいきい声は、アナウンサーの名を呼んで挨拶《あいさつ》をした。

「番組、ずっと観てましたよ。興味深いね」

アナウンサーは完全に気を呑《の》まれてしまっていた。受話器を支える手が震えている。

「あのですね、あなたはどなたですか？」

「僕？　僕は名もない人間ですよ」

テープを巻き戻しては、武上はこの口調を聞いてきた。奴《やつ》だ、間違いない。

アナウンサーは大きく息を吸い込むと、思い切ったように言った。「先ほど、特設スタジオの電話にかけていただいたときには、あなたは、自分はこの事件の犯人だ、話したいことがあるから電話したとおっしゃったそうですが？」

きいきい声は、陽気な感じで笑った。「そうそう、そう言いました。なかなか信じてもらえなかったけど」

「あなたがおっしゃったのは本当のことですか？」

「嘘《うそ》なんかついてどうなります？」

スタジオがどよめいた。

「では、あなたは犯人なんですね？」

「そう思ってもらって結構ですよ。だけど、僕は無名だ」また笑って、「そのスタジオに生出演してるのに、どういうわけか姿を隠してるTさんに比べたら、よっぽど無名ですよ」

カメラがTをアップで映した。偏光ガラスの向こうの人影は、雛壇の上のコメンテーターたちと同じように、電話の受話器を握るアナウンサーの方へと身体を乗り出している。

「あなたは、何をお話しになりたくて電話してくださったんですか」

「僕に敬語なんか使っていいんですか？　今の僕は女性の敵、いや、日本国民の敵ですよ」

「しかし我々には、あなたが本当の犯人であるかどうか判りません」

「それじゃ、警察と同じだよね。あなたがたがさんざんバカにしている警察とさ」

画面の隅で、アシスタントディレクターが大きな紙に書いたものをアナウンサーに向かってかざしている。誰かが画面の端を走って横切る。カメラがぶれる。

「Tさんと話をしたくて、電話したんです」と、きいきい声は続けた。「ちょっと相談がしたくてね。彼を電話口に出してくださいよ」

アナウンサーは目を泳がせた。懸命にフロアを見回して、スタッフからの指示を探している。うろたえる彼を抑えるように、コメンテーターの評論家が大声を出した。

「あのね、あなたの声はスタジオじゅうに聞こえてますよ。それにあなた、どうせテレビを観ながら電話してるんでしょう？　だったら、そのままTさんに向かって話をすればいいんじゃないですか」

偏光ガラスの後ろのTが、身構えるように座り直した。

「駄目ですよ、助け舟を出しちゃ」と、きいきい声はからかうように言った。「僕はTさんとやらを、その衝立《ついたて》の陰から引っぱり出したいんだ。自分では何もできないくせに、人の尻馬《しりうま》に乗っかって有名になろうとするような奴はどんな顔をしてるのか、全国のお茶の間の皆さんにお見せするためにね」

「こいつ、何を始めるつもりなんでしょう？」と、篠崎が呟《つぶや》いた。

取引だと、武上は瞬時に直感した。有馬義男にし向けたのと同じ事を、奴はまたやろうとしている――

「交換条件を出したいんだ」と、きいきい声は言った。「お偉いTさんにね」

武上は腕を組むと、目を細めてテレビ画面を見つめた。今しがたきいきい声の発した台詞《せりふ》が、脳のいちばん深い底にまでゆっくりと沈んでゆき、そこで横たわり、場所を確保するのを感じていた。

自分では何もできないくせに、人の尻馬に乗っかって有名になろうとするような奴はどんな顔をしてるのか——

対象を揶揄《やゆ》し、軽蔑《けいべつ》しているこの台詞は、普通はこういう状況下で発せられる種類のものではないはずだ。たとえば、学生時代の友達が有名人になったことを吹聴《ふいちょう》しつつ、だけど実は俺の方があいつよりずっと凄《すご》いんだと自慢するとか、地元からオリンピックの金メダリストが出たときに、凱旋《がいせん》パレード車に用もないのに一緒に乗り込んで手を振るような輩《やから》に向かって投げかけられる台詞ではないか。成し遂げられたひとつの「偉業」——そこまでいかなくても、少なくとも「良いこと」の、そのおこぼれにあずかろうと、勝手に、その権利もないのに割り込んでくる——そういう人間に対して吐き捨てられる台詞ではないのか。

どうやらこのきいきい声の主は、一連の殺人を「良いこと」「凄いこと」「凡人にはできないこと」として自慢に思っているらしい。では、この殺人はこの犯人にとって、積極的な自己主張の手段なのだろうか。山男たちが世界の高峰に挑むように？　アスリートが世界記録を目指すように？　それだから、自分の「功績」を勝手に転用しようとする人間が現れると、放ってはおけずに反撃にかかるのか。

「Tさん、聞いてるのかい？　俺はあんたに話をしてるんだよ」

きいきい声に呼びかけられて、偏光ガラスの向こう側の田川一義は、明らかにそわそわしている。カメラが彼の肩から下をアップでとらえる。貧乏揺すりがいっそう激しくなって、まるで画面がぶれているかのようにさえ見える。

「あなたは何をおっしゃりたいのですか？」アナウンサーが、裏がえりそうな声を必死で抑えて、訊《き》いた。「交換条件というのは何ですか」

「とっても簡単なことさ」と、きいきい声は言った。「Tさんに、テレビ画面に登場して欲しいんだ。本名も言って欲しい」

顔をしかめて聞いていたコメンテーターのミステリー作家が割り込んだ。

「Tさんがその条件を呑んだら、あなたもマスコミに登場してくれるんですか？　名前を教えてくれる？」

きいきい声はケラケラ笑った。ボイスチェンジャーを通ってくる笑い声は、古いSF映画の敵役の気の触れた宇宙人のそれのように、現実離れした音色を持っていた。

「あんたの書くご都合主義のつまんない小説のなかには、そういう犯人が出て来るんだろうけど、僕はそれほどお間抜けじゃないんだよな」

バツの悪いことに、スタジオで笑い声が起こった。ミステリー作家は真面目《まじめ》な表情のまま、きいきい声の言葉に動揺したような様子を見せなかったが、画面の端に立っていたアシスタントの若い女性が笑っているのを見て、きっと目尻をつり上げた。

「交換条件というのは何なんでしょう。Tさんがこの場で素顔を見せたら、代わりにあなたは何を提供するというんですか？」

アナウンサーは、マイクに食いつかんばかりにして問いかけた。かかった大魚に振り回される釣り人を、武上は連想した。この場の主導権は、明らかにきいきい声の側にあった。電話一本で電波を乗っ取り、さぞかし気分がいいことだろう。

「ＨＢＳは逆探知を――」

「してないでしょうし、できないでしょう。それに、どうせまた携帯電話ですよ」

首を振って篠崎がそう言ったとき、画面の下に新しいテロップが出た。「現在、電話とファクスの受付を一時停止しております。ご了承ください」

しかし特設スタジオでは電話が鳴り続けている。今までよりうるさいくらいだ。

「僕の提供するものは、とてもシンプルさ」と、きいきい声が続けた。「とてもシンプルだけど、大事なものさ」

「何を提供してくれるんです？」

「大川公園に捨てた右腕の、残りの部分だよ」

ここで、いきなりコマーシャルが入った。

「何だよ、これ？」

前畑昭二がテレビのリモコンを放り出した。

「いちばん肝心なとこじゃないか！　なんでコマーシャルなんか入るんだよ！」

滋子は昭二の隣に座り、彼と同じように画面に釘付《くぎづ》けになっていたのだが、ほっと息を吐いて煙草《たばこ》に手を伸ばした。

「しょうがないんじゃない。どのコマーシャルをどの番組のどこで何分何秒入れるかって段取りは、全部コンピュータで仕切られてるんだろうから、現場で急に変えることはできないんでしょう」

「これで犯人が気を悪くして電話切っちまったら、HBSはどうやって責任とるつもりなんだろう」

HBSには犯人逮捕の責任はなく、今の場合だって一方的に犯人からの接触を受けただけなのだし、取材源を秘匿《ひとく》する権利から言えば、今日のこの番組の出来事について警察に報告したり詳細を報《しら》せたりする義務もない。だが、昭二の言葉はいいところをついていると滋子は思った。このきいきい声の野郎は、自分の発言――しかも、彼としては非常に重大な交換条件を提示している発言を途中で遮られたことに、腹を立てるかもしれない。そういう奴だ。

長すぎるコマーシャルが終わると、次には「ここまでの放送は――」というスポンサーの紹介が始まった。ちょうどその時間帯だった。それが終わると「ここからの放送は――」と、別のスポンサー紹介だ。本当に、テレビ局とは融通のきかないものである。

それが終わって、ようやく画面が切り替わった。アナウンサーが蒼白《そうはく》になっていた。

「番組をご覧の視聴者の皆様に、お詫《わ》び申し上げなければなりません」

悲痛なアナウンサーの声を聞きながら、武上は頭をぼりぼりとかきむしった。会議室の刑事たちも舌打ちをしたりうめき声をあげたりした。

きいきい声の電話は切られてしまったのだった。アナウンサーの説明によると、コマーシャルが始まるとすぐに、

「あんたたちは僕の話を真面目に聞く気がないんだな」と怒鳴るなり、通話が途絶えたのだという。子供っぽいヒステリー反応だが、この犯人ならありそうなことだ。

「やってくれたもんだ」と、武上は言った。

「せめて電話ぐらいちゃんと受けられんものかね」

「もうかかってこないでしょうか」

「今夜は無理じゃないか」

「せっかく遺体を取り返せたかもしれないのに」

いや、この場合は遺体を「取り返す」のではない。恵んで返してもらうのだ——そう思ったけれど、わざわざ口には出さなかった。釣り竿《ざお》の先の大魚に振り回されて足元がよろよろしているのは、HBSだけではないのである。

テレビでは、通話が途絶えたときの様子をビデオ録画したものを繰り返し流している。合間に、カメラがスタジオに切り替わると、特設スタジオの電話が、そろって気が触れてしまったかのような鳴り方をしているのが聞こえる。今度は視聴者からの怒りの電話だろう。

偏光ガラスに守られた田川の影は、やや落ち着きを取り戻したようだ。犯人からの通話が切れて、ほっとしているのは田川ひとりだけだろう。

残念だった。犯人の交換条件に田川がどう反応するか、ぜひ見てみたかった。それは犯人の情報を集めることにもなり、田川の情報を集めることにもなる。そして、田川とこの犯人がどういう関係なのか——まったくの他人なのか、それともある種の共犯関係にあるのか、他でつながりはあるがこの事件に関しては何もないのか、見極める手がかりもつかめたかもしれなかった。

武上は会議室を出て、自分の机に戻りかけた。ところが廊下を半分も行かないうちに、篠崎が走って呼びに来た。

「武上さん、またかかってきました！」

急いでとって返すと、アナウンサーが衣服の襟元にとめたマイクをつかむようにして話をしている最中だった。

きいきい声が聞こえてきた。「さっきみたいな邪魔が入らないと約束してくれたら、話を続けてもいいよ」

アナウンサーは、コマーシャルは入れないと約束をした。現場で簡単にそんなことができるかどうか武上には判《わか》らないが、今度通話が途中で切れたなら、この番組の担当者たちは間違いなく首が飛ぶだろうから、必死で努力するに違いない。

「さっきも言ったけど、交換条件の内容はこうだ。Tさんがテレビの前に登場すること。そしたら、僕はあの右腕の持ち主の遺体を返してあげるよ」

「必ず、その約束を守ってくださいますね？」

「守りますよ。こっちが言い出したことだから」

「Tさん、こういうことなのですが、いかがでしょう」アナウンサーは偏光ガラスの方を振り向いた。

待ってましたというように、コメンテーターたちが噛《か》みついた。

「それはあんまりじゃないの？　Tさんひとりに責任を負わせることになるんですよ」

「Tさんの権利も守らなければ——」

きいきい声が割り込んだ。「権利なんてものより、大事なものがあるんじゃないかな」

「何だっていうのよ？」

評論家はもう喧嘩《けんか》腰《ごし》である。目が闘争的に光っている。

「あなた、自分のことをずいぶん偉いと思ってるようだけどね、コソコソ隠れて人殺しをして、しかもか弱い女性ばっかりを狙《ねら》ってね、こうやって電話をかけてきてしゃべり散らすなんて、最低のクズ野郎のやることですよ。判ってるの？　あんたは史上最低の卑怯者《ひきょうもの》よ」

「それじゃ、か弱い女性じゃなくて、一人前の男を狙って殺せばいいわけかな」と、きいきい声は言った。「そういうことを僕に勧めてくれるわけですか」

武上は思い出した。以前に、有馬義男との電話の会話のなかでも、こいつは同じようなことを言っていなかったか——いや、有馬義男ではなく、彼の店で働いている店員の男との会話だったろうか。報告書で読んだ記憶がある。

——おっさん、また誰か、今度はいい歳《とし》の男が死んだら、それはおっさんのせいだよ。

テレビの評論家は負けていない。「あんたそう言ってあたしを脅かしてるつもりなんだろうけど、そうは問屋がおろさないわよ」

「脅してなんかいませんよ。そもそも僕は、あなたみたいな自称評論家を相手にするつもりもないんだ」

「なんですって！」

「あなたは何を評論してるんです？　どんな資格があって、何を偉そうにふんぞり返って、世の中のことをああだこうだと論評できるのかな？　教えてもらいたいね」

ふたりのやりとりを聞いていて、唐突に、ふと寒気が走るような感覚と共に、武上は思いついた。こいつ、人が変わっていないか？

こねている理屈に変化はない。事件関係者やマスコミに対する斜《はす》に構えた姿勢も同じだ。そして同じきいきい声だ。言葉遣いも変わっちゃいない。

だがしかし、何かが違う。微妙だけれど、決定的に違うような気がする。コマーシャルに邪魔されたことで怒って電話を切った人物と、今ここで評論家とやりあっている人物が同一人物だとは、武上には思えないのだ。

「別人じゃないか？」と、声に出して言ってみた。「違ってないか？　話し手が変わってないか？」

「犯人がですか？」篠崎がきょとんとして問い返した。「そうかな。そんな感じはしないけど」

「ガミさん、思い過ごしだよ」と、刑事のひとりも言った。「こんな屁《へ》理屈こねる奴《やつ》がほかにもいるわけないでしょうが」

そうだろうか。俺の勘違いか。

この事件に関して、犯人単独犯説とグループ説は、未《いま》だに並列状態にある。捜査会議でも決定的なコンセンサスは得られていない。この種の明らかに性的な動機をはらんだ計画的な連続誘拐が、複数犯の共同作業として行われる例が、国内では非常に少ない――殺人にまで発展している例としては、事実上皆無である――が故《ゆえ》に、単独犯説が身体《からだ》ひとつ分くらいリードしている状況ではあるが、しかし、決め手はないのだ。犯人の機動力を考えると、複数犯の可能性の方が高いという意見もある。事件の経過上重要な時点での田川のアリバイが立証されているにも拘《かか》わらず、彼に対する容疑が薄くはなっても皆無にはならない理由もここにある。

犯人はふたり組か？

「こんな話をしてたってしょうがないよね」と、きいきい声が言っている。「それより問題はTさんなんだ。彼の意見を聞いてくださいよ。僕の出した交換条件に乗るのか乗らないのか、どっちなのかな」

偏光ガラスの向こう側の田川は、激しく膝《ひざ》を揺らしている。隠れようのないスタジオのなかで、偏光ガラスだけを盾に、貧乏揺すりを繰り返しているこの男は、ひどく滑稽《こっけい》なさらしものと化していた。スタジオ内の誰も、田川の味方ではなかった。

しかし、彼は動こうとしなかった。アナウンサーが呼びかけても、返事もかえってはこなかった。彼の衣服に留め付けられているマイクが、彼の激しい息づかい、動揺の様子を示す衣擦《きぬず》れの音を拾ってはくれないかと、武上は耳を澄ませた。

「英雄になるチャンスなのに」と、きいきい声は言った。「それにねTさん、君はマスコミを甘く見てるようだから、忠告してあげるよ。今の君は、前科があるというだけで、犯人を捕まえることができずに焦《あせ》っている警察から不当な疑いをかけられた犠牲者の役回りをもらってるけどさ、そんなの、今だけだよ。君は純粋なスケープゴートじゃないんだ。疑われるべくして疑われてさ、世間もそのことを知ってるんだ。テレビ局だって、用が済んだら、君を犠牲者の表彰台に載せるためにかけた梯子《はしご》をはずして、君を見捨てるんだよ」

武上は、不本意ながら感心した。犯人の指摘は正しい。まともな頭の働きを持っている人間なら誰にでもわかるが、なかなか言葉にはしにくい事柄だ。

「僕の与えるチャンスをつかんで、せめて申し訳が立つように、一部分でも英雄になっておいた方がいいよ」

田川の歪《ゆが》んだシルエットが動揺した。彼は立ち上がろうとしているようだった。武上は身を乗り出した。

「そうそう、それでいいんだ」と、きいきい声は喝采《かっさい》した。

「バカだな、本気で顔を出すつもりなんだ」と篠崎が声をあげた。「それがどういうことを意味するのか、まるで判ってないんですよ」

田川は椅子《いす》から腰を浮かせた。アナウンサーがあわてて止める。

「Tさん、本当によろしいんですか？」

田川はまた座ってしまう。それでも武上には、彼がきいきい声の言った「一部分でも英雄になった方が」という言葉に引きずられつつあることが手に取るように判った。

犯罪者に限らず、ある種の事件を起こし易《やす》いタイプの人間をして事件の方向へ向かわしめるのは、激情でも我執でも金銭欲でもない。英雄願望だ。それは、武上が長年の奉職を通じてつかんだ真実だった。酔っぱらって喧嘩の挙げ句他人を殴り殺してしまうのも、銃器を手に強盗に入った先で必要もないのに人質を撃ち殺してしまうのも、クラクションを鳴らされたというだけで後続車の運転手を刺殺してしまうのも、車両内での喫煙をとがめられたというだけで、相手をホームに引きずり降ろし線路に突き落としてしまうのも、すべては英雄願望のためだ。自分は英雄だ、ほかの連中とは違う、俺は英雄なのだ、きっとそうなのだ、その俺様に向かって注意をするとは何事だ、盾つくのは生意気だ——

地べたを這《は》いまわるくだらない人間たちよ、この俺という英雄の前に跪《ひざまず》け。それが彼らの本音なのだ。彼らほど、「英雄」という言葉に魅せられ易く、他人の上に君臨し人びとから賞賛されたいという欲望の強い人種はいない。今、田川の演じている「不当な迫害を受けた犠牲者」も、「殉教者」的側面の強い英雄であることに変わりはないのである。

だから、田川はきっと立ち上がる。武上はテレビのなかの偏光ガラスで歪んだ影に向かって目を凝らした。

「君の行動ひとつに、あの可哀想《かわいそう》な右腕の持ち主の運命がかかってるんだぜ」と、きいきい声は言った。「彼女が家に帰れるかどうかということが、君の行動にかかっているんだよ、Tさん」

落ち着いた話し方だった。激発しているようなところ、今の状況に、きいきい声自身が興奮してしまっているようなところは感じられなかった。武上はまた、先ほどよりも遥《はる》かに強く、疑惑を感じた。人が入れ替わっていないか？　こいつは、最初に電話をかけてきた人物、今まで有馬義男やテレビ局に電話をかけてきた人物とは別人ではないか？

今までの奴は、余裕たっぷりの様子をつくろいながらも、いつだって自分がいちばん熱くなってしまっていた。確かに頭は悪くないが、ちょっとしたことですぐカッとなり、言葉遣いも乱れた。有馬義男に、「私は惨《みじ》めで哀れで汚いじじいですと言え」と強要したときなど、ほとんどヒステリー状態だった。

しかし、このきいきい声の主は違う。今までの奴よりもずっと――そう、ずっと「大人」だ。

「今、君ができることで、もっとも正しいことは、僕の交換条件を受け入れることだと思うんだけどな」きいきい声は、辛抱強い説得の調子で言った。「僕の言葉に従わなかったら、君はきっと後悔するよ」

偏光ガラスの陰の田川が、座ったまま顔をあげた――ように見えた。マイクに向かって、彼は訊《き》いた。「本当に、俺がカメラの前に出ていったら、あの右腕の女の人の遺体を返してくれるのか？」

スタジオのなかが静まり返った。相変わらず、電話だけがうるさく鳴り響いている。しかし出演者は皆無言で、息を呑《の》んだようになって田川の方を見つめている。

「ああ、もちろん」と、きいきい声が答えた。

「約束は守るよ」

そのとき、けたたましかった特設スタジオの電話のベルが、一斉に止まった。

沈黙のなか、ぎくしゃくと立ち上がると、胸元に留め付けられているマイクを気にしながら、田川一義は、偏光ガラスの覆《おお》いの内側から足を踏み出し、カメラの前に、全国のお茶の間の視聴者の前に、その生身の姿を現した。

「こいつ……」

飲みかけのコーヒーのマグカップを口元で止めて、前畑昭二が呆気《あっけ》にとられたような声を出した。

「こいつなの？　こんな奴？」

現れ出た「Tさん」は、自ら「田川一義です」と名乗った。「たがわかずよし」の

「わかずよし」「たが」のところで、プライバシーを守るための音声の処理も止まり、「わかずよし」のところから彼の肉声になった。思いの外さわやかな、いい声だった。

ひょろりとして痩せぎすの、骨張った体格の男だった。シャツにジーンズというスタイルで、髪も整えてないからだろうけれど、二十五歳という実年齢より、四、五歳も若く見えた。

「責任感のなさそうな顔してるな」と、昭二は続けた。「まあ、こういう顔の奴、近頃じゃそこらじゅうにいるけどさ。な?」

滋子はリビングのソファで昭二の隣に座り、足を組んで、火の点《つ》いた煙草《たばこ》を指のあいだにはさんだまま、じっとテレビのなかの田川の顔を見つめていた。昭二の同意を求める問いかけには答えず、無意識のうちに歯を食いしばっていた。

台所のテーブルでは、今しがたアルバイトから帰ってきて夕食をとり始めたばかりの塚田真一が、箸《はし》と茶碗《ちゃわん》を持った手を宙に浮かせたままテレビを見つめている。

「ホントに取引に乗ったんだ」と、彼は呟《つぶや》いた。「ホントに出てきちゃったんだ」

「警察はどうするんだろうな? このテレビ、観《み》てるのかね?」

滋子が怖い顔をして黙っているので、昭二は真一に話しかけた。

「どうするって、この人がこうして出演してるところに真犯人から電話がかかってきたんだから、この人は犯人じゃないんでしょう」

「最初からできレースってこともあるぜ」

昭二の声がうるさいので、滋子はテレビのリモコンを取り上げてボリュームをあげた。

きいきい声は何も言わない。田川一義も、うわずったような声で自己紹介をしたきりで、あとは言葉が続かないようだ。アナウンサーが仕切りに入った。

「もしもし、まだ電話はつながっていますか？」きいきい声に呼びかけた。「もしもし？」

「ええ、まだつながってますよ」と、声が返ってきた。

「ご覧のとおり、田川さんは約束を果たされましたよ」

「そうですね。ずいぶん若い人なんだね」

滋子は煙草の煙に目を細めた。ずいぶん若い人なんだね——「きいきい声」だって、かなり若い男だろうと推定されているのに。

「田川さん、ありがとう」と、きいきい声は言った。「だけど、名前だけじゃ自己紹介が足らないな」

「どういうことですか」アナウンサーが訊いた。田川は緊張して突っ立っている。

「田川さん、前科があるんでしょう。いつどこでどんなことをやったのか、詳しく話してくれない？　今までずっと、あれは全部ぬれぎぬだって言ってたでしょう。だったら、話したってさしつかえないと思うけど」

「しかしですね、それは——」

「本人が言いにくいなら、あなたが言ってくれてもいいよ」きいきい声は笑った。

「要するに、視聴者の皆さんにわかりやすく説明してくれればいいんだからさ」

「それでは約束が違いませんか？　あなたはさっき、田川さんがカメラの前に登場すればいいんだとおっしゃったでしょう？」

「やっこさんがいつどこで何をやったかという説明なら、喜んでしてやる」

「お茶の間の視聴者の皆さんも喜ぶだろうな」

会議室の刑事たちが、口々に毒づいたり揶揄《やゆ》したりする。武上は顎《あご》に手を当てて画面に見入りながら、顔をしかめていた。

電話をかけてきた初っ端《しょぱな》には、きいきい声は怒っていた。人の尻馬《しりうま》に乗って——という言葉は、語法としては正確ではないが、少なくとも彼の怒りの性質とその原因がどこにあるかということをきちんと表していた。

しかし今、テレビカメラの前に立つ田川をいびっている「きいきい声」は、怒っているようには感じられない。ただ意地悪で「前科についてしゃべれ」と要求しているわけではないように感じられる。何か目的があるのだろうか。

スタジオではまだアナウンサーときいきい声が押し問答を繰り返している。田川はだんだん青ざめる。確かに今までの番組ではしきりと前科について「冤罪《えんざい》だ、真犯人はほかにいる」と弁解していたはずなのに、ここでは口を開こうとはしない。過去の番組と現在までのあいだに、誰か然《しか》るべき人物に——たとえば弁護士とか——忠告されたのだろうか。余計なことをしゃべると墓穴を掘りますよ、と。

ありそうなことだと、武上は内心うなずいた。そのとき、会議室のドアが開いて、誰かが入ってきた。テレビの前に集まっている人垣のあいだから手をさしのべて、武上の肩を叩《たた》いた。

「ガミさん」

振り向くと、秋津信吾だった。緊張した目つきで、太い眉毛《まゆげ》が真《ま》っ直《す》ぐになっている。

「ちょっと来てください。電話が入ってるんです」

武上は急いで会議室を出た。秋津は大股《おおまた》で廊下を引き返し、本部のある訓辞場のドアを肩で押して開けた。

「どんな電話だい？」

「田川についての情報なんです。大川公園の西側に、ヴェラ大川公園ていう一棟建てのマンションがあるんですけどね、そこの住人で」

ふたりが訓辞場に入っていくと、端の方に据えてある電話受付用の机の島のところに数人が集まり、その中央で四係の井上《いのうえ》刑事が電話に出ていた。すぐ脇《わき》に神崎警部が立っており、武上を見ると素早くうなずいてよこした。

「桐野容子《きりのようこ》という三十歳の主婦です」モニター用のヘッドフォンを差し出しながら、秋津が言った。「うちの子供が、車に乗った若い男に誘拐されかけたことがある、その男が田川だ、間違いないと言ってるんですよ」

有馬義男は、事務机の電話機の前で迷っていた。

電話機の脇には、この店を訪れた刑事たちが渡してくれた名刺を入れたローロデックスが置いてある。豆腐組合の委員たち、大豆の卸問屋の担当者、保健所の職員、信用金庫の渉外担当者たちの名刺に混じって、合同捜査本部の刑事たちの名刺は、丸い石ころのなかの金属片のように尖《とが》った異彩を放っていた。そのなかの一枚、武上悦郎の名刺には、彼のデスクに繋《つな》がる直通電話の番号がボールペンで走り書きしてあった。何かあったら、いつでもいいから遠慮なく連絡してくれと言って、渡してくれたものだ。

すぐ隣のアパートには、今も「有馬班」の刑事たちが頑張ってくれている。そちらに駆けつけてもいいのだが、そこの刑事たちは、義男の目には少し若すぎるように見え、こんな大事なことを口に出して告げることができるほど、気の置けない存在には感じられないのだ。武上ならば、彼らよりは話しやすい。武上とて義男から見れば息子のような年代だが、それでもまだ気安い感じがする。それはあの、独特の武張《ぶば》ったような彼の顔つきが生む雰囲気のせいだろう。

さっきから、人が代わっている――義男はそれを告げたいのだった。今、田川一義をはさんでアナウンサーと会話をしている「きいきい声」は、過去数回にわたって義男と会話し、義男をからかい、義男の心を手の中で引き裂くようなことをしてきた「きいきい声」の主とは別人だ。どこがどう違う、何が根拠だと問いつめられても具体的なことは説明できないが、それでも感覚で「違う」と判《わか》る。

判っている。人が入れ替わったのだ。あのコマーシャルが入り、あいつが怒って一度電話を切った後、またかけ直してきた。あの時に代わったのだ。間違いない。今の

「きいきい声」は別人だ。

しかし、信じてもらえるだろうか。気のせいですよと一蹴《いっしゅう》されてはしまわないか。ただの思いこみですよ、有馬さん、我々はそんなふうには感じなかった、と。もしも義男の直感が真実ならば、犯人はふたりいる、少なくともふたり組だということになるのだ。これは捜査本部にとっても大きな情報であり、それによって今後の対処の方法が全然違ってくるかもしれない。

電話をかけようか。話そうか。やめておこうか――

モニターを通して聞く女の声は震えてうわずっていた。井上がしきりと宥《なだ》めながら話を聞き出そうとするが、桐野容子の半泣きの声は、ともすると同じことをぐるぐると繰り返して訴えかけてきた。

「いいですね、奥さん、落ち着いてください。奥さんのおっしゃることを整理してみますから、間違っていないかどうか聞いていてください」と、井上が言った。「奥さんのお嬢さん、長女の舞子《まいこ》ちゃんですね、小学校四年生。この舞子ちゃんが、今年の六月の初め頃、友達と大川公園に遊びに行って、その帰りに、若い男に声をかけられたと、まず最初はそういうことですね？」

「ええ、そうですそうです」桐野容子は忙《せわ》しく言った。「舞子は自転車の練習に行ったんです。あの子だけまだ乗れなくて。補助輪があれば乗れるんですけど。それでお友達が教えてくれてたんですけど、喧嘩《けんか》しちゃって先に帰っちゃって、あの子ひとりで夕方五時過ぎまで公園にいたんです。五時前には必ず帰ってきなさいって言ってるのに」

「奥さん、判りました、落ち着いて。それで、舞子ちゃんはひとりで家に帰ろうとしたときに声をかけられたんですね？」

自転車を押していたら、重そうだから一緒に押してあげようかと言って、若い男が近づいてきたのだという。

「舞子ちゃんは、知らない人と話してはいけないとお母さんに言われていたので、急いで逃げるようにして家に帰ったと、そういうことですね？」

「そうです。だけどその男の人が、あとを尾《つ》けてきたっていうんです。本当に走って逃げ帰ってきたんです」

「六月の何日のことか覚えていますか？」

「日にちまではちょっと……」

「なにしろ六月の初めのことなんですね？　それで二度目のときはどうでしたか？」

「それから二、三日してからだと思うんですけど、舞子がまた自転車の練習をしたいって言いまして、でもわたし心配でしたから、一緒について行きました。下の子の寛《ひろ》子《こ》がまだ二歳なもんで、だっこして連れて行って、それで夕方の——そのときはやっぱり五時半くらいでしたか、そろそろ帰ろうって門の方に歩いていくときに、寛子がおしっこって言い出して、わたしトイレに連れて行きました。公園の出口はもうすぐそこで、舞子にはそこで待ってるように言ったんですけど、トイレから出てきたら、自転車だけ置いてあって舞子がいなくなってたんです」

桐野容子は、大声で娘の名前を呼んだ。広い園内に人気《ひとけ》は少なく、遊歩道も木立も静まり返っていた。

「わたし怖くなって、何度も舞子を呼びながら探しました。そしたら、公園の出口の方から舞子がすっ飛んできたんです。真っ青な顔をして泣いてました。わたしにかじりついてきて、ヘンな人に車に乗せられそうになったっていうんです。このあいだのヘンな人だって。舞子の顔を見たら、右のまぶたのところが切れて血が出ていて、どうしたんだって聞いたら、わあわあ泣きながら、手を引っ張られたんで振り払って逃げようとしたら、顔を叩かれたんだって。その男が、手の甲でもって舞子の顔を叩いたんですよ。指輪をしてたもんだから、それで顔が切れたって。舞子、銀色の指輪だったって覚えてました」

恐ろしくなって交番に届けようかと考えたが、とりあえず自宅に帰り、事情を話すと、おまえがぼんやりしているからだと夫に叱《しか》られ、姑《はは》にも、みっともないから他所《よそ》には言うなと怒られた。子供が痴漢に狙《ねら》われるなど、母親がだらしのない証拠だというのだそうである。

「仕方がないからずっと我慢してたんですけど、そのあと舞子は外に遊びに行かれなくなってしまいまして、わたしも怖くて、学校の帰りも迎えに行ったりして、気をつけるようにはしてたんですけど、夜もよく眠れなくなってしまって。だけど夫も義母もわたしのことを叱るばっかりで、何も考えてくれないんです」

その後は公園に出かけなかったので、ヘンな男とは遭遇しなかった。しかし、七月に入って、二度ほど無言電話がかかり、また近所の人に、お宅の窓を若い男がのぞきこんでいたという注意を受けたりもして、母子《おやこ》はほとんどノイローゼになってしまった。

「うちはマンションの一階なんで、洗濯物とか干すときも気をつけてたんですけど、それからは一切ベランダにも出られないようになってしまって」

「そういう状態で、今までずっと過ごしてこられたわけですか？」と、井上が訊《き》く。

「ええ。夏休みに入った頃から、舞子はやっとお友達と一緒なら外に出て遊ぶようになりましたけど、ひとりではどこにも行きません。わたしも出しません」

「判りました。それで奥さん、先ほどテレビをご覧になっていて、舞子ちゃんを連れ去ろうとしたそのヘンな男が、田川一義だと判ったわけですか？」

「気がついたのは舞子なんです」

「彼の顔を見て？」

「いえ、最初は指輪です。あの人、銀色のごつい指輪をはめてるでしょう？　あれを見て舞子が、お母さんこの人だって泣き出して」

ヘッドフォンを押さえながら、武上は井上に向かってうなずいた。

「そのあと、あの人が顔を見せたでしょう？　顔を見て、もう間違いないってことになって。舞子は怖がって、わたしにしがみついて離れませんでした」

「今、舞子ちゃんもそこにいるんですか？」

「いえ、今はわたしひとりです。すぐ前の公衆電話からかけてます。家から電話すると、義母に切られてしまいますから」

「お話はよく判りました、奥さん」

神崎警部がしきりとうなずいて促している。それを目で確認して、井上はてきぱきと言った。

「大きな情報をありがとうございます。よく連絡してくれましたね。もう心配はないですよ。これから我々がご自宅に伺います。奥さんのお話をきちんと調書にして、田川の写真や車の写真などを見ていただきたいんですが、よろしいですね？」

「だけどあの……わたし夫にも義母にも叱られます」

「我々からきちんとご説明して、誤解を解きましょう。ヘンな男に狙われたのは、舞子ちゃんや奥さんの責任ではありません。もちろん今後は、奥さんやお子さんたちが安心して暮らせるように手配をします。よろしいですね？　電話を切ったら、まっすぐご自宅に戻って待っていてください。今電話に出ている私は、警視庁の井上勲《いさお》という者です。我々は何人かで伺いますが、そのなかに私もおります。すぐに伺いますから、お待ちになっていてください」

「あの、パトカーで来るんですか？　それだとあの……」

「パトカーではなく、静かに伺います。ご安心ください」

井上が受話器を置くと同時に、武上もヘッドフォンをはずした。

「田川の写真と、今の番組のビデオを用意しましょう」立ち上がりながら、神崎警部に言った。「それと六月に奴《やつ》が借り出したレンタカーの写真も」

「やっこさんがレンタカーで何をやってたか判ったってわけだ」秋津が言って、悔しそうに拳《こぶし》を打ちあわせた。「しかし、何だって今まで出てこなかったんだろう？　ヴェラ大川公園には何度も通ってるんですよ。過去の聞き込みじゃ、こんな話はかけらも出てこなかったんです」

「よほど姑《しゅうとめ》さんが怖いんだろう」

事件への関わり合いを恐れ、世間体をはばかって、何を訊かれても口をつぐんでしまう人びとは、けっして少なくない。特に今回のように、姑から、子供が痴漢に狙われるのは母親がだらしないからだなどという無茶苦茶な論旨の攻撃を受けては、気の弱い嫁はひとたまりもあるまい。

本部のこの机の上にも小さな液晶テレビが置いてあり、アンテナを伸ばして、さっきまで武上が観《み》ていた特番にチャンネルがあわせてあった。井上が電話に出ているあいだは音を消してあったのだが、今誰かがスイッチを戻し、音声がよみがえった。

きいきい声は、すでに電話を切っていた。スタジオでは出演者のトークが始まっており、田川はもう偏光ガラスの向こう側には戻らず、アナウンサーの隣に席を与えられて、顔を紅潮させて座っていた。特設スタジオの電話のベルは鳴り乱れ、番組アシスタントの女性が視聴者から送られてきたファクスを束にして司会者席に届ける。

「この変態野郎」

秋津がテレビのなかの田川一義に毒づいた。

「貴様の首根っこを押さえてやる」

武上がテレビ画面から目をそらすと、神崎警部と視線があった。そのとき、自分の心のなかに漂い始めている疑念とも疑惑とも推測ともつかないものが、警部の頭のなかにも浮かんでいることを、武上は見て取った。

総毛立つような推論だった。すぐには筋道立てて口に出すことがはばかられるような考えだった。

――「きいきい声」は、大川公園の近くで田川が何をやっていたか、知っていたのではないか？

知っていたから、田川に、テレビで素顔をさらすことを要求したのではないか。被害者が――それは桐野舞子だけに限らないかもしれない――田川の顔を見分け、通報してきてくれることを望んで、その可能性に賭《か》けて、田川の顔がテレビ電波に乗るように仕組んだのではないか？

にわかに活気づいた捜査本部の喧噪《けんそう》に紛れてしまうような小さな声で、武上は自らの考えを話し、問うた。

「思い過ごしでしょうか」

「まだ判らん」と、神崎警部は首を振った。

「即断は危険だ。偶然ということもある」

「ガミさん、いちばん新しい地図をください！」

出かける支度をして、秋津が大声で呼びかけてきた。今の通話の録音テープをデッキからはずし、武上は机から離れた。

「田川一義の自宅の家宅捜索令状をとるように手配してくれ」

神崎警部は、口の端をわずかに曲げて笑みを浮かべた。

「本人には任意同行を求めよう。英雄殿だ。今さら逃げも隠れもするまいよ」

ＨＢＳの特別番組が終わったあとも、有馬義男はずっと電話の近くに座り込み、考えていた。名刺のローロデックスもまだ広げたままで、いつでも電話がかけられるようになっている。しかし、決心がつかなかった。

番組終了直後に、木田が自宅から電話をかけてきて、親父《おやじ》さんテレビ観てましたかと問うた。

「妙な茶番劇みたいなもんだったが、ずっと観てたよ」

「大丈夫ですか」

「べつに、大丈夫だよ」

「俺は頭にきちまって、夕飯がまずくって」

木田はだいぶ酔っているようだった。

「孝さんにも心配かけて、申し訳ないね」

「親父さんが謝ることじゃないですよ。なんで謝るんですか」

からむような口調になってきた。

「駄目ですよ親父さん、親父さんは被害者なんだ。鞠ちゃんがあんなひどい目に遭わされて、親父さんだって奥さんだってボロボロになっちまったじゃないですか。それなのになんで怒らないで謝るんですよ。親父さんたちは何も悪いことしちゃいないのにさ」

だみ声で、くどくどと同じことを繰り返す。義男はしばらくのあいだその繰り言につきあってから、ふと思いついて訊いてみた。

「孝さん、さっきのテレビを観てて、妙なことに気がつかなかったかい」

「妙なことって？」

「ほら、コマーシャルが入って一度電話が切れちまったことがあったろ？　その前と後で、犯人の——あのへんてこりんな声の主がさ、違っているような気がしたんだよ」

木田にはピンとこないようだった。

「どういうことです？」

「孝さんも一度、あいつと話をしとるよな？　その時の野郎と、今日の番組の後ろのほうで、あの田川って奴に話しかけてた野郎とは別人じゃないかって、思わなかったかい？」

「どうかな……俺は何も感じなかったけど。親父さんは自信があるんですか」

「はっきり言い切る自信はねえんだよ。だから、警察にも話そうかどうしようか迷ってよ」

「別人だとしたら、どうなのかな」木田はもごもごと呟《つぶや》いた。「なんか問題あるんですか。そうか、今日のテレビにかけてきた奴はインチキだってことになるわけか」

「いや、そうじゃないがね」

木田は酒に強い方ではなく、酒好きでもない。その彼が、ろれつが怪しくなるほど酔っぱらっている。素面《しらふ》では番組を観ていることができなかったのだろう。俺も酔えたらいいんだがと、義男は思った。

鞠子の失踪《しっそう》以来、義男はずっとアルコールを断っている。最初は、彼女が無事に戻るまでは酒断ちをしようと思って始めたことだった。彼女が白骨遺体となって帰ってきた後は、目標が別のところにできた。

理由はただひとつ、健康のためだ。一日でも長生きするためだ。

鞠子が帰ってきたとき、有馬班の刑事たちは、絶対に犯人を逮捕すると、義男に約束してくれた。この仇《あだ》は必ず我々が討ちますと。

しかし、それにはどれくらいの時間がかかるのだろう？　一年？　二年？　殺人事件の時効は十五年だという。ではその十五年いっぱいかかるかもしれない。

その日まで、有馬義男は死ぬことができない。だから酒も飲まず、煙草《たばこ》も止《や》め、降圧剤はきちんと飲み、眠れない夜でも横になって身体《からだ》を休め、味気ない飯も薬だと思って喉《のど》に押し込んで暮らしている。鞠子のような若者を殺し、義男を生きながらえさせている皮肉な運命にも、喜んで頭を下げて頼もう。あんたが途中で奪ってしまった鞠子の寿命を、俺にくれと。鞠子を生き返らせることができないのなら、せめて彼女から取り上げた年月を、このじじいに与えてくれ。有馬義男に、「死」よりも速く走る足を与えてくれ――

「親父さんは、どうして大丈夫なんですか」

喉にからんだような声で、木田はまだネチネチと続けた。半分泣いているようだ。

「なんであんな番組なんか観てるんですか。俺だったらおかしくなっちまう。親父さんはヘンだ。可哀想《かわいそう》だ。俺は親父さんがわからねえよ」

木田の妻がそばにいて、彼から受話器をもぎとったらしい。がたがたと音がして、彼女の声が聞こえてきた。

「有馬さん？　すみません聡子《さとこ》です。ごめんなさい、うちのひと、すっかり酔っぱらってて、ひどいこと言いまして」

「いいんだよ。孝さんにしちゃ珍しいことだ」

「テレビ観てるうちに様子がおかしくなってきちゃったんです」聡子は涙声だった。「鞠ちゃんのことは赤ん坊の頃から知ってるんだって、お酒飲みながら泣くんですよ。それで、どうしても有馬さんに電話するんだって」

聡子は平謝りだった。義男は彼女を宥《なだ》めて、電話を切った。そうしてしばらくのあいだ、頭を抱えていた。

するとまたベルが鳴った。木田だろうと思って受話器をあげると――

「クソじじい」

きいきい声だった。思わず義男は立ち上がった。

「まだ生きてるのかよ、クソじじい。孫娘より長生きしてて恥ずかしくねえのかよ」

義男の心臓が、絶えて久しく経験したことのないスピードで鼓動を打ち始めた。この声はいつもの声だ。今までさんざん聞かされてきた声だ。怒りっぽくて感情的で、鼻っ柱ばかり強い子供の声。

そう、そうだ。義男は気がついた。田川をテレビカメラの前に誘導したあの声と、義男が耳にしているこの声との違いは、大人と子供の違いなのだ。こいつはそう、計り知れないほど危険でありながら、いつだって子供っぽかった。

「あんた――」乾いた喉から声を絞り出して、義男は言った。「なんで電話かけてきた」

「うるせえ！」きいきい声は怒鳴った。「俺に質問なんかするな！　謝れ！　俺に謝れ！」

取り乱している。まるでガキのヒステリーだ。ますます激しくなる動悸《どうき》を感じながら、義男は思いきって口に出した。

「あんた、八つ当たりしたくて電話してきたんだな？　そうだろ？」

「なんで電話しようと俺の自由だ！」

「そうかな。あんた、仲間ともめたんだろう」

いきなり、沈黙が来た。義男は息を吸い込んだ。

「あんたはひとりじゃないんだな。そうだろう？　ふたりか三人かは知らないが、とにかくあんたひとりが全部をやってのけてるわけじゃないんだろう。むしろあんたは誰かに使われてるだけなんじゃねえのかい？」

乱れた息づかいが聞こえてくる。図星なのだろうか。的の真ん中を射たのだろうか。

「あんた、さっきのテレビで勝手に電話を切って、そのことで仲間に叱《しか》られたんだろう。それで、テレビ局に電話する役目も取り上げられたんだろう。それが面白くなくて、あんたはこのじじいに八つ当たりをしたいんだ。そうじゃねえのか？」

拳のなかに、じっとりと汗が溜《た》まってきた。それを感じながら、義男は待った。

「バカなじじいだ」

喧嘩《けんか》に負けた子供が、逃げだしながら肩越しに喧嘩相手に唾《つば》を吐きかけるような感じで言い捨てると、電話は切れた。

そこから何か真実の断片を搾《しぼ》り取ろうとするかのように、義男は受話器を握りしめた。目を閉じて、自分に言い聞かせた。間違ってはいない。今のやり方で間違ってはいない。俺は確かに今、「犯人」に一撃を与えた。初めて相手を動揺させた。焦《あせ》ってはいけない。小さいけれど、これは勝利だ。相手も生身の人間だということが、今初めて判《わか》ったのだ。時間はある。時間はこっちの味方だ。きっと捕まえることができる——

有馬義男の主張を聞いた特別合同捜査本部では、即座にHBSの報道特別番組を録画したビデオテープの音声を資料に、声紋分析にとりかかった。

これまでも、報道機関や被害者の遺族あてにかかってきた電話で、録音により資料を残すことができた音声については、同じように声紋分析を行ってきた。その結果、大川公園のゴミ箱に古川鞠子のバッグを捨てたと言ってきた電話も、有馬義男をプラザホテルに呼び出した電話も、日高千秋の母親にかかってきた電話も、すべて同一人物によるものであると推定されていた。

しかし今回は、

・番組中にかかってきた電話の主が、これまでに特定された通話の主と同一人物であるかどうか。

・さらに、特番のコマーシャルの以前と以後にかかってきた電話の人物は、同一人物であるかどうか。

この二点を調べねばならない。しかも分析に使用できる素材は、テレビ番組を録画したビデオテープだけだ。HBSが、犯人からの電話を直《じか》に録音したテープの提出要請を断ったからである。コマーシャル以降の電話の人物については、番組にかかってきたこの通話しか資料がないのだから、捜査本部としては何としても直録音のテープが欲しかったのだが、要請は受け入れられなかったのだ。

分析は、慎重の上にも慎重に行われねばならなかった。もし有馬義男の勘が的中していて、コマーシャルの以前と以後で違った人物が電話をかけてきたという事実が強く推定される場合には、これは、一連の事件が複数犯人によるものだという仮説を強く裏付けることになる。これまでも、犯人の機動性から見て複数犯ではないかという意見は何度となく提出されてきたのだが、ほかに確かな裏付けはなく、あいまいなまま保留されてきた。しかし、声紋分析で電話をかけてきた人物は二人だったということがわかれば、複数犯説の強力な補足材料になるだろう。

有馬義男の訴えを受けた刑事は、それほどに大事な分析鑑定であるから、どれほど急いでも三日から四日はかかると説明した。そのあいだは、マスコミ関係に取材を受けても、このことはけっしてしゃべらないでくれと、義男に念を押すことも忘れなかった。

義男はそれを約束した。捜査の手助けになる大事な事柄だし、こちらとしては警察の邪魔になるようなことをするつもりは毛頭ないから、しっかりと沈黙を守るつもりだった。だが、声紋なんてもののことはよくわからない。何をどう調べるのか、どれほどあてにできるものなのか。尋ねてみると、当の刑事も不得要領で、同僚たちのあいだを聞き回り、そのうち鑑識班の若い警察官を連れてきて、こいつが質問に答えますから何でも訊《き》いてください、ときた。義男はちょっと——場違いながら——苦笑した。

「声紋つまりサウンド・スペクトログラムの分析と識別が、そのまま人間の個人識別の方法としても有効ではないか——ということを考えたのは、アメリカのベル電話会社の科学者なんです。名前は何ていったっけな？　ちょっと失念しましたが、そう古い話じゃありません」

若い鑑識係官は、はきはきと説明した。

「そもそもは戦争中に、ドイツ軍の通信を傍受して、その声を個体識別することはできないかという発想から始まった研究だったんですが、その時点ではあんまり進展しなかったんですね。一九六〇年ごろになって、ＦＢＩが声による個体識別に興味をもって、ベル電話会社に働きかけて、それで今日の声紋分析の土台ができあがったんです」

「スペクトロなんとかちゅうのは、何です？」義男はあやふやに問い返した。

「人間の話し声を録音したテープを特殊な装置で読みとりまして、回転するロールみたいなものに記録するんです。そうすると、何本もの線で構成された波みたいな模様ができる。これがサウンド・スペクトログラムです。サスペンスドラマなんかで見かけたことがあると思いますよ。今では読みとりもデータ処理も表示も、みんなコンピュータでやってますけどね」

声紋にはふたつと同じものはない。指紋と同じだ。ただ、個体識別の材料として、指紋よりも難しい点がいくつかある。

「ひとつには、録音媒体が高品質のものでないと、分析鑑定の結果に誤差が生じる可能性が高いということです。ですから今度も、ＨＢＳの持ってる元データが欲しいんですよ」

「短い会話じゃ駄目なんでしょうな？」

「それはあまり問題ではないです。九十秒ぐらいあれば充分です。今回もその点では大丈夫ですよ」

もうひとつの問題点は、同一人物の声紋でも、加齢――つまり歳《とし》をとることによって変化する可能性があるので、比較分析の場合、片方の音声《サンプル》があまりに古いものである場合は、判定が難しくなることだという。

「これも、今回は関係ないですけどね。でも、そういう難点があるので、裁判では声紋は動かぬ物的証拠《ハード・エビデンス》としては認められません。状況証拠のひとつ、あるいは、捜査の段階で指針となる資料として使われるというのが現状なんです」

義男は自分の耳で聞いたもの――あの電話の声というよりは、声がまとっている雰囲気のようなもので、コマーシャル前と後の人物が別人だと思ったのだった。しかし、機械にはそんな小器用な判別はできまい。心配になってきた。それに――

「あいつらは、その、あのボイスチェンジャーとかいうものを使ってましたな？　機械は騙《だま》されんのですか？」

若い鑑識係員は、警察官募集のポスターのモデルみたいに爽《さわ》やかな顔で笑った。

「ご心配なく。ボイスチェンジャーで声紋を変えることはできません。分析鑑定すれば、すべてお見通しです」

そしてちょっと不敵な角度で口の端を吊《つ》り上げて、こう続けた。

「お孫さんを恐ろしい目に遭わせた奴《やつ》は、ずいぶんと物知りで利口ぶっていますが、このことについてはまるっきり無知なんじゃないかと思いますよ。声紋だけじゃない、携帯電話のこともよく知らないようですね」

　まったく初耳の話だったので、義男は驚いた。「携帯電話が何ですか」

「犯人は、携帯電話なら、有線の電話と違って逆探知できないと思い込んでいるみたいです。確かに、有線電話と同じようにして発信番号を突き止めることはできません。でも、発信エリアを絞ることはできます。どの中継基地のアンテナを通してかかってきた通話か――ということは、調べられるんですよ。それさえまったくわからないということじゃ、電話会社だって課金できませんからね」

　そんな話は、刑事たちからはおろか、ニュースでも報道特番でも聞いたことはない。義男は鑑識係員の顔を見あげた。若々しく、やる気に溢《あふ》れた顔だ。

「そうすると今までの犯人からの電話も、どんなエリアからかけられたもんか、調べはついとるんですか？　そうなんですな？　どうしてそれを教えてくれんのです？」

　爽やかな鑑識係員は急に及び腰になった。しゃべりすぎたと思っているのが明らかだ。

「さあ、それは鑑識の僕にはわかりません。きっと捜査の必要上、公《おおやけ》にしない方がいいことなんですよ。まだ有馬さんにお話しするべきことでもないんです」

「でも――」

　食い下がろうとする義男を穏やかに押し返し、鑑識係員は言った。

「お辛《つら》いでしょうが、とにかく今は声紋分析の結果が出るのを待ってください。有馬さんの直感が正しいかどうか、結果が出ればわかります。それによって捜査方針も変わって、一気に犯人に近づくことだってできるかもしれないです」

仕方がない。待つしかないのだ。今までも待ってきた。これからも待つのだろう。少なくとも声紋分析の結果は、三日もすればはっきりするのだ。それぐらい何でもない。これまでだって、何の進展もなければ光明もないまま、もっと多くの日々があっけなく過ぎてきたではないか。

しかし、今度の三日は違っていた。

17

一九九六年十一月五日、火曜日。

先週末からの秋の連休の終わった翌日、群馬県赤井《あかい》市北東部の山中を抜ける県道十二号線、通称「赤井山グリーンロード」は、紅葉見物の観光客たちでにぎわっていた。グリーンロードが開通したのは七年前の四月のことである。赤井市のなかでも山がちで、JR線赤井駅へのアクセスも不便であるため、市内の他の部分に比べて著しく開発の遅れていたこの北東部を、一気に生まれ変わらせる計画の一環として造られた道路だ。現在のグリーンロードが走っている道筋は、明治の中頃まで赤井市で林業が盛んだった頃に使用されていた林道のルートである。全体に険しく勾配《こうばい》が急で、カーブが多いのもその名残であろう。

当時は、この道路の敷設《ふせつ》と同時に、赤井山南斜面の造成開発計画も進行中であった。二百戸の分譲建売り住宅を開発し、建て替えを計画中だった市内の有名私立総合病院をこちらに誘致し、あわせて病院付属の医療介護付き高齢者向け集合住宅を建設するというこのプロジェクトの方は、しかし、途中で立ち往生してしまった。原因はほかでもない、資金難である。バブル経済崩壊の余波は、北関東の小さな市の小さな経済活動とそこから生まれる利害関係にも大打撃を与えずにはおかなかったのだった。

そもそもこの計画の仕掛人であり、市の自然保護林である赤井山中の森林の開発許可を、市議会での反対を押し切って強引に取り付けた市議会議員と、ここに新設される予定だった私立総合病院の院長とは、女婿《むすめむこ》と舅《しゅうと》の関係にある。それだけに、この開発計画が発表された当初から、批判の声は強かった。それでも彼らが強気でいられたのは、東京から招いた開発業者が乗り気だったことと、大手都銀を後ろ盾にした住宅資金専門融資会社から、湯水のように金を引き出すことができたからだった。

ところがその融資元は、不動産取引の総量規制が始まり、右肩上がり一方だった日本経済がにわかに逆に傾斜して未曾有《みぞう》の不景気がやってくることを敏感に察知したとたんに船から降りてしまい、開発会社も及び腰になってきた。強力なエンジンと燃料を欠いた市議会議員と病院長は、そらみたことかと言わんばかりの冷たい視線のなかで、それでも一、二年は計画続行のために奔走したのだが、分譲建売り住宅の造成完成時期にあわせて支店の出店を計画していた大型小売店からも撤退を告げられ、とうとう諦《あきら》めざるを得なくなったのが一九九三年の秋のことである。赤井山開発計画という船は沈没した。土台工事が終わっただけで放り出されたマンション建設予定地には雑草が生い茂り、鉄骨が組み上がっていた総合病院と付属の高齢者向けマンションは、風雨にさらされて、赤錆《あかさび》に覆《おお》われた骸骨《がいこつ》のような惨状を、山の南斜面にさらしている。

残ったのは、無人の山中を行くグリーンロードだけであった。

しかし市民たちのなかには、むしろこれで良かったというような雰囲気もあった。赤井山中を上り下りするグリーンロードが、春の花や秋の紅葉の時期、格好のドライブコースになったからだ。さらに、赤井山を越えた向こう側の小山《おやま》市には、小山遊園地がある。そこに向かう客たちも、それまでは幹線道路の混雑を我慢しながら通行していたのを、グリーンロードという山越えの道にそれて行くようになった。つまり、マンションも病院も建たなくても、グリーンロードそのものには、そこそこの交通量が見込めるのだった。

大型小売店には逃げられたが、グリーンロード添いのそこここに小さな休憩所や喫茶店、レストランが建てられるようになってきた。やがて市は後追いだが正式にいくつかの認可をして、山頂にドライブインと展望台をひとつずつ建設した。当初の目的を失ったこの道路は、観光道路として、華々しくはないが意外な成果をあげたのである。

しかし、そうなると逆に、失敗に終わった開発計画の残骸である鉄骨や土台工事の痕跡《こんせき》が、醜い傷として目立つようになってきた。不良債権として宙ぶらりんになっているので、迂闊《うかつ》に撤去も処分もできないところが、余計に癪《しゃく》にさわるのである。おまけに、この種の放置された建物に付き物の怪談話が広まって、市内だけでなく東京あたりからも若者たちが押し寄せるようになった。彼らはこの立ち腐れの建物群を、一口に「お化けビル」と呼び、グループで、またはカップルで、盛んにここを訪れた。挙げ句に喧嘩《けんか》から傷害事件を起こしたり、足場の悪いところで転落事故があって怪我《けが》人が出たりと、不祥事が相次いだので、市ではこのあたり一帯を立入禁止にしたが、周囲にロープを張った程度の禁止措置では、好奇心の強い若者たちを止めることはできそうになかった。

グリーンロードには、麓《ふもと》の入口と頂上の展望台付近と、二ヵ所にガソリンスタンドがある。麓のスタンド「グリーンロードナショナルステーション」の方が、規模は大きい。今ここで、五台ある給油台の左から二番目の脇《わき》に立ち、給油を終えて出ていく観光客に帽子を取って挨拶《あいさつ》した店員も、そんな若者たちのひとりだった。長瀬《ながせ》克也《かつや》という、赤井市生まれの十九歳の青年である。

つい二日前の非番の夜に、彼も「お化けビル」へ行ってきたばかりだった。ガールフレンドの聡美《さとみ》と、彼女の友達の杏子《きょうこ》という女の子と、その友達のボーイフレンドの四人で、いわゆるダブルデートと洒落《しゃれ》こんだのである。買ったばかりの彼の新車に乗り込み、さあどこへ行って遊ぼうかということになったとき、聡美がお化けビルに行きたいと言い出した。実はそのとき、克也はかなりがっかりした。彼も一時はお化けビルの荒涼とした眺めに興味を感じ、しばしば訪れては騒いでいたので、もういい加減に飽きがきていたからである。

しかし、聡美たちは強硬だった。なんとなれば、杏子は霊感が強いので、以前からぜひ一度お化けビルを訪ねて、そこで何か感じないか試してみたいと思っていたからだという。克也は霊感とか霊能力とかの話には興味がないので、勘弁してくれよというのが本音だった。しかし、女の子ふたりは熱に浮かされたように地縛霊《じばくれい》だの金縛りだのの話ばかりしているし、杏子の彼氏は彼女の言うなりで、克也と共闘してくれる気配も見せない。渋々、克也は新車の鼻先を赤井山中に向けることになったのだった。

そんな成りゆきだったから、結果は惨憺《さんたん》たるものだった。グリーンロードを走り、お化けビルの朽ち果てかけた骨格が前方にぼんやりと見えてくると、まず杏子が騒ぎ出した。胸が苦しくて息ができないというのである。赤井山の斜面を、無数の白いものが漂いながら駆け上がったり駆け下りたりしているのが見えると言う。吐きそうだというから克也は車を停め、杏子を外に出した。夜のグリーンロードは交通量がとても少ないけれど、お化けビルを目指してくる若者たちの車は例外なく百キロ以上出して飛ばしてくるものばかりなので、路上では気をつけていなければならない。路肩でしゃがんでいる杏子の背中を、一緒に涙声になりながらさすっている聡美の姿を眺めて、克也は心底うんざりした。杏子の彼氏はと言えば、車から降りてのんびり煙草《たばこ》を吸っているだけで、杏子をなだめたり介抱しようという素振りもみせない。変わったカップルだと、克也はこれにも呆《あき》れた。こいつ、彼女をホテルに連れ込んだとたんに、この部屋には霊がいるなんて騒ぎ出されても、怒りもせずただぼうっとしているだけなんだろうか。付き合いきれねえよ、ホント。

さんざん泣いたり震えたりしたくせに、それでも女の子たちはお化けビルに行くという。車を走らせながら、腹立ちを抑えるために、克也はありったけの自制心を働かせなければならなかったが、十九歳の若い男が女の子を助手席に乗っけているときに持ち合わせている自制心など、ウエットティッシュでひと拭《ふ》きすればぬぐい去られてしまうほどのわずかなものだ。克也はだんだん無愛想になり、運転も荒っぽくなった。それで聡美とケンカになり、一度フンイキが悪くなると、止める要素が何もなくて、どんどん険悪になった。――お化けビルなんて、二度と行くもんか。

まっ暗なだけで、何があるわけじゃない。聡美ともお別れで、二日経《た》った今でもムシャクシャする。

今日のナショナルステーションは、平日だというのに妙に忙しかった。まだ連休の気分を引きずっているのと、何よりも紅葉のシーズンだからだろう。いつもは午後一時から四十五分間もらうことになっている休憩時間もとることができなかった。四時近くになってやっと、店長に、ちょっと休んでいいよと声をかけてもらった。克也は空腹でふらふらになりながら、事務所の奥の休憩室に入った。

休憩室では、同じアルバイト仲間の女の子が、部屋の隅にあるポータブルテレビを観《み》ながらサンドイッチを食べていた。ワイドショウ番組のようだ。このところずっと大騒ぎを続けている。東京の連続女性誘拐殺人事件を取り上げている。克也は買い置きのカップラーメンに湯を入れながら、女の子をからかった。

「キミちゃんも気をつけないとさらわれて殺されて埋められちゃうぜ」

キミちゃんは真剣な顔で画面に見入っている。「ホント、怖くてしょうがないんだ、あたし」

「知らない男の車に乗らなきゃ平気だよ」

「だけど、無理矢理引っ張り込まれるってことだってあるじゃない？」

食べかけのサンドイッチを持ったまま、テレビの方に手を振って、

「力ずくで車に引っ張り込まれたら抵抗できないよ」

本当に怖がっているようだ。

「それでどっか連れて行かれて監禁されちゃったらさあ」

「携帯電話かポケベルを隠し持ってて、助けてくれって報《しら》せろよ」

「そうかあ、その手があるかあ」

キミちゃんは真顔でうなずく。そして彼女がサンドイッチの残りを口に放り込んだそのとき、外の方から、車が急ブレーキをかけるときの、あの独特の空気を裂くような鋭い音が聞こえてきた。

「あ!」と、キミちゃんが目を見開いた。

思わず身構えるように肩を張った克也の耳に、衝突音が届いた。どかんとかどすんとかいう短い音ではなかった。ばりばりと長く尾を引き、克也には、車の車体がねじれながら引きちぎられてゆく様子さえ見えるような気がした。

事務所を飛び出すとすぐに、向かって右手の遠く、グリーンロードが山の斜面に沿って急カーブを切っているあたりに、薄い煙が立ち昇っているのが見えた。

昼頃までの混雑が一段落して、この時間帯、グリーンロードの流れはスムーズになっていた。上りは空《す》いてきているし、下りにもまだそれほどの数の車は走っていない。事故に気づいた人びとが車のスピードをゆるめ、窓から顔を出して、事故のあったとおぼしき方向をみやったり、なかにはハンドルを切ってスタンド入りしてくる車もあった。おい誰か一一〇番しろと、店長が怒鳴っている。

後ろから追いついてきたキミちゃんが、空に昇る煙を見つけ、両手で頬を押さえた。

「たいへん……」

克也はバイト仲間の店員に訊《き》いた。

「燃えてるのかな?」

「どうかな、煙は見えるけど……」

もくもく、という感じの煙ではない。こうしているうちにも色が薄れていくようだ。

「俺、ちょっと様子見てくる」

あたしも行くと、キミちゃんがくっついてきた。ふたりで路肩を走り、緩い上り坂を駆け上がってゆくと、やがて事故現場が見えてきた。

グリーンロードは全体にカーブの多い道路だが、そのなかでも特に曲がりのきつい場所だった。赤井山山頂からくねくねと降りてきた道が、山肌沿いに一度大きく右へ曲がり、すぐに急角度で左へ折り返している。克也はこの道に慣れているし、運転には自信をもっているから、怖いと思ったことは一度もない。だが過去に何度か、ここで事故が発生していることは知っていた。現につい一ヵ月ほど前も、同じ下り車線で、カーブを曲がるときにハンドルをとられた乗用車が、追い越し車線の方にふくらんでしまい、接触事故が起きて怪我人が出た。そのときは、鼻面《はなづら》のつぶれた車をレッカーでナショナルステーションまで引っ張ってきて、ついでに怪我人の面倒もみたものだった。

今回のこの事故は、怪我人程度では済みそうにないと、克也は思った。事故車が見えないのだ。見えるのは、下り車線から上り車線に向けて、道路を長々と斜めに横切って残されているスリップ痕《こん》だけ。しかもそのスリップ痕は、上り車線のガードレールのところで消えている。ねじれ、ひきちぎられたガードレールのところで。今そこに、中年の男女がふたり立っていて、下をのぞきこんでいる。

「大丈夫ですか？」

克也が反対側から声をかけると、男の方が振り返り、崖下《がけした》を指さした。どうやら、下り車線を走ってきた車が、急カーブのところでハンドルを切り損ね、対向車線の方まで飛び出し、さらに勢い余ってガードレールを突き破り、道路脇の崖下へ転落したらしい。

「おたくらの車ですか？」

中年男性は声を張り上げた。「冗談じゃない、うちのはあれだ」

壊れたガードレールから五メートルほど下ったところに、ミッドナイトブルーの乗用車が一台停まっていた。

「後ろを走ってたんだ。まったくとんでもない話だよ」

ぽつりぽつりと通りかかる車も、みなスピードを落としている。下り車線の側の路肩にいた克也たちは、隙《すき》を見て上り車線の側に渡った。

「近くのスタンドの者です。一一〇番はうちがしましたから、すぐパトカーが来ますよ」

「あたしたちは関係ないのよ」中年男性の連れの女性が、尖《とが》った声で言った。「あたしたちの車を、凄《すご》いスピードで追い越していったかと思うと、カーブのところで反対車線に飛び出しちゃったの。巻き込まれないでよかったわ」

「危ないよ、落ちるよ」

克也がガードレールの切れ目から崖下をのぞこうとすると、キミちゃんが袖《そで》を引っ張った。

「大丈夫だよ」

足元に気をつけながら身を乗り出すと、十メートルほど下の崖の途中に、白い乗用車の尻《しり》が見えた。頭からまともに落下して、崖の段差の部分に衝突し、そのまま逆立ちしたような格好になっているのだ。

「あちゃー、ひでえや」

車体からは、今は煙は出ていない。なんとなく、事故のために出火したのではないような感じがした。では、何が燃えていたのだろうか。

事故車のそばには、人の姿は見えなかった。まだ車内に閉じこめられているのだろう。逆立ち状態なので、リアウインドウがこちらを向いているが、さすがにこの距離から内部をのぞきこむことは難しかった。だが、ナンバープレートは楽に読みとることができた。練馬ナンバーだ。東京の車だ。

「なんか燃えてましたよね？」

「見えたかい？」中年男性は、顔をしかめた。

「事故の前から燃えてたんだよ。窓から煙が流れ出てた」

「ホントですか？」

「本当さ」

連れの女性を振り返る。彼女もうなずいた。

「なにしろ猛スピードで追い越されたもんだから、ぎょっとして見たんだ」

「車内で火が出て、それで運転を誤ったのかもしれないわね」

「どっちにしろとんでもない話だ」

衝突の衝撃のためか、トランクの蓋《ふた》が十センチほど開いてしまっている。上から見おろすと、車が口を半開きにしているみたいに見える。

「引っ張り上げるのに、クレーンが要るね」

克也の腕につかまりながら下をのぞいて、キミちゃんが囁《ささや》いた。

「人、死んでるかな」

克也は笑った。「なんだよ、臆病《おくびょう》のくせに、そんなことを期待してんのかよ」

「違うわよ、そんな意味じゃないわよ」

キミちゃんがふくれっ面で言い返したときに、パトカーのサイレンの音が聞こえてきた。克也は路肩に出て、近づいてくる赤色灯に向かって手を振った。

「男だったな」と、中年男性が言った。「男がふたり乗ってた」

「男ふたり？」

「ああ、そうだ」

「若い人ですか」

「どうだろう、追い越されたときに見ただけだから」

「若いと思うわよ、派手なシャツを着ていたから」

警察がやってくると、関係者でも目撃者でもない克也とキミちゃんは、スタンドへ戻った。ふたりと入れ違いにクレーン車も到着した。ミッドナイトブルーの車のふたり連れは、警察に彼らの目撃した事故の状況説明をしたあと、ひどくくたびれた顔をしてナショナルステーションへやってきた。

「あたしたちは関係ないのに」と、女性の方が嘆いている。

窓ガラスを拭きながら、克也は笑った。

「ツイてなかったっすね」

「笑い事じゃないよ、ホントに」

話しているうちに、またパトカーのサイレンが聞こえてきた。克也は顔をあげた。

「あれ？」

確かにパトカーだった。ナショナルステーションの前を、けたたましく横切ってゆく。

「別件かな」

だが、サイレン音はまもなく消えた。ちょうどあの、事故現場のあたりのようにも思えた。

「なんでパトカーが何台も来るんだ？」

「救急車なら判《わか》るけどね」

「クレーンは来たものの、引き上げるのに手間取っていたんだよ。急な崖だし、フックを固定するために作業員が下へ降りるのが難しくてね」

そうこうしているうちに、また一台、別の車がサイレンを鳴らしながらナショナルステーションの前を通過した。今度はパトカーではなかった。黒っぽい普通乗用車だった。だが、パトライトを点《つ》けていた。

「嫌だな、あれも警察の車？」

交通事故なのに、なんで刑事物ドラマに出てくるみたいな車が？　あれって、覆面パトカーとかいうんじゃないのか？

また一台、今度はパトカーだ。いったいぜんたいどうなってるんだ？

克也は現場の方へと足を向けた。後ろから店長が声をかけてきた。

「おい、野次馬はやめとけ」

返事はしなかった。どうにも不安で——そう、不安がこみあげていたのだ。何か変だ。何か起こってる。

今までこんな感覚を覚えたことはなかった。長瀬克也の生活のなかに、こんな感覚が入り込むはずはなかった。どんな雑誌だってテレビ番組だって、「不吉な予感」なんてものについての特集を組んではくれない。だから克也はそんなものについて知るはずはないし、そんなものに縁があるはずもなかった。

だが今、どうしてもじっとしていられないのだ。何か起こってる。さっき事故現場で感じた、あの背中をすっと冷たい手で撫《な》でられるような感覚は、克也の知識や経験ではなく、本能のどこかが知らせて来た警告のような気がした。

下り車線の側に渡り、路肩を小走りに近づいてゆくと、ちょうどクレーンが高く首を伸ばし、事故車を吊《つ》り上げて路上に戻そうとしているところだった。

克也は足を止めた。それ以上先に行こうとしても無理だった。警察官たちがガードを固めている。上り車線は一車線通行になっており、封鎖されている側には警察の車がずらりと停められている。

「おい、君は？」

ガードの警察官が、険しい顔で克也の前に立ちふさがった。

「事故処理中だから、近寄っちゃ駄目だ。離れなさい」

克也は上を見ていた。吊り上げられた車を見ていた。内部に人がいるからだろう、車は逆さ吊りにはされていなかった。ちゃんと天井を上に向けて、まるで船積みされる新車のように粛々と吊り上げられていた。車の前部は見る影もなく押しつぶされ、フロントガラスは粉々だ。ドアも歪《ゆが》んでひしゃげている。そしてトランクの蓋が、さっき現場で見たときよりもさらに広く開き、クレーンで吊り上げられる動きにつれて、かすかに上下に揺れている。

「君、近づいちゃ駄目だよ」

警察官に肩を押され、克也は半歩下がった。その一瞬、上空の車から視線がそれた。

そのときだった。がくんというような音がした。はっとして見上げると、事故車が大きく手前に傾いていた。フックがどれかはずれたのだ。警察官たちが声をあげ、彼らの輪が歪んだ。「危ない！」と、誰かが声をあげた。

とっさに、克也も後ろに身を引いた。さらにがくんと車が傾き、どうすることもできないでいるうちに運転席のドアが開いた。歪んだドアは、がくがくとはずれるような感じで口を開いた。

「危ない、ドアが落ちる！」と、克也は叫んだ。

だが、ドアは落ちなかった。落ちてきたのは別のものだった。運転席側のドアの隙間から、何か黒い塊が滑り出て、どすんとくぐもった音をたてて道路に落下した。

それは克也のいる方向に頭を向けていた。

「それ」は人間だった。

ドアが開き、「積み荷」をひとつ落としてしまったことでバランスを失った事故車は、さらに無慈悲に傾き続けた。クレーンの操縦手が必死にレバーを操作し、少しずつ高度を下げ、なんとか路面に着地しようとしていた。車の傾きは止められず、とうとう宙づりのまま、半ば斜めに傾いた横倒しの状態になってしまった。

今度はトランクの蓋が動いた。わずかに開いていた隙間が広がり、次の「積み荷」はそこから落下した。

それは以後長いあいだ、長瀬克也の悪夢のなかに登場し、主役を演じることになるものだった。

今度落下したもの——「それ」も人間だった。背広を着ていた。ナイフのようにたたまれた格好で、意志があるかのようにトランクの蓋のあいだから上手に滑り落ちた。まるでそう、そこから脱出したかのように。

背広を着た「それ」は、長瀬克也に横顔を向け、地面にうずくまっていた。何もかもとっさのことで、周囲の警察官たちも立ちすくんでいる。その刹那《せつな》、目の前の警官の広い肩越しに、克也は「それ」の顔を見た。「目」を見てしまった。

「それ」は目を見開いていた。その目が克也の目とあった。

18

群馬県赤井市のグリーンロードでの交通死亡事故についての第一報が、墨東警察署内の連続女性誘拐殺人事件合同捜査本部に入ってきたのは、事故発生から二時間後のことだった。

事故車が東京ナンバーであり、乗り合わせていたのが若い男性のふたり組だったこと、車のトランクに、身元不明の男性の変死体が積み込まれていたことなどにより、群馬県警赤井警察署は、事態の重大性を充分に認識していた。むろん、合同捜査本部側も、この事故とトランク内の変死体に対して強い興味を抱き、さらに詳しい情報が入ってくるのを待っていた。

事故により死亡したふたりの若い男性の身元は、事故後間もなく判明していた。ふたりとも運転免許証を所持していたのである。

助手席に座っており、事故の際に車から外へ投げ出され、斜面で遺体が発見されたのは、高井《たかい》和明《かずあき》・二十九歳。住所は東京都練馬区内で、その住所地に彼の両親と妹が同居していた。和明は高井家の長男で、父親と共に「長寿庵」という日本そば屋を経営していた。

事故当時運転席側に乗っており、事故車を吊《つ》り上げる際に地面に落下してしまった方の男性は、栗橋浩美《くりはしひろみ》・二十九歳。彼も住所は練馬区内であり、やはり同住所に両親がいた。が、実際には栗橋はそこに住んでおらず、両親の話により、新宿区で独り暮らしをしているということが判《わか》った。栗橋は一人っ子で、ほかに兄弟姉妹はいない。

事故の以前に、高井と栗橋の車が「煙を出して燃えていた」という目撃証言が複数あった。調べてみると、確かに、栗橋の遺体の一部と彼の座っていたシートに焼け焦《こ》げの痕《あと》が残っていた。焼け焦げは栗橋の身体《からだ》の前面と足の間に広がっており、これはどうやら栗橋が運転席で煙草《たばこ》を吸っていたか、もしくは煙草に火を点《つ》けようとしていたかして、その火が彼の着ていた木綿のシャツと化繊のジャケットに燃え移ったものであったようだ。二人ともシートベルトをしていなかった。衣服に火がついて、あわててはずしたのか、それ以前から締めていなかったのかは判らない。また、それが栗橋の運転ミスを招き、事故の原因となったのかどうかということも、さらに詳しい検証を重ねてみないと断言はできないところだった。

事故の一報は、双方の家族にとって驚愕《きょうがく》と混乱と悲嘆の報《しら》せであり、通常ならばこれは、大いに同情を寄せられるべき事態である。だがこの事故には、ほかでもないトランク内の変死体という途方もない「異物」がまつわりついている。ざわざわし始めたマスコミ各社の動きにも注意をはらいつつ、ふたりの若者の遺族への対応は、迅速かつ慎重なものでなくてはならなかった。

肝心のトランク内の変死体は、身元の手がかりとなるようなものをまったく所持していなかった。きちんと背広を身につけていたが、上着やズボンのネームは切り取られ、所持品も無い。状況から推すならば、この変死体は、明らかにどこかに遺棄されるべく、トランクに隠されて運搬される途中だったということになる。

遺体には目立った外傷が無かった。しかし、六日早朝に行われた検死の結果、死因は窒息死と判明。絞殺《こうさつ》や扼殺《やくさつ》ではないが、両手首と足首、口と鼻のまわりに粘着テープの痕が残っており、おそらくこの粘着テープで呼吸をふさがれ、死亡したものであると考えられた。

この段階で、トランク内の「変死体」は、はっきりと「他殺体」となった。墨東警察署の合同捜査本部と赤井警察署内に、一段と濃い期待と緊張の空気が流れ出した。

「変装して行くのか」

武上が声をかけると、秋津信吾は読んでいた報告書から目をあげ、ちょっと顔を歪《ゆが》めた。

「それで効果があるならやってもいいですけど、まあ無駄でしょうね。テレビじゃもう大騒ぎですよ」

六日の昼過ぎである。秋津はこれから、上京してきた群馬県警の刑事に同行し、高井和明と栗橋浩美の自宅の家宅捜索に向かうことになっていた。

公的には、高井たちの事件と連続女性誘拐殺人事件との関連性が認められたわけではない。しかし、すでに世間はすっかりその気になっているようで、合同捜査本部の一挙手一投足が注目されている。今の段階では、秋津はあくまで同行するだけのオブザーバーだが、マスコミの記者のなかにはもちろん彼の顔を知っている者はおり、秋津が動いたということになると、また情報が飛ぶことになるだろう。

「練馬警察署からも捜査協力があるそうですから、僕は本当に行って見てくるだけですよ」

「おまえさん、今度の件をどう思う」

「赤井市のふたり組が、我々が追っているふたり組であるかということですか」

秋津はごつい手で目をこすった。慢性的な寝不足で、まぶたがたるんでいる。

「ガミさんはどう思います？」

武上はすぐには答えず、報告書に目を落とした。科警研から送られてきた、十一月一日のHBS特番中にかかってきた「犯人」からの通話を音響分析した結果を綴《つづ》ったものだ。

これは今日の午前中の連絡便で、武上の手元に着いた。赤井市での事故の一報がなければ、午後の緊急捜査会議でこの綴りが取り上げられ、その結果次第では、今夕か明日の午《ひる》には担当刑事課長による記者会見が開かれることになっていただろう。

有馬義男の直感は正しかった。

科警研は、報道特番のコマーシャル以前とコマーシャル以後の電話の人物は別人であると結論を出していた。コマーシャル後の人物については、分析鑑定対象の資料が二次録音されたビデオテープであるという難点があったが、それもこの結論を出す際《さい》には大きな障害にならなかったようだ。ふたつのサウンド・スペクトログラムには明《めい》瞭《りょう》な波形の違いが見られた。彼らは二人いるのだ。

一連の連続女性誘拐殺人犯は、複数犯だったのだ。

これまでの「犯人」からの通話も、科警研によって音響分析にかけられてきたが、HBS特番の〝コマーシャル前〟の人物の声紋は、それらの声紋とピタリと一致するという。番組後に有馬義男にかかってきた電話の声も、同じ人物だという。つまり〝コマーシャル後〟の人物は、あの特番で、それまでずっと彼らの犯罪の広報役を務めてきた相方が、カッとなって喧嘩《けんか》をやらかしたので、急遽《きゅうきょ》出てきたのだろう。この未知の人物は、あのとき初めて世間に向けて声を放った。一方、彼にお株を奪われた形になった相方の方は、有馬義男に八つ当たりの電話をかけた——

おそらく彼らは、ボイスチェンジャーを使っても声紋分析はごまかせないということを知らないのだろう。あるいは、知ってはいても、そこまで調べるわけはないとタカをくっていたのだろうか。単独犯だろうと複数犯だろうと、捕まえられなければ同じだ。

音響分析報告書には、この件の結果だけではなく、ほかにも興味深い事実やそれから派生する推測が列記されていた。人間の耳では聞き分けることのできない微少な雑音でも、コンピュータ処理すれば波形としてキャッチすることができる。音響分析というのは、分析対象から雑音を濾《こ》しとり、濾しとったものをまた分析にかけ——という根仕事だが、そういう地味な作業の繰り返しの結果が、ちょうど出揃《でそろ》う頃合いだったのだろう。

電話に向かってしゃべる声は、電話しているその場所に存在する壁などの障害物に反響し、元の声よりも百分の一秒から千分の一秒遅れて送話器に届くことにより、元の声とは若干ズレて、少し違う波形を描く。その波形差は、どんな材質の障害物に反響したかということによって変化する。だから、当該の通話録音から採取したその波形を、さまざまな建材でつくられた室内で実験・取得したサンプル波形と比較対照すると、その電話がおおむねどんな場所(つまりどんな障害物のある場所)からかけられていて、そのとき電話をかけている人物がどんな状況であるか(動いているか停まっているか)を、かなり確かに推測することができるというのだ。

分析によると、これまでに「犯人たち」からかかってきた電話は、

・すべて室内(静かな場所に停め、エンジンを切った状態の自家用車内も含む)から

かけられている。
・大川公園に捨てられた右腕が古川鞠子のものではないと知らせてきた電話は、自家用車のなかからかけられている。近くに盲人用信号がある。
・有馬義男をプラザホテルに呼び出した電話の声の背後には、特徴的な雑音が入っている。間断なく一定のトーンで続いているところから機械の動作音だと思われるが、波形のサンプル比較によれば、冷蔵庫やエアコン、パソコンのファンの動作音は除外される。なおこの特徴的な雑音は、十一月一日のHBSあての電話を含めた他のすべての通話からは検出されていない。
・十一月一日のHBSあての通話は、コマーシャル以前も以後も、同一家屋のなかの、同一の室内からかけられている。番組後に、コマーシャル以前の人物が有馬義男あてにかけた電話も、同じ場所、同じ室内からのものである。この電話をかけたとき、当該の人物は終始静止状態にあり、ほとんど移動していない。さらにその室内は木造であり、壁や床の構造部分にも、コンクリートは使用されていないものと推測される。
・HBSあての電話と、その後にコマーシャル以前の人物が有馬義男にかけた電話の背後にも、明瞭な低音の機械作動音が存在する。サンプル波形の比較対照により、これは暖房用ボイラーの稼働《かどう》音と考えて、ほぼ間違いがない。

暖房用ボイラー。木造家屋。

——ロッジ。別荘か。

赤井市から山を越えて北側の氷川湖のあたりまでは、北関東の別荘地帯である。どんぴしゃりだ。

武上のそばで、秋津も立ったまま科警研の報告書のコピーを読み直していた。

武上は報告書を綴《と》じ込むと、分厚い手で拳《こぶし》をつくり、それを額にあてた。秋津が報告書から目をあげた。

「あのふたりが、我々の『ふたり』だとしたら——」

「だとしたら？」

「なんというかな。古いことわざにも真実があるってことを、人生の折り返し地点を通り過ぎて初めて実感することになるな」

「ことわざですか」

「うん。『天網恢々疎《てんもうかいかいそ》にして漏らさず』というじゃないか」

武上は、秋津が笑うだろうと思っていたのだが、彼は真顔のままだった。

「天罰か」と言った。「トランクの男の死体、あれがポイントですよね」

「…………」

「あれも、ＨＢＳの特番で話に出ていたことですよね？」

か弱い女性ばかりを狙《ねら》って云々《うんぬん》という話に、犯人の側が、じゃあおっさんを狙えとじゃあおっさんを狙えということかと応じてきた一件だ。

「もしもあいつらが俺たちのホシならば、あれが最後の犯行ってことになるんでしょうよ」

そしてその死体を遺棄する途中で交通事故に遭った――

「俺はね、ガミさん、居眠りしてて嫌な夢を見たんですよ」

「俺は久しく、夢など見ないな」

「えらくはっきりした夢でね。鳥肌が立ちましたよ」

秋津は言って、天井を仰いだ。

「その夢のなかではね、今度の件も、仕組まれたことなんですよ。事故で死んだふたりは、俺たちのホシじゃないんです。ホシがね、あの高井と栗橋という若者を犯人に仕立て上げるために彼らの車のトランクに死体を隠して、事故を起こさせて殺したんです。本ボシは、どこかで腹を抱えて笑ってるんです。そして、合同捜査本部が解散して、俺が家へ帰ろうと駅に行くと、そこに号外が出てるんですよ。また女の死体が出てきて、テレビ局に電話がかかってきたって」

ひと息に言って、秋津はため息をついた。

「そういう夢でした」

武上は、ゆっくりと言った。「人為的に交通事故を起こさせるのは、非常に難しい」

「ええ、そうですね……」

「まだ事故の分析は終わってないが、事故車には機能的な異常はなかったそうだぞ」

「でも、車内で火事が起こってましたよ」

「栗橋が煙草《たばこ》の火を落としたんじゃないかと見られてる。それに、グリーンロードのあのカーブは、地元じゃ有名な事故多発地点だそうだ」

秋津は黙っていた。

「今の話は夢じゃないな。ましてや正夢でもない。俺の辞書では、今みたいな話を『取り越し苦労』というんだ」

秋津がちょっと笑ったので、武上は安心した。

「ぼつぼつ出る時間じゃないのか」

時計を見て、秋津は立ち上がった。武上は彼を送り出すと、報告書を片づけた。そして、秋津が来るまで手がけていたファイル整理の仕事に戻った。

秋津の気持ちは、武上にもよく判った。実際、秋津が見た「夢」の内容とほとんど同じことを、武上も考えていたからである。

もし、赤井市のあのふたりが我々のホシならば、捕らえる前に、犯人が勝手に死んでくれたということになる。しかもふたり揃って。死体運搬の鼻歌まじりのドライブの道中、ひとりが膝《ひざ》の上に煙草を落とし、火が出て大慌《おおあわ》て、焦《あせ》って運転を誤り、車はガードレールを突き破って転落、奴《やつ》らは肩を並べて首を折った――

あまりにも、できすぎてはいやしまいか。

以前、大川公園のゴミ箱の一件の時、神崎警部と話したことを思い出していた。現実には、信じられないような偶然がある。我々はそれを、捜査を通して何度となく経験している。だから、たとえば犯人が遺体の一部をゴミ箱に捨てる瞬間の写真が存在していたとしても、その写真が捏造《ねつぞう》でない限りは、さして不思議には思わない。犯人は、そういう捜査側の心理の裏をかいたのだ――

今度もまた、それではないのか。我々は罠《わな》にはめられつつあるのではないのか。

しかし一方で、武上の勘と経験は彼に、写真で切り取られる一瞬の場面をお膳立《ぜんだ》てすることと、交通事故を故意に起こさせることとでは、次元がまったく違うと訴えかけていた。ましてや、まったく無垢《むく》の人間ふたりを犯人に見せかけるため、トランクに死体を隠して云々など、頭で考えるほど易しいことではない。

家宅捜索で、必ず何か出てくるだろう。現実とはそういうものだ。不審な材料は揃っている。高井と栗橋、あのふたりがたぶん、たぶん、たぶん「犯人」だ。

しかし——

天罰かと、さっき秋津は呟《つぶや》いた。そう、もしもこれが本当にそういうことなら、武上も二十年近い奉職の歴史のなかで初めて、人殺しの上に天罰が下ったのを見たことになる。

これが初めてだ。今まではなかったことなのだ。

午後は長かった。デスクという役割に満足し、そこで使命を果たすことを自分の仕事と割り切っていた武上だが、今は、今だけは、なれるものなら秋津になりたかった。現場に出ていきたかった。高井の、栗橋の、ふたりの若者の私生活の一端をこの目でのぞいてみたかった。

気を紛らすために、会議室にこもり、些末《さまつ》だが大切な書類仕事に没頭した。なるべく時計を見ないようにしていた。だから、篠崎が会議室のドアをノックしたとき、正確に何時だったのか、武上は覚えていない。

ドアを開けて会議室に入ってきた篠崎は、途方にくれた子供みたいな顔をして、会議室の机の向こう側に突っ立っていた。目が激しくまばたいていた。

「どうした?」と、武上は訊《き》いた。

不安と期待が胸の奥で塊となり、本来は心臓のあるべき場所で、心臓になりかわって動悸《どうき》をうっていた。

「どうしたんだ?」

もう一度声をかけられて、初めて篠崎は動いた。机を回って武上に近づくと、わずかに震える声で言った。

「く、空気清浄機だったそうです」

すぐには意味がわからなかった。武上がそれと悟る前に、篠崎は、泣き出しそうに顔を崩して続けた。

「秋津さんが、栗橋浩美の独り暮らしのマンションで空気清浄機を見つけたそうです。たぶん、あれだろうということです。犯人の電話の背後に聞こえていた特徴のある動作音です」

武上はちょっと口を開き、また閉じ、椅子《いす》から立ち上がった。

「忙しくなるぞ」

会議室のドアを開けながら、背中で篠崎に言った。篠崎は「はい」と答えた。

この日のこの時、自分が誰と何を話したのかということについても、武上悦郎にははっきりとした記憶がない。せき止められていた事態が一度に動き出し、情報が奔流のようになって合同捜査本部のなかを流れていた。

しかし、ただひとつだけ、忘れようにも忘れられないことがある。喜びと混乱の渦《か》中《ちゅう》で、本部に入ってきた武上の顔を見つけたとき、指揮官の神崎警部が部下の輪の中を抜けてきて、武上に向かって手を差し出した。これも初めてのことだった。

無言のまま武上と握手をすると、神崎警部は言った。

「骨が出た」

声もなく、武上はただうなずいた。

「右手の部分だけがない。紙袋に入れられていたそうだ。栗橋浩美の部屋だよ」

一九九六年十一月六日、午後六時二〇分。

すべてのキー局で、放送中だった番組を中断し、番組枠を変更して臨時ニュースが流れ始めた。連続女性誘拐殺人事件の容疑者ふたりが判明したというニュースであった。

このとき、有馬義男は店にいた。客の相手をしていた。古川鞠子と同年代の、若い女性客だった。

前畑滋子は家にいた。机に向かっていた。書きかけの原稿はちょうど、塚田真一が大川公園でゴミ箱に近づいたあの場面にさしかかっていた。

そして塚田真一は、アルバイト先に遊びに来た水野久美を、駅まで送ってゆくところだった。久美がしきりと面白いことを言い、真一は笑っていた。たとえ一時《いっとき》でも、真一が声をあげて笑うようになったのは、ごく最近のことだった。

皆の頭上を、ニュースは流れる。

「犯人」はふたり組だった。彼らは死んだ。死んで捕らえられた。神無きこの国に、しかし今この瞬間だけは、神の鉄槌《てっつい》が振り下ろされた音を、人びとは聞いていた。

（第二巻へつづく）

模《も》倣《ほう》犯《はん》(一)

新潮文庫　み - 22 - 14

平成十七年十二月一日発行
平成二十年九月三十日十七刷

著者　宮《みや》部《べ》みゆき

発行者　佐藤隆信

発行所　株式会社新潮社

郵便番号　一六二―八七一一
東京都新宿区矢来町七一
電話　編集部(〇三)三二六六―五四四〇
　　　読者係(〇三)三二六六―五一一一
http://www.shinchosha.co.jp

価格はカバーに表示してあります。

乱丁・落丁本は、ご面倒ですが小社読者係宛ご送付ください。送料小社負担にてお取替えいたします。

印刷・錦明印刷株式会社　製本・錦明印刷株式会社

ISBN978-4-10-136924-2　C0193